历史民俗学丛书

民俗学视角下的竹枝词研究

以京津竹枝词为例

郑艳 著

中国社会科学出版社

图书在版编目（CIP）数据

民俗学视角下的竹枝词研究：以京津竹枝词为例／
郑艳著 . —北京：中国社会科学出版社，2017. 10
ISBN 978 - 7 - 5203 - 1026 - 0

Ⅰ. ①民… Ⅱ. ①郑… Ⅲ. ①竹枝词—诗歌研究—中国
Ⅳ. ①I207. 22

中国版本图书馆 CIP 数据核字（2017）第 231920 号

出 版 人	赵剑英	
责任编辑	吴丽平	
责任校对	周 昊	
责任印制	李寡寡	

出 版	中国社会科学出版社	
社 址	北京鼓楼西大街甲 158 号	
邮 编	100720	
网 址	http://www.csspw.cn	
发 行 部	010 - 84083685	
门 市 部	010 - 84029450	
经 销	新华书店及其他书店	

印 刷	北京明恒达印务有限公司	
装 订	廊坊市广阳区广增装订厂	
版 次	2017 年 10 月第 1 版	
印 次	2017 年 10 月第 1 次印刷	

开 本	710×1000 1/16	
印 张	19. 5	
插 页	2	
字 数	329 千字	
定 价	68. 00 元	

历史民俗学的研究范畴与研究方法（代序）

萧 放

　　钟敬文先生在中国民俗学学科建设过程中费尽心力，贡献良多。关于历史民俗学学科的建设是其晚年的重要学术贡献之一。1998 年钟先生在中国民俗学会第四届代表大会上发表了《建立中国民俗学派》的重要报告，在报告中钟先生首次明确地将历史民俗学与理论民俗学、记录民俗学作为中国民俗学结构体系的三大组成部分。那么历史民俗学是什么，我们如何利用历史民俗学的研究方法进行历史民俗的研究，是我要跟大家共同探讨的。

一　历史民俗学概念小史

（一）域外的历史民俗学

　　历史民俗学这一词汇最早出现在 20 世纪 70 年代的日本。日本的历史民俗学是在反思与总结柳田民俗学的基础上提出的。因为在柳田时代，柳田讨论民俗学，但不提历史民俗学，柳田认为传统历史研究限于文献资料的利用忽视了社会基层民众生活史，民俗学就是要从研究视角与资料选择范围上进行拓展，以呈现民众的历史生活。民俗学就是要从乡土社会现实追溯过去的历史生活，认为"现在"本身就包含了"历史"。所以柳田的民俗学就是侧重研究下层民众的历史变迁过程的民俗学。柳田国男的民俗学事实上是没有言明的历史民俗学。如福田亚细男所说："正是在这个意义上，说它就是历史民俗学，也许颇为恰当。显然，对于柳田来说，在民俗学这一用语中，已经包含了'历史'在内，因此历史民俗学自然就是多余的了。"① 柳田之后，人们重视现在的民俗学，认为民俗学是研究现实的民间生活，忽视民俗事象的历史研究，这样就给历史民俗学发展留下了空间。

1972年，樱井德太郎发表了《历史民俗学的构想》。② 樱井德太郎所以提出历史民俗学的构想，在于反省柳田国男的民俗学，樱井通过反思柳田的这些研究方法，提出历史民俗学的概念。③ 认为历史民俗学应该从地域社会复原的角度，将民俗事象置于生活共同体中，以完整地把握民俗事象变迁的历史轨迹。即使地域社会缺乏文献资料，也可以利用观察访谈的传承资料将其类型化，然后对类型进行对比以实现历史顺序的构造。

在提倡历史民俗学方面，日本民俗学家宫田登亦有贡献。宫田登在1989年，发表了《历史民俗学笔记》，他首先对历史民俗学的领域作了说明，"历史民俗学为标题的一个研究领域，如同佛教学、民俗学、宗教民俗学、都市民俗学、教育民俗学等所有概念一样成立的理论必然产生"。历史民俗学最初的情形是多方面应用历史学文献来构建民俗学研究。其后，结合文献里的民俗史料与传承中呈现的民俗资料，"以此尝试历史民俗学的体系化"④。民俗学追求对"日常性"的理解，历史民俗学强调对历史上日常的民俗事象的观照，同时注意从现存民俗中追溯历史，寻找民俗变迁的途径。"历史民俗学超越了文献与传承的形态差，持续利用'宽松的时间'论与空间性视点来得到'日常性'。"宫田登最后说"历史民俗学立足于真正的历史学与民俗学的结合领域，有关两者的异质性观点在学术性协作关系中扬弃"。历史民俗学理想是要从民俗学的角度对历史社会民俗生活作完整的描述，消除历史学与民俗学的分歧，取消古代、近代、当代的时间段落，沟通古今，以明了今天的日常生活。⑤

---

① ［日］福田亚细男：《历史民俗学的方法》，周星译自《日本民俗研究大系》第一卷《方法论》，日本国学院大学1982年版，中译本见福田阿鸠（即福田亚细男）《日本民俗学讲演录》附录三，成都：时代出版社，2008年版，第227－243页。

② 此文是作者在日本信州大学人文学部讲堂讲稿基础上修改而成，1989年收入东京：吉川弘文馆《樱井德太郎著作集》第八卷。

③ 此文也收入樱井德太郎编的《灵魂观的系谱》，东京：株式会社讲谈社1989版。

④ 赤田光男《历史民俗学の研究视角》，《家の传承と先祖观》，京都：人文书院，1988。引自宫田登《历史民俗学笔记》第201页，东京：吉川弘文馆，2006版。

⑤ 此文收入樱井德太郎编《日本民俗学的传统与改造》，东京：弘文堂，1988。

福田亚细男(一译福田阿鸠)是当代日本重要的民俗学家,他曾经担任日本民俗学会会长,对历史民俗学有专门思考,他写了一篇文章《历史民俗学的方法》,收在《日本民俗研究大系》中,这篇文章是迄今为止,对历史民俗学最为深入探讨的论文。他对历史民俗学有一个简洁晓畅的定义:"历史民俗学乃是通过并未自觉其为民俗,但却被过去记录下来的民俗资料,从而揭示历史的学问。"历史民俗学是依靠过去的民俗资料呈现民俗历史的学问,那么历史遗留的民俗记录资料就非常重要。福田就此进一步论述"若把过去被记录下来的资料称为'文献',那么,历史民俗学也就成了文献民俗学"。当然他所谓的文献并不专指文字记录应包括各种图像,也不尽是写在纸上,各种金石文字也都属于文献范围。虽然依赖文献研究历史民俗或民俗历史,但历史民俗学是属于民俗学学科领域,因为它注重的是民俗的属性的研究,就是用民俗学的眼光去看待历史的一些现象,也就是说历史民俗学本质上是以民俗学为前提的,不同于一般的历史学。它有一个更细的说明,就是说历史民俗学必须是对超越世代,而传承下来的民俗事象研究,它研究超越历史的,延续到现在的,不是完全消亡的。福田强调历史民俗学是过去的文书,或者偶然记录的一种事项,不是说为了研究历史民俗而记的田野记录,它是生活服务的东西,它是一个偶然记录。①

韩国民俗学界基于重视本国文化主体性视角的要求,在 20 世纪 80 年代末开始重视民众生活史的研究,并酝酿成立专门的学术组织,1990 年初正式成立韩国历史民俗学会。在拟定"历史民俗学会"这一名称时,韩国学者"既基于可以首创一种'学'的现实性期待,又立足于当下对作为历史科学的民俗学的现实要求"。因此其会刊也定名为《历史民俗学》(1991)②"历史民俗学"作为刊名标举于学界,这不仅是一面聚集专门学者的旗帜,也是学者交流思想、切磋学艺的阵地。韩国历史民俗学会的同仁在学会系列活动中,致力于"在书写的历史和不书写的历史的

---

① 以上引自福田亚细男《历史民俗学的方法》,周星译自《日本民俗研究大系》第一卷《方法论》,译文出处同前文所注。第 230 页。

② 韩国历史民俗学会《历史民俗学》创刊号,"序文",庞建春译。1991 年版,第 4 页。首尔:理论和实践(墫)。

字里行间再构建'生动地生活和呼吸着的民的历史'"。[①] 韩国历史民俗学者这种学术关切，体现了现实社会对本国历史文化认同的精神要求。韩国历史民俗学的学术起点似乎与日本柳田先生相近。

上述日本、韩国学者对历史民俗学思考与论证，这对于中国民俗学学术体系中的历史民俗学建设无疑有着现实意义。基于中国的历史文化传统的中国历史民俗学根基深厚、内涵丰富。

（二）中国历史民俗学概念的提出与创新

中国民俗学的奠基者钟敬文在他的学术生涯中特别重视历史民俗学的建设，他很早就开始了属于中国历史民俗学范畴的研究，20 世纪 20 年代、30 年代，他就写作了如《中国古代民俗中的鼠》《七夕风俗考》等民俗史论述，60 年代他的晚清民间文艺研究至今仍为典范。同时他重视对古代、近代民俗文献的整理与研究，如有关《山海经》的民俗文化研究，《楚辞》中神话与传说的研究，《帝京岁时纪胜》中的禁忌研究，以及对《粤东笔记》《粤风》《杭俗遗风》的研究介绍，钟敬文还重视域外民俗文献研究，他自己曾亲撰关于朝鲜岁时民俗著作《东国岁时记》的研究文章。钟敬文在历史民俗学相关领域进行了系列拓荒性工作，为后来的研究者，准备了学术生长点。

钟敬文先生有良好的民族传统文化修养又先后接受了西方人类学、社会学以及马克思主义学说，对建设中国特色的民俗学有着自觉的学术意识与执着的情感。他重视中国民俗学与中国传统学术的联系。早在 1983 年中国民俗学会成立期间的讲演中，钟敬文就提出了"历史民俗学"概念。他讨论了民俗学属于古代学还是现代学问题，虽然强调"从民俗学的一般性质来讲，它应当是现代学的"。但他特别指出："我们还有民俗史、民俗科学史要研究和写作呢。对于中国几千年来的、多民族的、风俗发展的历史资料，应当重视并进行整理研究，这就是中国民俗史。两千多年来，我们学界在这方面留下了大量文献，其中有关于风俗的专门著作或者片段的意见，如《风俗通义》、《荆楚岁时记》等专著，都是相当贵重的。……另外关于别的民族的风俗记载文献，如《真腊风土记》，是关于

---

① 韩国历史民俗学会《历史民俗学》创刊号，"序文"，庞建春译。1991 年，第 7 页。

柬埔寨的，内容虽不很丰富，但涉及面较广。对它要不要整理、研究呢？我们的答复是肯定的。这种研究应该叫做'文献民俗学'或'历史民俗学'"① 由此，我们能够充分体会到钟敬文对历史时期民俗事象的关注与民俗文献整研究的重视。

20世纪80年代末90年代初，钟敬文对历史民俗学有了更深入的思考，他不仅明确地将历史民俗学与理论的民俗学、方法及资料的民俗学并列为民俗学结构体系的三个方面，而且对历史民俗学有了具体的界定：历史民俗学包括民俗史与民俗学史两个部分。对此他有具体的论说：民俗史是"对综合或者单项的民俗事象的历史的探究与叙述，包括通时的或断代的事象的探究与叙述"。民俗学史是"关于民俗事象的思想史、理论史，也包括搜集、记录、整理和运用它们的历史"。② 1995年在北京妙峰山"中国民俗学论坛"上，钟敬文先生在回答提问时说："历史民俗学应当包括古代民俗志、民俗史、民俗学史以及其他有关著述。"③ 1998年中国民俗学第四届代表大会，钟先生发表《建立中国民俗学派》的报告，明确将历史民俗学作为中国民俗学学科体系的三大支柱之一。钟敬文将历史民俗学作为民俗学结构体系重要组成部分的构想，体现了钟敬文基于中国民俗学术传统学术创见。这在中外民俗学发展史上也前所未有的学术创新。日本学者虽然在钟敬文之前，提出了历史民俗学的概念，但他们都将历史民俗学作为民俗学诸多分支学科之一，更关键的是他们只是从研究视角上说明历史民俗学，没有一位学者将历史民俗学放置到民俗学体系核心结构中。

钟敬文在历史民俗学领域还进行富有成效的推进工作，他在研究生学位课程中开设《中国民俗学与民俗学史》课程；在博士、硕士学位论文选题中安排相当数量的历史民俗学研究题目，比如明清民间文艺史的研究（董晓萍，1989）、现代民俗学思想史的研究（赵世瑜，1997）、《荆楚岁

---

① 参看钟敬文《民俗学的历史、问题和今后的工作》，杨哲编《钟敬文生平、思想及著作》，河北教育出版社1991年版，第548页。

② 钟敬文《关于民俗学结构体系的设想》，1986年中国民俗学会第二次学术讨论会上的讲演，1990年整理成文，见《钟敬文文集·民俗学卷》，安徽教育出版社2002年版，第33－47页。

③ 钟敬文《谈谈民俗学研究中的几个问题》，刘锡诚《妙峰山·世纪之交的中国民俗流变》，中国城市出版社1996年版，第3页。

时记》与传统岁时观念的研究（萧放，1999）、《山海经》神话研究（刘宗迪，2001）、《史记》民俗研究（郭必恒，2002）、《泰山香社研究》（叶涛，2004），以及《建国初十年（1949 - 1959）民俗文献史》（黎敏2007）等，为历史民俗学学科奠定了学术基础。在其晚年还申请承担了最后一个国家课题《中国民俗史研究》（2000 年）①，对历史民俗学的建立倾注了极大的心血。

当然在中国历史民俗学建设过程中，还有一些学者进行了重要的学术实践、提出了许多有价值的学术建议与思考。如著名的历史学家民俗学家顾颉刚先生，他早年在历史民俗学领域卓有贡献，如《孟姜女故事研究》、妙峰山香会的历史考察等。此外，江绍原的《中国礼俗迷信》、钱南扬的《谜史》、郑振铎的《汤祷篇》、闻一多的《伏羲考》、袁珂的《中国神话史》、张紫晨、王文宝分别撰著的《中国民俗学史》等，都是历史民俗学的重要成果。钟敬文等一批民俗学者为建立中国历史民俗学作出了奠基性的贡献。

从钟敬文及诸多前辈同好的研究中，我们对作为中国民俗学结构体系之一的历史民俗学有了较多的了解与体会，为了让这一学科获得学界同仁认同以及发挥它更大的学术效用，我们不妨对它进行归纳总结，提出若干理论性的认识。

二　中国历史民俗学的定义与性质

（一）历史民俗学定义

中国历史民俗学是关于民俗事象的历史研究与对历史社会民俗事象、民俗记述及民俗评论的研究。就是说中国的历史民俗学有两条研究路径，一是从现存民俗事象出发，对其形成演变进行历史向度的探寻；一是以过往的历史社会时期形成的民俗文献为依据，研究历史时代具有传承性的民间生活文化事象以及对这些民俗事象进行的记录与学理性评论，它通常包含民俗史、民俗学史、民俗文献志三方面。目前我们学界注意到了第一种研究路径，有一定的成果，但更多的侧重于第二种研究。

---

① 钟敬文主编，六卷本《中国民俗史》，人民出版社 2008 年版。

历史民俗学对于中国民俗学界来说，还是一个新的学术概念，尽管钟敬文先生一再强调，但在民俗学界关注与接受的程度并不十分理想，人们多满足于讲单一的民俗史或民俗学史，没有把它当作一门重要的民俗学支学来看待，更没有深入的学理思考。其实，从历史的角度看待民俗学，或者从民俗学的角度去看待历史社会的民俗事象、民俗评论与民俗文献，它将为我们打开学术的新天地，并且它将在历史学、民俗学中间架起合作的桥梁，促成传统历史学科与新兴民俗学科的资源整合，为推出更重大的学术成果打下牢固基础。我们不仅将为目前所见的民俗文化现象找到它的根基，增强民俗学学科的历史研究深度，同时也为我们寻绎出理解民俗传承变迁的理路。况且我们在这里可以找到民俗的富矿，接受我们先辈的智慧启迪。历史民俗学就是帮助我们找回历史社会的"现场"感觉，让我们在传统的情境中体验传统，并清醒地认识我们当下的民俗生活的学问。为了让大家更深地理解历史民俗学的概念内涵，我觉得有必要对它进行辨析。

历史民俗学，是一门新兴的民俗学支学，它是民俗学与历史学交叉融合的结果。在历史学与民俗学这两大学科的边缘地带开拓出历史民俗学这块学术园地，是新时期学问发展的必然结果。学科的交叉与综合是当代学术的趋向，近代以来的学科分裂、学术领地的条块分割严重地阻碍了我们学术研究的深入，不利于学科的健康发展。因此在 20 世纪末期，传统学术研究出现变化，人们开始重视边缘学科，边缘学科逐渐成为学术主流。

为了解决历史民俗的研究问题，以及探讨历史社会人们对民俗事象的认识，就需要一个兼顾或者说沟通历史学与民俗学的新的学术方向出现，历史民俗学就是在这样的学术背景下产生的。因此历史民俗学的学科性质具有一种历史学与民俗学的综合性质，这种综合性是有机的合成，不是机械的拼接。为何这样说，因为我们是从民俗学的角度去看待历史社会的民俗事象与民俗理论，它既是历史的，也是现代的。我们探讨历史民俗学的目的，不是发思古之幽情，而是为了探寻民众生活文化的演变过程与民众思想的内在逻辑。

（二）历史民俗学与其他相关学科的关系辨析

为了说明历史民俗学的性质，我们先看历史学与民俗学这两门学科有哪些内在的关联与区别。历史学是传统学科，广义的历史学包含一切社会生活与文化创造的研究的学问，民俗自然包含其中。白寿彝先生在《民俗学和历史学》专文中谈到："用历史学的眼光看，各民族的风俗、习惯、信仰和民间文学，都是社会的存在，也都是历史的一部分。"① 但我们一般运用的狭义的历史学，即对过去发生的事件的陈述与研究，日常的民俗事象常常在正统的历史学家的视野之外。但在 19 世纪末 20 世纪初的新史学影响之下，历史学开始关注平民的知识生活事件，由此与民俗学发生勾连。民俗学是关于民间生活习惯的学问，民俗学以当前社会基层民众为对象，研究他们承载的生活传统，是一门以现实生活习惯为研究重心的学问。由于它研究生活传统，而生活传统的形成是一个历史过程，因此民俗学在追溯传统的时候必定与历史学交叉。白寿彝先生曾经说过："历史学的原野和民俗学的原野都很广阔，有好多问题合作起来解决可能更好一些，对这两种学问的发展，可以互相促进。"②

值得说明的是，历史民俗学与其他平行学科的关系，在对历史民俗学与其他相关学科关系的辨正中，我们更能明确把握历史民俗学的学科性质。我们知道与历史民俗学性质最接近的学科有两个，一是历史社会学，一是历史人类学。

首先我们看历史民俗学与历史社会学的关系。历史社会学是从传统的社会学理论研究中逐渐形成新的学术方向，它其实就是用一般社会学理论去理解历史社会中的问题，以及在社会学研究中带有浓厚的历史倾向，重视对社会变迁与社会生活事件的过程与场景的分析。③ 英国社会学家丹尼斯·史密斯（Dennis Smith）在 1991 年出版的《历史社会学的兴起》（The Rise of Historical Sociology）中说："简言之，历史社会学是对过去进行研究，目的在于探寻社会是如何运作与变迁的。"他批评一些社会学家缺乏"历史意识"，在经验方面，他们忽视过去；在观念方面，他们既不考虑社会生活的时间维度，也不考虑社会结构的历史变迁。与此相类似的

---

① 白寿彝：《民俗学和历史学》，张紫晨编《民俗学讲演集》，书目文献出版社 1986 年版，第 62 页。

② 同上书，第 67 页。

③ ［美］西达·斯考切波（Theda Skocpol）编，封积文等译，董国礼校《历史社会学的视野与方法》第一章"社会学的历史想象力"，上海人民出版社 2007 年版，第 1—21 页。

是一些历史学家缺乏"社会学意识":在经验方面,他们忽视不同社会的进程与结构的不同;在观念方面,他们既不考虑这些结构与进程的普遍特性,也不考虑它们与行动和事件之间的关系。相反一些历史学家与社会学家他们致力于历史社会学的发展,"探寻过去与现在、事件与运行、行动与结构的互动与交融"。① 历史民俗学虽然也关注历史社会,关注文化现象的历史性,但关注的重点有着明显不同。历史社会学关注的历史社会的结构、社会问题与历史背景的关联,关注当代社会结构的历史变迁过程。历史民俗学关注的是历史社会民众的生活模式与民众主体知识、情感与传统的关系,以及对当代民俗习惯的传承变迁理解与阐释。

其次,我们看历史民俗学与历史人类学的关系。历史民俗学与历史人类学是两个关系密切的学科。二者关系极易混淆,有时甚至可以替换。但如果从民俗学与人类学严格的学科属性看,二者的区别是明显的。人类学是关注他者的文化传统、生活方式以及人类体质特性,文化人类学或者说社会人类学其主要目的在于寻求不同文化的理解与沟通;而民俗学关注吾乡吾土吾族中具有传承性生活文化现象,是寻求自身的文化理解,在当今变化的时代是要为文化主体搭建沟通传统与现代的桥梁,是一门历史性很强的文化研究。简言之,由人类学研究中形成的历史人类学支学,② 其主要特点是运用人类学的理论方法研究异域的人群的历史文化传统;历史民俗学则关注本国历史社会平民的日常生活传统与生活模式,寻求与自己的生活文化传统的沟通与对话。

三 中国历史民俗学的范围、特征与研究方法

历史民俗学是具有世界文化意义的新兴学科,近年来国内外学者注意对历史民俗学的研究。但对于历史学与民俗学交叉处生长的新兴学科来说,它要站稳脚跟,就必须明确自己研究范围与主要研究方向,只有如此,这门学科才能持久。根据历史民俗学的性质,历史民俗学以历史社会

---

① (英)丹尼斯·史密斯(Dennis Smith)著,周辉荣等译《历史社会学的兴起》(The Rise of Historical Sociology),上海人民出版社 2000 年版,第 4 页。

② 可参考王铭铭《我所了解的历史人类学》,《西北民族研究》2007 年第 2 期。

中的民俗事象、民俗评论与民俗文献志为对象，这同时就是历史民俗学的研究范围。

（一）历史民俗学的范围、任务与主要研究方向

历史民俗学在中国尤其具有民族文化建设与学术建设的现实意义。中国是一个历史悠久的文化大国，中国有着西方国家无可比拟的、丰厚的历史民俗文献传统，同时当下的中国又面临着走向现代、融入世界的机遇与挑战，因此历史民俗学在当代中国具有双重任务：一是对历代民俗文献的搜集整理研究，从前人有关民俗事象的记录、议论、评述中获取有益的启示，以为当今民俗学学科建设提供学术参考与学理的依据；二是对历史民俗文化现象进行当代文化阐释，寻找中国民俗文化的精神血脉，为民族民俗文化主体的建设提供重要的人文资源。

根据历史民俗学的研究任务，历史民俗学具有以下三个研究方向：

（1）民俗史，即民俗文化在历史社会中的变化与演进史。是"对综合或者单项的民俗事象的历史的探究与叙述，包括通时的或断代的事象的探究与叙述"。[①] 民俗史研究侧重从文献资料中抽绎出民俗事象的传承变迁脉络，并对特定时期的民俗情形作总体的综合的研究与分析，指出民俗传承变化的历史特点。民俗史既包括衣食住行的物质生活史，人生仪礼、岁时节日等社会生活史，也包括民俗信仰、民俗文艺等精神生活史，甚至还可以扩大到民间工艺史、民间医药史等方面。

（2）民俗学史，即民俗学学术发展史，研究民俗学史的目的是了解民俗学的起源和演变过程，了解前人在民俗学发展过程中所作的工作，总结出民俗学发展的一般特性。中国民俗学史分古代民俗学史与近现代民俗学史两大段落。古代民俗学是古代中国学者文人关于民俗事象的思想史、理论史，也包括他们搜集、记录、整理民俗文献的方法史。如"三礼"中的礼俗观、《山海经》与上古人民的民俗观念、司马迁的民俗见解、班固、应劭的"风俗"定义、王充《论衡》的民俗记述、《淮南子》关于民俗的论述以及古代民俗志作品中体现的民俗观点等，都是我们研究民俗

---

① 钟敬文：《关于民俗学结构体系的设想》，1986 年中国民俗学会第二次学术讨论会上的讲演，1990 年整理成文，见《钟敬文文集·民俗学卷》，安徽教育出版社 2002 年版，第 39 页。

学史应该关注的重点。现代民俗学史重点探讨民俗学作为一门现代学问在中国形成与发展的历史。如对五四歌谣学运动的研究、中山大学民俗学会研究、杭州中国民俗学会研究、抗战期间西南民俗调查工作以西北民间文艺采风的研究,以及新中国六十年的民俗学研究等,对于不同历史段落的主要人物、活动及出版物都应该给予关注与评价,这对于今天的民俗学学科建设有着重要的现实意义。

(3)文献民俗志,即历代撰述的记叙与反映民俗生活的民俗文献,民俗文献既重视传统的文献典籍,注意利用其中的有效信息,同时根据民众生活的实际,放开眼界,关注民众生活中非典籍形式却具有重要生活服务价值的民俗生活文献。所以文献民俗包括两大部分,第一类是历代文化人的有关民俗的记录,如岁时记、风土记、地方民俗志、全国风俗志、笔记小说、竹枝词等;第二类是各种民众生活中实用的活态文献,如民间唱本、宝卷、水利册、碑刻、家谱、契约文书等。

中国民俗学的发荣滋长离不开中国历史文化这块沃壤,而历史民俗学在认识、总结优秀民族民俗文化上有它特定的优势,因此,钟先生所倡导的中国历史民俗学研究具有广阔的学术前景与深远的理论意义。

(二) 中国历史民俗学的学科特征

历史民俗学是以历史社会民俗事象为主要研究对象,其学科特征大体可归纳为以下三点:

(1)重视古俗与今俗的关联研究。历史民俗学重视过程中的民俗事象,关注民俗事象的历史性与现代性,对于起源于古代而今天在民众生活中依然以基本相似或者变化的形式存在的民俗事象予以特别关注,以研究其传承与变化的脉络。如传统节日,中国传统节日体系形成于汉魏时期,至今约两千年的历史,人们按照夏历固定的时间,周期过节。节日习俗内容与民众过节的心态虽然发生了不小的变化,但人们依旧利用大体相近的民俗仪式,以表达对祖先的崇拜与对家人、亲邻的友爱,对自然的亲近与对未来幸福生活的祈盼等。民俗传统让我们的社会成员保持着紧密的联系性。历史民俗学对古今民俗的比较研究就在于理解辨明民俗生活的内在特性与文化逻辑。再如一些古老的庙会也体现着民俗的传承与变化,陕西岐山周原周公庙建于唐代,历代相传,那里有三月庙会,庙会主要祭祀姜女原，姜女原是周人的始祖，人们祭祀她，既是对祖先的感念，还是祈求生殖力的重要方式，周原庙会至今仍为地方社会文化节点。

（2）关注历史社会民俗生活类型的传承。历史民俗学以民俗学基本理论分析研究历史社会民俗生活习俗，特别是对在历史社会中重复出现的具有类型性特点的生活民俗予以特别关注。在中国传统民俗中，类型性的民俗生活事象主要集中在岁时节日、人生仪礼与口承传统上，对于这些类型性的民俗生活的起源、形成与渐变予以专门的考察，有利于我们把握整体的社会民俗形态。对民俗生活类型传承特性的研究是历史民俗学与一般历史学关于社会风俗史研究的区别所在。民俗生活类型的研究要求历史民俗学在研究中重视类型的内部结构与其功能性特点，形态研究与历史研究在历史民俗学中相得益彰。如传统婚俗模式中贯穿始终的是男女双方家庭间的礼物流动，无论礼物的形态如何变化（鹿皮、绢帛、金钱等），其财物补偿与婚姻保障的的基本功能没有改变，男娶女嫁的婚俗基本程序照旧。

（3）重视对历史社会生活文化事象时代特征的阐释。在一般的民俗研究中，人们关注民俗社会自身的存在，对外在的上层影响不大关心。而历史民俗学关注民俗的时代性，因此政治权力对民俗的影响应该纳入历史民俗学关注范围。正如福田亚细男所说：时代变迁与民俗变迁在总体上有一定的关联性。以往民俗学研究中排除政治权力、政治统治、政治斗争，现在应该考虑将政治问题组合进历史民俗研究中，"历史民俗学带有将政治统治也纳入视野之民俗学的新特质"。① 这是历史民俗学的学科特性。在中国历史民俗学研究领域尤其应该重视政治统治对民俗社会的影响，传统中国上层统治者注重社会伦理教化、统治者的思想与价值观常常通过各种方式渗入基层社会之中，王朝的更替与好尚风气的转移，往往影响到一般民众，因此民俗也常常或多或少地显现出时代的印记。历史民俗学的任务就是要研究历史民俗的时代特性，辨明民俗传统传承变化的轨迹。同时，我们应重视对传统社会中主流阶层民俗观的研究，总结他们对待民俗文化的态度与认识，以明了民俗文化在历史社会的处境与整体文化中的

---

① 福田亚细男《历史民俗学的方法》，周星译自《日本民俗研究大系》第一卷《方法论》，译文出处同前。

位置。

　　以上三点是中国历史民俗学区别于一般民俗学的学科特征。

（二）中国历史民俗学研究方法

　　历史民俗学通过对历史上留存下来的文字与有形资料以及一定的口承传统资料中所记录或反映的民俗事象与民俗见解的研究，揭示民俗史与民俗学史发展演进过程，以及民俗文献志的基本情况。历史民俗学研究方法为：从历史文献入手的研究（文献学）方法（以历史时期的民众生活文献与特定民俗记录为基本依据的还原性研究）、文本阐释方法（对历史民俗与民俗观念的文化学的诠释）与田野调查方法，辅之以其他一般方法，如归纳法、统计法等。

　　由于历史民俗学包含的民俗史、民俗学史与文献民俗志各部分有具体的学术个性，因此在运用具体研究方法时也会有适当的选择。根据民俗史研究的对象，钟敬文提出了民俗史研究与现代民俗研究的不同方法，他说：民俗史侧重从文献中搜集资料，因此要对资料进行辨伪、考订，再用唯物史观对所描述出来的事实进行分析综合，民俗史的编著主要采用历史考索和叙述的方法。钟敬文没有特地指明研究民俗学史的方法，不过从他的思想精神看，大概与研究民俗史方法类似，首先是文献资料的搜集、整理，其次是从一般民俗理论原理出发，对历史上的个人与著述进行理论的分析与阐述。[①] 文献民俗志的研究方法，主要是对民俗文献文本分析，并在可能的条件下，复原民俗文献使用的社会语境，在民俗生活中看待传统民俗志的社会功能与文化价值。

　　在历史民俗学研究中最基本也是最主要的方法是重视对历史社会民俗经典的阅读与分析（包括民俗史、民俗学史与民俗文献志）。通过对民俗经典的精读，我们不仅可以总结当时文人学者记述民俗的方式与对民俗的态度，研究它在传统社会民俗文化传承过程中的历史地位与社会文化价值，同时也可以看到民俗经典在中国传统社会不断地传承并成为民俗生活持续发展的文献依据与精神保证。如中国最早的系统岁时记录《荆楚岁

---

　　① 《关于民俗学结构体系的设想》1990 年整理成文，见《钟敬文文集·民俗学卷》，安徽教育出版社 2002 年版，第 33 – 47 页。

时记》自其成书之后，不断地被各种讲述岁时民俗的著作引用，被人们用来讲述今天节日的历史依据，直到晚清时期，湖北安陆县志仍然对比着《荆楚岁时记》写安陆岁时民俗。① 后人还续写了《荆楚岁时新记》、②《新荆楚岁时记》③ 等。这种连续性的文献记述本身就是一种精神文化的传承，而且它还有修复与接续生活传统的重要作用，中国民俗的传承除了非文字的口口相传外，超越个体、时代的文献同样为民俗知识传递与精神文化的再造提供重要载体。

从历史民俗学的研究对象、范围与研究方法看，它在科学研究中具有独特的学术功能：第一，重视从历史社会整体的角度把握民俗文化事象，它有利于打通上下层文化研究的分离，活化民俗文化之间互动与联系。一般民俗学研究偏重于社会下层，它通过现实的田野工作，对普通人的生活方式进行调查研究。历史民俗学因为研究对象的时间的间隔与资料范围的限制，更重要的是传统社会政治文化传统对基层社会的影响，社会不同层位间的文化关联程度较强，因此历史民俗学在研究过程中，重视整体生活文化传统的综合研究，加深人们对历史社会民众生活文化的传承与变异的理解，为我们整体把握历史社会的进程与节奏提供了观测的方向与理解的基础。第二，扩大了历史学与民俗学的资料范围，实现了文字文化与无文字文化的联通。历史民俗学将传统历史研究忽略的反映民众心态与行为的非官方的口头与有形文化资料纳入研究范围，同时也使从前单一的无文字阶层的民俗研究在一定程度上扩大到利用文字资料。从中国传统社会的实际情况看，文字传统有着强大的影响与效力，民间社会也在部分运用文字文化为自己的民俗生活服务，如家谱、契约、碑刻等。因此对中国历史民俗的研究可以实现文字与无文字资料的联通作业，这无疑是对中国传统文化研究的重要展拓。

中国历史民俗学突破一般历史学对上层文化研究偏重，也突破了一般民俗学忽视社会上层文化影响局限，同时重视民俗事象内在关联的考察。

---

① 参考萧放《〈荆楚岁时记〉研究——兼论传统中国民众生活中的时间观》，附录一。北京师范大学出版社 2000 年版，第 242 页。

② 《艺风》第 2 卷第 20 期，1934 年 12 月。

③ 韩致中：《新荆楚岁时记》，上海文艺出版社 2003 年版。

历史民俗学是一门学术作用明显的新型学科，值得我们去建设与发展。

历史民俗学对于中国民俗学发展来说，不仅是一个学术结构问题，还是一个具有现实的价值与意义的课题，钟敬文先生曾在博士生导航课《中国民俗史与民俗学史》中说："一个中国民俗学者更要熟知中国的民俗史，熟知历史上前人的著作。中国民俗史著作中的思想观念与西方理论相比，会有许多不同的地方，总的说来，在对中国民俗的记录和感受上，中国人毕竟有自己的独到之处。""民俗学是人文科学，人文科学的人文现象是有自己的出生地的，绝不是风中的蒲公英，没有根须。现代社会强调高科技，但也不能忽视民族的人文文化。……大家要明白，历史不仅仅是一种知识，还是一种教养、一种义务、一种道德，我们应该对学习历史有自觉的要求。"① 在当代中国，历史民俗学除了学术意义外，还承担着认知民族文明，沟通古今，关注日常生活，整合社会的现实功用。②

以上是我对历史民俗学学习的思考，作为本系列丛书的代序。

为了更好地推进中国历史民俗学这门特色学科，我协助钟先生完成了六卷本《中国民俗史》的主编工作（2008年出版）。并从2001年接过钟敬文老师这门课程以来，在此领域持续工作了十几年，为每一届硕士博士同学开设历史民俗学课程，指导撰写了几十篇历史民俗学的硕博士毕业论文与博士后出站报告。论文主题大多是依靠古代、近代的历史文献，结合特定问题角度，解读历史文献中的民俗记录方法、民俗观念以及历史社会的民俗事象，已经完成的主要博士论文有吴丽平博士的《清代北京房契与北京城市生活——历史民俗学视角下的考察》、刘同彪博士的《南宋元明日用知识读物生产与传播——以福建建阳坊刻日用类书为例》、郑艳博士的《京津竹枝词的民俗学研究》、邵凤丽博士的《朱子〈家礼〉与宋明以来家祭礼仪实践》、何斯琴博士的《婚礼书写与生活传承——以宋明婚礼文献为主的历史民俗学研究》、高忠严博士的《信仰空间的文本表述——以〈晋祠志〉为中心的研究》、双金博士的《民俗学视野下的〈蒙古秘史〉研究》、龙晓添博士的《丧礼知识传统及其当代民俗实践——以

---

① 钟敬文主编六卷本《中国民俗史》总序，人民出版社2008年版，第4页。

② 参考高丙中《民俗史的价值和意义》，原刊《八年铸一剑，群贤话春秋》，《民俗研究》2009年第1期。

湖南湘乡为例》、董德英的《〈岁时杂记〉的文献整理与宋代岁时节日研究》；博士后有青岛大学李传军的《汉唐风土记研究》、北京联合大学张勃的《明代岁时民俗文献研究》等。这些研究成果都得到同行专家学者的鉴定评价。本社出版的历史民俗学丛书即以此为基础，我们将以此为平台陆续推出历史民俗学的专门研究著作。

　　感谢中国社会科学出版社的主管领导对历史民俗学学术的支持，感谢吴丽平博士的积极组织推动与辛勤的编辑工作。希望我们历史民俗学学术丛书在推进民俗学理论研究本土化方面作出自己的贡献。由于，历史民俗学学科尚处在探索发展阶段，真诚欢迎各位朋友予以批评指正。

目　　录

绪　　论

　　本书通过考察竹枝词生成和发展过程，发现其作为民俗文献的性质，并在对元代至民国时期的京津竹枝词文本进行搜集、整理的基础之上，深入分析其内容与形式，从民俗文献的角度研究京津竹枝词对于城市民俗生活的记述与描绘，初步探讨竹枝词记述民俗的体例与立场，从而确立其作为民俗文献特定范式——民俗诗的民俗学地位与价值。本书研究旨在从两个维度上展开：一是对京津竹枝词进行文本搜集与整理，形成可供民俗学研究的资料库系统；二是以民俗的视角观照京津竹枝词，从民俗文献的角度探讨竹枝词的记述体例与立场，并利用民俗学的相关理论对其所描绘的民俗进行分析与研究。

一　研究对象与范围

　　本书研究的主要考察对象是竹枝词的文本内容及其形式，通过运用民俗学、历史学以及文艺学的相关理论与方法对其进行文本分类与阐释，从而达到利用竹枝词文本展现民俗生活内容以及民俗文献体例的双重目的。

　　本书研究的主要考察范围是京津地区，这一范围的确定包括两种向度的考量因素。就全国范围而言，选取京津地区作为主要研究区域有两方面的因素。第一，从竹枝词的发展历史来看，其主要发端于我国西南地区的四川、湖北等地，并以民歌的形式随着水运的通航以及商贸、行旅的流通而逐渐传入华北地区，这一流传过程使其具备了与早期竹枝词不同的内容与形式。从内容上讲，京津竹枝词主要是从记录的角度描述与呈现民俗生活，从而更加具备民俗文献记述民俗的价值；从形式上讲，京津竹枝词主要是以七言绝句的诗体形制存在，能够凸显出民俗文献的特殊形式与价值。第二，从京津地区的发展来看，其在很长一段历史时间内都处于国家政治、经济、文化的中心区域，因而具备相对特殊的文化背景与社会语境，这也从一定程度上影响着竹枝词的记述内容与著述主体的倾向性。其次，就区域范围而言，选取北京与天津两个城市相连也有两方面的因素。第一，从竹枝词的流传过程来看，其主要通过水运与漕运的通航条件逐渐由南方传入北方，在这其中，天津作为中转站是到达京杭大运河终点（即北京）的必经之路，因而在考察北京地区的竹枝词文本形成之时有必要将天津纳入考察范围。第二，从京津地区的发展趋势来看，北京与天津保有极为密切的相互关联形势，天津一直作为北京的物资储备基地和军事防御基地，而北京的政治中心地位又使帝都文化的影响深深地渗入天津地区。由以上因素考量，本书的研究范围便定位为京津地区，并以作为国都的北京为主。

从京津竹枝词的文本留存状况出发，本书研究时段从元代一直延伸至民国时期。自元代京杭大运河开通以后，京津地区便开始有竹枝词文本保存下来，此后京津竹枝词不断发展直至清代达到其鼎盛时期，内容和形式都相对定型，数目也极为庞大，因而清代是本书研究的重点时段。而在这一时段之中，京津地区作为国家行政中心区域，其城市化的程度较高，所以本书主要关注的是记述城市民俗生活的京津竹枝词。

二 相关研究的学术史

选取京津竹枝词为主要的研究对象，通过对其发展过程和主要内容的分析来揭示竹枝词作为民俗文献的功能，确立竹枝词的民俗诗性质，并在此基础上探讨这种民俗文献的记述体例与立场，对竹枝词所呈现的民俗生活作深入描绘，勾连其与地方文献、民众群体的关系是本书的立意所在。

竹枝词是我国传统文化的文字载体之一，其形式固定、内容庞杂、风格谐趣，为广大民众所接受和传承，是我国古代文献资料的组成部分，具有相当重要的研究价值和意义。综观目前学界对于竹枝词的研究，大致可以从两个方面进行梳理：一是本体研究，即对竹枝词作本质探讨，考证源流、判定性质、分析特征等；二是案例研究，即应用竹枝词文本进行相关的专题探讨，解读与阐释某作者或是某地区的竹枝词。

（一）竹枝词本体研究

竹枝词是一种极为特殊的文字载体，其早期以歌唱的方式产生并流传，因而又被称为"竹枝歌"，后被文人仿作，形成以文本方式存在的"竹枝词"，并流传至今。就此而言，关于竹枝词的本体研究即兼有溯源、考证、辨析等多方面内容。

1. 关于竹枝词的起源问题。

由于历史悠久、资料缺失等原因，对于竹枝词的起源问题存在众多的争论。

首先，关于"竹枝"的起源时间大致包括以下说法。第一，汉代说，其依据为引用北魏郦道元《水经注》载："江水又东，巫溪水注之，又经琵琶峡。《本志》云：琵琶峰下，女子皆善吹笛，嫁时，群女子治具，吹笛，唱《竹枝词》。"① 查诸《水经注》原文并无此语，更不知《本志》为何，因而此说当不实。第二，两晋说，其依据为清代王文诰辑注《苏轼诗集》卷一下有按语曰："镵钱祭鬼，皆见于《竹枝词》内，自唐以前已有之，故方密之以为起于晋。"② 方密之乃明清学者方以智，其此说《通考》不记，来源不详，故存疑。第三，齐梁说，其依据为黄庭坚对刘禹锡的评价，任半塘认为："自来对《竹枝》之评价，莫高于宋黄庭坚所举。黄氏感《竹枝》，'风声气俗'之盛，至尊为'齐梁乐府之将帅'。"③ 但事实上，黄氏之评价乃是针对刘禹锡之《柳枝词》："刘宾客《柳枝词》，虽乏曹、刘、陆机、左思之豪壮，自为齐梁乐府之将帅也。"④ 故而此说当为误解。第四，唐代说，此说甚为流行且比较稳妥，因《全唐诗》中多载竹枝词。

其次，关于竹枝词的起源地有两种说法：一说为巴渝，如郭茂倩所言："'竹枝'本出于巴渝"⑤；另一说为楚地，如苏轼曰："《竹枝歌》本楚声，幽怨恻怛。"⑥ 事实上，竹枝词具体的起源地已经无从考证。但是从文化区域来看，巴楚文化本就同源："巴楚文化作为一相对独立的文化

---

① 齐柏平持此说，详见《"竹枝"研究》，《音乐研究》1995年第4期，第83页。

② （宋）苏轼：《苏轼诗集》，王文诰辑注，孔凡礼点校，中华书局1982年版，第24页。

③ 任半塘持此说，详见《唐声诗》（下），上海古籍出版社2006年版，第388页。

④ （宋）黄庭坚：《山谷别集》，《四库全书》，上海古籍出版社1987年版，第659页。

⑤ （宋）郭茂倩：《乐府诗集》，中华书局1963年版，第1140页。

⑥ （宋）苏轼：《竹枝词并序》，王利器、王慎之、王子今辑《历代竹枝词》，陕西人民出版社2003年版，第19页。

系统，有其特定的文化构成，概括说来，巴蛮、荆州蛮为巴楚先民的主体，巴文化、楚文化为其文化的主源，巴文化、荆楚文化的交叉融合酝酿出具有独特个性的'巴楚文化'。"① 因而最为稳妥的说法是："唐时竹枝的歌唱并非一地，更非仅为巴蜀。它实际只是遍布长江南北，并广布于湘鄂。包括巫山、奉节、建平、常德、吉首以至武陵、清江等地区。"②

最后，关于竹枝词的命名问题，大致包括以下两种说法：一是和声说，即《唐音癸签》所记："有和声，七字为句。破四字，和云'竹枝'；破三字，又和云'女儿'。"③ 竹枝歌以"竹枝"和"女儿"为和声的特点使得不少学者论断其命名乃是由此而起，如傅如一、张琴在《民歌"竹枝"渊源——竹枝词新论之一》中以舜之二妃涕泪斑竹的神话推断竹枝命名之来历。但题名取"竹枝"而不取"女儿"仍不见合理解释④。王庆沅所撰《竹枝歌和声考辨》一文意从竹崇拜的角度辨证"竹枝"之来历，但其对于舍"女儿"而定"竹枝"的原因解释为竹枝歌的发现者刘禹锡："深谙'竹枝、女儿'和声的宗教含义（刘氏本人即是个佛教徒），在新词中慎重敲定而保留下来，并以其命名"⑤ 之说则太过主观。另外一种推断是以竹枝舞蹈，日本学者盐谷温在《中国文学概论讲话》中提到："所谓'竹枝'，所谓'女儿'即是歌唱时众人相随和的声。在《词律》这样注释的，大概'竹枝'是歌者手拿竹枝以取拍子的。"⑥ 朱自清认为这一说法"可解释《竹枝词》之得名，但苦无佐证。"⑦ 此后，任半塘提出了关于此说的论证："《竹枝》命名之起因如何，尚不详。舞者手中或执竹枝，汉代似已有之；在唐舞，《拓枝》、《柳枝》皆其类也"，

---

① 萧放：《论巴楚文化的民俗特色》，彭万定、屈定富主编《巴楚文化研究》，中国三峡出版社1997年版，第241页。

② 张紫晨：《竹枝词与土家族民歌》，张紫晨《张紫晨民间文艺学民俗学论文集》，北京师范大学出版社1993年版，第67页。

③ （明）胡震亨：《唐音癸签》，上海古籍出版社1981年版，第139页。

④ 傅如一、张琴：《民歌"竹枝"溯源——竹枝词新论之一》，《山西大学学报（哲学社会科学版）》1993年第4期，第69—73页。

⑤ 王庆沅：《竹枝歌和声考辨》，《音乐研究》1996年第2期，第47—55页。

⑥ ［日］盐谷温：《中国文学概论讲话》，孙俍工译，开明书店民国十九（1930）年版，第151页。

⑦ 朱自清：《中国歌谣》，复旦大学出版社2004年版，第92页。

并对其注曰："据《汉书》礼乐志载汉郊祀歌《天门》云：'饰玉梢以舞歌。'所谓'玉梢'，殊近竹枝。"① 由此可知，这一论证也仅仅是一种推测而已。

2. 关于竹枝词的流变问题。

对于这一问题的研究，基本上认可由民歌而转入文人竹枝词的发展历程。竹枝词最早是以民歌的形式起源并广泛传播的，如唐代诗人顾况诗云："渺渺春生楚水波，楚人齐唱竹枝歌。与君皆是思归客，拭泪看花奈老何。"② 顾况是唐代较早发现竹枝歌的文人，而且亲自创作《竹枝曲》："帝子苍梧不复归，洞庭叶下荆云飞。巴人夜唱竹枝后，肠断晓猿声渐稀。"③ 因此，《中国民间文学史》将其划归为"唐代民歌"，并认为："'竹枝词'唐时称为'竹枝'，也称之为山歌。"④ 其实，竹枝只是唐时流行山歌的一种，"'山歌'乃类名，不以《竹枝》为限"⑤。但从实际情况而言，竹枝确为唐代极具代表性的山歌，如白居易诗云："江果尝卢橘，山歌听竹枝。"⑥ 任半塘将竹枝的演唱分为两种："竹枝之歌唱显分两种，曰野唱与精唱。野唱在民间，或祠神，或应节令，或闲情踏月，集体竞赛，'女唱驿'之地名，由此而得。精唱则向在朝市，入教坊，乃女伎专长，其人谓之'竹枝娘'，亦染竞赛风，赵燕奴所为，其最著者。他如士大夫之唱，有张旭、刘禹锡例。"⑦ 此说关于野唱部分的讨论当实，但关于精唱部分的论断尚有可讨论之余地。一来唐教坊曲中确存《竹枝子》之目，但并不载其内容。因此，后人认其为《竹枝》之别名，如清代王士禛认为："竹枝本名竹枝子，与采莲子、渔歌子、山花子、水仙子、南乡子、赤枣子、生查子等并列。今独去'子'字，但云竹枝。"⑧ 但是，

---

① 任半塘：《唐声诗》（下），上海古籍出版社 2006 年版，第 387 页。

② （唐）顾况：《早春思归，有唱〈竹枝歌〉者，坐中下泪》，《全唐诗》，中华书局 1960 年版，第 2971 页。

③ （唐）顾况：《竹枝曲》，王利器、王慎之、王子今辑《历代竹枝词》，陕西人民出版社 2003 年版，第 1 页。

④ 祁连休、程蔷、吕微主编：《中国民间文学史》，河北教育出版社 2008 年版，第 403 页。

⑤ 任半塘：《唐声诗》（上），上海古籍出版社 2006 年版，第 411 页。

⑥ （唐）白居易：《江楼偶宴赠同座》，《全唐诗》，中华书局 1960 年版，第 4874 页。

⑦ 任半塘：《唐声诗》（下），上海古籍出版社 2006 年版，第 382 页。

⑧ （清）王士禛：《带经堂诗话》，戴鸿森校点，人民出版社 1963 年版，第 28 页。

根据敦煌写本《云谣集杂曲子》所记《竹枝子》的内容可知，两者体制相异，并非一事。任半塘考证了"竹枝子由竹枝孳乳而来"之不实，认为"竹枝子仅见于敦煌曲，乃杂言双叠。平仄兼叶之调不能早于竹枝"，但实际上还是将两者视作一体："盛唐即有竹枝，竹枝子或由初、盛唐之竹枝来，与中唐之竹枝无干。"①此言谨慎，但稍显保守。由此推断，教坊所唱应多为《竹枝子》。二来士大夫之唱的情况也不相同。张旭唱竹枝仅见于《云仙杂记》所载："张旭醉后，唱竹枝曲，反复九回乃止。"② 内容不详，无从论断。但是，刘禹锡亲闻竹枝歌唱而作词，并传于当地人继续演唱，此与张旭截然不同。这一点任半塘也认可："刘氏《竹枝》引言中曾称：辞成以后，'俾善歌者飏之，'史书则谓'武陵裔俚悉歌之'。足见其写此歌，乃去自民间，复还于民间。而九章之内容，或状山农辛勤，或喻人心险薄，或写水边情调，或申羁旅乡愁，都不离民间生活。唐代其他作家，凡拟民歌而还供民间采用者，亦尚有之，自与刘氏《竹枝》同效。但若白居易、元稹、李绅等集内，除不歌之'新乐府'外，别有'奉敕撰进'与'翰林应制'诸作，纯为封建统治者服务，则与刘氏《竹枝》供'裔俚悉歌'者，大异其趣。"③ 由此或可推断，任半塘所谓之野唱当为竹枝歌之本真面貌，而精唱一部分或来自民歌《竹枝》改编，另一部分或为教坊曲《竹枝子》④。当然，如果从另一个角度来论断，教坊曲《竹枝子》曲调哀怨，多诉离情别意，或为民歌"竹枝"发展而来⑤。也就是说，流传于民间的竹枝歌与教坊传唱的竹枝歌有着极大的区别，而前者才为民俗生活的必需品。换言之，竹枝词之"词"本取"歌词"之意，最初是指竹枝歌的词，如《闻歌竹枝》中所云："巡堤听唱竹

---

① 任半塘：《唐声诗》（下），上海古籍出版社 2006 年版，第 382 页。

② （唐）冯贽：《云仙杂记》，《文渊阁四库全书》，上海古籍出版社 1987 年版，第 659—660 页。

③ 任半塘：《唐声诗》（上），上海古籍出版社 2006 年版，"唐声诗总说"，第 5 页。

④ 从根源上来讲，一切诗歌皆起源于民间，即如钟敬文在《绝句与词发源于民歌——中国文学史上的一个问题》一文中所言："中国诗歌体式，大都发源于民间的风谣"，因此，教坊曲也应受孕于民歌，此不赘述。详见钟敬文《钟敬文民间文学论集（下）》，上海文艺出版社 1985 年版，第 265—276 页。

⑤ 此言谨慎，但稍显保守。详见《唐声诗》（上），上海古籍出版社 2006 年版。

枝词，正是月高风静时。"① 后来，竹枝歌为文人所闻，并开始进行采录
和创作，最初仍能和乐而歌，但是随着形式和风格的改变而逐渐与歌舞分
离，遂成文人竹枝词。

3. 关于竹枝词的性质问题。

由于竹枝词逐渐失去了对其演唱方式的记载，转而变为文本资料，其
形式又比较特殊，内容与体制与诗、词密切相关，所以对于竹枝词的性质
问题也充满争议。

首先从文体归属上来说，因其可以和乐而歌，可被归入词体；又
因其形式多为七言绝句，又可被归入诗体。这一点从竹枝词作品的选
录以及对于诗词的研究中便可得到印证：一来竹枝词可入诗集，如
《全唐诗》，也可入词选，如《古今词统》；二来诗话中可讨论竹枝
词，如《带经堂诗话》，词话中也可讨论，如《古今词话》。任半塘
在《成都竹枝词·序》中提及："在唐，竹枝即称竹枝，无'竹枝
词'说"②，要义当是论述唐代诗人多称"竹枝"，而仅以"竹枝词"
为题，说明自己所作乃是竹枝歌之词。不过此说也确从本质上表明了
其对于竹枝之词的认识，即"认《竹枝》在近体七绝之外，亦在词曲
之外，较正确"③。也就是说，从严格意义上讲，竹枝词最初并非类似
诗、词等的独立的文学形式，而是为竹枝歌所填之词。按照任半塘对
于唐代诗歌之研究，此时的竹枝词乃为"声诗"，即"结合声乐、舞
蹈之齐言歌词"④。但是宋元之后，随着文人的介入，竹枝词的体制开
始发生变化并形成定式，而逐渐文本化的过程也使其转变为一种诗
体，即："若后世以七绝咏各地风土人情，名为竹枝词者，皆不过诗
家袭用唐乐之曲名而已，完全主文，本不求有声、容"⑤。清人万树将
《竹枝》编入《词律》时，以皇甫松和孙光宪的作品为例，而不载刘

---

① （唐）蒋吉：《闻歌竹枝》，王利器、王慎之、王子今辑《历代竹枝词》，陕西人民出版
社 2003 年版，第 6 页。

② 任半塘：《成都竹枝词·序》，杨燮等著、林孔翼辑录《成都竹枝词》，四川人民出
版社 1982 年版，第 1 页。

③ 任半塘：《唐声诗》（下），上海古籍出版社 2006 年版，第 392 页。

④ 任半塘：《唐声诗》（上），上海古籍出版社 2006 年版，第 46 页。

⑤ 同上书，第 47 页。

禹锡之《竹枝词》，即是看重前两者所作带有"竹枝""女儿"的和声："他人集中作诗，故未注此四字。此作词体，故加入也。"① 也就是说，万树认为词是可以和乐的，故而将作为词之竹枝的演唱方式记录其中。虽然万树将可歌之竹枝词定义为词体而非声诗，但其所言大多数文人记录或者创作竹枝歌词时都不记其演唱方式当为事实，此抑或为竹枝词从歌词进而转变为诗体的主要原因。

其次就其内容范围而言，文人的介入使得竹枝词慢慢脱离最初以歌、乐、舞三位一体的民歌状态，成为具有相对固定的体制和风格的文学作品。虽然其作为民歌的地位与意义已然消失，但是竹枝词并未因此失去价值而退出历史舞台，反以另外一种形式取得了较大的影响，即从其内容出发，以状写风土为题材，发展成为极具价值的歌咏风俗的诗体。尤其是明清之后，竹枝词以泛咏风土的诗体形式而盛行于世，并逐渐成为风土诗中的翘楚。风土诗即是以描绘和议论风土人情、民间生活为主的诗作，其自不可能仅含竹枝词一体，诚如丘良任所言："竹枝词泛咏风土，而泛咏风土者非仅竹枝词。"② 而从竹枝词的发展历程来看，也确实不断出现因吟咏风土而与竹枝词相类比，但并不以竹枝词为名者。宋代诗人杨万里作《圩丁词十解》时曾提到："余因作词以拟刘梦得《竹枝》、《柳枝》之声，以授圩丁之修圩者歌之，以相其劳云。"③ 表明自己效仿刘禹锡，而另命名之。元代诗人郭翼作《欸乃歌词》，也在序言中说明："请与言其状，如杜之歌《夔州》，禹锡之《竹枝》也。因制《欸乃》新词五章遗之。言固鄙俚，不能当古作者，然或远方怀其风俗，使歌之，亦足乐也"④，说明《欸乃歌词》也是一种风俗诗。此后出现的诸如题名为棹歌、杂咏、杂事诗、纪俗诗等的诗体也是以吟咏风土人情为本，为风俗诗之类。但是，由于竹枝词发展较早、影响较大，使之逐渐成为风俗诗的代名

---

① （清）万树编著：《词律》，上海古籍出版社1984年版，第62页。

② 丘良任：《论风土诗》，载《暨南学报（哲学社会科学）》第7卷第1期，1995年1月，第90页。

③ （宋）杨万里：《圩丁词十解》，《历代竹枝词》，王利器、王慎之、王子今辑，陕西人民出版社2003年版，第19页。

④ （元）郭翼：《欸乃歌词并序》，《历代竹枝词》，王利器、王慎之、王子今辑，陕西人民出版社2003年版，第92页。

词：一方面，不断有人模仿《竹枝词》而制《橘枝词》《桃枝词》《桂枝词》《松枝词》等，仍咏风土①；另一方面，虽不以《竹枝词》为名，但以七言绝句形式志风俗之诗皆被归为竹枝词之类。对于此点，周作人有过一段比较清晰的论述：

> 　　案《刘梦得文集》卷九竹枝词九首又二首，收在乐府类内，观小引所言，盖本是拟作俗歌，取其含义婉转，有湛濮之艳，大概可以说是子夜歌之近体化吧。由此可知七言四句，歌咏风俗人情，稍涉俳调者，乃是竹枝正宗，但是后来引申，咏史事，咏名胜，咏方物，这样便又与古时的图赞相接连，而且篇章加多，往往凑成百篇的整数，虽然风趣较前稍差，可是种类繁富，在地志与诗集中间也自古有一部分地位了。②

在这里，周作人简要地梳理了竹枝词的发展历程，并由此指出其主要内容、范围以及作为风俗诗的特色所在。也就是说，竹枝词具备一定的内容、形式和特点，从而使其成为风俗诗的代名词。正是在这一基础之上，周作人又对竹枝词进行了细分：一是所咏差不多全属历史地理性质的；二是诗情温丽中加入岁时风物的分子；三是以风俗人情为主者。在这三种竹枝词中，周作人认为第三种应该是用漫画手法写出的诗，带有诙谐的讽刺意味，才是真正好的风俗诗③。

竹枝词这种包含地方风俗的文献性质受到了民俗学者的关注。早在20世纪80年代，钟敬文谈及浙江民俗学工作的时候，便将《瓯江竹枝词》《民国新年越中竹枝词》归为民俗历史文献④。董晓萍也将"竹枝

---

① 胡怀琛在《中国民歌研究》言及于此，并提到有人以《樱枝词》记录日本风俗的。按此，当是去当地之风物而改"竹枝"之名。详见胡怀琛《中国民歌研究》，商务印书馆1925年版，第55页。

② 周作人：《关于竹枝词》，周作人著、止庵校订《周作人自编文集·知堂乙酉文编》，河北教育出版社2002年版，第45页。

③ 周作人：《北京的风俗诗》，周作人著、止庵校订《周作人自编文集·知堂乙酉文编》，河北教育出版社2002年版，第49—54页。

④ 钟敬文：《浙江民俗学工作的历史、现状及今后应致力的事项》，《钟敬文文集·民俗学卷》，安徽教育出版社1999年版，第170—178页。

词"与"风土记"、"岁时记"、"志怪"笔记、"水利簿"、"人物志"、"俚言解"并列为历史上已经形成的民俗文体文献①。对于这一点，萧放也有同样的定位，其将文献民俗分为两类："第一类是历代文化人的有关民俗的记录，如岁时记、风土记、地方民俗志、全国风俗志、笔记小说、竹枝词等；第二类是各种民众生活中实用的活态文献，如民间唱本、宝卷、水利册、碑刻、家谱、契约文书等。"② 民俗学者对于竹枝词性质的认识奠定了从现代学科体系的意义之上将其定位于民俗诗的理论基础。

以上关于竹枝词的本体研究，主要提供了关于竹枝词的源流以及性质的总体信息，是从某一特定视角进行竹枝词研究的基础知识，尤其对于竹枝词的内容与文体的相关探讨，为从民俗文献的角度研究竹枝词奠定了基础。

（二）竹枝词案例研究

竹枝词的历史悠久，因而保留了相当多可供研究的文本案例，诸位学者也从各自的视角出发，对某作者或是某地区的竹枝词进行了相关的研究。

鲁迅曾言："唐朝的《竹枝词》和《柳枝词》之类，原都是无名氏的创作，经文人的采录和润色之后，留传下来的。这一润色，留传固然留传了，但可惜的是一定失去了许多本来面目。"③ 由此可知，在竹枝词的流传过程中文人所起的作用有二：一是保存，使得民间歌谣可以为文字所载，留存于后世；二是改变，使得民间歌谣带有文人的色彩，风格迥异。当然，这两种作用也是利弊兼得，不可一概而论。但是单就竹枝词而言，唐代以刘禹锡为代表的文人还是起到了较为积极的作用，诚如任半塘所说："自后凡较进步之作家，咸知联系民间，模拟民间，已相率形成历史传统。"④ 唐代以刘禹锡为代表的文人依民间竹枝歌所制之词，又为民众

---

① 董晓萍：《民俗文献史研究及其数字化管理系统》，《河南社会科学》第 7 卷第 6 期，2009 年 11 月，第 152 页。

② 萧放：《中国历史民俗学的理论与方法论纲》，《北京师范大学学报（社会科学版）》2010 年第 2 期，第 37 页。

③ 鲁迅：《门外文谈》，鲁迅《鲁迅全集》，人民文学出版社 2005 年版，第 97 页。

④ 任半塘：《唐声诗·唐声诗总说》，《唐声诗》（上），上海古籍出版社 2006 年版，第 5 页。

广为传唱，影响甚大："竹枝之音，起于巴蜀，唐人所作，皆言蜀中风景，后人因效其体，于各地为之。"① 后世各地文人纷纷拟作竹枝词，但只注重文本形式而忽略其作为民歌的本质，以至于使其最终完全脱离音乐，成为真正意义上的"文人竹枝词"②。从这一意义上讲，从作者的角度出发是研究竹枝词的一大倾向，比如对于刘禹锡竹枝词的相关研究。这些研究多从文学视角出发，讨论或比较作家创作竹枝词的内容、思想以及风格特征。

宋元以降，吟咏风土人情便已成为竹枝词的主要内容，并且开始以"某地"和"某节日"命名，比如宋代杨万里的《峡山寺竹枝词五首》、宋代冉居常的《上元竹枝歌和曾大卿》以及元代杨维桢的《西湖竹枝词》，等等。到了明代，这一趋势更加明显，并逐渐形成竹枝词的地域性特征。由此，地方性竹枝词研究也成为一大趋势。③ 而此类研究一般有三种学术取向：一是从文学角度出发，研究地区性竹枝词的总体特征、风格以及艺术建构，比如程洁《上海竹枝词研究》④、张静文《清代北京竹枝词评析》⑤ 等等；二是从历史学的角度出发，从竹枝词中提取相关的历史资料，比如王振忠《历史学视野中的竹枝词》⑥、小田《竹枝词之社会史意义——以江南为例》⑦，等等；三是从民俗学角度出发，提炼或解读竹枝词所描绘的民俗事象与民俗观念，比如行龙《竹枝词里的三晋社会》⑧、严奇岩《清代贵州民族墓葬类型及其特点——以竹枝词为

---

① （清）万树编著：《词律》，上海古籍出版社 1984 年版，第 62 页。

② 需要说明的是，此处强调"文人竹枝词"是为与以演唱形式存在的竹枝歌词相区别，以厘清竹枝词的发展历史。事实上，"竹枝""竹枝歌""竹枝词"在具体使用上并没有如此严格意义上的分别。

③ 吴艳荣曾于 2006 年发表《近三十年竹枝词研究述评》一文，重点论述了竹枝词研究的现状。就其所统计，对于竹枝词的研究文章约有百篇，其中地方性竹枝词研究约占 50%，详见《中南民族大学学报（人文社会科学版）》第 26 卷第 5 期，2006 年 9 月，第 165—169 页。

④ 程洁：《上海竹枝词研究》，博士学位论文，华东师范大学，2010 年。

⑤ 张静文：《清代北京竹枝词评析》，《北京政法职业学院学报》2008 年第 2 期，第 78—81 页。

⑥ 王振忠：《历史学视野中的竹枝词》，《中华读书报》2006 年 3 月 1 日，第 004 版。

⑦ 小田：《竹枝词之社会史意义——以江南为例》，《学术月刊》第 39 卷 5 月号，2007 年 5 月，第 130—138 页。

⑧ 行龙：《竹枝词里的三晋社会》，行龙《走向田野与社会》，生活·读书·新知三联书店 2007 年版，第 403—432 页。

分析文本》①、佐藤仁史《清末民初江南地方精英的民俗观——以"歌谣"为线索》②，等等。

竹枝词的文本案例研究中最为重要的成果有二：一是丘良任所著《竹枝纪事诗》③；二是王慎之、王子今所著《竹枝词研究》④。《竹枝词纪事诗》一书主要是以时代为序，列举各个时期诸位作者的竹枝词文本并简要分析其中所记述与描绘的主要内容。由于当时的文本搜集程度所限，此书中涉及的京津竹枝词文本仅包括本书研究中的一部分，但其中所透露出的理论火花却为本书研究竹枝词提供了极大的启示作用。比如，作者在分析孔尚任《燕九竹枝词》和赵柏岩《春明竹枝词》时都提到了竹枝词作为历史史料的价值⑤；而在分析杨米人《都门竹枝词》和富察明义《中顶竹枝词》时分别提出了竹枝词记述的漫画手法和侧笔手法⑥。从研究方式来看，《竹枝纪事诗》主要是按照作者或是成书的时代进行文本案例内容的解析与阐释，更多地关注竹枝词对于社会现实的记述与描绘的细节性问题。《竹枝词研究》一书由王慎之、王子今关于竹枝词研究的多篇论文汇集而成，从而更具有文本案例研究的专题倾向与价值。从研究向度来看，《竹枝词研究》一书中所汇编的研究成果既包括对于某位作者或是某个地区的竹枝词文本的深入分析，比如《论郑善夫〈竹枝词二首〉兼及明代浙闽交通》《陈廷敬及其〈云间竹枝五首〉》，等等；也包括利用多个竹枝词文本呈现某类社会生活事象的相关论述，比如《元人竹枝词记述的居庸道路》《明人竹枝词中有关"巴盐"的信息》《清代竹枝词所见女子"卜钱"风习》，等等。虽然研究的向度不同，但从主旨来看，《竹枝词研究》一书中的各篇论文皆是以竹枝词为历史文本资料，充分重视和探讨其中所记录与描绘的社会现实："竹枝词一般能够比较真切地反映较为广阔的社会层面的生活现实，其最可珍贵的价值，可能正在于研究者如

---

① 严奇岩：《清代贵州民族墓葬类型及其特点——以竹枝词为分析文本》，《贵州民族研究》第 30 卷总第 131 期，2010 年第 1 期，第 177—184 页。

② ［日］佐藤仁史：《清末民初江南地方精英的民俗观——以"歌谣"为线索》，《中国社会历史评论》2005 年，第 283—299 页。

③ 丘良任：《竹枝纪事诗》，暨南大学出版社 1994 年版。

④ 王慎之、王子今：《竹枝词研究》，泰山出版社 2009 年版。

⑤ 丘良任：《竹枝纪事诗》，暨南大学出版社 1994 年版，第 107、207 页。

⑥ 同上书，第 174、195 页。

果认真发掘，则一定可以在这座社会史料的富矿中有所收获。"① 尤其值得注意的是，在此书的研究成果中已经透露出利用竹枝词文本进行民俗研究的发展趋势，便为竹枝词作为文献的民俗史料价值提供一定的佐证。比如，该书中所收录的《说"饭局""片子"等兼及民俗语汇的复活和社会风习的重演》《竹枝词民俗史考议之一：压岁钱》《竹枝词民俗史考议之二：纸鬼》等都是对于民俗事象的探究与考证。但是，由于竹枝词本身"大抵详南而略于北"② 的文本现实，该书中分析和探讨的主要对象还是以流传于南方的竹枝词为重。因此，《竹枝词研究》一书不仅为本书从民俗学的角度探讨竹枝词文本的相关内容与形式提供了一定的理论视角与方法，也为本书着重研究京津地区的竹枝词文本创造了契机。

竹枝词的文本案例研究虽然貌似繁盛，但相对于竹枝词的数量来说依然呈现不对称的态势，且其中多为描述和分析，极少有对于某作者或某地竹枝词新颖且具有深意的学术性探讨。以京津竹枝词为例，据《中华竹枝词全编》统计现存元代至民国初期的京津竹枝词 4400 多首③，但利用其为资料的学术成果并不多见，对其进行专门研究者更是未见。

纵观竹枝词研究的学术史可知，由于内容和性质的独特之处，竹枝词成为众多学科关注的对象。但也正是由于这些原因，使得对于竹枝词的民俗文献价值认识不足，造成从民俗学角度挖掘竹枝词功能与意义的研究成果并不显著。在这一意义之上，从梳理竹枝词的发展历史中发现其性质的转变并最终将其定位为民俗文献或可起到一定的启示作用，从而也使得竹枝词真正为民俗学所重视，在最大限度上发挥其作为民俗学学术研究资料库的功用。

三　资料来源及使用原则

本书意在通过梳理和分析元代至民国时期的京津竹枝词文本资料，发现其作为民俗文献的特征，并确立竹枝词的民俗诗性质与价值，探讨其记

---

① 王慎之、王子今：《竹枝词研究》，泰山出版社 2009 年版，第 4 页。

② （清）杭世骏：《汪沆〈津门杂事诗〉序》，王利器、王慎之、王子今辑《历代竹枝词》，陕西人民出版社 2003 年版，第 987 页。

③ 此统计结果根据《中华竹枝词全编》所得，丘良任、潘超、孙忠铨、丘进编，北京出版社 2007 年版。

述民俗生活的内容与形式等方面的问题。从这一点出发，本书的研究资料主要是通过对历史文本的搜集、整理以及校对而来。由此，本书所使用的主体研究资料是以文本形式传承的京津竹枝词，其基本来源包括如下类目：

竹枝词专集与全集。从历史与现实的情况考量，竹枝词专集历史较长且数目较大，多以抄本、刻本、铅印本以及现代印刷品的形式流传。根据中国国家图书馆存目统计，现存竹枝词别集的版本共一百余种，但是由于历史时限较长，其中很多版本皆仅存书目，而无法确切获取原始版本的相关内容。而就竹枝词的文本整理而言，现已出版的、搜集竹枝词文本较为全面的竹枝词全集共有三种：1997 年由雷梦水、潘超、孙忠铨编，北京出版社出版的《中华竹枝词》；2003 年由王利器、王慎之、王子今辑，陕西人民出版社出版的《历代竹枝词》；2007 年由丘良任、潘超、孙忠铨、丘进编，北京出版社出版的《中华竹枝词全编》①。以上三种版本的竹枝词全集能够为本书研究京津竹枝词提供较为清楚和全面的文本来源。因而，在本书的研究过程中，主要以竹枝词全集为目录资料，对京津竹枝词进行原始文本的搜集、整理、校对及内容考订，最大程度上保证文本资料的真实性。此外，本书根据已有京津竹枝词文本的相关辑录信息，经过调查与采集，进行了竹枝词文本的补遗工作。

诗文集。明清以来，竹枝词多以文本形式流传，并成为文人士子吟咏风土的专门文学体裁。因此，诗词文集也是竹枝词文本的主要来源，而就竹枝词纪事的本身性质而言，其多收录于历代纪事诗集之中。因而，本书在搜集、整理工作中详细考察了自唐代以来尤其是明清时期的纪事诗集，以期从中获取相关的竹枝词文本信息。

地方志文献。竹枝词因其描绘各地风情，从而形成地域性的特征：一方面，用地名冠之竹枝词，使其更具地方特色；另一方面，竹枝词亦被收入地方文献，成为地方性知识读物。因而，地方史志文献不仅是竹枝词文本的主要载体，也是本书研究竹枝词传承环境的知识背景资料。本书研究过程中所使用的地方志文献含有两类：一是地方志，包括《中国地方志

① 需要说明的是，其中《中华竹枝词全编》是在《中华竹枝词》的基础上进行的延伸性搜集与整理工作，因而前者的文本更丰富。

集成·北京府县志辑》《中国地方志集成·天津府县志辑》《析津志》
《日下旧闻考》《京都风俗志》《天津风物志》等在内共计 16 种；二是风
土笔记，包括《帝京景物略》《宛署杂记》《宸垣识略》《燕都丛考》《燕
京岁时记》《津门杂记》等。

　　报纸杂志。竹枝词形制短小、题材丰富、语言通晓，兼具信息与艺术
的双重特性，因此也成为报纸杂志刊登的文体形式之一。尤其是在竹枝词
的近现代传承中，报纸、杂志等媒体形式起到了极为重要的作用，成为竹
枝词文本的载体之一。本书研究过程中使用的报纸杂志资料含有两类：一
是以文字为主的报刊，包括《北平日报》《京报》《京话日报》《群强报》
《顺天时报》《益世报》《大公报》等；二是以图像为主的报刊，包括
《醒华日报》《旧京醒世画报》《醒俗画报》等。

　　从研究范围来看，本书还将使用一些辅助性的研究资料，包括文学作
品、书画作品、历史资料、统计资料、档案资料等，这些资料将为本书研
究竹枝词与民俗生活提供更多的数据信息、知识背景和现实感受。

　　本书使用各类资料的基本原则是从竹枝词记述民俗生活的角度出发，
根据文本与民俗的关系综合运用文献资料与田野资料。根据这一基本原
则，在本书对京津竹枝词进行文本梳理与民俗研究的过程中还将遵照如下
主要原则：第一，历史分期原则，即将自元代至民国初期的京津竹枝词文
本按照历史顺序分段处理，发现竹枝词的文本发展过程、京津民俗的文化
传承以及社会转型的生活习俗变迁；第二，主体在场原则，即详细注明竹
枝词的作者及文本来源，发现竹枝词记述民俗的主体倾向、记述对象以及
社会功能。

第 一 章

竹枝词的发展历史及其民俗文献性质

竹枝词是自古而今广泛流传于我国各地的一种语言艺术形式，其体制固定、风格谐趣、内容庞杂、题材广泛，成为我国古代文献资料的组成部分，具有相当重要的研究价值和意义。竹枝词的发展，经历了由民歌向诗歌转变的历史过程，其间于民众的口头传唱和文人的文字提炼中不断变化，逐渐形成了以歌咏风土、倾诉民情为主要内容的诗歌体裁。而关于竹枝词的记载广泛存在于我国古代的各类文献之中，数量之大、内容之盛使之成为民俗学可资利用的文本资料库。

第一节　竹枝词的产生与发展

竹枝词发端于民间，早期是以民歌"竹枝"的形式流播于世，在民众传唱之时被文人发现、记录后加以润色和改良，由此逐渐成为具有固定格式与内容的文本化的竹枝词，并最终定型为七言绝句的诗体样式。

一　以民歌形式流传的竹枝词

作为民歌形式的"竹枝"，是竹枝词最早的流传形式，其广泛盛行于唐代，传唱范围极大："遍布长江南北，并广布于湘鄂。"[1] 唐代诸多诗人记录了这一盛况，如顾况分别在楚地和巴地发现了当地民众歌唱"竹枝"的情况，并作诗摹写：

---

① 张紫晨、杨昌鑫：《竹枝词与土家族民歌》，张紫晨《张紫晨民间文艺学民俗学论文集》，北京师范大学出版社 1993 年版，第 67 页。

渺渺春生楚水波，楚人齐唱竹枝歌。与君皆是思归客，拭泪看花奈老何。

——（唐）顾况《早春思归，有唱〈竹枝歌〉者，坐中下泪》

帝子苍梧不复归，洞庭叶下荆云飞。巴人夜唱竹枝后，肠断晓猿声渐稀。

——（唐）顾况《竹枝曲》

唐代其他诗人也提到过"竹枝"的歌唱情况，如白居易诗云"江果尝卢橘，山歌听竹枝"①、李益诗云"无奈孤舟夕，山歌闻竹枝"②，等等。由此可知，唐代诗人听闻的"竹枝"应为当时极具代表性的民歌种类之一。正是在这一意义上，《中国民间文学史》中将其划归为"唐代民歌"，并认为："'竹枝词'唐时称为'竹枝'，也称之为山歌。"③而作为民歌的"竹枝"，也有其独特的歌唱方式。根据文献记载，竹枝歌多以联歌的集体歌唱方式流传，其演唱特点大概有三。

一是伴有和声，即如《唐音癸签》所记："有和声，七字为句。破四字，和云'竹枝'；破三字，又和云'女儿'。"④ 也就是说，竹枝歌每句七个字，唱完前四个字之后和声曰"竹枝"，而唱完后三个字之后和声曰"女儿"⑤，其具体形式如下：

槟榔花发（竹枝）鹧鸪啼（女儿），雄飞烟瘴（竹枝）雌也飞

---

① （唐）白居易：《江楼偶宴赠同座》，《全唐诗》，中华书局1960年版，第4874页。

② （唐）李益：《送人南归》，《全唐诗》，中华书局1960年版，第3856页。

③ 祁连休、程蔷、吕微主编：《中国民间文学史》，河北教育出版社2008年版，第403页。

④ （明）胡震亨：《唐音癸签》，上海古籍出版社1981年版，第139页。

⑤ 竹枝歌以"竹枝"和"女儿"为和声的特点使得不少学者论断其命名乃是由此而起，如傅如一、张琴在《民歌"竹枝"渊源——竹枝词新论之一》中以舜之二妃涕泪斑竹的神话推断竹枝之命名。但题名取"竹枝"而不取"女儿"仍不见合理解释。详见《山西大学学报（哲学社会科学版）》1993年第4期，第69—73页。王庆沅所撰《竹枝歌和声考辨》一文从竹崇拜的角度辨证"竹枝"之来历，但其对于舍"女儿"而定"竹枝"的原因解释为竹枝歌的发现者刘禹锡："深谙'竹枝、女儿'和声的宗教含义（刘氏本人即是个佛教徒），在新词中慎重敲定而保留下来，并以其命名"之说则太过主观。详见《音乐研究》1996年第2期，第47—55页。

（女儿）。

木棉花尽（竹枝）荔枝垂（女儿），千花万花（竹枝）待郎归（女儿）。

芙蓉并蒂（竹枝）一心连（女儿），花侵槅子（竹枝）眼应穿（女儿）。

筵中蜡烛（竹枝）泪珠红（女儿），合欢桃核（竹枝）两人同（女儿）。

斜江风起（竹枝）动横波（女儿），劈开莲子（竹枝）苦心多（女儿）。

山头桃花（竹枝）谷底杏（女儿），两花窈窕（竹枝）遥相映（女儿）。

——（唐）皇甫松《竹枝》

二是曲调哀怨，即如唐代诗人刘禹锡所云：“聆其音，中黄钟之羽，卒章激讦如吴声，虽伧伫不可分，而含思宛转，有《淇澳》之艳。”① 唐代诗人白居易也曾于多处听闻竹枝歌，深得其中风味，因而在其诗中都提到了竹枝歌乃愁苦之音：

瞿塘峡口冷烟低，白帝城头月向西。唱到竹枝声咽处，寒猿暗鸟一时啼。

竹枝苦怨怨何人，夜静山空歇又闻。蛮儿巴女齐声唱，愁杀江楼病使君。

巴东船舫上巴西，波面风生雨脚齐。水蓼冷花红簇簇，江蓠湿叶碧凄凄。

江畔谁人唱竹枝，前声断咽后声迟。怪来调苦缘词苦，多是通州

---

① （唐）刘禹锡：《竹枝词九首并引》，王利器、王慎之、王子今辑《历代竹枝词》，陕西人民出版社 2003 年版，第 2 页。

司马诗。

——（唐）白居易《竹枝词》

　　巴童巫女竹枝歌，懊恼何人怨咽多。暂听遣君犹怅望，长闻教我复如何。

——（唐）白居易《听〈竹枝〉赠李侍御》

　　三是载歌载舞，即如唐代诗人刘禹锡所见："里中儿联歌竹枝，吹短笛击鼓以赴节。歌者扬袂睢舞，以曲为贤。"① 由此可知，唱竹枝歌时常常会以笛声、鼓声进行伴奏，而歌者也会随之起舞。据此，我国学者朱自清认为："（竹枝）歌有乐器，有舞容，与后之山歌仅为徒歌者不同。"② 也就是说，竹枝歌之完备体制当为一种以歌、乐、舞三者合一的民歌形式③。

　　以和声为演唱方式，曲调幽怨并且伴以音乐和舞蹈，这是唐代作为民歌之"竹枝"的主要特点。而竹枝歌的这些特点在民间生活中也得到了充分的发挥，使其既能够从个体的角度表情达意，同时也能够承担一定的社会功能，从而真正成为民间生活不可或缺的重要组成部分。

　　首先，作为民间歌谣，"竹枝"几乎人人可歌、时时可歌。这一点从唐代诗人的所见所闻中便可得知，试看如下描述：

　　江南江北望烟波，入夜行人相应歌。桃叶传情竹枝怨，水流无限月明多。

——（唐）刘禹锡《堤上行》

---

　　① （唐）刘禹锡：《竹枝词九首并引》，王利器、王慎之、王子今辑《历代竹枝词》，陕西人民出版社 2003 年版，第 2 页。

　　② 朱自清：《中国歌谣》，复旦大学出版社 2004 年版，第 91 页。

　　③ 在《唐声诗·七言四句》中，任半塘根据竹枝歌的这种特点也试图推测"竹枝"之名乃是因其演唱之时舞竹枝："'竹枝'命名之起因如何，尚不详。舞者手中或执竹枝，汉代似已有之。在唐舞，《柘枝》、《柳枝》皆其类也。或因眼前景物而起兴，或无竹枝，则以花枝代。——凡此，在刘禹锡、刘商、薛能等诗中均有足征。北宋黔南民间之竹枝歌舞，黄庭坚颇有描写，南宋时夔州人于竹枝之踏歌犹盛行，而特名之曰'踏碛'——凡此，必皆承唐风，仍俟考。"详见《唐声诗》（上），上海古籍出版社 2006 年版，第 282 页。日本学者盐谷温在《中国文学概论讲话》中也持此观点，认为竹枝大概是"歌者手拿竹枝取拍子的"。详见 [日] 盐谷温《中国文学概论讲话》，孙俍工译，开明书店 1928 年版，第 151 页。或为一说，并无确证。

老著青衫为楚宰，平生志业有谁知。家僮从去愁行远，县吏迎来怪到迟。

定访玉泉幽院宿，应过碧涧早茶时。向南渐渐云山好，一路唯闻唱竹枝。

——（唐）张籍《送枝江刘明府》

天晴露白钟漏迟，泪痕满面看竹枝。曲终寒竹风袅袅，西方落月东方晓。

——（唐）刘商《夜听严绅巴童唱〈竹枝歌〉》

巡堤听唱竹枝词，正是月高风静时。独向东南人不会，弟兄俱在楚江湄。

——（唐）蒋吉《闻歌竹枝》

由此可知，竹枝歌几乎老少皆宜，男女皆唱，用以抒发感受、表达情意，事实上这也正是"竹枝"作为民歌最主要的功用所在："民间诗歌，生于民间，长于民间。它是民众自我表现、自我教育、自我欣赏、自我娱乐的文化工具，具有最直接的人民性，并有多方面的功能。"① 也就是说，以民歌形式进行传唱的"竹枝"更多地表现出抒情歌的特质，并且主要流行于民众之间，是借以表达情感的主要途径之一。

除此之外，竹枝歌还有着其较为流行的地域。从最早的竹枝歌传唱地区来看，其更多地出现在江边水域，并且经常在行船的过程中吟唱，如：

门前春水（竹枝）白蘋花（女儿），岸上无人（竹枝）小艇斜（女儿）。

商女经过（竹枝）江欲暮（女儿），散抛残食（竹枝）饲神鸦（女儿）。

---

① 钟敬文主编：《民俗学概论》，高等教育出版社 2010 年版，第 222 页。

乱绳千结（竹枝）绊人深（女儿），越罗万丈（竹枝）表长寻
（女儿）。

杨柳在身（竹枝）垂意绪（女儿），藕花落尽（竹枝）见莲心
（女儿）。

　　　　　　　　　　　　　——（唐）孙光宪《竹枝词》

荆门滩急水潺潺，两岸猿啼烟满山。渡头少年应官去，月落西陵
望不还。

巫峡云开神女祠，绿潭红树影参差。不劳戍口初相问，无义滩头
剩别离。

石壁千重树万重，白云斜掩碧芙蓉。昭君溪上年年月，偏照婵娟
色最浓。

十二峰头月欲低，空聆滩上子规啼。孤舟一夜东归客，泣向东风
忆建溪。

　　　　　　　　　　　　　——（唐）李涉《竹枝词》

　　也就是说，竹枝词的歌唱多进行于人们的行旅过程之中。因而，吟咏
行路之中的风土人情便成为顺其自然的事情，这同时也为竹枝歌逐渐发展
成为风土诗奠定了基础。因此，作为民歌的"竹枝"是极具游动性与行
走性的，也正是这种游动性与行走性使其具备了传播与流变的可能性。
　　其次，竹枝歌会在某些特定的场合进行演唱，从而具备一定的社会功
能与意义，成为所谓的"仪礼歌"①。唐代诗人刘禹锡发现竹枝歌时即是
以其祭神之际："禹锡贬连州刺史，未至，斥朗州司马。州接夜郎诸夷，
风俗陋甚，家喜巫鬼，每祠，歌《竹枝》，鼓吹裴回，其声伧伫。禹锡谓

---

① 关于"仪礼歌"的阐释，详见《民俗学概论》，钟敬文主编，高等教育出版社 2010 年
版，第 210 页。

屈原居沅、湘间，作《九歌》，使楚人以迎送神。乃倚其声，作《竹枝辞》十余篇。于是武陵夷俚悉歌之"①。而从刘禹锡的诗作中也可以得到歌唱"竹枝"用以祭神的信息：

> 汉家都尉旧征蛮，血食如今配此山。曲盖幽深苍桧下，洞箫愁绝翠屏间。

> 荆巫脉脉传神语，野老婆娑起醉颜。日落风生庙门外，几人连蹋竹歌还。

> ——（唐）刘禹锡《阳山庙观赛神》

诗中所谓的"竹歌"即竹枝歌，刘禹锡在庙门外观看赛神之际，听闻人们吟唱竹枝歌，由此便可知其在这一特殊场合的主要功用。随后，刘禹锡也将自己所作的九首竹枝歌词传由当地人祭神而用："昔屈原居沅湘间，其民迎神，词多鄙陋，乃为作《九歌》，到于今，荆楚鼓舞之。故余亦作《竹枝》九篇，俾善歌者飏之；附于末，后之聆《巴歈》，知变风之自焉。"② 由此可知，竹枝词在特殊场合也具备相关的社会功能③。

二 以诗体形式留存的竹枝词

较早时候，"诗"与"歌谣"的概念是融会贯通的，但是随着社会的

---

① （宋）欧阳修、宋祁：《新唐书·刘禹锡传》，《新唐书》，中华书局2011年版，第5129页。
② （唐）刘禹锡：《竹枝词九首并引》，王利器、王慎之、王子今辑《历代竹枝词》，陕西人民出版社2003年版，第2页。
③ 关于这一点，也有学者认为屈原的《九歌》即是根据《竹枝》中祭神歌加工整理的，其通过比较屈原与刘禹锡的写作情况而认为屈原采集并创作的祭祀娱神的《九歌》即是《竹枝》的一种，屈原采集之时还没有《竹枝》之名，而刘禹锡则是因为屈原已经采集祭歌作了《九歌》，所以便采集《竹枝》言风土人情之辞，创作了《竹枝词》。关于这一点，详见金阳撰《竹枝词与土家族民歌初论》，彭万廷、屈定富主编《巴楚文化研究》，中国三峡出版社1997年版，第359—360页。这一论述稍显勉强，刘禹锡效仿屈原，却又不愿步其后尘采集祭神之歌，太具主观臆测的成分。以笔者之见，这可能与民歌的类型有极大关系。也就是说，屈原采集、创作的祭神之歌属于仪式歌，而刘禹锡采集、创作的民间歌谣以生活歌和情歌为主，这也就为竹枝词逐渐发展成为吟咏风土人情的诗体进行了铺垫。

进步以及文学的发展，"诗"逐渐成为专有名词。在讨论"诗"与"歌谣"的关系时，作为我国民俗学学科开创者之一的钟敬文曾提到："诗本来是属于一个社会的全体成员的，它是他们的自然制作，共同财产。但是，从这以后，它一方面虽然还是循着旧路前进，另一方面却渐渐转入别一条道路上去。它成了少数特殊的职业者的产物，这种职业者，或是巫祝，或是乐工，或是供奉诗人。在这些时期，诗已经渐渐部分地或大体地走向现在诗人作品的境界了。它在各方面已经和原始时期的诗（歌谣）显出距离了。"① 也就是说，民歌的本质乃是民间的诗。从这一意义上探讨，民歌对于我国古代文学体裁的形成与发展也有着举足轻重的作用。钟敬文还运用具体实例，通过比较论证了"绝句与词发源于民歌"的观点，其认为："民间的作品固往往成了文学体裁的祖先，可是它们总比较活泼自然、粗疏壮健。"② 由此可知，民歌对于文学体裁的形成与固定起到了极为重要的滋哺作用，作为民歌的"竹枝"也不例外，一定程度上可以说是奠定了竹枝词作为吟咏风土的基础。反之，文人的介入也对民歌的传播与发展产生了极大的影响，这一点也充分地体现在竹枝词的发展过程中。

竹枝词之"词"本取"歌词"之意，最初是指竹枝歌的歌词。唐代诗人蒋吉《闻歌竹枝》中所云："巡堤听唱竹枝词，正是月高风静时"③，这里的竹枝词显然指的是民歌"竹枝"。于此，任半塘认为"认《竹枝》在近体七绝之外，亦在词曲之外，较正确"④。也就是说，从严格意义上讲竹枝词最初并不是归类于诗或者词的独立的文学样式，而是为竹枝歌所填之词。按照任半塘对于唐代诗歌之研究，此时的竹枝词当为"声诗"，即"结合声乐、舞蹈之齐言歌词"⑤。随着唐代诗人发现、记录并摹写竹枝歌词，创作之风逐渐兴起。宋元之后，文人的深度介入使得竹枝词的体制开始发生极大的变化并逐渐形成固定的诗体模式。

---

① 钟敬文：《诗和歌谣》，钟敬文《钟敬文民间文学论集》（下），上海文艺出版社 1985 年版，第 285—286 页。

② 钟敬文：《绝句与词发源于民歌——中国文学史上的一个问题》，钟敬文《钟敬文集·民间文艺学卷》，安徽教育出版社 2002 年版，第 696 页。

③ （唐）蒋吉：《闻歌竹枝》，王利器、王慎之、王子今辑《历代竹枝词》，陕西人民出版社 2003 年版，第 6 页。

④ 任半塘：《唐声诗》（下），上海古籍出版社 2006 年版，第 392 页。

⑤ 任半塘：《唐声诗》（上），上海古籍出版社 2006 年版，第 46 页。

首先，从宋代开始"竹枝"渐渐脱离乐舞，越来越倾向于民谣的特点。清代杜文澜在辑录《古谣谚》时提出："谣与歌相对，则有徒歌合乐之分，而歌字究系总名。凡单言之，则徒歌亦为歌。故谣可联歌以言之，亦可借歌以称之。"① 从这一点上看，作为民歌的"竹枝"是由较短的歌词反复吟咏而成的。由此，当竹枝词失去声容而变为徒歌时便很容易丢弃掉音乐的伴奏而变成仅存文本、以较短的诗体形式出现的竹枝词②。钟敬文对"民歌"与"民谣"进行了区别："民歌受到音乐的制约，有比较稳定的曲式结构，所以歌词也有与之相适应的章法和格局；民谣大都没有固定的曲调，唱法自由近于朗诵，所以谣词多为较短的一段体，在章句格式的要求上不像民歌那么严格"③，这便印证了竹枝词的变化特征。而竹枝词这种渐趋民谣化的特点，也为其拓展了可以表述的对象与内容。据前所述，作为民歌的竹枝词一般包括两类内容：一是仪式歌，即如刘禹锡所见之祭神竹枝词；二是情歌，即如皇甫松、孙光宪所作之竹枝词。而逐渐民谣化的竹枝词在以上三类内容的基础之上又增添了讽刺时政的内容，比如范成大所作的竹枝词：

> 白帝庙前无旧城，荒山野草古今情。只余峡口一堆石，恰似人心未肯平。
>
> ——（宋）范成大《夔州竹枝歌》

将峡口堆石喻为不肯平息的人心，文人借景言志的手法使得竹枝歌已经渐渐带有议论社会时政的意味，而这种特色又恰恰是其在民谣化之后逐渐显示出的文本特征。也正是从这一意义上讲，脱离了音乐的竹枝歌词显然更应该归入民谣的行列。

其次，宋元之后文人模仿与创作之风的兴起，导致竹枝词在民谣的基础之上又逐渐向诗体形式发展。也就是说，如果以现代学科体系的概念标

---

① （清）杜文澜辑：《古谣谚》，周绍良校点，中华书局1958年版，"凡例"，第4页。

② 当然，竹枝词这种由民歌而来的反复吟咏形式在其以诗体形式保存的过程中也逐渐发展成为组诗的形制，这一点后文将详细论述，此不赘述。

③ 钟敬文主编：《民间文学概论》，高等教育出版社2010年版，第173页。

准进行考量，"谣"与"诗"的区别主要来自三个方面：一是内容，即"谣"与"诗"所指向的社会生活层面有所区别；二是形式，即"谣"与"诗"所呈现出的体制与风格有一定的差异；三是主体，即"谣"与"诗"的作者也存在身份上的区分关系。而为了概念的明晰，这些区别又在学术（或说学问）的实践过程中逐渐被明晰化，从而取得了极具影响力的成果。举例而言：

　　阆苑花前是醉乡，踏翻王母九霞觞。群仙拍手嫌轻薄，谪向人间作酒狂。

　　　　　　　　　　　　　　　　　　　　——许碏《许碏醉吟》

　　李白斗酒诗百篇，长安市上酒家眠。天子呼来不上船，自称臣是酒中仙。

　　　　　　　　　　　　　　　　　　　　——杜甫《饮中八仙歌》

以上两则文本无论从内容还是形式上都极为相近，但前者收入《古谣谚》，而后者则成为唐诗中的翘楚，这就从一定程度上表明了"谣"与"诗"之间的某种联系。从根本上讲，民谣与诗本来就有着极为相似的特点："民歌、曲词都是能唱的诗，谣谚不同，民谣有一部分能唱，但不是都能唱，至于谚语大抵都不能唱，而是只能说。然而，谣谚往往短小凝练，押韵上口、易诵好记，从内容到形式都具有诗的某些特质。"[1] 事实上，就体制而言，"谣"更为短小，常为三、五字的杂言体，更易于口头传播，而从竹枝词的发展来看，由于文人的高度参与，使其不仅出现了七言绝句的诗体化倾向，也造成了其与早期民歌形式上的极大变化，即："若后世以七绝咏各地风土人情，名为竹枝词者，皆不过诗家袭用唐乐之曲名而已，完全主文，本不求有声、容"[2]。也就是说，竹枝词之名虽然未变，但其内容与性质已经发生了极大的变化。

_____

① 程蔷、董乃斌：《唐帝国的精神文明——民俗与文学》，中国社会科学出版社1996年版，第535页。

② 任半塘：《唐声诗》（上），上海古籍出版社2006年版，第47页。

唐代以刘禹锡为代表的文人依民间竹枝歌所制之词，又为民众广为传唱，影响甚大："竹枝之音，起于巴蜀，唐人所作，皆言蜀中风景，后人因效其体，于各地为之。"① 后世各地文人纷纷拟作竹枝词，但过于注重文本形式而忽略其作为歌唱的本质，以致于使其最终完全脱离音乐，成为具有相对独立形式的文学体裁，是真正意义上的"文人竹枝词"②。也就是说，竹枝词已然在民歌与民谣的基础之上发展成为七绝诗体，其特点也随之发生了根本性的变化。

一是体制固定。作为民歌的"竹枝"本有二体：一是七言二句式，如前文所举皇甫松之《竹枝》六首；二是七言四句式，如前文所举白居易之《竹枝词》四首。但是，文人拟作多取后者，近七言绝句，使之成为竹枝词的主要体式。据《历代竹枝词》所录，唐宋时期文人所作之竹枝词共存 158 首，其中仅有皇甫松 6 首竹枝词为七言二句式。由此可见，自宋代开始，竹枝词的文本形制已经逐渐向七言四句式倾斜。而随着文学体裁的进一步发展，宋代以后凡出现其他形制的竹枝词文本皆有相关的说明以显示其与竹枝词正体的不同。试看如下竹枝词文本：

莫把雕檀楸，江清如可涉。但闻歌竹枝，不见迎桃叶。

——（宋）贺铸《变竹枝九首》

拨棹里湖去，连堤种芰荷。折来与郎嗅，香比外湖多。

——（清）史夔《小竹枝》

喇嘛打鬼横吹角，黄寺门前拥翠裘。

——（清）佟世思《竹枝（句）》

以上所举宋代诗人贺铸的五言四句式竹枝词共 9 首，但其自认为是

---

① （清）万树编著：《词律》，上海古籍出版社 1984 年版，第 62 页。
② 需要说明的是，此处强调"文人竹枝词"是为与以演唱形式存在的竹枝歌词相区别，以厘清竹枝词的发展历史。事实上，"竹枝""竹枝歌""竹枝词"在具体使用上并没有如此严格意义上的分别。

"戏为之"，且以"变竹枝"命名，足见其不以自作为竹枝词之正格。另外，同样是五言四句式，清代史夔将自己所作称为"小竹枝"，小即小在字数而非句数，而佟世思之诗作独存七言二句，因此被称为"竹枝句"。"变竹枝""小竹枝"以及"竹枝句"这些词语的描述不仅反映了文人拟作竹枝词的极大热情，也从一定程度上揭示了其对于竹枝词正体的认同程度。

二是题材集中。作为民歌的"竹枝"本作哀怨之音，兼述风物。唐宋文人在保留这一特点的基础之上，拓宽了竹枝词的取材范围，使其风格逐渐发生变化："《竹枝》本夜郎之音。依声制辞，实起刘朗州。辞若鄙陋，而发情止义，有风人骚子之遗意。"① 也就是说，因为文人的介入，竹枝词开始带有文学色彩地描摹社会风情。试看以下两首竹枝词：

山上层层桃李花，云间烟火是人家。银钏金钗来负水，长刀短笠去烧畬。

——（唐）刘禹锡《竹枝词》

百衲畬山青间红，粟茎成穗豆成丛。东屯平田秔米软，不到贫人饭甑中。

——（宋）范成大《夔州竹枝歌》

唐代诗人刘禹锡的竹枝词以通俗易懂的语言描述秀丽的山中风光，又运用精心选择的物象以及巧妙的文学笔法突出展示民众的农耕生活，真切地显现了文人竹枝词"取之于民、还之于民"的作用。对此，钟敬文也说道："（刘禹锡的《竹枝词》）虽为七言四句体，但内容、韵律都和当时文人所作的七言绝句不一样，有着很浓厚的民间特点和地方色彩。"② 而同样描绘畬族人民的农耕生活，宋代诗人范成大的竹枝词又表现出了文人竹枝词的另一特点，其词在描述畬乡风物的同时，又表达了文人对于剥削和压

① （元）杨维桢：《西湖竹枝词》，王利器、王慎之、王子今辑《历代竹枝词》，陕西人民出版社 2003 年版，第 64 页。
② 钟敬文：《民俗学与古典文学——答〈文史知识〉编辑同志访问的谈话记录》，钟敬文《新的驿程》，中国民间文艺出版社 1987 年版，第 429 页。

榨现象的愤恨之情。由此，竹枝词在文人笔下又具备了讽喻的作用，因而不仅成为著述者表达社会主张的途径，也成为普通百姓借以抒发愤懑情感的出口。

时至元代，蒙古统治者对于汉族知识分子的轻视与遗弃，造成了文人进仕之路的坎坷。于是更多的文人墨客或是隐遁山林、远离尘嚣，寄情于山水风光，或是流连喧嚣、嘲弄风月，沉溺于欢宴娱乐。社会背景的转变以及文化氛围的更新，使得文坛开始出现大规模的唱和活动，其主题不出于对山水风情的赞美与歌颂以及诗酒人生的潇洒与快意。正是借助这一契机，文人竹枝词也有了大规模的写作及流传趋势，并从一定程度上确定了其主要的题材范围："前元杨维桢寓居湖上，日与郯韶辈流连诗酒，乃舍泛语为清唱，赋《西湖竹枝词》。一时从而和者数百家，虽妇人女子之作，亦为收录。其山水之胜，人物之庶，风俗之富，时代之殊，一寓于词，各见其意。"① 《西湖竹枝集》共收作品近两百首，相关作者 120 多位，并出版发行，足见竹枝词受欢迎程度之深，也从一个侧面反映了文人竹枝词的地位和价值，以及文人对于竹枝词特点转变起到的重大作用。

自宋代开始，文人的深度介入使得竹枝歌慢慢发生着体制和内容上的变化，并逐渐失去其歌舞的形式，文本化倾向十分明显。② 到了元代，由于文人的大规模唱和，从而致使竹枝词完全脱离歌舞的形式，最终定型为七言绝句的诗体。这或许可以算是竹枝歌发展之一大缺憾，但却为文人竹枝词发展之一大契机。正是这一契机使得竹枝词在脱离歌舞、音乐之后，以崭新的内容和形式继续发展并保留至今。

第二节　竹枝词的民俗文献性质

从发现、采录到创作，文人的逐渐介入使得竹枝词慢慢脱离最初歌、乐、舞三位一体的民歌状态，成为具有相对固定的体制和风格的文学文本。

---

① （元）杨维桢：《西湖竹枝集·序》，王利器、王慎之、王子今辑《历代竹枝词》，陕西人民出版社 2003 年版，第 66 页。

② 任半塘曾提及竹枝唱法至宋之变，杨晓霭更是在《〈竹枝〉歌唱在宋代的变化与〈竹枝歌〉体》一文中提出所谓"《竹枝歌》体"以代宋时文人拟作仿歌谣性质的作品。而这些特点都已不是竹枝最初作为民歌时所具备的。

虽然其作为民歌的地位与意义已然消失，但是竹枝词并未因此失去价值而退出历史舞台，反而因其独特的记述题材与内容取得了更为广泛的影响。

一　以吟咏风土为主要内容的竹枝词

在讨论诗与歌谣的关系时，钟敬文曾言："诗，在遥远的过去，是和歌谣同属一体的。在不远的将来，它（至少，其中的一部分）也许还要回到那个老家去——自然，它已经不再是完全旧日的门庭了"[1]，这一论断较好地体现在文人竹枝词的发展历程之上。

宋代开始，文人竹枝词已经呈现出吟咏各地风土人情的主要倾向，如诗人苏轼在其于惠州所作竹枝词的题序中所言："《竹枝歌》本楚声，幽怨恻怛，若有所深悲者，岂亦往者之所见，有足怨者欤？夫伤二妃而哀屈原，思怀王而怜项羽，此亦楚人之意，相传而然者。且其山川风俗，鄙野勤苦之态，固已见于前人之作，与今子由之诗。故特缘楚人畴昔之意，为一篇九章，以补其所未道者"[2]。在这里，苏轼的本意是借助竹枝词补充前人没有描写到的风土人情。由此可见，文人竹枝词的主要功能已经包括了描摹风土与人情。到了元代，《西湖竹枝集》的出版更是扩大了竹枝词专咏风俗的社会影响。时至明清，这一趋势则更加明显，吟咏风土也最终成为竹枝词的主要内容与特点。

竹枝词脱胎于民间歌谣，这是竹枝词吟诵风土的根源所在。民歌与民俗之间本就有着无法割断的联系，很多民歌即是因为民俗而产生和存在的，比如前面所论之民歌"竹枝"。虽然经文人润色后，竹枝词内容和风格都有所改变，但作为其精神本质的民间特色并未受到很大的冲击[3]。吟诵风土人情，当是竹枝词不失本色的唯一证据，也是其能在失却声容之后得以继续发展和更加繁盛的最主要原因："按一般诗调在断绝声容以后，

---

① 钟敬文：《诗和歌谣》，钟敬文《钟敬文民间文学论集》（下），上海文艺出版社 1985 年版，第 285—286 页。

② （宋）苏轼：《竹枝词并序》，王利器、王慎之、王子今辑《历代竹枝词》，陕西人民出版社 2003 年版，第 7 页。

③ 于此，刘航在《中唐诗歌嬗变的民俗观照》一书中认为"民歌竹枝咏风俗，本来只是偶一为之，刘禹锡却敏锐地抓住这一初露之端倪大做文章，将巴蜀风俗刻画地细致入微"。此说承认刘禹锡对于竹枝词之贡献，但未厘清民歌与风土之密切关系而断定"竹枝咏风俗为偶然"则太过武断。详见刘航《中唐诗歌嬗变的民俗观照》，学苑出版社 2007 年版。

即退入徒诗，而生命遂止。不必长短句词调，虽失声乐，因文人从其形式上另得意趣，仍'倚声填辞'不已，独有《竹枝》，在诗调中，与他调不同，于失却声容后，其名称仍续有一段'主文'之生命，且绵亘千年之久。正为状写风土已成为一种特殊内容，时地虽迁，文人仍乐用不辍，然而字句之外，亦终限于名称而已。"① 从这一段论述中可以知道，文人竹枝词虽然不再具备声诗的主要特点（即可和乐而歌、载歌载舞），但却从其内容的主题性出发，以状写地方风土为题材，发展成为极具价值和特点的以诗体形式存在和保留下来的民俗文献，从而成为民俗文化研究不可多得的、极具个性与价值的文本形式。

首先，地域性成为竹枝词内容的显著特征，通过区域性记述广泛描绘各地风土人情的竹枝词文本层出不穷，数目繁多、内容庞杂、主题统一。以下仅以明代竹枝词文本为例，统计其相关的区域归属地信息，以呈现竹枝词吟咏各地风土的实质性特征：

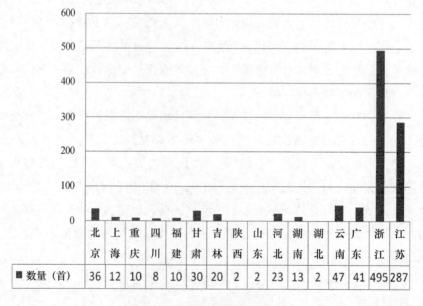

	北京	上海	重庆	四川	福建	甘肃	吉林	陕西	山东	河南	湖南	湖北	云南	广东	浙江	江苏
■ 数量（首）	36	12	10	8	10	30	20	2	2	23	13	2	47	41	495	287

图 1—1 明代竹枝词地域信息

☆表中所录数据皆以《历代竹枝词》之"甲编"（明代时期）的竹枝词文本为准，主要统计诗题明显带有地域指向性的竹枝词，而相对忽略无法准确判断其地域归属者。

① 任半塘：《唐声诗》（下），上海古籍出版社 2006 年版，第 384 页。

由图1—1可以看出，为方便纪咏风土，竹枝词逐渐开始通过题目划分区域范围，从而带上了极为明显的地域化特色。而通过梳理明代竹枝词的文本归属地信息也可以发现，竹枝词的存在地域既包括唐时便已广泛盛行的竹枝民歌的主要流传地域，即巴、楚之地，也包括后来慢慢发展而来的其他传播地区，如京、粤等。而在这些地域之中，既有诸如北京、上海、广州等之类的大都市，也有诸如嘉善、明洲、武塘等之类的小城镇。由此，不仅可以窥见竹枝词流行范围之广，也可以从一定程度上呈现其泛咏各地风土之质。除了用地名冠之竹枝词使其更具地方特色之外，竹枝词文本亦被收入地方文献，成为传播地方文化的知识性读物。下面仍以明代竹枝词为例，统计其中以地名命名数目以及收入地方文献的数目：

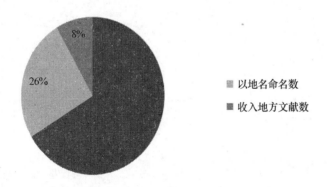

图1—2　明代竹枝词地域特性

☆表中所和数据皆以《历代竹枝词》之"甲编"（明代时期）的竹枝词文本为准，主要以编目中所有竹枝词为主要范围进行地名以及地方文献的统计。

从图1—2的统计数据来看，明代的竹枝词文本中以地名命名和收入地方文献的合计数量已经达到这一时期竹枝词文本总数的三分之一，从而表现出极为明显的地域特性。

此外，竹枝词吟咏风土的内容极为广泛，地理、山水、物产、历史、神话、节日、政治、民生等皆可入诗，可以勾勒一幅真正意义上的民间生活百态图。现以民俗类目及内容为纲，选取相应竹枝词内容作为示例，以呈现其吟咏民俗生活之实质：

表1—1   竹枝词记述的民俗类目及其内容示例

类目	内容	示例
物质生产民俗	农业民俗	边天春事近为农，野烧荒荒二月风。 千里火云吹不断，满城都在夜光中。
	狩猎、游牧和渔业民俗	湖岸茸茸幽草生，长桥短艇望纵横。 八尺苧麻缝作网，忘得银鱼春雪明。
	工匠民俗	珠孃姊妹似双珠，珠食珠衣一事无。 来岁百花成蜜后，花船同嫁媚川都。 注：南汉设媚川都，以采珠为职。
	商业与交通民俗	水落焦湖地势宽，荡舟陆地浔奇观。 长年三老船头坐，凭仗刘家黑牡丹。 注：每逢焦湖水落，舟航俱用牛挽，土人谓之"陆地行舟"。
	饮食民俗	新澄橡粉包蒸栗，石蟹酥烹杏子油。 饱饭春山三月暮，樱桃未熟摘羊球。
	服饰民俗	越罗衫子五铢轻，细祠宫裙百叠成。 促剌云头盘线巧，镂花高底步莲生。
	居住建筑民俗	到此宁教心不灰，非风即雪更尘埃。 毡帷几处山坳里，一似生人在夜台。 注：夷民所处尽蒙古包，多在山坳中，以避风雪。上尖，下圆，顶微平，围以白毡，浑似墓冢。
社会组织民俗	宗族组织民俗	餐风宿水等闲过，不出江洋居有那。 十业相传渔事业，故家乔木又何多。 注：吴县渔册，张文彦、张荣先等8户皆9、10代。阳湖县渔册，薛祖衡、薛以忠、蒋文兴、陆加善等22户皆7、8代。
	社团和社区组织民俗	队队番夷作活来，连村绕舍总成堆。 明年二月锦江口，负米呼豨打伴回。 注：威、茂蛮人至冬月俱襁负而至，为人作活。一交二月，即买猪、米，结伴归去。彼处常寒，难禁内地之热也。
岁时节日	春节	太平节事忒匆匆，新换桃符捉对红。 要问春从何处到，开元寺里一声钟。

续表

类目	内容	示例
岁时节日	元宵节	祃克式才停礼部，旃檀打鬼又萧条。 正阳门外鱼龙甚，火树黏天照走桥。 注：祃克式，华言舞也，俗转呼为莽式，盖象功之乐，每岁除夕供御。先是以岁暮三、六、九日肄于春官，都人得纵观焉。过岁则罢。旃檀，寺名。元旦后，番僧持绽铃扇鼓，聚众念吽，共逐一人，名曰打鬼，盖驱傩之意。京师元夕，男女皆出游，名曰“走桥”。
	清明节	清明佳节柳条拖，放学儿郎手折多。 早送爷娘上坟去，好寻闲处打陀螺。
	端午节	郊西竞渡喜新晴，彩缕朱丝照眼明。 二六少年摇浆急，绮罗两岸不胜情。
	中秋节	中秋云净碧天清，处处红颜达晓行。 今夜姮娥欣有伴，飘香坠粉满江城。
	重阳节	茱萸湾口夕阳斜，孤梦扁舟宿水涯。 听彻悲笳人不起，邗江九日客思家。
人生仪礼	诞生仪礼	南山佛子现真身，相约小姑去求娠。 拉雷香灰多记取，定光帐里摸麒麟。
	成年仪礼	纤纤指细玉抽芽，三无初交点点瑕。 墙上空怜小垂手，迴风如卷落梅花。 注：女十五，黥手指背，墨点如梅花。
	婚姻仪礼	驱马牵羊载酒尊，委禽里屋剧阗喧。 双环却闭缘何故，要待阿翁亲款门。 注：纳采日，必亲翁跪门，女家乃出迎。
	丧葬仪礼	烟漫雾障昼冥冥，佛号仙音降爽灵。 新故坟头新故鬼，醉听弦管饱听经。 注：俗尚佛老，祭以俗节，尤重墓葬，士大夫家始用金鼓。间间好事者慕之。
民俗信仰	信仰对象	迎虎迎猫载圣经，祈年赛社岂无灵。 由来戏事关农事，前队先迎五谷瓶。 注：灯作瓶式，绘五谷而封其口，取五谷丰登意。

续表

类目	内容	示例
民俗信仰	信仰媒介	良医不信信邪巫，疫鬼何曾仗剑驱。 向火朝昏勤奉祀，室中三尺木书符。 注：俗尚鬼，疾疫则巫进医退。 注：每有祈禳，必令道士立符，用木三尺许，书符其上，安立室中，祀以香火。
	信仰表现方式	纸旗百对赛龙王，报导前村麦子黄。 四雨三风不休歇，竿头嘱付扫晴娘。 注：祈雨时，小儿执纸旗歌麦子黄。雨不止，又剪纸为扫晴娘。
民间科技	民间科学知识	甲子晴明百谷宜，田家占候已先知。 新图更判流年好，征鼓来祈八蜡祠。 注：八蜡祠在斜塘镇，禾俗，农家新正贴流年图，以占节候。
	民间工艺技术	归人万里望丘为，白酒黄壶瓠作卮。 来往棹歌无不可，西溪东泖任吾之。 注：丘为，郡人，王维送之诗云："五湖三亩宅，万里一归人。"里中黄元吉冶锡为壶，极精致。近日乡人多用匏樽。西溪在府城西三里，鲍恂所居。东泖在平湖。
	民间医学	华灯昨夕过元宵，翠袖争趋玉栋桥。 艾炙石狮能却病，猰犹个个不曾饶。
民间口头文学	叙事文学	徐福当年采药馀，传闻岛上子孙居。 每逢卉服蠲阎问，欲乞嬴秦未火书。
	民间诗歌	细碾油箍和粪担，长锄两两复三三。 山歌漫唱齐声应，打赌争先去种蓝。
民间语言	常用型民间熟语	新裁衫子越溪绫，雅样梅花间裂冰。 微带几分香汗湿，连朝天气木樨蒸。 注：吴人呼八月天气为"木樨蒸"。

类目	内容	示例
民间语言	特用型民间熟语	三条玉带两条犀，争访金鸡梦白鸡。 高冢累累羊虎尽，塘南塘北乱鸟啼。 注："学绣东，三塔西，一只金母鸡，有人寻得者，三条玉带两条犀。"堪舆家诀也。里中著姓营葬多于是，究未有葬此穴者。
民间艺术	民间音乐	短笛无腔听牧童，山隈随意爱春风。 朝朝听叱红泥辀，预卜丰源十倍丰。
	民间舞蹈	一双红袖舞纷纷，软似花枝乱似云。 自是擎身无妙手，肩头掌上有何分。
	民间戏曲	秧歌初试内家装，小鼓花腔唱凤阳。 如蚁游人拦不住，纷纷挤过蹴球场。
	民间工艺美术	推山掐水米家灯，摹仿黄徐顾陆能。 愈变愈奇工愈巧，料丝图画更新兴。 注：京师米灯，用铁线掐成，衬以细绢，粘贴其上。
民间游戏娱乐	民间游戏	黄皮柚子贱如泥，争赏中秋月底携。 青粉墙黏纸番塔，笑他儿女斗糖鸡。 注：中秋以纸画塔黏壁间，名"纸番塔"。儿女以饧为鸡相戏。
	民间竞技	芳草裙腰绿尚微，少年赌射马如飞。 银貂日暮宫墙外，一道玉河春鸭稀。
	民间杂艺	长竿短索六街连，帖地掀风色艺全。 一似天魔初舞罢，粉香吹过鬓云边。 注：南方走索者多少妇，近京师亦时有云。

☆此表所录之民俗类目及内容乃取自钟敬文主编的《民俗学概论》，而竹枝词文本摘录自《历代竹枝词》之"乙编"（清顺治、康熙、雍正朝）。此外，因竹枝词资料繁多，表中每项只取一首，目的在于呈现竹枝词中民俗资料之丰盛，暂不予以深入分析。

　　由表1—1可以看出，竹枝词描绘风土人情的范围之大、内容之广，使其成为状写民俗的主要诗歌形式。若仅以民俗生活中极为重要的岁时节日信息为目，也可以窥视竹枝词作为民俗史料之繁盛：

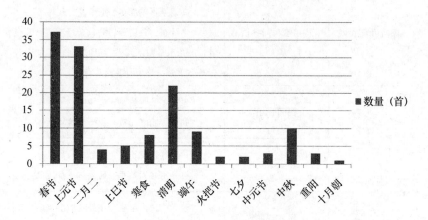

图1—3　明代竹枝词岁时节日

☆此表之统计数目取自《历代竹枝词》之"甲编"（明代时期）竹枝词，以确切提及岁时节日名称为准，兼收一部分明显表现节日习俗之作，记首不记篇。

　　由图1—3可以看出，竹枝词所记录之岁时节日不仅仅涵盖了我国汉族的传统节日中的大部分①，甚至记录了广泛流行于我国少数民族的节日，如彝族、白族、纳西族、基诺族、拉祜族等少数民族在六月二十四举行的火把节。

　　通过以上分析可知，明清之际竹枝词的实质内容已然主要集中于吟咏各地风土人情之上，诚如清人王士禛所言"（竹枝词）则泛言风土"②。而也正是因为吟咏风土，使得失却声容的民歌"竹枝"以诗体的文本化形式留存下来，并且进一步扩大其描述民俗生活的范围，从而得以最大程度的发展，成为具有相当价值的历史民俗文献。

――――――――――

　　①　需要说明的是，其中三月初三的"上巳节"以及十月初一的"十月朝"都已经不为当代所传。

　　②　（清）王士禛：《带经堂诗话》，戴鸿森校点，人民出版社1963年版，第35页。

二　以竹枝词为中心的韵文体民俗文献

确切地说，民俗文献是在现代学科体系建立后所兴起的学术研究用语，其更多地用以民俗学研究过程中使用的文本资料。但是，由于受到追求客观现实的科学理想影响，以韵文体形式存在的文献文本往往在社会科学研究中处于相对比较尴尬的地位。作为民俗学先驱之一的周作人首先肯定了韵文体文献在民俗研究中的重要性，给予以诗体形制存在的竹枝词"风土诗"的定位。周作人在《关于竹枝词》一文中从"韵文的风土志"说起，阐释了"风土诗"的形成过程：

> 　　韵文的风土志一类的东西，这是些什么呢？《两都》《二京》，以至《会稽三赋》，也都是的，但我所说的不是这种大著，实在只是所谓竹枝词之类而已。说起竹枝词的历史，大家都追踪到刘禹锡那里去，其实这当然古已有之，关于人的汉有刘子政的《列女传赞》，关于物的晋有郭景纯的《山海经图赞》，不过以七言绝句的体裁，而名为竹枝者，以刘禹锡为最早，这也是事实。案《刘梦得文集》卷九竹枝词九首又二首，收在乐府类内，观小引所言，盖本是拟作俗歌，取其含义婉转，有湛濮之艳，大概可以说是子夜歌之近体化吧。由此可知七言四句，歌咏风俗人情，稍涉俳调者，乃是竹枝正宗，但是后来引申，咏史事，咏名胜，咏方物，这样便又与古时的图赞相接连，而且篇章加多，往往凑成百篇的整数，虽然风趣较前稍差，可是种类繁富，在地志与诗集中间也自古有一部分地位了。……但总而言之·可合称为风土诗，其以诗为乘，以史地民俗的资料为载，则固无不同。①

在这里，周作人将竹枝词定义为风土诗，归于"韵文的风土志"门下，事实上最早标明了其实质，并通过简要梳理竹枝词的发展历程而指出其主要内容、范围以及作为风土诗的特色与价值所在。

---

① 周作人：《关于竹枝词》，周作人著、止庵校订《周作人自编文集·知堂乙酉文编》，河北教育出版社 2002 年版，第 45—46 页。

　　风土诗（亦可称为风俗诗）即是以描绘和议论风土人情、民俗生活以及地方文化为主的诗歌①。从广泛的意义上讲，凡是涉及民间风俗题材的诗歌都应该划归于风土诗的类别中来。而取其相对狭窄的意义来说，风土诗当为那些来自民众之手、极富生活气息、描绘民间百态、表达民众观念的作品。无论是从广义还是狭义来看，风土诗自不可能仅含竹枝词一体，诚如丘良任所言："竹枝词泛咏风土，而泛咏风土者非仅竹枝词。"②然而，从其历史发展及主要内容来看，竹枝词又确属于名副其实的风土诗。同时，由于其产生时间早、发展历史长，并且受到文人的普遍记录与创作，竹枝词又逐渐成为风土诗中的翘楚。

　　此外值得注意的是，由于竹枝词的历史发展过程时间较长、文本内容也比较广泛，所以其性质也不完全统一。对此，周作人进行了详细的说明，其将竹枝词分为三类："一是所咏差不多全属历史地理的性质的……二是如《四库提要》所云，踵前例而稍变其面目者……三是以风俗人情为主者"③。对于以上三种竹枝词，周作人认为第三类才是真正意义上的风俗诗："平铺直叙不能诗好，拉扯故典陪衬，尤其显得陈腐，余下来的办法便只有加点滑稽味，即漫画法是也。所以这一类竹枝词说大抵是讽刺诗并无不可，不过这里要不得那酷儒莠书的一路，须得有诙谐的风趣贯串其中，这才辛辣而仍有点蜜味。"④ 也就是说，以竹枝词为中心的风土诗

---

　　① 周作人讨论竹枝词的性质以"风俗诗"与"风土诗"两种概念并提，而钟敬文、施蛰存和丘良任都称为"风土诗"。事实上，风俗诗和风土诗之名差别甚微，两者可换用。此处选取"风土诗"的概念，主要考虑其相对较为常见，并意欲由此而建构现代民俗学学科体系之下的"民俗诗"概念。关于相关概念的阐述，详见《北京的风俗诗》，周作人撰，载周作人著、止庵校订《周作人自编文集·知堂乙酉文编》，河北教育出版社 2002 年版，第 48—49 页；钟敬文撰《晚清改良派学者的民间文学见解》，载《钟敬文文集·民间文学卷》，安徽教育出版社 2002 年版，第 327 页；施蛰存撰《关于"竹枝词"》，载施蛰存著，陈子善、徐如麒编选《施蛰存七十年文选》，上海文艺出版社 1996 年版，第 724—726 页；丘良任《论风土诗》，载《暨南学报（哲学社会科学版）》第 17 卷第 1 期，1995 年 1 月，第 90—98 页。

　　② 丘良任：《论风土诗》，《暨南学报（哲学社会科学版）》第 17 卷第 1 期，1995 年 1 月，第 90 页。

　　③ 周作人：《北京的风俗诗》，周作人著、止庵校订《周作人自编文集·知堂乙酉文编》，河北教育出版社 2002 年版，第 48—49 页。

　　④ 同上书，第 49 页。

由于其内容和旨趣的不同也不能统一而论，因而在进行民俗分析时应该尤其谨慎，抓住主要内容及社会背景，以揭示竹枝词记述民俗生活的取向与本质。

以竹枝词为中心的风土诗数量繁多、内容丰富、取材广泛、语言通晓，且颇具地域色彩和乡土气息，应当是民俗学研究的重点取材对象之一。但遗憾的是，当今所见之文章数量并不大，并且方向多集中于竹枝词的源流考辨以及对某人、某地之竹枝词的专向研究上，缺乏真正从民俗学角度的考察。关于竹枝词的历史民俗文献价值，周作人曾经指出："我的本意实在是想引诱读者，进到民俗研究方面去，事这冷僻的小路上稍微增加几个行人，专门弄史地的人不必说，我们无须去劝驾，假如另外有人对于中国人的过去与将来颇为关心，便想请他们把史学的兴趣放到低的广的方面来，从读杂记的时候起离开了廊庙朝廷，多注意田野坊巷的事，渐与田夫野老相接触，从事于民间生活史之研究，此虽是寂寞的学问，却于中国有重大的意义。"①

周作人生活之时，科学意义上的中国民俗学刚刚建立，其作为发起人之一十分重视民俗之于中国社会的重要意义，并且大力呼吁有识之士对于杂记、竹枝词之类纪录田间野巷之事的材料进行民俗方面的研究。可惜的是，迄今为止，中国民俗学蓬勃发展，取得了较大的成绩，但是周作人十分重视的竹枝词研究仍然处于起步阶段。究其原因，当是对于竹枝词的定位不明，没有真正认识到其作为民俗文献的意义和价值。因此，从竹枝词的发展历程出发而最终将其定为诗体形式的民俗文献是对其进行民俗学研究的首要前提。在这一前提之下，对竹枝词的探索便可具备民俗学之价值。

首先，竹枝词泛咏风土，因而保存了丰富的民俗资料，即如唐圭璋所言："内容则以咏风土为主，无论通都大邑或穷乡僻壤，举凡山川胜迹、人物风流、百业民情、岁时风俗，皆可抒写。非诗境得以开拓，且保存丰富之社会史料。"② 也正是从这一意义上，竹枝词乃为民俗学提供了相当

---

① 周作人：《关于竹枝词》，周作人著、止庵校订《周作人自编文集·知堂乙酉文编》，河北教育出版社2002年版，第46—47页。

② 唐圭璋：《竹枝词纪事诗·序》，丘良任《竹枝词纪事诗》，暨南大学出版社1994年版，第2页。

繁复的材料和信息。

其次，竹枝词为精神活动的产物，因而带有明显的主观色彩，从而可以探究其民俗观念和心理。一方面，竹枝词描绘民间生活以"实录"原则，不做过多的修饰、整饬，因而能够透露出普通民众对于生活习俗之观念和认识。另一方面，竹枝词因其语言通晓、风格谐俗而具备极强的感染力，从而为文人所重视，成为其表达自我认识的工具，并欲以此教化民众、移风易俗："因赋俚语，以当讽谏。言者无罪，闻者足戒，古之训也。"[1] 所以，文人在记录和创作竹枝词用以描摹民众生活和观念的同时，也将自己的认识和理想付诸其上，使其具备民众与民间精英的双重民俗观念。但需要特别指出的是，由于竹枝词的内容以泛咏风土为主，因此即使是精英之观念其所反映的也是对于世俗生活之理解。

最后，竹枝词由民歌而起，经文人之手发展与传播，又因其指向民俗生活的俚俗性质而为更多的民众习得与传承，从而以韵文体民俗文献的形式流传至今，成为民俗记述的特殊类型，也从一定程度上体现了"取之于民、还之于民"的发展历程与独特秉性，并因此而成为本身具有民俗特色的生活文化。

综上所述，现存的竹枝词保留了丰富的社会生活资料，反映了最为普遍的民众观念，因而具备极大的民俗学研究价值。但是由于对竹枝词的定位认识不足，使得现实研究多从文学或是历史学的角度出发，无法充分发掘竹枝词的民俗学价值。也正是在这一意义上，从梳理竹枝词的发展历史中发现其作为民俗文献的特征与性质，使得竹枝词和以竹枝词为中心的风土诗真正为民俗学学科所重视，从而最大程度上发挥其作为民俗资料库的功能。

---

① （明）宋徵璧：《金陵灯市竹枝词乙酉》，王利器、王慎之、王子今辑《历代竹枝词》，陕西人民出版社 2003 年版，第 383 页。

第 二 章

京津竹枝词的文本现状及其社会语境

竹枝词以吟咏各地风土为质，而京津竹枝词则主要描绘京津地区的风土人情以及生活习惯。从现有文献资料的历史发展进程来看，京津竹枝词的采录与记述开始于元代、发展于明代，清代以后达到极盛。而从文本内容来看，京津竹枝词记载了自元代至民国各个时期的物质生产与生活、民俗信仰、岁时节日、人生仪礼、游戏娱乐等多种形式的城市民俗生活，是研究京津地区历史民俗生活重要的文字资料。

第一节　京津竹枝词的历史分期及其地理背景

京津竹枝词的发起时间较晚，经历时间较长，其越过了歌、舞、乐三者一体的民歌形式，仅以吟咏京津地区民俗生活的诗体文本形式留存至今。而这一形式又决定了京津竹枝词的文本化特征和文字载体性质。

一　京津竹枝词的文本保存与历史分期

自元代以来，京津地区一直处于我国政治与文化中心的地位，统治阶层观风问俗的历史传统以及文士聚集的社会风气，成为京津竹枝词著述的主要动力与社会背景。而商品经济的发展、近代化程度的不断加深以及城市文化的繁荣又为京津竹枝词的传播与保存提供了有利的条件与支持。从现实状况来看，自元代至民国时期的京津竹枝词散见于各类文集、地方史志资料，以及报纸杂志之中，少见以刻本、抄本、铅印本、石印本形式出现的京津竹枝词专集。而对于京津地区竹枝词的采录和编撰工作最早始于民国时期，由张江裁辑录的《北平梨园竹枝词荟编》以铅印本的形式出版发行。此后，相继有路工编选的《清代北京竹枝词：十三种》、孙殿起辑、雷梦水编《北京风俗杂咏》《北京风俗杂咏续编》等。但是，迄今尚未见有天津地区的竹枝词专集出现。《中华竹枝词全编》存有"北京卷"和"天津卷"，当为搜集京津竹枝词比较集中的部分。通过以上文集的搜集与整理可以窥见京津竹枝词文本的发展历史。

（一）京津竹枝词的形成与发展期

元明两代是京津竹枝词文本产生并逐渐发展的主要时期，这一时期的京津竹枝词的文本数量并不多，内容也以山川、风土的描摹与记述为主，其多收录在竹枝词著述者的个人文集之中，因而主题与风格都较为多元，而且刊行时间差异极大。

表 2—1　　　　　　　　　　　元明时期京津竹枝词文本情况

作者	题目	数量	出处	刊行时间
袁桷	《次韵继学途中竹枝词》	10	《清容居士集》	民国二十五年（1936）
	《次韵继学竹枝宛转词》	4		
王士熙	《竹枝词》	10	《江亭集》	清康熙四十一年（1702）
马祖常	《竹枝歌》	2	《元文类》	元至正年间（1341—1368）
	《竹枝词》	10	《石田集》	清康熙三十三年（1694）
许有壬	《竹枝十首和继学韵》	10	《至正集》	清宣统三年（1911）
宋褧	《竹枝词》	6	《燕石集》	清（1644—1911）
	《竹枝歌》	2		
杨士奇	《居庸道中竹枝》	2	《东里诗集》	明嘉靖二十九年（1550）
	《杨河竹枝》	2		
	《道中戏效竹枝》	1		
周用	《走百病竹枝词》	1	《宁津县志》	明万历十六年（1588）
徐渭	《自燕京至马水竹枝词》	2	《徐文长全集》	民国二十五年（1936）
郎兆玉	《都下清明竹枝词》	5	《武林往哲遗著》	清光绪间（1875—1908）
黄尊素	《长安竹枝词》	7	《北平风俗类征》	民国二十六年（1937）
李元鼎	《燕台竹枝词》	2	《石园诗集》	清（1644—1911）
申佳胤	《赠卢十二竹枝词次李小有韵》	12	《申忠愍诗集》	清（1772—1787）

作者	题目	数量	出处	刊行时间
杜濬	《竹枝词——仿徐渭体咏长安景物》	18	《杜茶村诗钞》	清乾隆八年（1843）
方文	《都下竹枝词》	20	《嵝山续集》	清初（1644—1722）
沙张白	《燕都竹枝词》	4	《定峰乐府》	清道光十八年（1838）
王崇简	《王正谱俗竹枝词》	10	《青箱堂诗集》	清康熙间（1662—1722）
高珩	《水关竹枝词》	3	《栖云阁诗集》	清乾隆间（1736—1795）
谢泰宗	《灯市竹枝词》	4	《北平风俗类征》	民国二十六年（1937）

＊此表以及之后所使用的竹枝词数据主要来源于《中华竹枝词全编》第一卷"北京"和"天津"部分以及《历代竹枝词》中所辑录的京津竹枝词，另有经过笔者田野调查所补遗的竹枝词文本，并按时间大致排序，排序标准先以作者生平为准，生平不详者则以文集刊行时期为准。

从表2—1可以看出，元、明两代的京津竹枝词文本资料相对有限，主要分散于各类诗集之中，而且刊行时间较晚，但是已经开始呈现出关注社会风俗习惯的文本主题倾向，初步显示出其作为民俗文献的主要特质。

（二）京津竹枝词的兴盛与繁荣期

清代开始，京津竹枝词正式进入相对较为繁盛的历史阶段，不仅著述主体有了极大幅度的增加与扩展，而且逐渐开始进行竹枝词文本的辑录与整理工作。

1. 竹枝词专集的刊行

清康熙三十二年（1693），以孔尚任为主的文人团体以北京白云观燕九节为主要题材进行竹枝词的唱和，之后由袁启旭以《燕九竹枝词》的形式刻本发行，是为京津竹枝词发展历史上最早以竹枝词专集的形式进行文本写作与保存的活动，其中共收9位文人创作的共90首竹枝词。民国二年（1913），又有包括老羞、绮佛等10位生平尚不清晰的著述者以《京都竹枝词》为题进行竹枝词创作并以石印本形式发行，共收竹枝词180首。民国十四年（1925），北京姊园、青溪两个文学社团联合举行竹枝词唱和活动，以郭则沄为主的30位文学爱好者共创作竹枝词172首，并以《故都竹枝词》为名刊行。此外尚有各种以抄本、稿本形式出现的竹枝词创作专集。

表 2—2　　　　　　　　　　清至民国时期京津竹枝词专集情况

题目	作者	版本
《燕九竹枝词》	孔尚任等	清康熙三十二年（1693）刻本
《草珠一串——京都竹枝词百有八首》	得硕亭	清嘉庆二十二年（1817）刊本
《都门竹枝词》	杨瑛昶等	清道光十二年（1832）抄本
《燕台竹枝词》	何耳	清咸丰年间刊本
《十年都门竹枝词》	佚名	清同治三年（1864）抄本
《都门竹枝词》	杨静亭 李静山	清道光至宣统（1851—1911）刻本
《京华慷慨竹枝词》	吾庐孺	清宣统年间抄本
《京华百二竹枝词》	兰陵忧患生	清宣统二年（1910）铅印本
《京都新竹枝词》	老羞等	民国二年石印本
《丙寅天津竹枝词》	冯文询	民国二十三年（1934）铅印本
《故都竹枝词》	郭则沄等	民国二十四年（1935）铅印本
《厂甸竹枝词》	锦堂等	民国间稿本

　　除专集以外，其余大量的竹枝词文本散录于各类诗文集、地方史志，以及报纸等相关文献资料中，数目之大、内容之丰富、著述者之多都是元明时期所不能企及的。

　　2. 竹枝词文本辑录与整理工作

　　由于竹枝词散见于各类文献资料之中，因而对其的辑录与整理也相对繁琐与困难。事实上，清代便有人开始有意识地辑录有关的竹枝词文本，比如柴萼在其文集中收入不知名者的竹枝词文本、李静山在辑录前人竹枝词的基础之上进行了增补性质的创作。而系统地搜集与整理工作始于民国时期张江裁辑录《北平梨园竹枝词荟编》，以及之后路工编选《清代北京竹枝词十三种》。而在辑录和整理工作中，《历代竹枝词》与《中华竹枝词全编》是两套收录范围较广、文本资料较为丰富的竹枝词全集性质的丛书。《历代竹枝词》以历史为序，对竹枝词文本进行时代区划，主要跨度为唐代至清代；《中华竹枝词全编》则以地区为界，对竹枝词文本进行区域分割全国各个区域均有收录。通过两套书的对比与互补，可以清楚地获悉以时代为顺序的京津竹枝词文本的主要内容。但是，由于涉及范围较广，两套书也分别存在一定的局限：《历代竹枝词》仅收录了清代以前的作品，而对民国时期的竹枝词未有涉及；《中华竹枝词全编》收录范围虽广，但并未以时代排序，且存在一定的缺漏与错误。因此，在本书研究的起初对于京津竹枝词的文本整理工作中，在充分运用两套全集性质的竹枝词文本资料的同时，也尽可能进行了一定程度的校对与修订，并通过查补相关文献资料对京津竹枝词的文本进行了补充，在此基础之上再加以分类分目，从而形成本书文本资料系统。

综上所述，从时间跨度来看，京津竹枝词主要为自元代至民国时期的作品，其中尤以清代为多；从文题设置来看，京津竹枝词沿袭竹枝词吟咏风土之传统，多以时间、空间为题分类命名，以呈现风土诗之质；从著述主体来看，京津竹枝词的写作者众多，既有名门大家，也有无名小卒，足见竹枝词之大众本色；从文本来源来看，京津竹枝词的出处并不单一，这也说明竹枝词的文本价值存在多元化的倾向。

二　水运发展与京津竹枝词的地理分布

从京津竹枝词的历史发展来看，其并不初生于此，而是在一定社会条件之下由南向北逐渐流传而来，这便与南北文化的交融相关联。此外，竹枝词作为民歌顺水而行的秉性，也使得在其由南向北流传的过程中具有了明确的途径与渠道。也就是说，水运的形成与发展是竹枝词流传过程中最为重要的地理环境条件，也是京津两地及其与早期竹枝词流行区域进行文化交流与联系的主要途径。

（一）京津海河水系的形成与京杭大运河的开通

京津地区位于华北平原，约在夏商之际，传说中连接京津地区与中原地带的"禹贡黄河"便已成流[①]。之后随着地理环境的不断变更，华北平原的水系也各自形成："自南向北有清水（古白沟，今卫河）、漳河、呼池河（今滹沱河）、泒水、易水、巨马河、漯水（今永定河）、沽河（今潮河）、濡水等"[②]，但其各自独立，水运交通并不便利。东汉末年，曹操

----

① 关于这一点，详见韩嘉谷著、天津市地方志编修委员会办公室编：《天津古史寻绎》，天津古籍出版社 2006 年版，第 30—40 页。

② 王玲：《北京地位变迁与天津历史发展（上）》，《天津社会科学》1986 年第 1 期，第 92—93 页。

为运送军需物资，开凿平虏渠、泉州渠与新河以沟通华北区域的海河水系，使华北平原数百条河流汇合于泒水尾入海。隋代又分别开凿通济渠、永济渠，沟通了泒水与黄河、淮河、长江的联系，使得南北水运开始实现通航。其中，永济渠南引沁水通黄河，在今山东德州市与南运河相合，一直到今天津市西，并沿当时的永定河分支至涿郡（即今北京以东）。而自永济渠经过黄河、通济渠、淮河、邗沟，再经江南运河到达杭州，便形成了南北大运河的雏形。唐五代十国以后，随着政治中心的北移以及经济重心的南迁，开通与治理连接南北运输的运河干线也就成为之后历朝统治者的基本国策。元代，京杭大运河的贯通勾连了南北区域，成为国家经济中心与政治中心交融的主要通道。据《新元史·河渠志》载："元之运河，自通州至京师为通惠河，自通州至直沽为白河，自临清至直沽为御河，自东昌须城县至临清为会通河，自三汊口达会通河为扬州运河，自镇江至常州吕城堰为镇江运河，南逾江淮，北至京师，为振古所无云。"① 位于运河北端的京津地区由北运河和南运河互相沟通，其中北运河发源于现北京市昌平区和海淀区一带，向南流入通州，然后流经现在的河北省香河县、天津市武清区，并于天津市大红桥汇入海河。而南运河南起现在的山东省临清市，流经山东省德州市、河北省东光、泊头市、沧县、青县等进入天津市静海县，又过杨柳青流经红桥区南部，至三岔河口与北运河汇合后入海河。由于南北运河的沟通，使得京津地区联系更加紧密。

明清两代对运河水系进行了数次修浚，使得勾连南北的大运河成为水上运输的唯一通道。京杭大运河的开通，营造了新的生态环境与生活环境，极大地改善了运河沿岸区域的社会环境，使运河沿岸的城市相互勾连，促进了运河区域整体的经济、文化发展。位于大运河最北端的北京一直处于政治中心的地位，是中央集权统治最为有力的地方，也是南北经济与文化交流的中间地带。自古以来作为北京军事防线与物资基地的天津则由于运河漕运的贯通以及海运事业的发展，而日渐成为京畿地区的门户。据《畿辅通志·舆地略》记载："（天津府）东环大海，西眺瀛、沧。枕漳、卫之长流，倚卢、白之重阻。渤海萦其左，太行绕其右。地当九河津

---

① （清）柯绍忞：《新元史·河渠志》，中国书店 1988 年版，第 271 页。

要，路通七省舟车，莫不栖泊于其境。九州万国贡赋之艘，仕宦出入、商旅往来之帆樯，江淮赋税由此达，燕赵鱼盐由此给，当河海之要冲，为畿辅之门户，俨然一大都会也。"① 由此可知，京津地区因为固有的海河水系的地理条件以及逐渐开通并发展起来的水运事业而更加促进了彼此的历史连带关系和相互依赖作用。

南北大运河的开通，以及水运事业的发展不仅给京津地区带来了必要的物资支持与商品供给，直接导致了运河沿岸各个城市的兴起与发展，也创造出一条以人文环境为主导的运河风景线，促进了运河沿岸地区的文化融合与共享："从先秦以来，由于各家文化思想的争鸣和吸纳，形成了多个文化圈，以东部地区而言，自北向南，形成燕赵文化圈、齐鲁文化圈、荆楚文化圈、吴越文化圈，大运河恰好像一条丝带将这些文化珍珠串联起来，形成一条独特的运河文化带。这条文化带反映了封建后期传统文化融汇的轨迹，容纳了各个文化圈的特色，呈现出中华文明的精髓。"② 在陆路交通不甚发达的时代，运河水系不仅仅输送着粮草兵马、货物商品，也担负起运送客商、文士等人的重任。正是在这种物与人的流动之中，文化、思想得到了充分的交融，也促进了各地的文学形式的互相交流与传播。也正是通过这一契机，广泛流行于江边、水域的民歌竹枝在文人的记录与唱和之中，以文本化的形式传播到京津地区，成为记述城市生活的韵文体民俗文献。

（二）京津运河水系的发展与竹枝词的地理分布

因为运河畅通而兴起的南北文化交流对于文艺与文学的传播与发展起到了至关重要的作用。自元代起，来往于运河之上的官员、文士、商贾、艺人、僧道等各色人员络绎不绝，并且通过沿途游历、访友、传艺、娱乐、消遣等活动促进着文化的交流与传播，又不断地将运河沿线的各地风土人情纳入眼底、收于笔下。根据记载，早在明朝便有南北方民歌交流的情况出现："（明朝时期北京）各种小曲的来源，除北京民间曲调之外，

---

① 光绪《畿辅通志·舆地略》，《畿辅通志》（第九册），河北人民出版社 1989 年版，第 95 页。

② 《运河文化研究》课题组：《运河文化论纲》，《山东大学学报（哲学社会科学版）》1997 年第 1 期，第 69 页。

最重要的是沿着大运河北上的南方各省的民歌小调。山东临清是一个中转站，北方邻近省份的小曲也不时传来"①。而从竹枝词的发展来考察，这种传播过程甚至更早。早期以民歌形式与江边舟中演唱的"竹枝"即随着运河水系的扩展顺流而上，由南至北，逐渐成为京津地区状写风物的诗体形式。

表 2—3　　　　　　　　　　历代竹枝词主要流行区域

朝代	竹枝词主要流行区域
唐	四川、湖南、湖北
宋	四川、湖南、湖北、江苏、浙江、福建、江西、广东、贵州
元	四川、湖南、湖北、江苏、浙江、福建、江西、广东、贵州、上海、陕西、安徽、北京、河北、辽宁、内蒙古
明	四川、湖南、湖北、江苏、浙江、福建、江西、广东、贵州、上海、陕西、安徽、北京、河北、山东、河南、广西、云南、甘肃、宁夏、澳门、台湾、山西
清	四川、湖南、湖北、江苏、浙江、福建、江西、广东、贵州、上海、陕西、安徽、北京、河北、辽宁、内蒙古、山东、河南、广西、云南、甘肃、宁夏、澳门、台湾、山西、海南、西藏、青海、新疆、香港、天津、黑龙江、吉林
民国	四川、湖南、湖北、江苏、浙江、广东、贵州、黑龙江、辽宁、上海、陕西、北京、广西、云南、甘肃、宁夏、澳门、台湾、海南、西藏、青海、新疆、香港、天津、河北、吉林、内蒙古、山西

　　☆此表主要依据《中华竹枝词全编》进行竹枝词流行地域的相关统计，为使时代衔接更为明晰而忽略时代和地区的过渡区域，以求大致勾勒竹枝词由南至北的流传过程。

　　由表 2—3 可知，唐代以前，竹枝词以其最为原始的民歌状态流行于四川、湖南、湖北一带，而经文人发现、采录和创作之后，开始逐渐在江苏、浙江、江西等地的长江流域传播。自元代开始，由于南北大运河的贯通，竹枝词的传播区域开始向北延伸，慢慢扩展至河北、山东、河南等黄河流域的中原地区。随后，由于文本化的严重倾向，使得竹枝词以诗体的形式跟随记录与著述主体而逐渐扩散至包括西藏、青海、新疆等边疆区

_____

　　① 《中国曲艺志·北京卷》编辑委员会编：《中国曲艺志·北京卷》，中国 ISBN 中心 1999年版，第 7 页。

域。由此可以推断，水运事业的发展，尤其是京杭大运河的贯通不仅仅促进了南北民间文学形式的相互交流，也对早期广泛流行于江边水域的竹枝词之传播产生了极大的推广作用。特别值得注意的是，由于生存空间的变迁，竹枝词也已然褪去了最初的民歌模样，而仅以诗体的文本形式保存下来。

图 2—1　京杭大运河沿岸城市竹枝词分布地区

☆本图中所使用的竹枝词地域来源主要依据《中华竹枝词全编》的目录部分进行统计，★为现存以地名命名的竹枝词流传地区①。

由图 2—1 可以看出，京杭大运河沿线的主要城市（杭州—嘉兴—苏

---

①　京杭大运河的底图来源于互联网，图片下载与编辑：郑艳，下载时间：2010 年 10 月 31 日，下载地址：http://www.bj.chinanews.com.cn/news/2006/2007－06－22/1/_1182470695_20070621224936707.jpg。

州—无锡—常州—镇江—扬州—淮安—徐州—济宁—聊城—临清—德州—
沧州—天津—通州—北京）皆有以地名命名的竹枝词载入史册，从而清
晰地反映出运河水系与竹枝词地理分布的主要关系。也就是说，早期多流
传于江边水域的竹枝民歌顺水而流，常常成为行舟途中所吟咏的诗歌形
式，因而即使退却音容，仍然可以以诗歌的韵律与节奏以及描摹风土的题
材与内容成为广泛流传的文学样式。而竹枝词与水的这种连带关系也鲜明
地体现在京津竹枝词上：

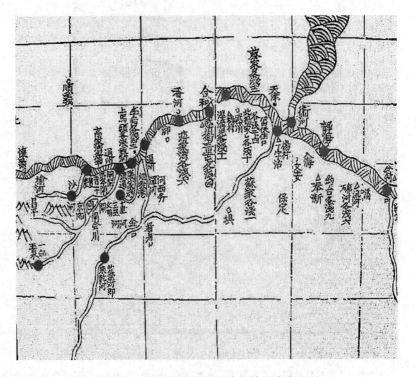

图2—2 京津漕运沿岸区域竹枝词分布地区

☆本图片中竹枝词主要依据搜集整理的京津地区竹枝词内容进行统计，●为京津竹枝词的
主要流传地区①。

由图2—2可知，位于京津地区的多条水系支流（包括玉泉、沙河、
桑干河、香河、卫河、岔河等）以及多个沿河口岸（包括张家湾、武清、

---

① 原图来源：（明）罗洪先编绘《广舆图》，图片编辑：郑艳。

丁字沽、静海等）皆有竹枝词存在并保留下来，成为水运事业的发展影响京津竹枝词形成与发展的确实证据。

第二节 京津竹枝词的城市背景与文本分类

京津地区位于我国黄河流域下游，濒临渤海，在很长的一段历史时期内都处于政治、经济和文化的中心与重心地位。特别是唐代以来，城市的形成、商品经济的发展给京津地区的文化繁荣带来了极大的机遇，也提供了有力的支持。金代定都北京开始，京津地区逐渐成为全国的政治中心区域，因而更加促进了这一地带经济和文化的发展和进步。而经济力量的增长、文化氛围的改善不仅给京津竹枝词的形成与发展创造了极为有利的物质条件和人文环境，也造成了京津竹枝词文本内容与主题的倾向性。

一 城市兴起与京津竹枝词的社会背景

城市是人类文明发展到一定阶段的产物，而城市的形成又为文明的持续发展提供了地理环境、创造了文化氛围。京津地区的主要城市即为北京与天津，两者的历史发展轨迹不同，却又因为政治、经济的需要以及相似的文化底蕴而形成了相互联系的共同发展与前进趋势。

（一）京津城市的形成与发展

北京的历史十分悠久。商周时期此地名曰"蓟"，时为燕国的都城："燕襄王以河为境，以蓟为国。"① 西周至战国时期，燕都地区位于中原农耕经济与北部游牧经济的交界地带，由于地势复杂，经济成分也极其多元化。蓟城作为燕国的行政中心，成为战争相对集中的区域，因而其兴衰又与国家的政治和军事行为直接相关。对此，我国历史地理学家侯仁之认为：

> 从秦时起一直到唐朝末年，每当汉族统治者势力强大，内足以镇压农民的起义，外足以扩张势力、开拓疆土的时候，就一定要以蓟城

---

① （战国）韩非：《韩非子·有度》，张觉等撰《韩非子译注》，上海古籍出版社 2007 年版，第 39 页。

为经略东北的基地。反之，每当汉族统治者势力衰微，农民起义作为阶级斗争的一种形式日趋激烈的时候，东北的游牧部族，也常常乘机内侵，于是蓟城又成为汉族统治者一个军事防守的重镇。最后到了防守无效，东北方游牧部族的统治者，一旦侵入之后，蓟城又成为必争必夺之地，并以之作为继续南进得跳板。自然，这其间也经常出现一些比较安定的局面，于是蓟城又会很快地发展起来，成为中国北部的一个经济中心，并促进了汉族与游牧部族之间的物质文化的交流。①

也就是说，隋代以前蓟城事实上是游牧生活与农耕生活的连接地域，因而具有十分重要的经济功能与军事意义。唐代以后，蓟城成为幽州治所之地，根据《旧唐书》记载："自晋至隋，幽州刺史皆以蓟为治所"②，因而幽州又成为古代蓟城的代称。后唐节度使石敬瑭割让"幽云十六州"给契丹，即包括今天北京、天津以及山西、河北北部的十六个州，而这一行径也成为北京历史发展的重要转折点："在北京古代历史长河中，辽、金、元、明、清五个封建王朝统治时期是极为重要的时期。北京的政治地位发生了重大的变化，逐渐取代了长安、洛阳等古都的地位，由地域政治中心上升成为全国政治中心。"③ 北京政治地位的上升与其处于南北方交融区域、连接农耕与游牧两种不同的根本生活方式有着直接的关系。12世纪初，契丹建立辽代，改幽州为南京析津府，作为陪都。就此，北京城也开始由地域性城市逐渐向全国政治中心转变。随后，女真灭辽，建立金朝，并迁都燕京，改名为中都。直至元代建立，忽必烈宣布改中都为大都，作为国都，并另选新址，兴建城池，遂为今日北京内城的前身④。从此，北京正式成为全国的行政管理中心，是为中央集权所在地，并确立了其作为中国封建帝制时期的最高权力中心的地位。明清两朝，皆以北京为

---

① 侯仁之：《关于古代北京的几个问题》，原载《文物》1959年第9期，引自侯仁之《北京城的生命印记》，三联书店2009年版，第21页。
② （后晋）刘昫等：《旧唐书·地理志》，中华书局2011年版，第1516页。
③ 李淑兰：《北京史稿》，学苑出版社1994年版，第84页。
④ 关于元大都的建造，详见侯仁之撰《元大都城》，载侯仁之《北京城的生命印记》，生活·读书·新知三联书店2009年版，第193—223页。

都城，并在元大都城的基础之上加以改造和扩建，进一步巩固了其政治中心的地位，也为京津地区文化的繁荣与发展提供了经济与政治上的有力支持。

　　天津城市的兴起与北京建都有着密切的联系。从地理区域的形成历史来看，天津所处的平原地区也有着千余载的形成与发展的历程①，但天津作为重要城市的形成与发展却是在北京日渐成为全国政治中心之后。周代以黄河尾闾为界，将如今的天津地区划归为齐国与燕国之属。秦汉之后，由于统治政权的更迭以及行政区划的变化，天津地区一直以多个不同的县邑设置存在。直至金朝，统治者为了保障中都（即当时的北京地区）的安全以及方便储运，建立"直沽寨"，当为如今天津的前身。《金史·完颜佐传》中有关于天津直沽寨的最早记载："完颜佐本姓梁氏，初为武清县巡检。完颜咬住本姓李氏，为柳口镇巡检。久之，以佐为都统，咬住副之，戍直沽寨。"② 虽然没有详细说明直沽寨与天津的直接关联，但间接地表明天津的历史渊源。因此，天津又被称为直沽，与其历史发展有着极大的关系。明代燕王朱棣即位之后，在如今的天津地区设置"天津卫"，并且修建天津城池，而"天津"作为城市的名字也正式出现。据《重修三官庙记》记载："夫天津小直沽之地，古斥卤之区也。我朝成祖文皇帝入靖内难，圣驾尝由此济渡沧州，因赐名曰天津，筑城凿池，而三卫所立焉。"③ 也就是说，"天津"作为"卫所"的称谓当是明成祖朱棣御赐，而根据《明史·兵志》所言："明以武功定天下，革元旧制，自京师达于郡县，皆立卫所。"④ "卫所"当是明代的军事管理机构，也就是说天津城市的发展与其作为京师军事防御重地的地位有着极为密切的关系。随着天津城市的发展、人口的增加，明孝宗朱祐樘派官员专门负责天津地区的事务："天津三卫系畿内近地，东濒大海，北拱京师，因无上钤束以致奸盗窃发，军政废弛，地方骚扰不宁。今特命尔整饬彼处兵备，专在天津驻

---

　　① 关于天津平原的海陆变迁过程，详见天津社会科学院历史研究所《天津简史》编写组编著《天津简史》，天津人民出版社1987年版，第2—5页。

　　② （元）脱脱等：《金史·完颜佐列传》，中华书局2011年版，第2273页。

　　③ 《重修三官庙记》，转引自韩嘉谷著，天津市地方志编修委员会办公室编《天津古史寻绎》，天津古籍出版社2006年版，第286页。

　　④ （清）张廷玉等：《明史·兵志》，中华书局2011年版，第2175页。

扎。自天津至德州止，沿河附军卫有司衙门悉听管辖，尔须不时往来巡历，操练兵马，修理城池，禁革奸弊"①，由此可知天津重要的军事防御作用。明代天津地区所设置的三卫，包括天津卫、天津左卫和天津右卫。清代顺治皇帝首先将三卫合并，雍正皇帝又将天津卫逐渐升为天津州、天津府，并设置天津县。天津逐渐脱离了多县分属的行政区划状态，正式成为统一的行政管理单位，并成为北京附近地区的重要城市之一。

从金代的直沽寨发展至清代的天津县，天津行政地位的上升与北京政治中心的确立息息相关。因为北京政治地位的不断上升，天津作为周边城市得到了极大的发展，而其在经济与军事上的重要地位与作用又反过来辅助了北京的城市发展。

首先，天津的物质生产为北京的城市发展提供了必要的物资保障和财政补充。自古以来，天津地区一直濒临渤海，成为渔盐产业的重要基地，尤其是直沽寨的建立使得天津地区成为制盐重地。元朝专设"三岔沽司""大直沽司"等机构管理渤海西岸的盐场，明朝则设"河间长芦都转盐运使司"，主要管理天津地区盛极一时的长芦盐。而由于天津城市的兴起与发展，清代的长芦盐御史署入驻天津县，成为盐业管理的中心。除此之外，天津还担当着屯田、囤粮基地的重任，不仅满足北京城市生活的日常所需，而且大量供给朝廷税资，是北京城市发展的物资基地。

其次，天津的地理位置使之成为北京军事防御的重要门户。《明史·兵志》载："沿海之地，自广东乐会接安南界，五千里抵闽，又二千里抵浙，又二千里抵南直隶，又千八百里抵山东，又千二百里逾宝坻、卢龙抵辽东，又千三百余里抵鸭绿江。岛寇倭夷，在在出没，故海防亦重。"②由于倭寇经常侵扰渤海沿岸，为了保证政治中心的安全，天津地区不仅集结重兵，而且修建了大量的防御工事，使其成为北京附近最为重要的海防基地，也是进入国家中心区域的首要通道。

综上所述，京津城市的形成与发展有着来自政治、经济、历史等多方面的因素，同时也由于这些因素的影响，使其沿革与发展有着自身的显著

---

① 《孝宗敬皇帝实录》，引自黄克力编著《〈明实录〉（1368—1627）中的天津史料》，天津人民出版社 2011 年版，第 107 页。

② （清）张廷玉等：《明史·兵志》，中华书局 2011 年版，第 2243 页。

特点：

第一，作为传统政治消费型城市的特征依然明显。社会学家郑杭生认为："明清以后，由于商品经济的发展，我国的城市出现了一些新的变化。（1）城市发展的动力发生了变化。以前城市兴衰的影响因素主要是政治与军事力量，明清以后城市发展的推动力量开始转变为经济力量，形成了一批以手工业和商业为主的城市。（2）城市的功能和性质发生了变化。以前城市主要用于政治和军事目的，明清以后，城市的经济功能明显增强。（3）城市的社会关系发生了变化。出现了手工工场雇主与雇工、商人与雇员、商人与手工业主之间多重、复杂的社会关系。"① 这些特征虽然在京津地区也有所体现，但是由于北京成为全国的政治管理和最高权力中心，其主要属性仍然以政治与文化特征为主。而天津作为北京的辅助城市，更多地呈现出以军事与经济为主要倾向的特点。

第二，城市居民成分复杂，移民现象明显，但是移民的动力支持更加多样化。移民是城市发展的重要因素之一，英国城市学家刘易斯·芒福德（Lewis Mumford）认为："不同种族的世系、不同的文化、不同的技术传统、不同的语言，都聚集到一起，并且相互融合。……不论在什么地方，城市的兴起似乎都伴随着大力突破乡村的封闭和自给自足。"② 移民的产生使得城市居民的成分日渐多元化，从而也造成了城市文化的复杂性。而由于京津地区地处国家权力中心地带，更多的来自各地的官员、文士以及使者汇聚于此，使得居民成分更加多样，经济、政治与文化都成为移民的主要动力。

第三，城市规划具有王权特征，功能分区明显。据《周礼·冬官考工记》记载："匠人营国，方九里，旁三门。国中九经九纬，经涂九轨。左祖右社，面朝后市。市朝一夫。……王宫门之制五雉，宫隅之制七雉，城隅之制九雉。经涂九轨，环涂七轨，野涂五轨。门阿之制以为都城之制。宫隅之制以为诸侯之城制。"③ 这种以行政和礼教为主要指导的城市

① 郑杭生主编：《社会学概论新修》，中国人民大学出版社 2003 年版，第 301 页。

② ［英］刘易斯·芒福德（Lewis Mumford）：《城市发展史——起源、演变和前景》，宋俊岭、倪文彦译，中国建筑工业出版社 2004 年版，第 102 页。

③ 《周礼·冬官考工记》，（汉）郑玄注，（唐）贾公彦疏，《周礼注疏》，上海古籍出版社 2010 年版，第 1663—1672 页。

规划原则不仅奠定了我国历朝城市修建的基本框架，其几乎适用于历朝国都，并且影响着全国其他的大小城市，而京津城市的规划与布局体现得最为明显。城市的规划与布局不仅影响着京津地区的城市民俗生活，为民众的日常与节庆生活提供相应的空间与环境，也成为竹枝词记述民俗文化的主要场景与语境。

京津城市的形成与沿革为京津竹枝词的产生与发展准备了必要的社会条件，同时也为京津竹枝词的民俗记述提供了相应的文化空间，可以说是使其从乡土文化过渡到城市文化特征的主要因素。

（二）从巴楚文化到京津文化

中国的地域广博，不同的区域存在着自然条件与地理环境上的不同，以及民众在生产、生活等习惯上的差异，因而不同的地域也存在着文化传统上的差别。正如《汉书·地理志》所言："凡民函五常之性，而其刚柔缓急，音声不同，系水土之风气，故谓之风；好恶取舍，动静亡常，随君上之情欲，故谓之俗。"① 也就是说，地理环境与人文政治的不同造就了区域文化的差异性，而文化传统上的区别也对京津竹枝词的形成与发展产生了重要的影响。如前所述，竹枝词早期以民歌的形式流传于巴楚一带，因而其本身也带有巴楚地区的鲜明特征。首先，巴人能歌善舞。《文选·宋玉〈对楚王问〉》中称："客有歌于郢中者，其始曰《下里》、《巴人》，国中属而和者数百人。"② 可见，巴人之歌多为合唱，一人领唱，众人相和，这与民歌"竹枝"的唱法如出一辙。其次，楚人信奉巫神。《国语·楚语》中称："民是以能有忠信，神是以能有明德，民神异业，敬而不渎，故神降之嘉生，民以物享，祸灾不至，求用不匮。"③ 由此可知，楚地民间崇巫之风极盛，因而竹枝词也被用作祭神时的仪礼歌曲。巴楚地区位于我国的长江中下游流域，由于二者之间长期的边际文化交流，以及楚国占领巴国故地的历史原因，使得巴楚之间的物质文化与精神文化实现了

---

① （汉）班固：《汉书·地理志》，（汉）班固著，（清）王先谦补注《汉书补注》，上海师范大学古籍整理研究所整理，上海古籍出版社 2008 年版，第 2891 页。
② （梁）萧统编选：《文选》，（唐）吕延济、刘良、张铣、吕向、李周翰、李善注，《日本足利学校藏宋刊明州本六臣注文选》，人民文学出版社 2008 年版，第 688 页。
③ 《国语·楚语（下）》，邬国义、胡果文、李晓路撰，《国语译注》，上海古籍出版社 1994 年版，第 529 页。

互动与共享，从而形成了极具特色的巴楚文化："第一，巫鬼崇拜；第二，干栏式建筑，即吊脚楼；第三，道家哲学思想；第四，性格敦厚，天性劲勇；第五，踏歌、跳丧以及其他许多民俗文化因素，多渊源于古老的巴地各族，秦汉以后又成为巴楚文化区各族共同的民俗；第六，神女传说，是巴楚文化中最富浪漫色彩的精神文化内核。"① 巴楚文化的这些特征在早期作为民歌的"竹枝"中有着一定程度的体现，主要包括：一、在内容多以朴实、淳厚的乡土风情为主；二、在形式上主要为载歌载舞的民俗文艺活动；三、在功能上以抒情或祭祀为主。② 而随着竹枝词的发展与流传，当其逐渐退却声容，以文本化的形式渗入京津地区时，又不免受到地域文化的影响发生相应的变化，因而带上了明显的京津文化特征。

京津文化最早缘起于燕赵文化（主要指流行与传播于古代燕赵区域的物质、精神、制度、思想以及生活方式的内容），加之燕赵文化的初始阶段由于政治、经济发展的相对滞后而未能显示出极大的魅力与魄力，而常年的战争又给燕赵地区的文化发展造成了不同方式和程度的影响，致使燕赵地区逐渐形成了"慷慨悲歌"的文化风格。明末清初文人黄宗羲曾言："彼知性者，则吴、楚之色泽，中原之风骨，燕、赵之悲歌慷慨，盈天地间，皆恻隐之流动也。"③ 燕赵之地也存在极具地域特色的民间诗歌题材，汉代乐府歌辞中有《燕歌行》《出蓟北门行》等曲目，多以军旅、豪侠、边塞为题材，与江南流行的《竹枝》《柳枝》等曲目风格截然不同。也就是说，若仅以民歌的形式考察竹枝词的流传与发展，则无法准确和清晰地定义京津竹枝词的性质与地位。而巴楚文化与燕赵文化的极大差异，也无法给作为民歌的竹枝词提供相应的文化语境与生活空间。因而退却声容的竹枝词文本形式便使得其能够更加容易地融入北方地区，成为记述民俗生活的诗体形式。

---

① 段渝：《先秦巴文化与巴楚文化的形成》，《华中师范大学学报》（人文社会科学版）2004 年第 1 期，第 18 页。

② 由于巴楚一带多为土家族聚居地，因此早期的竹枝也被认为是土家族民歌，详见张紫晨撰《竹枝词与土家族民歌》，载《张紫晨民间文艺学民俗学论文集》，北京师范大学出版社 1993 年版，第 63—81 页。

③ （明）黄宗羲：《马雪航诗序》，沈善洪主编：《黄宗羲全集·南雷诗文集》，浙江古籍出版社 2005 年版，第 96 页。

自金代开始，北京成为政治中心，天津也因为其重要的军事与经济功能而迅速崛起，从而使得源自燕赵文化的京津文化开始呈现出独特的个性。

首先，京津文化是宫廷文化与民间文化互动的成果。由于政治的影响，京津文化中分别存在着代表着上层社会的宫廷文化以及代表着中下层社会的民间文化，其通过官员与士大夫等中间力量彼此影响、互相交流。因为京津地区的政治中心地位，又使得宫廷文化成为此区域的主流部分，以强大的政治权力与政策实施制约着民间文化的发展方向和趋势。与此同时，作为主体部分的民间文化又因其广泛的民众基础，而从一定程度上影响着宫廷文化的内容与形式。

其次，京津文化是民族文化融合的产物。自公元8世纪左右契丹入主幽州开始，女真、蒙、满等少数民族相继统治京津地区使得汉民族文化与少数民族文化的交流与融合成为必然趋势。这其中不仅存在着游牧文化与农耕文化的碰撞，也夹杂着农业、商业、手工业等各种经济生活方式的交流。

最后，京津文化是中外文化交融的结果。我国是世界的文明古国，历史上中外文化的交流活动频繁，而京津地区作为全国的政治中心区域，也成为中外文化交流的主要基地。无论是早期"以我为本、为我所用"的平等交往，还是后来西方通过战争、传教等手段的强行侵入，都从一定程度上促进了中外文化的交融互补，同时也在客观上加快了中国近代化的脚步。

美国汉学家施坚雅（G. William Skinner）以人文地理的方法进行城市群的区域划分，其认为："在每一个主要的地文区里发展着一个合理的分离的城市体系——一个城市群……每个地区的主要城市是在中心区或通向中心区的主要交通线上发展起来的；也因此一个地文区内所有的城市发展了层级事务处理的模式，最终在中心区形成一个或更多的城市。"① 也就是说，任何一个城市体系中必然存在一个核心点，其存在与变化直接影响着周边区域，构成具有辐射与反辐射作用的文化圈。从这一意义上讲，京

① ［美］施坚雅（G. William Skinner）:《十九世纪中国的地区城市化》，［美］施坚雅主编:《中华帝国晚期的城市》，叶光庭等译、陈桥驿校，中华书局2000年版，第248—249页。

津地区的核心点显然是作为全国政治中心的北京，其在整个京津地区的城市体系中处于主导性地位。因此，京津文化主要受到北京作为全国行政管理中心与权力中心的重要影响，而由其辐射所影响的天津地区一方面受到政治权力与宫廷文化的间接影响，另一方面又通过自身经济和军事的功能反辐射于北京，从而成为极具政治与经济双重特色的民俗文化圈。而京津竹枝词作为描写京津地区城市民俗生活的诗歌形式，与京津地区的城市发展有着密切的联系，其不仅是京津城市发展的产物，更体现着京津城市文化的主要特征，是京津地区民俗文献的重要组成部分。

二　京津竹枝词的文本分类与民俗内容

由民间歌谣发展而成为文人诗歌的竹枝词，有其丰富的记述内容与广阔的关注视野，以及不断发展的动态变化过程，从而形成了多种多样的文本资料。周作人曾从内容与风格的角度出发，对竹枝词的分类进行了初步的阐释。按照这一基础性理论初探的成果指示，根据京津竹枝词的主要记述内容和特点，在本书建立的竹枝词文本资料库的基础之上，可将京津竹枝词进行如下分类：

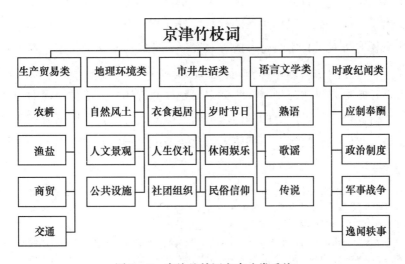

图 2—3　京津竹枝词文本分类系统

根据图 2—3，京津竹枝词大致可以分为 5 个大类、20 个小类，突出地表明了其内容的丰富性与多元性。尤其需要说明的是，京津竹枝词文本多以七言绝句的诗体形制存在，而在同一首诗中又存在着记录多种社会现实的现象，因而本书研究的分类原则有二：一、由题目而来，即根据竹枝词文本本身所具有的题目进行归类，比如《都下清明竹枝词》归入岁时节日类等；二、由题旨而来，即根据竹枝词文本的主题旨趣并结合民俗类目进行归类，比如单纯描绘景物和建筑的即被归入自然风土类，而详细记述民众在社会环境中的具体活动的便再根据其主要内容进行归类。根据如上原则，对于竹枝词文本的分类便内涵一个立场，即避免重复。也就是说，虽然竹枝词是以诗体的形制存在，在一首诗之内存在记述多种社会现象的可能性，因而本书进行研究时取其主体内容以归类，避免同一首竹枝词分别出现在不同的类目中的现象①。从这一点出发，根据不同类目的内容与特点，竹枝词记述民俗的主要范围与价值也相对清晰起来：地理环境类主要从环境的角度出发，提供关于民俗生活的人文地理与城市风物的信息；生产贸易类主要从经济的角度出发，提供关于民俗生活的物质条件与生存方式的信息；市井生活类主要从文化的角度出发，提供关于民俗生活的历史传统与文化语境的信息；语言文学类主要从语言的角度出发，提供关于民俗生活的语言表达与口头文学的信息②；时政纪闻类主要从社会的角度出发，提供关于民俗生活的社会背景与权力更迭的信息。由此，在京津竹枝词的所有类目中，每一类都与民俗有着极为密切的关系，都为研究京津竹枝词作为民俗文献的特征与风格提供着极为重要的内容与信息③。作为以吟咏地方风物与生活文化为主要题材的诗体，京津竹枝词的内容涉及的民俗类目，从最广泛的基础和范围上描绘了自元代至民国时期京津地区民俗文化的主要内容、发展历史以及变迁过程。同时，又因为京津地区

---

① 需要说明的是，此种分类原则与方法很容易出现偏颇，因而本书研究在进行文本整理与分类工作时尽最大努力使其能够较为清晰地符合文本内容本身所具备的史料价值。但由于竹枝词文本的特殊形制，这种偏颇又很难避免，如有疏误之处留待日后弥补。

② 需要特别指出的是，此类目中的"歌谣"取其继承民歌形式的情歌为主，以避免与竹枝词本身作为歌谣的雷同与重复，或稍欠妥当，但从研究对象的现状以及研究立意出发来看，只能暂作如此处理。不尽之处，留当日后弥补。

③ 需要说明的是，虽然各类竹枝词文本都可为研究京津城市生活提供一定的信息，但从京津竹枝词文本的主体倾向可以发现市井生活类是其中最为丰盛与鲜明的主题与内容，着重描绘了京津城市民俗生活，因而是本书研究最为主体的内容。

特殊的地理位置，以及竹枝词文本的形式特征与艺术风格而呈现出一定的倾向性，主要表现为集中描绘民俗生活中的市井生活。

美国社会学家帕克（Robert Parker）认为："城市，它是一种心理状态，是各种礼俗和传统构成的整体。换言之，城市绝非简单的物质现象，绝非简单的人工构筑物。城市已同其居民的各种重要活动密切地联系在一起，它是自然的产物，而尤其是人类属性的产物。"① 从这一点上来说，无论是描述城市民俗生活还是研究城市民俗生活都离不开对于人的关注，这也正是展示和分析京津竹枝词作为民俗文献的根本切入点。在城市民俗生活中，市民是最为广泛和重要的民俗文化承载体。透析京津竹枝词所记述的市民日常生活才具有更为明显的民俗文献研究的主旨与方向。而从京津竹枝词的文本内容来看，其对于市井生活的关注与记述也是最具普遍性的。

（一）京津竹枝词记述的衣食起居

衣食起居是市井生活中最为普遍，也是最为重要的生活内容与民俗文化。衣食起居的变化与发展，不仅仅直接呈现着城市民俗生活的基本状态，也从一定程度上反映着生活传统的沿袭与历史文化的变迁。从这一意义上讲，有关日常生活之中的衣食起居的记述便是一种历史活动："历史的主要部分本就应是这些衣食住行、日常生活的记录和记述。之所以记录和载述，是为了保存经验，巩固群体，传授后人，'归根到底'，还是为了衣食住行"② 。而京津竹枝词所记述的衣食起居，一般包括民众在日常生活中的穿衣打扮、饮食习惯以及居住环境等相关信息，也从文本资料的角度提供着关于市民日常生活的经验，并以地方传统知识的方式绵及后代。

1. 服饰习俗

服饰，最初起源于人们遮身蔽体的实用性生活需要以及传达美感的审美追求，而在社会历史的发展过程中，服饰也逐渐开始承载相应的地域文

---

① ［美］帕克（Robert Parker）：《城市：对于开展城市环境中人类行为研究的几点意见》，［美］R. E. 帕克等《城市社会学——芝加哥学派城市研究文集》，宋俊岭等译，华夏出版社 1987 年版，第 2—3 页。

② 李泽厚：《历史本体论》，生活·读书·新知三联书店 2002 年版，第 24 页。

化知识、民族认同意识以及社会等级观念等思想内涵。京津竹枝词对于服饰的记述与描摹，基本上表现了服饰民俗随着历史发展的大体脉络以及其中所蕴含的社会意义与内涵。

（1）服饰与经济发展。从物质生活的角度来说，服饰的变化与发展与社会物质条件的改变与丰富有着极为密切的关系。换言之，物质条件的丰厚往往可以为服饰的发展提供一定的基础与支持。试看如下竹枝词：

> 烟柳蒙蒙蔽狭邪，春衣不见浣轻纱。松江大布鸦青色，结束今年易内家。
>
> ——（清）王士祯《都门竹枝词》

此首竹枝词中所提及的"松江布"甚为著名，其始创于元代松江府（今上海市松江区），创造者是大名鼎鼎的黄道婆。据《南村辍耕录》载："元初有一妪，名道婆者，自崖州来，乃教以做造捍弹纺织之具"，使得此地区的纺织业逐渐盛行，以致"人既受传，竞相制造，转货他郡"①。在黄道婆的悉心教授下，松江布成为质地优良、远近闻名的畅销品，松江也成为元代的棉纺织业中心。随后，明代松江附近嘉善、魏塘的纺织业也逐渐发展起来，使得此区域的棉纺产品更加广泛地流通各地，因而民谚有曰："买不尽松江布，收不尽魏塘纱。"通过这首竹枝词也可以了解，松江布在京津地区也受到市民的普遍欢迎，由此也可以窥见南北商贸流通的信息。而随着丝织业的发展，名目繁多的丝制品也充斥于人们生活之中：

> 衣裳花样炫新奇，上当无如人造丝。商贾不知亡国耻，绸名印度布高丽。
>
> 我国产丝，所有丝制品均极美观、适用。近发明人造丝一种，实系麻质，用机器轧压，花样鲜明，电光夺目，或名纱，或名葛，或名绸缎，价较纯丝品为廉，而昂于布类。著身即破，破且成片。北语被贻曰"上当！"印度绸、高丽布，均最时兴之品。
>
> ——（民国）冯文询《丙寅天津竹枝词》

---

① （元）陶宗仪：《南村辍耕录·黄道婆》，中华书局1959年版，第297页。

以上这首竹枝词不仅描绘了我国丝织业的兴盛与发达，也记录了外国丝织品——人造丝与高丽布在京津地区的流行状况。随着生产的发展与商品的流通，人们的穿衣材质也越来越多样化和高档化。而若从配饰种类的变更与增添来看，京津竹枝词对于饰品、妆容的记载更能体现出物质条件对于服饰所产生的巨大影响：

> 短襟驴背挽丝缰，半老佳人学淡妆。高髻峨峨吹不断，满头竞插白丁香。
>
> ——（清）郭士璟《燕山竹枝》

> 美人头上满珍珠，物出西洋化学炉。价重只知争购取，典时能价一钱无。
>
> ——（民国）孽僧《新京华竹枝词》

以上两首竹枝词描绘的皆是头饰，前一首约出于清代顺治、康熙年间，可见此时的平民百姓的头饰基本还是以自然界中的花朵为题材；后一首约出于民国时期，而此时受到西方工业文明的影响，老百姓的头饰已经转由以各类工艺制品为主。而随着工商业的逐渐发展，旧时的脂粉、香料也逐渐被西洋化妆品代替，成为人们时尚生活中的必备品：

> 点缀新妆妙入时，百家双妹并先施。怕逢虢国嫌脂粉，丽质天生但扫眉。
>
> 百家利、先施公司、广生行各化妆品销路甚畅。
>
> ——（民国）冯文询《丙寅天津竹枝词》

由以上数首竹枝词的文本记述可以发现，从最简单的、取自自然的配饰到琳琅满目的各类精美饰品，再到西方工业文明进入以后逐渐兴起的化妆品产业，京津竹枝词所记述的城市服饰习俗因为物质条件的发展而呈现出极为显著的变化趋势。而这一由物质所影响与呈现的服饰习俗变化趋势虽然呈现着时代的特点与变迁，但贯穿于其中的、人们对于美的追求却是始终如初的。

（2）服饰与文化交融。中国的地域广博，民族众多，因而各地、各民族也有着不同的服饰习俗和审美观念。而就京津竹枝词的记述时限与区域来看，南方与北方、汉族与少数民族，乃至中国与西方国家的文化交流，都影响了服饰的变化。首先，随着京杭大运河的开通以及南北方文化的交流与沟通，南方服饰逐渐在京津地区流行起来。以清代女性的发式为例：

卫　头

随时百物递更张，无论城中与四方。只有人家云髻样，多年不改旧时装。

<small>妇人髻样高起前向，他处呼曰"卫头"，久而不变。</small>

——（清）崔旭《念堂竹枝词》

清朝入主中原以后，在一定时间内满族妇女的发型并没有发生变化，仍保持着传统的"盘髻式"。但是，随着清代各方面礼仪制度的确立，以及满汉服饰文化的交融，满族妇女的"盘髻式"发型被一种新型的发型所代替——即"两把头"，也就是头发平分左右，各自扎起。初期，两把头规模较小，无法承受较重的头饰，因而多以鲜花为主要装饰品。后来，为了能佩戴起较为华贵的首饰，"两把头"，也加以改良，开始使用辅助的盘发工具——发架。盘头时，先将头发分成左右两把，然后交叉绾在发架上，再将后面的垂发束起，使其微微上翘，称为"燕尾"：

头名架子甚荒唐，脑后双垂一尺长。袍袖直如弓荷袋，可能恭敬放挖杭。

<small>近时妇女，以双架插发际挽发，如双角形，曰"架子头"。近因袍袖太宽无挂，不堪雅相，故皆将袍袖头移于挂上。"挖杭"，清语，袍袖也。旗礼，妇女见尊长必放袍袖，今则亡矣。</small>

——（清）得硕亭《草珠一串——京都竹枝词百有八首》

这种发型可以承受重量十足、华贵艳丽的头饰，因而备受推崇，也逐渐发展得更为繁复。除此以外，南北方文化的进一步交融也给京津地区的女性带来了不一样的发型选择，比如清代中叶开始流行的"平头"，其又称"平三套"或是"苏州撅"，刚开始主要盛行于少妇之中，之后也在老妪中广泛应用：

平 头

跑行老媪亦平头，短布衫儿一片油。长髻下垂遮脊背，也将新样学苏州。

——（清）杨静亭编撰、李静山增补《都门竹枝词》

从以上竹枝词的记述可以发现，明清之际江南水乡的服饰也是北方城市女子广泛效仿的时尚潮流来源之一。其次，清代满族夺得统治地位，因而满洲的服饰在京津地区也得以流行：

一条白绢颈边围，整朵鲜花钿上垂。粉底花鞋高八寸，门前来往走如飞。

——（清）杨瑛昶《都门竹枝词》

以上这首竹枝词主要描绘的是清代初期，满族人主中原之后，身着民族服饰的满族女性在街头行走的景象，其中流露出的主要是人们对于异族服饰文化的好奇与欣赏。而随着时间的流逝，这种好奇与欣赏便促进了人们亲自实践的愿望，于是满族服饰的某些特点开始影响传统的汉族服饰，满汉交融的服饰文化得以形成：

名门少妇貌如花，独坐香车爱亮纱。双袖阔来过一尺，非旗非汉是谁家。

——（清）得硕亭《草珠一串——京都竹枝词百有八首》

六街游览好年光，仕女如云得得忙。鹊髻青衫乌鞋薄，不旗不汉诧新妆。

近有妇女梳髻似俗，所谓"喜鹊尾；青布衫，黑鞋薄底不簪花"，状如嫠妇，二十年前未有也。

——（清）宝廷《都门岁暮竹枝词》

从以上两首竹枝词的描绘可以发现，清代中后期，满族服饰与汉族服饰的互相借鉴与改良已经成为京津地区服饰民俗发展的主要因素与态势。但是，随着清王朝的覆灭，满族服饰便开始慢慢地消失于人们日常生活的范围之中：

> 大半旗装改汉装，官袍截作短衣裳。脚跟形势先融化，锐首莲钩八寸长。

——（民国）绮佛《京都新竹枝词》

由此可知，满族服饰在京津地区的流行与淡化，与社会政治有着极大的互动关系。由于清王朝的建立与统治，满族服饰得以在京津地区极大地推广，其中透露的不仅仅是民族文化之间的互融，更暗含着权力支撑下的社会群体的趋同意识与时尚观念。这也印证了由德国社会学家西美尔（Simmel）所提出的以服饰为代表的社会风尚往往带有社会等级的重要内涵与意义[①]。最后，京津地区作为对外交流的中心，也成为异域文化的展演台，其中即包括服饰所带来的对于服饰功能与审美的影响：

> 新式衣裳夸有根，极长极窄太难论。洋人著服图灵便，几见缠躬不可蹲。
>
> 近今新式衣服，窄几缠身，长能复足，袖仅容臂，形不掩臀，偶然一蹲，动至绽裂，或谓是慕西服而为此者。然西人衣服，只求灵便适用，并未见窄瘦如斯，殆于取法之中，进步改良，始创此式。

——（清）兰陵忧患生《京华百二竹枝词》

> 双瞳匪碧发非黄，交际娴于姊妹行。昨喜有朋归海外，今朝得意服西装。

——（民国）冯文询《丙寅天津竹枝词》

---

① 关于西美尔提出的社会时尚问题，详见［德］西美尔（Simmel）《时尚的哲学》，费勇、吴蕈译，文化艺术出版社2001年版，第70—93页。

清末民初，由于西方服饰的传入，使得人们在对比的基础之上开始认识到中国传统服饰的繁琐，因而逐渐掀起了更衣易服的热潮。与此同时，慢慢形成与发展的中国资产阶级代表还将政治理想付诸更衣易服的活动上："盖欲以改民试听，导民尚武，与欧美同俗，见习忘之，以为亲好，故不惮专制强力以易之也。且夫立国之得失，在乎治法，在乎人心，诚不在乎服制也。然以数千年一统儒缓之中国，衷衣博带，长裾雅步，而施之万国竞争之世，亦犹佩玉鸣琚，以走趋救火也，诚非所宜矣"①。由于西服的简单、灵便，使其逐渐成为人们日常服饰，也因为其承载着社会改良的政治理想，使其在传统中国的近代化过程中起到了风向标的作用。除此以外，西方传入的部分衣饰，也因其独特的个性风采而成为人们追求时尚的主要手段：

　　飞蓬新髻号东洋，双镜金丝半面妆。画舫人归风异笛，满身俱带美荷香。

　　　金丝眼镜。

　　　　　　　　　　　　——（民国）逸云《京都新竹枝词》

　　电钮斜排灿若星，新舒天足更娉婷。日妆不喜灵蛇髻，额际梳成蛱蝶形。

　　　　　　　　　　　　——（民国）巽厂《京都新竹枝词》

　　由以上两首竹枝词可以发现，清末至民国时期，京津地区流行着包括日本、欧美等各地的服饰习俗，而其中取向既包含着求新的民俗心理，也体现着民众对于美的追求的普遍含义。

　　通过以上对于京津竹枝词记述的服饰变化与发展的分析来看，市民日常生活中所承载的服饰民俗有其特定的历史背景，也在一定程度上展示着社会发展的轨迹，而其中所蕴含的经济发展、文化交融的社会背景也是京津竹枝词记述时限内最为显著的社会特征与历史状况。

---

　　①　（清）康有为：《请断发易服改元折》，汤志钧编《康有为政论选集》，中华书局1981年版，第369页。

2. 饮食习俗

民以食为天，饮食行为也是市民的日常生活中最为根本和基础的物质条件与生活方式。与服饰民俗一样，京津竹枝词对于饮食民俗的记述与描摹也在一定程度上反映出京津地区社会发展与历史变迁的态势。

（1）饮食与物产流通。就空间的角度而言，作为物质生活的重要组成部分，饮食习俗及其发展与物产的丰富以及生活水平的提高存在着更为直观的联系。丰饶的物产储备与便利的物产流通为城市日常生活饮食创造着极为丰富的选择与支持：

> 传柑时节卖苹婆，玛瑙葡萄累累多。更有肃宁桃似蜜，雕盘馈赠伴烧鹅。
>
> ——（清）张令仪《燕台竹枝词》

> 冰盘百果十分甘，消得麻姑酒一坛。如豆青菱如箸藕，便夸风物似江南。
>
> ——（清）吴璥《都门夏日竹枝词》

> 果馅饽饽要澄沙，鲜鱼最贵是黄花。甘香入口甜如蜜，孛勒葡萄哈密瓜。
>
> ——（清）杨瑛昶《都门竹枝词》

> 幽风堂下驻洋车，小憩乘凉理鬓鸦。龙井新茶嫌不冷，玉管斜拔剖西瓜。
>
> ——（民国）逸云《京都新竹枝词》

> 屋顶游园最上层。与郎挽臂喜同登。昨宵未预乘凉约，勿吃香蕉冰激凌。
>
> 冰激凌，译音，用牛乳、鸡蛋加香蕉、柠檬等物搅和，置冰筒中运机旋转，使渐凝结如冰。夏日食之，甘沁可口。
>
> ——（民国）冯文询《丙寅天津竹枝词》

由以上数首竹枝词的描绘可以发现，京津地区汇集着来自全国各地区、各民族乃至国外的多种物产资源，水果、糕点、茶饮等各类食物应有尽有，从而为城市民众的日常饮食提供着种类繁多的食材与食料，也为各地的饮食文化交流创造了空间与条件。

（2）饮食与时令生活。从时间的角度来说，饮食习惯又受自然时序与节日传统的巨大影响。也就是说，物产的时令性质直接影响着人们于不同时段的日常饮食种类与习惯。城市日常饮食一般是应时而食，即在适当的时间择取适当的事物，而其中又包含有两方面的内容：首先，应时而食是就自然时令而言，比如在冬天食用可以取暖的食物，而夏天食用可以祛暑的食物：

> 文火乍煨鸡骨炭，微甘思嚼虎睛糖。夜深好就围炉话，墙外传呼卖灌香。
>
> ——（清）杨揤《日下竹枝词》

> 冰椎椎碎玉盘冰，不必公侯不必卿。冰水冰茶冰乳酪，冰将心事十分清。
>
> ——（清）冯至《金台竹枝词》

其次，应时而食也包含着依照岁时节日习俗饮食的内容。就我国的传统节日习俗来看，饮食行为是其中十分重要的民俗活动。不同的节日有其极具代表性的食物与饮用习惯，比如立春吃春饼、春节吃饺子、元宵节吃汤圆、端午节吃粽子、中秋节吃月饼、重阳节饮菊花酒，等等。于此，京津竹枝词文本中也有着十分普遍的记载与描绘：

表 2—4　　　　　　　　京津竹枝词记述的节令饮食示例

岁时节令	饮食习俗	文本内容
立春	吃春饼	云腴记人建溪诗，月样团圞唼最宜。 不信春光供细嚼，个中滋味问谁知。
元日	喝参汤 吃黍糕	参汤兼黍糕，家家贺新节。 南城轻薄儿，多费双红帖。

续表

岁时节令	饮食习俗	文本内容
上元	吃元宵	桂花香馅里胡桃，江米如珠井水淘。 见说马家滴粉好，试灯风里卖元宵。
二月二	吃煎饼	光阴容易过填仓，纸剪金鸡供太阳。 糖讲团圆煎讲薄，家家煎粉佐壶觞。
清明	吃河豚	清明上冢到津门，野苣堆盘酒满樽。 直得东坡甘一死，大家拼命吃河豚。
端午	吃粽子 喝雄黄酒	挥毫扇面密还疏，声价平添玉不如。 煮酒鲜鳞端午粽，先生莫惜数行书。
中秋	吃月饼、瓜果	团圆果共枕头瓜，香蜡庭前敬月华。 月饼高堆尖宝塔，家家都供兔儿爷。
重阳	吃花糕	中秋才过近重阳，又见花糕各处忙。 面夹双层多枣栗，当筵题句傲刘郎。
腊八	喝腊八粥	胜会龙华四月天，门前舍豆俗相沿。 待逢腊八仍施粥，念佛声声再结缘。
小年	吃糖	胶饴祀灶已分尝，又说关东善制糖。 一缕箫声门外送，几人知味念家乡。

由表 2—4 所列举的文本可以发现，京津竹枝词中记述了不同节日中相应的饮食习俗，而其中某些节令饮食习惯至今仍在流传，比如立春吃春饼、腊八喝粥，等等。由此，竹枝词文本所记述的民俗内容也成为传统沿袭的重要佐证。

通过以上的梳理和描述可以推断，饮食习俗作为日常生活最为基础的层面，与当地的物质条件、贸易流通以及岁时节令都有着极为密切的关系，而以城市民俗生活为主要记述内容的京津竹枝词也就包含着关于饮食的、极为重要的文本信息与民俗内容。

3. 居住习俗

对于生活在城市中的居民来讲，个人或是家庭的居住建筑空间是其进行日常生活的主要场所。而为了居住条件的舒适，对于居住环境的修整与改善也就成为市民日常起居中极为重要的方面。

(1) 居住环境的实用性改善。实用性的改善行为，主要是指根据一定的生活现状而对住宅环境作更为符合生活实际需要的修整与改造，使居住于其中的人们生活地更为适应与舒服。试看以下的竹枝词文本：

为厌青蝇聒昼眠，虾须三伏遍垂烟。重重布幕频催换，落叶惊秋又一年。

——（清）杨揢《日下竹枝词》

天棚高搭院中间，到地帘垂绿竹班。冷布糊窗纱作幕，堆盆真个有冰山。

——（清）杨瑛昶《都门竹枝词》

胡同杜塞不通行，更络铁丝纵复横。但恐人来犹误触，此门有电写分明。

城内及河北居民为避免溃兵土匪抢掠，将四通八达之胡同用砖垒砌。仅留一门以通出入。并有在胡同口或门口安设电网者，旁贴一纸条写“此门有电，勿用手摸”等字。

——（民国）冯文询《丙寅天津竹枝词》

从以上竹枝词的记述与描绘中可以发现，居住环境的实用性改善既包括应对自然物候、时序的种种措施，比如用以防虫的布幕、用以祛暑的天棚与冷布等，也包括应对某些社会现实状况的临时性措施，比如用以防止劫匪的电网、砖墙等。这些装饰与改造都是根据现实的生活需要，而对居住环境进行整饬的主要方面。除此之外，随着社会物质条件的进步，近代以来工业文明所产生的、先进的生活设施与用具的进入也从另一个角度呈现着居住环境实用性改善的趋势，并为京津地区城市居民的日常生活提供了较为便利的生活条件和极为有益的生活帮助。试看如下竹枝词文本：

电　话

十叩柴扉九不开，千呼万唤始出来。诸君莫笑唐诗巧，电线而今为发财。

电　灯

大地茫茫日暮时，鲁阳指日日仍驰。菩提揭起千万火，指点人间过客痴。

——（清）吾庐孺《京华慷慨竹枝词》

风　扇

未听松涛竹籁鸣，一轮转处警秋声。招凉不用龙须扇，能使清风四座生。

电　铃

频叫来人觉太华，传宣笑汝五侯家。只凭铃语呼人到，鹦鹉何劳唤倒茶。

——（民国）韬禅《新都门竹枝词》

人约良宵底事迟，如年更鼓力难支。倦凭沙发方思睡，忽听声声唤密司。

椅长狭式，一面靠背，一端高耸如枕，上覆漆布，可睡可坐者，译音为"沙发"。英语称女郎为"密司"。

暖气回旋一管通，春生绮室乐融融。只愁客到围炉饮，绿蚁重温火不红。

珠走盘旋即可听，制精百代与高亭。留音但恐知音少，一曲阳春闷老伶。

留音机器俗呼"话匣子"，百代公司制最精。近复有高亭公司发售，所制戏片，中外南北名伶名妓俱备。惟津伶孙菊仙独不留音，亦别有见地者也。

——（民国）冯文询《丙寅天津竹枝词》

由以上数首竹枝词的记述可以发现，清末至民国，工业文明产生出的先进的物质条件与成果，诸如电话、电灯、风扇、电铃、沙发、暖气、留音机等各类生活器用皆是通过一定渠道进入传统中国社会，并逐渐在京津地区兴起与普及的，其极大地改变了京津地区城市居民的日常生活条件和水平，也为居住环境的改善提供了最为实用性的条件与支持。

（2）居住环境的审美化改造。除了实用性的目的与功能之外，居住环境的改善还包括对住所进行的装点与修饰，以符合人们在日常生活之中对于美的需要与追求：

> 侬家家住小胡同，白纸糊房色色工。闲弄雪狸过永昼，葡萄一架绿荫浓。
>
> ——（清）陈维岳《燕京竹枝》

住　宅
> 深深画阁晓钟传，午院榴花红欲燃。搭得天棚如此阔，不知摘负几分钱。
>
> ——（清）杨静亭编撰、李静山增补《都门竹枝词》

> 四围粉饰似绫罗，大概松江纸样多。莫道洛阳声价贵，人家都住白云窝。
>
> ——（清）冯至《金台竹枝词》

> 夹竹桃开列中庭，卷篷高覆午梦醒。鱼缸配上鱼数尾，鲜花无语亦清馨。
>
> ——（民国）子鸿《燕京竹枝词》

从以上竹枝词文本的描述来看，门庭、院墙的修饰，以及各种观赏性植物的摆设是居住环境审美化改造的主要内容与方式，其既包含着人们生活于此的审美需求，又表达着人们对于生活的热爱。

除此以外，居住环境的改造与装饰还包含着岁时节日的传统与需要，其中更是蕴含着实用与审美的双重功能：

表 2—5   京津竹枝词记述的节日装修示例

岁时节日	装修内容	文本	阐释
春节	贴福字、门神和春联	挂门钱纸扬春风，福字门神处处同。 香墨春联都代写，依然十里杏花红。	美化 纳吉
元宵节	摆灯	小盏八百枚，星散各门户。 郎看在家灯，侬看灯市去。	美化 祈福
二月二	摆放面塑	俗尚原无理可推，人情大半为求神。 谷糠未引钱龙至，鼠猬先驮宝藏来。	纳财
端午节	悬挂菖蒲、艾草	府第朱门过端阳，菖蒲艾子挂门旁。 以禳不祥之遗意，更衬天师在中央。	驱邪

由表 2—5 的示例及其阐释可以发现，人们在特定的传统岁时节日中
会进行具有一定意义的、对于居住环境的装饰与改造，其主要目的除了美
化生活环境以外，更重要的是通过这些装饰与改造以达到求吉纳祥、祛灾
辟邪的心理愿望与实际功能。因此，京津竹枝词所记述的节日进行房屋装
饰的行为及其内容也就为了解与解释居住环境在城市生活中的实际功能和
象征意义提供了相关的信息与资料。

综上所述，京津竹枝词文本中记述了大量的、关于人们在日常生活中
的服饰、饮食以及居住环境的相关内容，从一定程度上呈现着市井生活中
最为根本和基础层面的、关于物质生活的主要信息。从另一角度来说，也
正是由于衣食起居在城市日常生活中的基础性与普遍性，使其成为京津竹
枝词记述城市民俗生活中最为普遍和丰富的文本内容之一。

（二）京津竹枝词记述的婚丧嫁娶

婚嫁与丧葬是人生之中极具象征性与过渡性的仪式活动，其中也蕴含
着十分鲜明的历史环境因素与社会整合功能。就微观的角度而言，婚丧嫁
娶是个体发展过程中必经的人生阶段；而就宏观的角度而言，婚丧嫁娶也
呈现着社会发展与变迁的历史轨迹。

1. 婚姻习俗

婚姻是人类自身繁衍与延续的基本条件，也是社会得以运行和持续的
根本内容。无论是在生活之中，还是在文本之中，婚姻都是民俗生活与记

述的重要方面。就京津竹枝词所记述的历史时限来看，其主要描述的婚姻习俗存在着一定程度上的发展与变迁。

（1）传统婚姻仪式。婚姻作为极具代表性的传统民俗仪式有着深厚的文化与历史积淀，传统婚姻的主要仪式包括有三个阶段：相亲与订婚、婚礼迎娶和婚后姻亲关系确定。而以此三个阶段为主要仪式过程的婚姻习俗，在京津竹枝词文本中都有相应的记述与描绘：

表2—6　　　　　　　　京津竹枝词记述的婚姻仪式过程示例

时段	内容	文本	阐释
相亲	媒	专听冰人信口吹，妻其小女壮门楣。哪知一别无消息，苦盼归期未有期。	冰人，即媒人。
订婚	帖	描金庚帖小媒拿，往返男家复女家。一正绸红披十字，玲珑光耀九元花。	庚帖，合八字之用。
迎娶	添箱	妆奁衾枕嫁衣裳，伴送娇羞弱女郎。几辈贫儿异物品，一人负桶二人箱。	添箱，即送嫁妆。
	上头	串灯高照最鲜明，百子鞭中彩轿迎。趁此良时上头好，打鸡鸣为兆功名。	上头，又称加笄，即新娘临行时梳妆打扮。
	亲迎	头蒙一幅浅红纱，胸缀团圆绢制花。亲迎犹遵古时礼，双携同上七香车。	亲迎，即新郎亲自往新娘家迎娶。
	合卺	红丝一缕系金溅，对坐无言两两倾。待到夜来私语候，细言海誓与山盟。	合卺，即新婚夫妇饮交杯酒。
婚后	庙见	身披红紫两人扶，拜罢神仙拜舅姑。暗问丈夫曾记否，君家三日入厨无。	庙见，即祭祀祖先，确定姻亲关系。
	回门	茜绫香掩轿窗纱，拜过新年又住家。喜约阿郎同伴往，元宵节后吃春茶。	住家，又称回门，即新婚夫妇回娘家探亲。

由表2—6所列举的示例可以发现，传统婚姻仪式过程较为繁复，其中包含着极为显著的家庭整合功能与民众求吉心理。但在城市之中，由于生活节奏的加快，传统婚姻仪式也作出了相应的调整：

娶亲若怕费多钱，旧有章程下马筵。莫怪近来年月紧，一天竟叫小三天。

昔日娶亲风俗，头日迎妆，二日娶亲，三日会亲。今改为早晨迎妆，上午娶亲，下午会亲。一日办三日事，故曰"小三天"。实省减之妙法。

——（清）杨静亭编撰、李静山增补《都门竹枝词》

从以上这首竹枝词中可以看出，清代末期由于社会生活节奏的加快，结婚过程虽然依旧包含着传统婚姻仪式所承载的意义与功能，但其所占用的社会时间已经被极大地压缩。

（2）近代婚姻形式。民国以后，由于政治改革的需要，婚姻仪式也成为变更社会风气的主要内容之一。因此，传统婚姻仪式中的很多行为方式与过程阶段都在一定程度上有所缩减：

近日婚媾自由多，两厢情愿当面说。月下老儿将免任，无用媒介善撮合。

——（民国）金曼石《新社会竹枝词》

文 明 结 婚

彩花五色七香车，俗派妆奁一扫除。资语旁人借错认，此非卓好嫁相如。

——（民国）韬禅《新都门竹枝词》

指环互换绾同心，不用交杯酒再斟。宾致贺词主申谢，堂前应节奏风琴。

新式结婚者所有旧式拜堂、坐帐、喝交杯酒、吃子孙扁食之礼，一概免除。扁食，即水饺子。

——（民国）冯文询《丙寅天津竹枝词》

人间福禄几鸳鸯，屈指嘉期底自忙。只费十金官里去，卢家奁用郁金堂。

社会局证婚礼堂。

——（民国）萨君陆《故都竹枝词》

由以上数首竹枝词的文本记述可以发现，从自由恋爱的婚姻缔结源起，到社会局公证的婚姻形式完成，传统婚姻仪式中的说媒、添箱、上头、亲迎，乃至合卺、庙见、回门等形式都在一定程度上遭到摒弃。由此，在政治改革的影响之下所形成的社会风尚观念（在婚姻仪式中主要表现为对于"文明结婚"的裁定）于普通民众的生活之中产生了极为显著的影响，也直接导致了婚姻仪式过程的简化与变更。

2. 丧葬习俗

在中国民众的传统观念中，死亡并不意味着终结，而是作为生命在另一个世界延续的起点。也就是说，死亡在更为本质的意义上代表着重生，即一段阳间旅程的结束和一段阴间旅程的开始。因此，针对死亡而举行的丧葬仪式也就附着上了人们对于死者无限的祝福与期待。而从京津竹枝词文本的内容来看，其对于丧葬仪式的记述与描绘正呈现着源起这种寄托哀思与祝愿的形式及其逐渐发展、变化的意义与功能。

（1）丧葬仪式寄寓的生者之思。由于丧葬仪式承载着生者对于死者无尽的思念与祝福，因而传统的丧葬过程一般都是极为隆重而盛大的：

　　铭旌日闪泥金字，绣幰风翻刻楮钱。现世身轻前业重，一棺常要百人肩。

　　　　　　　　　　　　　　　　——（清）杨�《日下竹枝词》

　　出殡先牵坐马来，魂幡一个百人抬。家家爱闹虚胡叹，芦席牌楼搭过街。

　　　　　　　　　　　　　　　　——（清）杨瑛昶《都门竹枝词》

　　仁人孝子敬爹娘，竭力翻经做道场。白得门前一片雪，雪中映起大红杠。

　　　　　　　　　　　　　　　　——（清）冯至《金台竹枝词》

由以上数首竹枝词的记述与描绘可以发现，丧葬仪式一般皆有着极具气势的场面，旌旗招展、阵仗庞大、葬品精妙，并且尽设道场，花费颇巨，其中主旨仍是为寄哀思而尽孝道。也就是说，由于丧葬仪式代表着在另一个世界生活的开始,因而准备充分的物质条件便成为死者在另一个世界生活的必要装备,这便是尽孝道的一个方面。此外,隆重与盛大的排场也可以为死者在另一个世界的重生打造一个最为辉煌与闪亮的开端,即所谓的"死的风光",这便成为尽孝道的另一个方面。

(2)丧葬仪式呈现的奢靡之风。最初,丧葬仪式主要是为了表达对于亡者的哀思之情与祝福之意的重要表现方式,其繁复与隆重的程度也成为社会所普遍认同的用以尽孝心的衡量标准。但是,随着社会的发展,这种认知标准逐渐发展成为社会奢靡之风的主要代表形式之一。也就是说,丧葬仪式的隆重与否直接体现着家族的势力与财力:

追 悼 会

铜像他时铸万年,此时悲痛感人天。岂真都是怀遗泽,也有凭灵为赚钱。

——(民国)韬禅《新都门竹枝词》

军乐镗镗最可听,几棚僧道喇嘛经。要人匾额成风气,一一抬来五彩亭。

大殡必有各大总统或京津显贵及在野名流之匾额数方,以为光荣。

联幛高悬显者名,乡人看罢动讥评。谁云难买灵前吊,自备沿途路祭棚。

出殡时,亲友设祭棚中途致祭,必择显贵者之挽联祭幛悬挂其中,惟祭棚间有由丧主自备者。

贫家丧葬慕虚荣,借债仍将局面撑。赁得官衔牌几对,约人执绋赖朋情。

交游不广之家,有托亲友辗转约人送殡者。

——(民国)冯文询《丙寅天津竹枝词》

由以上数首竹枝词的文本记述可以发现,丧葬仪式中所寄寓的哀思之情已经逐渐被因为商品经济兴盛而逐渐变化的社会观念所改变。从举办丧葬仪式的目的来看，其虽然也包含着对于死者的哀思之情，但却更多的表现为生者炫耀个人财富与地位的重要机会，因而也从一定意义上助长了社会的攀比之风，从而呈现出人们因为受到社会物质财富影响与役使而日渐突现出来并逐步发展的拜金主义倾向。

综上所述，由于文本的传承时间较长、记述的时限范围也较大，因而京津竹枝词对于婚丧嫁娶的关注与描摹，既提供了关于相关仪式活动的传统信息，也展示了民俗随着历史与社会发展所产生的变化与更新。而就人生仪礼的角度来讲，婚丧仪式的社会结构意义以及社会整合功能也在京津竹枝词的文本记述中初步凸现出来。

（三）京津竹枝词记述的游戏娱乐

游戏娱乐，主要是在物质生活条件较为充足、物质生活水平有了一定程度提高的基础之上产生并逐渐发展起来的民俗活动形式之一，其主要的功能与价值即在于调节人们的身心，通过竞技或者是博弈的形式给人们以发泄情绪、放松心态的机会。而在城市市井生活之中，游戏娱乐活动由于受到特定时空与社会阶层的影响而呈现出相应的特点与倾向，这一点也在京津竹枝词的记述中得以十分明显的展示。

1. 民间竞技

民间竞技是以人的力量、技巧和技艺为主要方面的、竞争性的游戏娱乐活动，其参与者的规模从个人到集体不等，主要目的在于通过比赛与竞争决出胜负，因而在一定程度上体现着民众争强好胜的民俗心理与观念。京津竹枝词文本中存在着大量的关于民间竞技项目的记述与描绘，充分体现着市井生活的竞争性与互动性。

表 2—7　　　　　　　　京津竹枝词记述的民间竞技项目示例

类别	项目	文本
力量型	角抵	北脚南拳两擅名，健儿格斗敢横行。 年来短打空无敌，亡命何人抱不平。
	弄丸	曾记宜僚技解围，目迷金弹落还飞。 而今脱手夸红豆，金锁窗前逗雪衣。
	登梯	双跌不惜紫云撑，香屐长梯缓款承。 更听红儿声上下，弓腰翻向十三层。

续表

类别	项目	文本
技巧型	赛马	金炉宝熏留篆云，花间百舌鸣早春。 五坊戏马赛争道，传声催赐十流银。
	鞭陀螺	丝鞭不定打陀螺，磨转尘沙旋作涡。 究竟陀罗无损益，鞭丝断处奈侬何。
	踢石球	村童放学姿嬉游，磨石为丸号石球。 不用翻身争便巧，必须捷足占先头。
	射鼓	熊虎为侯此滥觞，连环绣革试穿杨。 太平脱剑军鼙息，却忆昆仑狄武襄。
	射天球	银箭雕弧胜耦均，应弦瓦器碎纷纷。 清风十仞飞奴贵，诧是双雕落暮云。
	踢毽	青泉万选雉朝飞，闲蹴鸾靴趁短衣。 忘却玉弓相笑倦，撺花日夕未曾归。
	蹴鞠	蹴鞠场中浪荡争，一时捷足趁坚冰。 铁球多似皮球踢，何不金丸逐五陵。
	抖空竹	狗熊傀儡互喧阗，汗粉淋漓跑旱船。 抖起空竹入云表，千人仰面踮沟沿。
技艺型	纸牌	本是当年胠箧徒，藏名直画作青蚨。 手谈二字还堪借，博戏流为觚不觚。
	麻将	打牌声韵绮窗中，姊妹拼成四喜红。 保麝含镇向郎怨，恼他得意是南风。
	扑克	喜庆筵开灯彩红，宾来博戏漫成风。 洋洋声浪盈人耳，不是三元便四同。
	围棋	楸枰玉局静无哗，今雨轩西坐品茶。 一自吴生东渡后，不堪刘顾更天涯。

由表 2—7 可以发现，京津地区流行的民间竞技活动既包括汉族传统的游戏娱乐形式（如鞭陀螺、蹴鞠、抖空竹等），也包括来自少数民族和其他国家的游戏娱乐形式（如赛马、射鼓、扑克等）。从这一点来看，京津竹枝词所记述的游戏娱乐活动便在一定程度上体现着京津地区的文化交融性。就其类别而言，京津竹枝词记述的民间竞技项目主要以技巧型个体竞技活动为主，这也在一个侧面反映了市民参与游戏娱乐活动的兴趣与重

点所在。

2. 民间杂艺

民间杂艺是以人为主的、包括各种道具形式在内的、以表演为主要目的的游戏娱乐活动之一。民间杂艺除了能够带给参与者一定的游戏与娱乐的体验之外，更是极具观赏性质的民俗表演形式。因此，民间杂艺从一定程度上将可以说是具备双重的作用与功能。而京津竹枝词文本中也存在着大量的关于民间杂艺项目的记述与描绘，充分体现着市井生活的休闲性与趣味性。

表 2—8　　　　　京津竹枝词记述的民间杂艺项目示例

类别	项目	文本
杂技	反腰	屈曲谁教学楚猱，身材得似软苗条。 座中且看如弓样，漫道生平未折腰。
	竖蜻蜓	双足翘翘转踏空，步来反掌似生成。 自从看罢蜻蜓竖，始信人间有倒行。
	舞索	网索高离十丈埃，从容几度惯迟回。 凌波小步乘风下，也是金绳觉路来。
	上刀山	一片霜花照眼寒，弓腰莲步履刀山。 鬼门万仞蜻蜓竖，笑煞飞猱堕剑关。
	飞刀	三六金环柳叶纷，霜花影里练低云。 寒光片片身何处，千手原从一手分。
	舞叉	肉袒先登两臂道，铁环响处掣青虬。 年来谁演周王庙，闲杀青巾三刃矛。
	引腹受舠	画腹为正君莫疑，便便引受了无奇。 舠头休倚雕弓劲，礼射原来不主皮。
	坛技	脱手如丸巧莫当，垂垂瓶钵九衢旁。 壶公北市应相识，谁是骑龙费长房。
	扇技	不用蒲葵挥暑忙，句丽便面素罗张。 闲翻折叠风生袖，目送轻帆转楚湘。
	吞剑	亡命居然弹铗游，还能饮刃向咽喉。 中藏戈戟人间有，莫道胸能吐斗牛。
	吞火	三昧销炎舌本凉，胸中冰炭两无妨。 人生火食原常事，不独伊家具热肠。

类别	项目	文本
杂技	骗骆驼	紫玉双峰一纵过，靴尖飞脚胜人多。 先登却怪身轻甚，何不云梯作骆驼。
戏法	飞钱不见	世上原无点石丹，漫夸黄白术多般。 杖头一掷君须见，飞去青蚨几会还。
	变金钱	阿堵探来贯索交，半文须信未缠腰。 若还紫磨千缗易，何用铜山铸错刀。
	鬼搬运	趁戌双肩户未开，家翁胠箧已逢灾。 暗中鬼运都休羡，几见偷儿致富来。
	空中取酒	障眼全凭妙手空，耻叠易满糯香醲。 不须衣白南村供，天上刘伶是酒星。
动物斗戏	斗鸡	红冠空解斗欠场，金距谁堪冠五坊。 怪道木鸡都不识，近人只爱九斤黄。
	放鸽	七圣遗踪尚在否，禽坊斤斗喜双收。 金铃闲听青空响，春暖家家放铁牛。
	斗鹌鹑	雕笼隔岁早秋勤，把握还蒙饲养恩。 百喙敢辞为君斗，一身宠爱在奔奔。
	斗蟋蟀	金笼鼓枕夜深闻，铁骑还教布阵云。 似与平章参国是，半闲堂坐笑将军。
动物表演	马衔鞭	人意分明已尽谙，暗中调习几多天。 新添健仆垂杨路，不会遗将七宝鞭。
	拉羊车	稳坐巾车趁软轮，小羜缓辔步黄昏。 谁家抛与安仁果，蹋蹋衣香竹叶门。
	狗钻圈	双蹄拱拜唱呜呜，圈套回环走自如。 黄耳自饶千里健，平原谁寄一封书。
	调鹦鹉	窈窕文楼话巧妆，几回顾影玉台旁。 受他绣口多心字，噩梦如何到雪娘。
	画眉曲	当年京兆曾亲画，此鸟缘何双黛长。 每讶新歌似春恨，远山已染玉娥霜。
	麻雀衔旗	毁穴探雏飞去难，衔旗教得向笼樊。 若还王母班龙近，道是云中朱雀幡。
	舞蛇	五色蟉蟉绕指柔，每于阛阓舞难休。 知他自卖韩康药，不为追呼捕永州。

续表

类别	项目	文本
动物表演	驯鼠	猫与同眠昔已曾，养驯更不避人行。 岭南始信称家鹿，赋黜何因玉局生。
	猴戏	旗帜鲜明鼓乐喧，运通猴狗亦乘轩。 衣冠禽兽时恒有，何必斤斤责戏园。
	马戏	东洋马戏赌争先，绳橛唐梯自古传。 急讶美人天上落，身轻于燕逐秋千。

由表 2—8 可以发现，京津地区流行的民间杂艺形式各异、种类繁多，充分体现着市民生活的娱乐性与休闲性，也从一定程度上暗含着城市文化的世俗性与消费性。

综上所述，就京津竹枝词文本里所记述的城市游戏的形式而言，其所关注的游戏娱乐更多地集中于民间竞技与民间技艺之上，这便在一定程度上印证了市民阶层游戏娱乐的双重倾向性："一方面为了适应自己的快节奏生活，满足于投机与竞争的心理刺激，他们的游戏娱乐往往有较强的对抗性，博戏盛行，热衷于斗鸡、斗蟋蟀、走马、踢球等；另一方面为了消闲，适应追奇慕异的心理，他们也喜好令人心摇目动的表演性的杂耍娱乐，如弄丸、跳剑、飞刀、戏法等。"① 从这一点上看，普遍流行于城市市民阶层之中的游戏娱乐活动形式皆具备极其强烈的感官刺激与较为突出的表演性质，从而成为市民在紧张的城市生活节奏中调节身心的有效途径与方式。

（四）京津竹枝词记述的宗教信仰

宗教是民众信仰方式中已成体系的部分："宗教是关于超人间、超自然力量的一种社会意识，以及因此而对之表示信仰和崇拜的行为，是综合这种意识和行为并使之规范化、体制化的社会文化体系。"② 从这一定义出发，通过梳理京津竹枝词的文本内容便可以发现，京津地区较为盛行的宗教信仰形式主要三种：一是自印度流传而来的佛教；二是中国土生土长

---

① 钟敬文主编：《民俗学概论》，高等教育出版社 2010 年版，第 284 页。
② 吕大吉：《宗教学通论新编》，中国社会科学出版社 1998 年版，第 79 页。

的道教；三是自西方传入的基督教，而这三种宗教在传统中国各个地方的民众中都较为流行。

1. 佛教

汉代，源起于印度的佛教便经由丝绸之路的文化交流与传播而进入我国，并且开始在政治生活与社会生活中发挥作用。随后，经由历代高僧的弘扬与传播，以及诸多朝代的帝王大力提倡与支持，使得佛教逐渐深入社会各个阶层的生活中去，进而成为传统中国民俗信仰里极为重要的方面。而从京津竹枝词的文本记述来看，明清时期的京津地区也存在极为普遍的佛教信仰，并且形成了一定的规模：

大 悲 院

大悲旧院几重修，朱记初碑可尚留。呼渡窑洼寻故迹，芦花野水四围秋。

僧世高建。朱竹垞有《修大悲院记》。

——（清）崔旭《念堂竹枝词》

门缀花球插柏枝，仁王诞日盛今时。悯忠寺集章嘉佛，佛教将衰要护持。

阴历四月八日，法源寺开佛教纪念会，章嘉活佛适在京师，亦至。初一至十五日男女集者，日万余人。

——（民国）绮佛《京都新竹枝词》

以上两首竹枝词分别记述的是佛教寺庙天津大悲院和北京法源寺，前者属于禅宗支系，后者则属于律宗支系，两者皆是中国佛教的主要流派。也就是说，京津地区存在着一般意义上的佛教信仰。除此以外，由于元代至清代的政权统治时期多以蒙、满等少数民族为王朝统治者，因而京津地区也开始流行多流行于少数民族之中的、以密宗支系为主要传统的藏传佛教：

一片朝云拥翠裘，晴郊宝马去如流。喇嘛打鬼横吹角，黄寺门前人自愁。

——（清）佟世思《上元竹枝词》

六百京城寺，万金开讲堂。不如忽脱脱，儿女拜爷娘。

喇嘛名"忽脱脱"，言能知前生事。

——（清）屈复《变竹枝词》

春节将过处处新，喇嘛扮演各天神。驱逐邪魔非怪异，观者多在艳阳晨。

——（民国）子鸿《燕京竹枝词》

以上文本中所提到的"喇嘛"即是藏语"和尚"的意思，因而藏传佛教又被称为"喇嘛教"。由于历史的原因，清代满族统治者为了更好地管理其下辖制的蒙古族等信奉藏传佛教的少数民族而对其大力推广和倡导。而从这三首竹枝词的记述来看，藏传佛教在作为行政中心的北京地区更为流行。

2. 道教

道教是发源于古代中国的传统宗教信仰，其主要宗旨是得道成仙、救济世人，并以《道德经》等为文本经典。道教在中国传统文化中占有极为重要的地位，也成为人们日常生活中相当普遍的信仰方式之一。京津地区的道教寺庙极多，这一点在竹枝词中也有着充分的反映。

表 2—9　　　　京津竹枝词记述的道教寺庙及其信仰活动示例

地区	道观	主神	功能	文本
北京	土地庙	福德正神	地方保护	所开宣讲纸新闻，迷信捐除问几分。 每月逢三土地庙，香花士女众如云。
	蟠桃宫	瑶池圣母	掌管灾异与刑罚	蟠桃宫里看烧香，顽耍沿河日正长。 童冠归来天尚早，大通桥上望漕粮。
	妙峰山	碧霞元君	护佑平安 疗病救人	还愿西山去进香，人疑孝子为神堂。 神前祷告低声语，却是娇妻病在床。
	城隍庙	城隍神	守护城池	西城五月城隍庙，滥溅沙罗满地堆。 乡里婆娘多中暑，为穿新买估衣回。
	财神庙	五显财神	掌管钱财	一生贫乏命难回，元宝如何借得来。 可笑世人穷不起，偏于五显去求财。

续表

地区	道观	主神	功能	文本
北京	东岳庙	东岳大帝	主宰幽冥世界	金碧辉煌东岳庙,每逢朔望动香烟。谁家游女如花朵,更倩小姑买杜鹃。
天津	蟠桃宫	瑶池金母	掌管灾异与刑罚	视死如归痛谢公,巍然祠宇表双忠。记闻赛会重三日,胜似蟠桃福寿宫。
	城隍庙	城隍神	守护城池	会仿乡傩以鬼名,泥金面具突双睛。城降自昔昭灵爽,魑魅原何任昼行。
	峰窝庙	药王	疗病救人	峰窝许愿去烧香,灵应无如此药王。节近端阳天渐热,小车结会舍梅汤。

由表 2—9 可知,京津地区的道教信仰十分普遍,信奉的神灵也非常多样,而其中尤以北京妙峰山为盛:

> 清和时节妙峰开,士女如云逐队来。盐会茶棚遍山麓,柳筐桃杖进香回。
>
> ——(清)彭祖润《燕台竹枝词》

> 孤峰矗立妙峰山,各处人们把愿还。香火巫盛烟无断,昼夜不停庙不关。
>
> ——(民国)子鸿《燕京竹枝词》

妙峰山供奉道教天仙圣母泰山碧霞元君,认为其可以庇佑众生、灵应九州。明清时期,碧霞元君信仰开始在我国广泛流传开来,各地都修建起道观、庙宇进行祭祀与供奉。而妙峰山传统庙会始于明代崇祯年间,每年农历的四月初一至十五,来自全国各地数十万善男信女汇聚妙峰山,朝顶进香,酬山赛会,施粥布茶,场面极其壮观。据清代《燕京岁时记》载:"(妙峰山)每届四月,自初一日开庙半月,香火极盛。凡开山以前有雨者谓之净山雨。庙在万山中,孤峰矗立,盘旋而上,势如绕螺。前可践后者之顶,后可见前者之足。自始迄终，继昼以夜，人无停趾，香无断烟。奇观哉！"① 由于妙峰山碧霞元君信仰的盛名，天津地区也形成了一定民众信仰群体，每逢庙祀之际前往妙峰山朝拜：

> 夏初忙里且偷闲，各秉虔诚将愿还。车水马龙人似蚁，去朝金顶妙峰山。
>
> 山在京西，上有庙，四月上半月内，津人多往进香，谓之"朝顶"。
>
> ——（民国）冯文询《丙寅天津竹枝词》

从以上所列举的竹枝词文本来看，清代至民国时期妙峰山朝拜的在京津地区的信仰盛况也在京津竹枝词中得以记载与呈现。

3. 基督教

基督教是西方普遍信仰的宗教形式，而西方基督教传入中国可追溯到元代。明代，意大利传教士利玛窦进入宫廷为臣，从而影响了一批朝中官员信奉基督教，比如徐光启。而清代以来，随着西方文化以更大程度的趋势侵入我国，作为其主要宗教信仰形式的基督教向京津地区的渗透也呈现出更为明显的趋势：

> 磨砖对缝过城墙，百尺高楼天主堂。男女纷纷争人游，中华人慕大西洋。
>
> ——（清）杨静亭编撰、李静山增补《都门竹枝词》

> 贼来贼去永牵连，秋退春还年复年。拆毁王居添改作，堂名天主接云烟。
>
> 十年秋，夷人退出都城；十一年春，复来拆毁王府，修理天主教堂。

> 青天白日鬼殁凌，满国旗民胆战惊。天主耶稣称圣教，灰心最是木莲僧。

---

① （清）富察敦崇：《燕京岁时记》，《帝京岁时纪胜·燕京岁时记》，北京古籍出版社 1981 年版，第 54 页。

合约条例准夷人放天主耶稣教在中国。

———（清）佚名《十年都门竹枝词》

民国无须祀曲留，天坛开放尽人游。何来中妇宣西教，独踞祈年最上头。

———（民国）崧厂《京都新竹枝词》

玉皇古阁暮烟苍，望海楼存寺已荒。可叹登高人不到，漂摇风雨过重阳。

玉皇阁、望海寺楼均为从前登高之处。现望海楼已改为基督教堂。

———（民国）冯文询《丙寅天津竹枝词》

在以上数首竹枝词的记述中可以发现，民众的基督教信仰在政治的庇护之下得以发展和壮大，并由此而逐渐深入到城市的日常生活之中，成为京津地区流传的主要宗教信仰形式之一。

除此以外，京津竹枝词还记载有零散、繁杂但也极其普遍的其他民间信仰部分，其中自然包括有源起于古代农耕社会的、带有原生性质的神明信仰（如以自然神为主的各种巫术活动），也包括随着历史变迁而逐渐形成并发展起来的、带有世俗性质的神明信仰（如祖先神、行业神和生育神信仰等）。虽然这些民间信仰对象不一、形式各异，但皆体现与记述着人们在日常生活中应对问题与情况的精神观念与行为本事。

综上所述，京津竹枝词记述的宗教信仰既有内容、形式、组织与制度都已成规模的宗教部分，也有散落于民间的各种民间信仰部分，其主要关注点仍在于各种宗教或是信仰的主要空间与活动之上。而在这种丰富与多元的民俗信仰体系中，既包含着文化交融的信息与内容，也呈现着政治、经济变化与发展的背景与态势。而就城市民俗文化本身来说，民间信仰形式的多元与繁杂也正是城市民俗生活丰富与生动的重要表现。

第 三 章

京津竹枝词记述的城市时空结构

　　京津地区城市的形成与发展，是京津竹枝词产生并兴盛的主要社会背景，同时也是京津竹枝词记述传统民俗的主要生活环境。由于我国的历史悠久，城市的产生与发展的时间也较长，因而在以现代民俗学的视角关注当代城市的同时，也可以充分运用历史民俗学的视角关注古代城市的相关研究，两者的互动是必需的，也是必然的。因而，有学者在探讨唐代城市民俗时便提出了历史文献的重要作用："都市民俗学是一门现实性很强的社会科学，但它并不排斥，相反也很需要历史部分的辅佐与补充。而从历史民俗学的角度来看，则和现实的民俗研究一样，也是需要有它的城市部分的。"① 从这一意义出发，竹枝词作为历史民俗文献的价值及其记述城市民俗生活的功能则完全突显出来。根据京津竹枝词的发展历史及文本内容，其主要描绘了自元代至民国时期京津地区的城市民俗生活，并从各个方面极大地呈现了京津地区的城市风情与人文传统，而这一点也正是以文本形式保存的京津竹枝词与其源起地以民歌形式流传的"竹枝"最为显著的区别。

　　时间与空间，是城市生活的两个基本维度。城市时空的阐述直接关系着民俗生活的历史与变迁："当人之存在的空间和时间结构得以阐明时，人的连带结构也就表露出来了。人的种种共同体、聚合体在一定秩序下自然调节形成体系。它不是静止的社会机构，而是一种活跃的运动体系，是否定运动的表现。所谓历史就是这样形

---

① 程蔷、董乃斌：《唐帝国的精神文明——民俗与文学》，中国社会科学出版社 1996 年版，第 125 页。

成的。"① 由此，在记述与描绘城市生活时，时间与空间便成为最基本的社会维度，也是影响人们日常生活的最为重要和基础的因素。由于特定的发展时期以及传播地域，京津竹枝词所记述的城市时空结构也具有鲜明的特征与个性，因而成为影响京津城市生活的基础性因素与条件。京津竹枝词对于城市时空结构的记录与描摹，突出地表明了其在城市民俗生活中的重要地位与价值，也为研究京津民俗生活提供了必要的信息与线索。

第一节 京津竹枝词记述的城市时间生活

时间是人类在与自然共处的过程中所获得的经验财富，同时也在人类的使用过程中浸染了道德与伦理的色彩，从而成为人类生活中量性与质性并存的社会存在维度。从人类对时间的认识以及运用过程来看，城市时间又因为历史悠久的传统与迅速发展的科技而具备了鲜明的观念性与技术性，并在城市民俗生活中展示着相应的习惯性与策略性。

一 农业时间观念与节日传统

中国人时间观念的形成经历了漫长的历史进程，它是中国民众在自有的地理、气候等环境条件下产生的经验意识，也烙印着中国民众独特的伦理思想与信仰诉求："产生于自然经济活动的古代时间并非中性的技术参数，而是包含着价值取向的感知与行动的深层结构形式。"② 这种深层结构形式所蕴含的是人处于生活之中的内在体验以及人与人交往的外在表征，它鲜明而集中地体现在中国传统岁时节日的底蕴与含义之上：

> 民间节日，是民族传统文化中不可缺少的部分。它是我们历代祖先在长期社会活动过程中，适应生活的、生产的各种需要和欲

---

① ［日］和辻哲郎：《风土》，陈力卫译，商务印书馆 2006 年版，第 11 页。
② 尤西林：《心体与时间——二十世纪中国美学与现代性》，人民出版社 2009 年版，第 10 页。

求而创制出来、修增过来和传承下来的。它凭借着现实的各种条件，发挥着众人的智慧、能力和想象，为人们的生存、安宁、健康等要求服务。由于随着人们能力、智力等的发达和经历时间的长久，这种传统文化，越来越显得丰富多姿。它不仅满足了人们一定的生活要求，也推进和巩固了社会秩序。它独特地尽着一种文化功能。①

传统的岁时节日是我国社会生活的重要内容，其文化传统历史悠久、内容丰富，具有十分显著的社会调节功能与价值。从生产方式的角度来看，农耕社会是传统岁时节日体系所深深植根的社会土壤；而从思想方式的角度来看，人文关怀则是传统岁时节日生活遵循的意识准则。由此，中国传统的岁时节日体系既包括了以天时（即自然时序）为主要参照标准的主要时间法则，又涵盖了以人时（即人文活动）为绝对价值重心的节日生活文化。而就京津竹枝词文本的记载来看，岁时节日体系的这种双重性质体现得十分明显，其不仅顺应着以自然物候为基准的时序传统，也逐渐形成了以人为主的节日活动内容。

（一）时间的自然属性与节序体系

传统中国，人们靠天吃饭，因而自然物候的更迭与变化即成为人们体验与判断时间的直观标准。因此，古代的岁时节日最早表现为以天象、物候为主要参照体系的自然时序法则，其清晰而准确地表现和适应着农耕社会的鲜明特征和生活需求。而这种以自然物象为主要标志的时间段落意识也成为古代历法编制的直接基础："历象日月星辰，敬授人时"②。通过对天象的观察，人们以太阳的运行确定"日"，以月亮的圆缺确定"月"，并配合星象确定"四时"。四时时令系统的确立，不仅顺应了人们根据自然节律进行物质生产与生活的需要，也从宗教与政治的层面支持着古代社会"敬天顺时"的神秘观念与相关仪式。周代统

---

① 钟敬文：《民间节日的情趣》，《钟敬文文集·民俗学卷》，安徽教育出版社 1999 年版，第 312 页。

② 《尚书·尧典》，（汉）孔安国传、（唐）孔颖达正义、黄怀信整理；《尚书正义》，上海古籍出版社 2007 年版，第 38 页。

治者依据月度中的自然物候状况安排人事活动，从而形成《月令》，是为"政令性的时间指南"①。而随着人们生存能力的提高以及社会生产水平的进步，人们开始更多地关注生命个性的发展与解放，并逐渐调整社会生活的节奏与功能，在以自然时序为主的季节框架之上，赋予岁时节日新的文化内涵与意义，使之更好地为世俗生活所用。汉代，武帝颁布太初历，通过阴阳历法结合的形式置岁首于正月立春之时，改变之前以冬至为起点的四时月令系统，使得岁时节日的活动有了相对固定的月度时间，也为我国传统岁时节日体系的形成提供了历法依据。此后至魏晋时期，我国传统意义上的岁时节日体系开始逐步形成，并成为以后社会节序的基本框架。

传统的岁时节日体系作为我国民俗生活的重要内容之一，在各类历史文献中均有记载，竹枝词自然也不例外。而从京津竹枝词的形成与发展历史来看，其主要记载了元代至民国时期京津地区的城市民俗生活。这一时期早已度过了以自然时序为主要参照标准的社会阶段，但时间的自然属性依然在人们的时间观念之中存在。比如，我国古代根据农耕习作而订立的一种农事历法，其全部内容包括有二十四个节气——"春雨惊春清谷天，夏满芒夏暑相连，秋处露秋寒霜降，冬雪雪冬小大寒"。这二十四个节气分别对应着不同的自然物候现象，并从一定程度上帮助农耕民众安排农事活动。而从京津竹枝词的发展阶段与社会背景来看，由于其主要以城市生活为记述内容，因而较少涉及农耕习作部分，但从现存的竹枝词文本中仍可以发现部分节气在城市民俗生活中占有十分重要的地位，其间所举行的民俗活动也呈现出城市民俗的主要特点，比如立春。

立春是二十四节气之首，而与此相关的迎春礼俗在《礼记·月令》中已有所记载："先立春三日，大史谒之天子曰：某日立春，盛德在木。天子乃齐。立春之日，天子亲率三公、九卿、诸侯、大夫以迎春于东郊。"②立春代表着春耕的开始，因而备受重视。东汉时期，都城洛阳每逢立春、立夏、立秋、立冬，官方都会举行迎接新季节到

---

① 萧放：《〈荆楚岁时记〉研究——兼论传统中国民众生活中的时间观念》，北京师范大学出版社 2000 年版，第 125 页。

② 《礼记·月令》，《十三经注疏》，中华书局 2009 年版，第 1355—1356 页。

来的仪式。唐宋时期，立春日举行盛大的春祭活动，并修建供祭礼使用的"春场"。宋《东京梦华录》记述了都城开封立春时节的相关民俗活动："立春前一日，开封府进春牛入禁中鞭春。开封、祥符两县，置春牛于府前，至日绝早，府僚打春，如方州仪。府前左右百姓卖小春牛，往往花装栏坐，上列百戏人物，春幡雪柳，各相献遗。春日宰执亲王百官皆赐金银幡胜，入贺讫，戴胜私第。"① 元《析津志》中的记载更是丰富：

> 立春，太史院奏某日得春，移文赤县，以是年立春日支干。宛平县或大兴县，依上年故事塑春牛、勾芒神。比及未立春三日前，太史院、司农司使请都堂宰辅合府正官、司属官，具公服拜长官，以彩杖击牛三匝而退。土官大使，送勾芒神入祀。中书、户部进春牛。上位、储皇、三宫、宰辅、储王、省院、台、部院寺监府。牛制。牛则纳音本色阑坐共一亭，案上并饰以金彩衣带座，咸以金装之，仍销金黄袱盖于上，彩杖浑金，垂彩结二尺，部官通讫，宰辅二人与入官次第以进，然后奉有职位者。②

由此可以看出，元代作为都城的北京地区（尤其是以农耕活动为主的县城）仍然盛行着由官府引导的立春仪式活动，其中尤以塑春牛、勾芒神为主。明代，北京东直门外五里设春场、建春亭，仍由顺天府官员率领进行迎春活动。由此可见，立春是源起于农耕社会的重要时节，并随着历史的发展和官民的互动而形成了一系列相关的民俗活动，而这些民俗活动在京津地区有所保留并为竹枝词所记录下来：

迎 拗 芒

跣足科头迓立春，性情相反拗芒神。年年持赠丝麻好，几暖鹑衣

---

① （宋）孟元老：《东京梦华录》，邓之澄注《东京梦华录注》，中华书局1982年版，第163页。

② （元）熊梦祥：《析津志》，《析津志辑佚》，北京古籍出版社1983年版，第202—203页。

百结人。

> 芒神也，立春日迎之。有科头跣足，执丝麻鞭者，俗云"其恒与人相反"，故日"拗
> 芒儿"。

春　官

一样朱衣纱帽妆，倒骑牛背意堂堂。笑他抢地还应惯，赢得头颅
号研光。

> 以秃人扮之，冠带而倒骑牛背，亦笑观也。

——（清）李声振《百戏竹枝词》

而在民间，立春时节食用春盘的习俗也是十分盛行，而且由于这项民
俗活动比塑春牛、迎芒神等较为简单，可行性较高，因而在不以农耕为主
要生产方式的城乡地区得以更加长久地保存下来：

日历官场改用新，东郊不复祀芒神。一盘春柳晨餐荐，始识今朝
正立春。

> 鸡蛋摊成薄皮、切成丝，以春韭拌而食之，为"春柳"，立春日食。

——（民国）冯文询《丙寅天津竹枝词》

由以上关于立春习俗的记载来看，明清时期的京津城市经济生活虽然
已经不再以农耕为主，但脱胎于农业社会的生活习俗仍然以惯性的力量存
在于普通市民的时序生活之中。

除此之外，由于具备相对比较明显的著述主体，竹枝词对于
岁时节日的记述也呈现出极具文人特色的主题倾向。比如，冬至
开始的数九活动。在二十四节气之中，冬至是极为重要的时间节
点，它不仅仅是节气变化的标注点，更是年度时间循环的起始点，
民谚中有曰"冬至大如年"。冬至，是为新年之首，以推算一年
的其他时段。因此，民间的数九活动便从冬至开始。一般而言，
数九包括九九歌诀与九九消寒图两种："歌诀流传于庶民之口，
它描述的是民众冬日里的时季感受及户外生活；消寒图则主要为
闺阁女子、文人雅士所习用，他们以图画的形式标示着由冬向春

的时间过程。"① 而就现有的竹枝词文本记载来看，冬至数九多以消寒图的方式出现：

> 梅花白如雪，衣绵冻欲折。梅花红如血，已是清明节。
>
> 冬至画梅，一枝为花八十有一，日朱一花，花尽朱，而九九毕，则春光烂漫矣。名曰"九九消寒图"。
>
> ——（清）屈复《变竹枝词》

> 六管灰飞思不禁，蓟门久客各沾襟。八十一瓣梅初画，染尽梅花又一春。
>
> 俗以冬至日画梅八十一瓣。日染一瓣，瓣尽则九尽矣。
>
> ——（清）李簧《北平竹枝词》

由此可知，竹枝词的著述主体存在一定的倾向性，并通过竹枝词文本记述着自己生活环境中所盛行的民俗活动及其社会功能。除此以外，诸如立夏、小满、立秋等节气仍然在社会生活中起到标注时间段落的作用。也就是说，在竹枝词文本较为丰盛的明清时期的京津城市之中，古代农耕社会的时间段落与时序节点仍然起到时间标志的重要作用意义。

以自然属性为基准的时间体系与观念，作为中国传统岁时节日的根基，奠定了以春、夏、秋、冬四季循环更替为序列的节日框架："中古之后，人们依然用岁时指称节日文化，这除了沿用传统的名称习惯外，还有一个重要的原因，那就是在中国这一传统农业社会里，自然节律长期成为民众的生活节律，只要人们的谋生活动离不开自然季节条件，人们的时间观念也就摆脱不了自然色彩。"② 人始终生活于自然之中，人与自然的密切关系成为岁时节日形成与发展过程中不可违背与抗拒的隐性力量，而在城市的时间生活中以一种潜在的形式充分显示着传统的魅力与影响。比如京津地区在正月二十五举行的民俗

---

① 萧放：《岁时——传统中国民众的时间生活》，中华书局 2002 年版，第 228 页。

② 同上书，第 56 页。

节日活动——填仓：

> 去岁未填仓，经年有饥患。夜听阿婆言，明早具肴馔。
>
> 正月二十五日，家市牛豕，恣餐竟日，客至苦留，尽饱而去，名曰"填仓"。否则一岁多饥。
>
> ——（清）屈复《变竹枝词》

> 光阴容易过填仓，纸剪金鸡供太阳。糖讲团圆煎讲薄，家家煎粉佐壶觞。
>
> 正月二十五日，罗灰于地作囷形，谓之"打囷"。中置米谷或银钱，谓之"填仓"。二月初一日，剪红纸为鸡，贴豆腐上，并烙糖饼以供太阳。初二日，吃薄饼或煎粉，俗称"焖子"。
>
> ——（民国）冯文询《丙寅天津竹枝词》

填仓是明清时期流行于北方的正月节俗，其又名"天仓""添仓"："明清时期的正月，北方还有天仓节。因天与添、填音同，且添、填为动词，可接名词为宾语，所以天仓，也叫做'添仓'、'填仓'。天仓是此节的原始意义，而民间以'填仓'"一词最为流行。"[1] 填仓的主要民俗活动有两种：一是祭祀，如《燕京岁时记》中所载："每至二十五日，粮商米贩致祭仓神，鞭炮最盛"[2]；二是饮食，如《帝京景物略》中记载："廿五日大啖饼饵，曰填仓。"[3] 对于填仓的记载，《帝京岁时纪胜》更为丰富："念五日为填仓节。人家市（买）牛羊豕肉，恣餐竟日，客至若留，必尽饱而去，名曰填仓。惟是京师居民不事耕凿，素少盖藏，日用之需，恒出市易。当此新节过，仓廪为虚，应复置而实之，故名其曰填仓。今好古之家，于是日籴米积薪，犹仿其遗意焉。"[4] 由此可以看出，填仓

---

① 常建华：《中国古代人日、天穿、填仓诸节新说》，《民俗研究》1999 年第 2 期，第 70 页。

② （清）富察敦崇：《燕京岁时记》，《帝京岁时纪胜·燕京岁时记》，北京古籍出版社 1981 年版，第 50 页。

③ （明）刘侗、于奕正：《帝京景物略》，孙小力校注，上海古籍出版社 2001 年版，第 101 页。

④ （清）潘荣陛：《帝京岁时纪胜》，《帝京岁时纪胜·燕京岁时记》，北京古籍出版社 1981 年版，第 12 页。

作为一种农耕社会极具内涵与意义的岁时仪式活动，在城市中依然具有一定的影响力，人们依然利用一些象征性的行为或者形式来沿袭相关传统生活方式。通过以上论述可以知道，人们对于时间的认知与标示主要来源于自然物候现象，其在很大程度上为以农耕为主要生产方式的古代社会生活提供着一定的准则，并在此基础上形成了中国传统岁时节日的主体序列。但随着生产方式的更行和城市生活的发展，原本带有极为明显的自然特征（以及神秘色彩）的岁时节日也慢慢开始发生变化，以适应更为制度化、道德化和娱乐化的世俗生活。由此，通过自然现象标注时间断点更开始有了两种维度的变化：一是继续保持时间段落的标注功能，成为人们表示时间的话语体系；二是开发出新的时间段落的社会功能，为人们的生活提供新的内容与意义。由此而言，虽然在城市生活中农耕已不再占据物质生产的主体地位，但由古代农耕社会而传承下来的岁时标注方法以及部分节日习俗依然保持着较为强大的生命力。

（二）时间的人文精神与节俗活动

随着人类对于世界的认知越来越深刻，以人类为主的社会活动也越来越丰富，因而人在生活中的时间观念也越来越显示出鲜明的个性与神采。在自然物象的基础之上附着人类意识的色彩，使得时间具备了更加深刻的社会价值与人文精神，即所谓的"人时"："人们在长期的社会生存活动中为适应自己的物质、精神及社会生活需要而形成的时间惯习，它大体上遵循自然时序的季节框架，以阴阳合历的历法时间作为人事活动的时间依据，并将宗教、历史与神话传说凝聚到一定的时间点上，组成一套自成体系的人文时间系统。"[1] 这一套自成体系的人文时间系统虽然没有脱离自然时序的体系，但却更加充分地展示着人与人之间的密切关系。

秦汉以前，以自然时序为主要特征的时间观念往往带有神圣性与权威性，出于对天道的敬畏与尊崇，秦汉王宫会定期举行以人事为主的祭祀活动，这种带有神秘意义的、原始宗教意味的时令祭祀

---

[1] 萧放：《中国人的时间观》，萧放《传统节日与非物质文化遗产》，学苑出版社2010年版，"绪论"第10页。

活动一直为后世王朝所沿袭，成为其"君权神授""敬天保民"的
仪式化活动："山川祀典，国有常礼。"① 于此，京津竹枝词中也有
相关记载：

> 次辛祈谷帝亲临，预禁红尘辇路侵。传谕雅番乌什辈，平泥泼水
> 各担心。

> 早春凤辇祀天坛，驯象妆成锦绣繁。驮得宝瓶依序出，人山人海
> 满街香。

> ——（清）赵骏烈《燕城灯市竹枝词》

这两首竹枝词分别记述了帝妃于早春时分祭祀天地的情况。除了由上
层统治者垄断的时令祭礼之外，世俗生活所承载的岁时祭祀活动则随着历
史的发展和社会的变迁而慢慢地发生着变化："秦汉继承了相当部分上古
岁时礼俗，王官时代的礼制至秦汉时期大多变成百姓日常习俗。月令时代
的时令祭礼在秦汉时期大多已俗化为社会性的岁时节俗。"② 也就是说，
秦汉以降，时令祭祀便已经世俗化为社会性与全民性的岁时节日庆祝活
动。而岁时节日中神秘的宗教性活动也渐渐为热闹的娱乐性活动所取
代③。尤其是宋代以来，商品经济的发展、市民阶层的崛起都对城市岁时
节日的娱乐性与消费性产生着极大的助推力，使得岁时民俗活动有了更为
普遍的社会功能和更为直接的社会目的。

清明，是由节气过渡为节庆最为明显的时间节点，其鲜明地体现着时
间的自然属性与人文属性博弈与融合的互动过程。"清明"一词最初为节

---

① （元）熊梦祥：《析津志》，《析津志辑佚》，北京古籍出版社 1983 年版，第 59
页。

② 萧放：《岁时——传统中国民众的时间生活》，中华书局 2002 年版，第 86 页。

③ 值得注意的是，20 世纪 90 年代以后清代宫廷时令祭祀的活动在北京又有一定程度上的
恢复：1990 年北京地坛在春节庙会期间举行了祭地表演；2002 年天坛在春节期间举行了祭天表
演；2010 年月坛在中秋节前夕举行了中秋乐舞表演；2011 年日坛在春分之际举行了祭日典礼。
这些活动虽然带有一定程度的表演性质，但也为传统岁时节日的仪式活动在现代社会的展示提供
了帮助。

气，表现自然风物："（春分）加十五日斗指乙则清明风至"①，意指春分
过后，气温升高，万物清洁而明净。这种自然物候也与农耕关系十分密
切，民谚中有诸如"雨打清明前，洼地好种田""麦怕清明霜，谷要秋来
旱"等之类的说法。作为节气的清明时乃阳春三月，是人们外出与休闲
的大好时光，这便为其逐渐成为节日打下了良好的基础。因而，清明节的
主要民俗活动首先与自然物候有着极为密切的关系：

> 拜咒停轩紫陌东，归来花插丝帘栊。长安春色宽如海，分得林梢
> 几点红。
>
> ——（明）郎兆玉《都下清明竹枝词》

清明之际，春意融融、生机勃勃，正是欣赏自然风光、享受美好生活
的佳节，因而踏青、游乐等休闲活动自不可少，而这些活动也随着节日的
发展而不断地丰富。除此以外，清明由节气发展为节日的关键内容即是其
逐渐融合了寒食节的习俗活动，从而逐渐发展成为极具特色的民俗传统
节日。

禁火，原为寒食节的民俗活动，据《荆楚岁时记》载："寒食禁火三
日。"②唐代开始，寒食与清明逐渐统一，于是禁火活动便由寒食转入
清明：

> 搜琴蹑屐步娇娆，翠幕歌喉和玉箫。谁道司烜严火禁，杏花丛里
> 酒烟飘。
>
> ——（明）郎兆玉《都下清明竹枝词》

以上这首竹枝词里便清楚地说明，明代清明节中尚存在禁火的情
况。随着节日活动的日趋世俗化与娱乐化，禁火的严肃性与仪式性也逐
渐淡化，因此竹枝词中关于寒食与禁火的内容也慢慢消失。而与禁火相
似，同样由寒食节收归于清明节的还有墓祭活动："清明，各祭于先茔，

---

① （汉）刘安：《淮南子·天文训》，《淮南子集释》，中华书局1988年版，第215页。
② （南朝梁）宗懔：《荆楚岁时记》，《文渊阁四库全书》第589册，第19页。

加新土，供牲醴，焚纸钱。祭毕，乃煇馔享馂余，少长咸集，谓之清明会。"① 扫墓，是清明节最为重要的民俗活动之一，其主要内容即包括挂烧纸钱：

> 色染金束唤作标，坟头直立任风飘。红红白白枝头挂，两个铜钱纸数条。
>
> ——（清）双保《清明竹枝词》

由于禁火之制，唐代以后的清明墓祭活动多为挂（或者压）纸钱于坟头，表示已尽孝道。但是，随着禁火习俗的逐渐淡化，扫墓烧纸也不再忌讳，反而成为表达思念更为有效的手段：

> 满怀幽恨锁乾坤，佳节凭谁记泪痕。只见驱车芳草路，纸钱烧去更销魂。
>
> ——（清）杨静亭编撰、李静山增补《都门竹枝词》

除此以外，清明节所举行的城隍庙会活动更是突显了其作为节日的人文性质慢慢取代了其作为节气的自然性质。比如：

> 家家楮币酬穷祖，迎出城隍赈鬼饥。莫怪乞儿桥下叫，清明节是撒钱时。
>
> ——（清）孔尚任《清明红桥竹枝词》

以上这首竹枝词描写的即是清代人们于清明节拜祭城隍的情形，而这一情形在江南地区比较普遍。据《中华全国风俗志》记载，江苏武进、金山和浙江金华等地都存在清明城隍赛会的活动。而明清之际，清明城隍会也在京津地区广泛流传开来，其中所举行的某些民俗活动已然开始呈现出由乡村向城市过渡的某些特征。比如：

---

① 胡朴安：《中华全国风俗志·顺天》，《中华全国风俗志》（上册），河北人民出版社 1986 年版，第 6 页。

真个销魂是帝京，喜逢上巳恰清明。城隍庙里南膜拜，一炷馨香玉手擎。

丙辰三月三日，值清明节，都门旧俗例往邑庙拈香，求神庇护，颇极一时之盛，而妇女尤诚。

——（清）恼尘《都门清明竹枝词》

城隍神的出现与城市的产生与发展有着极大的关系，"城"原指挖土筑的高墙，"隍"原指没有水的护城壕。元代刘壎《州城隍庙记》曰："周典以吉礼事邦国之神，城隍有祠，其殆始此。"① 但是，汉代之前祭祀城隍之神的事迹并没有明确的记载。宋代开始，城隍被列为国家祀典："自开宝、皇祐以来，凡天下名在地志，功及生民，宫观陵庙，名山大川能兴云雨者，并加崇饰，增入祀典。……其他州县岳渎、城隍、仙佛、山神、龙神、水泉江河之神及诸小祠，皆由祷祈感应，而封赐之多，不能尽录云。"② 元明以来，城隍祭祀活动愈发兴盛，并逐渐形成了定期举行的庙会或庙市。明清时期京津城隍庙会即颇为著名，如明代《帝京景物略》中记"城隍庙市"曰："月朔望、念五日，东弼教坊，西逮庙墀庑，列肆三里。"③

清代《津门杂记》卷中"四月庙会"记载的城隍庙会颇为详细：

初六、初八日天津府、县城隍庙赛会，自朔日起至初十日，香火纷繁。而灯棚之盛，历有年所，尤为大观。各所分段，搭造席棚，或三或五，两庙相联，灯彩陈设，备极华丽。文玩字画，鼎彝尊罍，相映生辉，俱系大家所藏者，皆能借用壮观。两庙戏台，纯用灯嵌，晚间请有十番会同人，在县庙戏台上奏古乐数曲，随有昆曲相倡和，皆旧家读书人也。府庙后楼罩棚，亦有戏台一座，于正会之次日，有祝寿会，演戏一天，为神祝寿，灯彩

---

① （元）刘壎：《州城隍庙记》，载《水云村稿》，《四库全书》，商务印书馆1983年版，第1195册，第355页。

② （元）脱脱等：《宋史·礼志》，《宋史》，中华书局2011年版，第2561—2562页。

③ （明）刘侗、于奕正：《帝京景物略》，孙小力校注，上海古籍出版社2001年版，第238页。

尤精妙。……又有因病立愿者，是日身扮罪囚，衣以赭衣，系以缧绁，名曰红犯，亦复不少。俱随城隍出巡，于西郊赦孤，游人格外纷沓。①

美国城市文化研究者斯蒂芬·福伊希特旺（Stephen Feucht Wang）通过研究认为："（在县级城市中）城隍是以自然力和鬼为基础的信仰的中心，因而可以说是用来控制农民的神；学宫是崇拜贤人和官方道德榜样的中心，是官僚等级的英灵的中心，学宫还是崇拜文化的中心。"② 也就是说，城隍神的功能与意义其实是由农业社会的乡村空间延伸而来，其在城市空间中最明显的外在表现即是城墙的存在。换言之，在乡村中，村与村的边界是模糊的，因而乡村中更多的是土地神；但在城市中，高耸的城墙是极为明显的空间分界线，这就使得城市空间中除去土地庙之外，还有城隍庙，两者皆起到保佑一方水土的功能与作用。但是，随着城市的进一步发展，功能的倾向性愈发明显，尤其是京津地区作为政治文化的中心区域，其势必为更具城市化特色的神灵所替代，成为自然性生活传统向制度性、道德性生活传统过渡的实证之一。民国时期曾颁布神祠废存标准，城隍庙在废止之列，许多城隍庙被改为学校、机关、军营等，明清时期在京津两地盛行一时的城隍信仰也逐渐衰落下来。从这一点上来说，京津地区城隍信仰的兴盛与衰落切实地反映了乡村传统向城市传统过渡的鲜明特征，而且突显了京津地区作为国家权力中心的政治地位。

明清以来，由于社会财富的日益繁盛以及生活文化的渐趋多元，而城市中又汇集着更为集中的物产储备和人口数量，因此，城市岁时节日的庆祝与娱乐活动也就更为兴盛与繁杂。尤其是京津地区又处于政治、文化与经济的中心地位，其中所能提供的物质条件与所能交融的文化成分又是其他区域无法比拟的。由此，京津竹枝词中所记载的

---

① （清）张焘：《津门杂记》，丁绵孙、王黎雅点校，天津古籍出版社 1986 年版，第80—81 页。

② ［美］斯蒂芬·福伊希特旺（Stephen Feucht Wang）：《学宫与城隍》，［美］施坚雅主编《中华帝国晚期的城市》，叶光庭等译，陈桥驿校，中华书局 2000 年版，第 726 页。

城市时间生活便更多地体现着在自然时序的基础之上已然伦理化和世俗化的时间的人文内蕴，而充分利用京津竹枝词的文本进行相关整理与统计，并通过地图标注来展示城市时间生活的繁杂与多元则更具直观性。

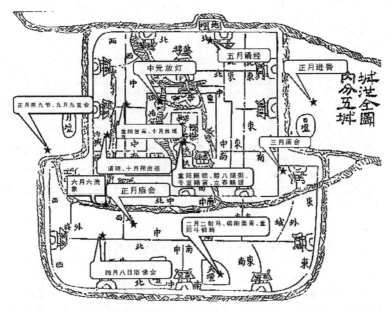

图 3—1 清代北京竹枝词记述传统岁时节日及其主要民俗活动①

图 3—1 为清代竹枝词文本中记录的北京地区的主要岁时节日活动，从时间上看，一月到十二月几乎都存在节日活动，比如正月厂甸观灯、二月天坛射马、三月蟠桃宫庙会、四月佛寺舍粥、五月端阳天坛耍青、六月护城河边洗象、七月中元北海放灯、八月中秋赏月、九月重阳白塔寺登高、十月朔城隍出巡等等；从空间上看，从皇宫到普通城区几乎都存在节日空间，其中北海、天坛则逐渐从宫廷生活空间逐渐转变为民俗生活空间。根据现实状况而言，厂甸正月庙会、四月初八法源寺浴佛会等民俗活动至今仍然十分兴盛。天津亦是如此：

---

① ☆本图编绘的主要目的在于以概览性的方式展示清代北京竹枝词文本中所记述的岁时节日状况，暂不做细节性分析与描绘图中的岁时节日及其活动空间信息主要来源清代北京竹枝词的文本内容，底图来源：《宸垣识略》，（清）吴长元著，图片编辑：郑艳。

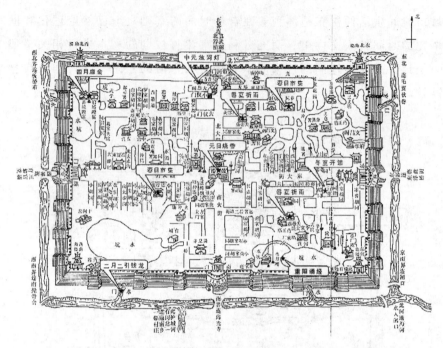

图3—2   清代天津竹枝词记述传统岁时节日及其主要民俗活动①

图3—2为竹枝词记录的天津地区主要岁时活动，其中有与北京地区明显重合的民俗活动，比如正月鼓楼进香、二月二龙抬头、四月城隍庙会、七月中元观音寺放河灯、九月重阳水月庵诵经，等等。但由于城市特征的不同以及竹枝词记述的倾向性而存在着本地区极具特色的民俗行为，比如春夏期间于关帝庙举行的祈雨活动，等等。

由以上两则图例可以发现，京津竹枝词文本所记述的传统岁时节日体系是在自然时序的基础之上建构而成的，其间由于受到宗教信仰的影响而出现了道教节日——燕九节、中元节和佛教节日——浴佛节，而这些节日的形成与发展充分表明了人在社会生活中的价值诉求与伦理观念。而通过岁时节庆活动的呈现也可以明显地表现出岁时节日中娱乐形式的功能与意义，比如庙会、市集与民间游戏

---

① ☆本图编绘的主要目的在于以概览性的方式展示清代天津竹枝词文本中所记述的岁时节日状况，暂不做细节性分析与描绘图中的岁时节日及其活动空间信息主要来源的清代天津竹枝词的文本内容，底图来源：《津门保甲图说》，（清）佚名著，图片编辑：郑艳。

等各类活动，从而彰显传统节日的生命能力及其越来越为世俗生活服务的价值倾向。

综上所述，与自然经济相契合的自然节律时间深深地植根于中国传统农业社会的节日体系之中，但随着社会发展的历史进程，慢慢变化的节日习俗却逐渐显示出世俗化的典型特征。岁时节日萌生于人与自然的互动关系之中，带有极为明显的农耕观念，并一度被神秘化，成为原始宗教性质的祭祀仪式。这种祭祀仪式在进入封建社会以后，便开始染上浓厚的政治伦理色彩，并成为政治统治的有效手段与途径之一。而当社会生活逐渐发展以后，人在生活中的社会属性日渐突出，岁时节日也由此更加倾向于适应与展示人与人之间的关系："岁时节日从其内涵看，它是人们为适应自然时季变化与人类社会生活节奏所创制的一种人文时间。人与自然的适应、人与社会的调适是岁时节日的两大主题。如果将岁时节日分为岁时、节日两个阶段的话，前者主要在于人与自然的适应，后者主要在于人与社会的调适。秦汉以前以自然岁时为主，秦汉以后人文节日渐趋凸显，岁时因素逐渐隐晦。但岁时作为民众对自然时间的认识长期成为影响节日民俗的内在因素。"① 也就是说，从京津竹枝词的记述时限来看，传统农耕社会是城市时间生活的源头，在这其中人与自然的关系成为城市时间生活的"隐在"，以一种传统的形式与精神影响着城市岁时节日的体系，而社会生活的发展与商品经济的萌生则从城市的角度冲击着农耕社会产生的时间体系与观念，使得人与社会的关系逐渐成为城市时间生活的"显在"，并通过节俗活动体现出日渐世俗化、消费化以及娱乐化的特性。

二　社会时间法则与节日性质

时代和社会在不断地发生着变化，由此而影响的社会时间法则以及岁时节日文化也在随之发生着改变："随着社会的发展，人们的实际活动能力和心理智能也不断变化。他们对于传统文化（包括节日在内）中的不合理的、过时的部分，往往不自觉地或半自觉地加以改动，使之合理化

① 萧放：《岁时——传统中国民众的时间生活》，中华书局 2002 年版，第 55—56 页。

（或比较合理化），使之具有较高的社会意义。"① 传统中国的时间是以强烈的人文内涵附之于自然节律之上的感受性与体认性存在，其深深地镌刻着民众的价值取向与精神诉求，因而具有极强的生命力与统摄力。确定时间段落的历法往往只是人们进行时间生活的一个维度，对于时间的体验与感觉才是时间生活最重要的方面：

> 历书不识岁时增，月几回圆稻一登。邻社招邀同报赛，竹杯席地酌黄藤。
>
> ——（清）黄叔璥《竹枝》

历书虽然明细，但其本身并不予人真切的时间感觉。生活千变万化，观念与时俱进，但是人们面对生活的态度却从一而终。岁时节日的时期、内容以及相关活动都发生着一定的变化，但是人们"过节"的美好心愿与在节日中传递祝福的意识却始终展现着旺盛的生命力。这种旺盛的生命力不仅仅体现在传统岁时节日的共享程度极高之上，而且体现在其随着时代和社会而不断变化和更新的发展之上。

（一）时间一体制与节日共享性

自元至清末，帝国时代的传统中国社会虽然存在着明显的社会阶级分化，但从时间法则的角度来看，由于施行上下统一的历法制度，因而无论是在宫廷还是民间，岁时节日的体系与内容并没有太大的差异，从而显示着极为明显的节日共享性特征②：

> 万国舞长春，天子云端坐。不看撩跤儿，不知中国大。
>
> 每岁十二月，乐部日习诸国乐舞，除夕进御，都人竞往观焉。外国壮健善撩跤者终不能中国胜，盖先择神勇，然后供御，想亦不敢不逊耳！

---

① 钟敬文：《节日与文化》，《钟敬文文集·民俗学卷》，安徽教育出版社 1999 年版，第315—316 页。

② 董晓萍在讨论现代节日体系时提出"共性节日"的概念，认为其有五个原则：一是传统悠久，二是共享程度高，三是转型民俗，四是可视性强，五是地方属性，此处所使用的共享性特征深受其中第二点的启发。关于"共性节日"的探讨，详见董晓萍《全球化与民俗保护》，高等教育出版社 2007 年版，第 323—328 页。

白塔直下看，却见诸天上。一过春风时，塔高空万丈。

白塔可望大内，惟正月不禁登览。

——（清）屈复《变竹枝词》

以上两首竹枝词描绘的是岁末年初，宫廷大内之中举行的各类辞旧迎新活动以及人们竞相围观的场面。由此可以看出，在正月的岁时段落中，宫廷和民间享受着同样的新春欢庆活动。而且，由于宫廷的财势能力、资源实力都远远超出民间，其举办的岁时节庆活动无论是规模还是内容都远非民间可比，因而观看宫廷的新春庆贺活动甚至也成为民间新春的一项盛事。而在正月的民俗活动中，官民互动最为热烈的当属元宵灯会：

晴和惬称上元天，灵佑宫西列市廛。莲炬星球张翠幕，喧声直到地坛边。

——（清）高士奇《灯市竹枝词》

新移灯市近天坛，剔墨堆纱万盏悬。百鸟彩楼曾见惯，玲珑飞舞是今年。

——（清）陆又嘉《同咏——燕九竹枝词》

关于元宵节的起源有着各种不同的说法①，其中之一便为宫廷祭礼，其源自《史记·乐书》所载"汉家常以正月上辛祠太一甘泉，以昏时夜祠，到明而终，常有流星经于祠坛上，使僮男僮女七十人俱歌"②。虽然没有十足的证据考察其确实性，但逐渐兴盛起来的元宵灯会却确实成为宫廷与民间同乐的重要节俗活动。灯会是元宵节最为典型的节俗活动代表，其传统悠久、形式多样，因而在民间和宫廷极具影响力。隋代每年元宵节在都城洛阳举行灯会；唐代取消宵禁，将元宵灯会活动延长至三夜；宋代帝王元宵节亲临灯会现场，与民同乐。这一习俗沿袭

① 关于元宵节的起源问题，一般包括西汉祀太一说、东汉燃灯表佛说及魏晋道教祀三元说，详见向柏松《元宵灯节的起源及文化内涵新论》，《中南民族学院学报（人文社会科学版）》第 20 卷第 2 期，2000 年 4 月，第 32—33 页。

② （汉）司马迁：《史记·乐书》，中华书局 2011 年版，第 1178 页。

至明清，明成祖朱棣曾在午门外赐宴、扎灯，而清代皇帝、后妃举行的元宵节灯会前期设在圆明园，后期设在三海或颐和园。元宵节作为重要的民俗节日之一，在宫廷和民间都极为流行，所以清朝皇帝大都写有元宵诗作，其中尤以乾隆帝最为突出，也为研究清代宫廷中的元宵节提供了极为丰富的信息。

首先，作为狂欢性质的全民节日活动，元宵灯会体现着极为重要的社会价值与意义。从中、下层民众的角度来讲，元宵节的功能则在于"破"，即在短时间之内，打破一切社会关系与阶层的束缚状态，而在共时的空间之内，共同享有某种行为活动或是生活方式：

> 五层盒子架青霄，宝塔珠帘一霎焦。肘足相挨都不觉，布衣尘污贵人貂。
>
> ——（清）李孚青《都门竹枝词》

> 帝城放夜乐靡休，灯月交辉到处游。毂击肩摩千万辈，不知若个是王侯。
>
> ——（清）赵骏烈《燕城灯市竹枝词》

无论是穿布衣的平民百姓，还是着貂皮的贵人王侯，都是元宵灯会看客中的一分子。因而，在这种共享程度极高的岁时节日的时域之内，人与人之间暂时没有了阶级、地位、财富、文化等各方面的明显差异，共融于同样的节日习俗与节庆氛围之中，从而呈现出城市传统节日极为重要的社会整合功能。而从上层统治者的角度来讲，元宵节的功能在于"立"，即通过全民参与的方式构建天下太平的盛世图景，并以"皇权在场"的形式重构全民狂欢中的社会阶层关系：

> 春明门外马蹄骄，宴罢三公下九霄。今夜诸郎闲豹直，归防爆竹损金貂。
>
> ——（清）赛尔赫《京都上元竹枝词》

> 传说元宵许放灯，四方贾客尽欢腾。琉璃厂起东西局，奇巧光华

几万层。

——（清）赵骏烈《燕城灯市竹枝词》

金乌西堕月东升，六市游人夜汽灯。胜说兵工两部好，元宵十五放花灯。

——（清）王炳《都门竹枝》

宵禁制度、官办灯会，乃至王公贵族亲临灯会现场都是权力施行的主要手段，使表面上看来不存在社会阶级差异的生活场面仍然保持有官方的隐性力量存在，从而以"与民同乐""天下太平"的热闹场景渗透皇权的效能与成果。与此同时，灯会作为人们狂欢空间的不断迁移也从一个侧面反映着皇权利用灯会构建社会秩序的目的：

新移灯市近天坛，剔墨堆纱万盏悬。百鸟彩楼曾见惯，玲珑飞舞是今年。

——（清）陆又嘉《同咏——燕九竹枝词》

灵 佑 宫 灯 市
雕镂绮縠缀珠玑，灵佑宫前灯作围。日落黄昏冰冻合，看灯人踏暗尘归。

——（清）吴之振《京师竹枝词》

明初北京上元灯会一般设在皇城端门玉凤楼前，明代后期迁至崇文门大街，清初又被迁往正阳门外，后来北京的灯市主要分布于天坛、灵佑宫附近。灯会举办的空间从内城迁往外城，逐渐离行政中心区域越来越远，足见皇权对于这种狂欢性质的民间集会活动还是极具戒备性和控制性力量的。而正是在这种"破"与"立"的博弈之中，元宵节的社会结构的调整意义不言自明。

除此以外，每逢岁时节日，宫中亦会赏赐相应的节令食物，比如立春赐饼、端午赐粽、腊八赐粥，等等。从这一角度而言，节日的共享性内容基本上为汉魏之际便开始形成并逐渐丰富的岁时节日民俗活动，从而充分地显示了传统节日文化的历史传承性与全民参与性。

（二）历法二元化与节日传承性

晚清时期，近代西方工业文明开始冲击传统中国的社会生活，以钟表为计时工具的近代历法也开始进驻中国民众的时间体系与生活领域：

> 盼见西亭挂夕阳，宾朋相顾欲同行。阿哥还看时辰表，三打钟儿不要忙。
>
> ——（清）冯至《金台竹枝词》

钟表计时带有极强的技术色彩与工具特征，其极大地冲击着以生活体验为基准的时间意识与观念："人类的时间世界不再与潮起潮落、日出日落以及季节的变化相联系。相反，人类创造出了一个由机械发明和电脉冲定时的人工时间环境：一个量化的，快速的，有效率的，可以预见的时间平面。"[①] 事实上，中国古代并不乏以纯粹的技术方法计时的工具，但是就时间内蕴来看，这种科学的计时工具并未在实际生活中起到带有价值判断和人文精神的意识形态作用，比如以动物报时的鸡鸣、以太阳照射计时的圭臬、以器物计时的更漏，等等。也就是说，中国古代社会的时间生活与时间观念与科学技术的相关性历来都极其微弱。但是由于社会发展的总体趋向，以工业文明为背景的计时方法开始冲击传统农耕社会所承袭的时间文化。1911 年辛亥革命成功，在推翻封建制度的社会政治需求之下，新成立的民国政府废除传统历法，大力推广西方历法并一度强行废止传统节日。但是，由于文化传统的悠久性与影响力，全盘西化的历法改革并没有成功，于是形成了政府公务使用西方公历、民间生活使用传统农历的历法二元化体制。因为西方公历成为公共生活的社会时间法则，其在社会生活中便产生了相当的影响。以明清之际极为流行的拜年帖子为例：

> 年来五尺制新裳，心事牵萦爆竹忙。答应一声门外去，拜年帖子

---

① 吴国盛：《技术时代的时间意识》，转引自黄慧霞、董剑桥《中西方时间观的差异对比》，《苏州大学学报（哲学社会科学版）》2002 年第 3 期，第 93 页。

倒粘墙。

——（清）沈承瑞《新年竹枝词》

此首竹枝词中提到的拜年帖子源自古代士大夫中间进行的社交活动——投刺。投刺，即是投递名帖，这种社会交际活动北魏时即已有记载："或有人慕其高义，投刺在门。"① 清代陈康祺在《郎潜纪闻》也提到："明季士大夫投刺，率称某某拜，开国犹然。近人多易以'顿首'二字。"② 而投帖拜年的方式起于南宋，渐渐演化成为农历春节拜年活动的一种。明清之际尤为盛行：

新正投刺古遗风，小楷端书样若穷。羡慕翰林名字大，也将红纸印来工。

——（清）杨静亭编撰、李静山增补《都门竹枝词》

新正，即是农历正月初一，古时又称为元旦，也就是中国传统的春节。而从这首竹枝词的记述与描绘来看，春节用红帖拜年已经成为比较流行的节俗活动，而其正是源自古代的投刺之风。近代改历之后，阳历新年也开始盛行投刺拜年的方式：

阳历纷纷投刺忙，今朝故旧复登堂。一年两度逢新岁，六十堪称百二强。

——（清）王开寅《都中竹枝词》

由以上这首竹枝词可以看出，阳历和阴历都开始采用投刺的方式进行拜年活动，是为传统习俗的挪移与发展。由此可以推断，历法制度的二元化直接导致了社会生活时间（尤其是在城市之内）的分化：一方面

---

① （北魏）杨衒之：《洛阳伽蓝记·景宁寺》，周祖谟校释《洛阳伽蓝记校释》，中华书局2010年第2版，第94页。

② （清）陈康祺：《郎潜纪闻·名刺不用拜字》，晋石点校《郎潜纪闻初笔二笔三笔》，中华书局1984年版，第94页。

置身于社会公共生活之中的人们不得不服从社会时间法则的安排；另一方面传统时间观念与体系也以其极为强大的生命力继续活跃于民众生活之中：

爆竹声声响彻天，人从旧历度新年。久闻正朔颁阳历，习俗于今未易迁。

——（清）王开寅《都中竹枝词》①

由此可以看出，虽然经历着历法二元化的社会现实状况，但是人们的时间生活及作为其集中体现的岁时节日依然固守着传统的体系与力量，成为城市节日中的主体部分。

从本质上看，历法制度的改革是利用时间实施政治统治的策略之一。无论是中国古代皇家颁布的上下统一应用的岁时历法，还是西方教会垄断的社会时间体系，都包含着各自对于人与自然、人与人之间伦理关系的阐释。当辛亥革命之后的国民政府企图利用西方历法改变中国传统封建社会的面貌之时，首先面对的是中西文化中的时间观念的差异，而这种文化传统的碰撞所造成的城市时间体系二元化的局面有着更为深刻的现代性意义。以钟表为刻度的社会时间法则从根本上来源于商品经济的发展："象征现代时间的机械钟表只可能最终以格林威治时间统一（普适）全世界，其真正深刻的根据并非眼前直观的机械工序进程，而仍在于商品市场交易。"② 也就是说，商品经济的发展使得蕴涵于其中的社会必要劳动时间成为社会物质生产与生活中十分重要的计量单位，因而也促进了人们对于以钟表为代表的技术时间的广泛应用：

午餐肴酒备多时，不见郎归默默疑。怪道散衙偏较晚，原来明日是星期。

---

① 需要说明的是，撰述者王开寅的生卒年信息不详，其所作的《都中竹枝词》出自《自怡室诗稿》，于民国八年（1919）刊行。由此推断，王开寅生于清代，而其所作此首竹枝词可能是民国初期的作品。

② 尤西林：《心体与时间——二十世纪中国美学与现代性》，人民出版社2009年版，第15页。

平日十二时散值，下午仍服务，惟星期六乃一时散值，下午休息。

——（民国）许正希《回首竹枝词》

往来如织电车忙，牌别红蓝白绿黄。一到星期人愈挤，留心剪绺割钱囊。

电车系比商创办。红牌者，由北大关经河东至老站；蓝者，由北大关经日、法租界至老站；黄者，由北大关经日、法租界至法国河沿；白者，围城马路；绿者，由天增里至法国教堂前。近闻省政府有收回自办消息。割窃行人佩带等物者为剪绺，亦名小绺。

——（民国）冯文询《丙寅天津竹枝词》

以上两首竹枝词皆出自民国时期的天津竹枝词，都以源自西方宗教的时间单位——星期为社会时间计量方法，前者描绘的是服务行业的营业时间，后者则是人们日常生活中的作息时间。从商品经济的角度来说，"作为价值，一切商品都只是一定量的凝固的劳动时间"①。劳动时间的引入，使得商品交换的等价原则得以实现，从而也导致了以商品市场交易为主的城市社会时间法则更倾向于具有世界普及性质的西方历法与时间体系："社会必要劳动时间本质上是世界时间，它才是协调全球地方时间同步化的格林威治时间的基石。这一世界时间对基于太阳系天体运动的自然时间坐标所形成的地方时间差别的统一调整，标志着作为人与自然的现代化的组成部分，以交换伦理为特质的现代时间在时间领域同样战胜了自然。"② 以京津竹枝词记述的城市时间生活而言，其经历着注重以自然物候体验为主的人文社会时间向以注重商品经济属性为主要的技术时间的过渡与转变，也从根本上影响着城市岁时节日生活的传统与变迁。也就是说，由于京津竹枝词的文本记述时限上至元代、下至民国，其间恰是农耕社会传袭千载的人文生活时间模式逐渐为社会必要劳动时间准则所代替的主要时段，时间慢慢由一种生活文化方式而成为一种价值衡量尺度，这一点又在城市

---

① ［德］马克思（Karl Heinrich Marx）：《资本论》，《马克思恩格斯全集》，人民出版社 1972 年版，第 53 页。

② 尤西林：《心体与时间——二十世纪中国美学与现代性》，人民出版社 2009 年版，第 16—17 页。

中显示出更为明显的态势。因此，京津竹枝词所记述的城市时间生活自然而然地体现着这种过渡与转变。换言之，由于城市经济方式与文化内容的变化与更新，使得京津竹枝词的记述时限正处于时间的人文精神逐渐消失，人们对于时间的感性体验逐渐淡化的过程之中。因此，京津竹枝词所记述的城市时间维度既承袭着传统农业社会的观念与意识，又标注着近代工业文明所带来的工具特色与价值。时间维度的这种双重性质在城市民俗生活中呈现着较为明显的社会人文的功能与价值，而其也正是民俗学研究所直接面对的传统与现代的对接与博弈的关捩点之一。

第二节　京津竹枝词记述的城市空间生活

空间是人类生存的基本单位与现实环境，既为人类生活提供必要的地域条件，也由于人类生活于此的行为本事而呈现着不同的文化特征与社会功能。从空间的发展过程来看，城市空间因其特殊的经济、政治、历史与文化背景显示着独有的价值与意义。而就长期处于国家政治中心地位的京津地区来讲，城市空间又受地理条件、文化传统以及政治背景的影响而呈现出极为明显的功能分化态势。

一　公共空间与民俗内容

一般说来，城市生活给人的印象即是人来人往、熙熙攘攘，各色人群不断地穿梭于各种空间之中，从而构成了城市生活的基本内容与方式。比较而言，城市空间显示出与乡村空间极具差异性的状态与功能。城市的区划性与功能性使其具备相对于乡村更加明显和私密的空间分割，这更多地源于经济分工与政治统治的需要。但是，人与人之间存在交往与沟通的需求，这便促成了城市中公共空间的形成与发展。也就是说，从京津竹枝词较为兴盛的时代来看，城市公共空间显然已经成为社会生活的主要活动空间之一，其中必然也承载着极为丰富的民俗内容。

（一）城市河道及其民俗活动

水乃生命之源，水也是城市形成与发展的基本条件与动力。中国古代的诸多都城皆是临江滨河而建："凡立国都，非于大山之下，必于广川之

上，高毋近旱而水用足，下毋近水而沟防省。"① 以京津地区的行政地位
而言，自元代北京成为帝都以后，其城市水利工程便逐渐发展起来："元
代以后，北京成为帝都，同时成为国家水治的中心，国家水利工程的重点
也跟着转移到北京和北京水系的所有城乡地带。"② 而就竹枝词本身来讲，
其源于江边水域的民歌秉性以及京津地区的水域文化也为京津竹枝词记述
承载于城市河道空间内的民俗生活提供了传统基础与现实背景。

首先，京津水路交通是物产运输的通道。自北京成为国家政治中心以
来，天津一直以其丰厚的渔盐之利以及通达的水运条件成为北京的物资储
备地和中转站，为都城输送自产或是来自江南的商品、货物，以满足城市
生活的日常需求。据《明史·食货志》载，天津所产之盐作为贡品运往
北京，"供郊庙百神祭祀、内府羞膳及给百官有司"③。除此以外，来自江
南地区的贡品、货物也经由京杭大运河运抵天津并在此中转，然后送往
北京：

仰食东南国用优，年年转运到神州。万艘粳稻来吴楚，潞水南流
卫北流。

——（清）崔旭《念堂竹枝词》

潞卫交流几尺波，南商北使日经过。而今物色思吴会，酒市红楼
积渐多。

——（清）梁机《直沽竹枝词》

以上两首竹枝词描述的是连接京津地区及其与江南区域水运的潞河与
卫河水系。潞河主干在北京通州，又称北运河，与京杭大运河相接，东南
可通天津，经海河入渤海海口；卫河发源于山西太行山，在山东临清汇入
南运河，也在天津经海河入渤海海口。潞河和卫河交流便成为京津地区海
运和漕运的集中航道，主要承担着城市居民的物产输送。通过便利的水路
交通条件，京津地区得以汇集了以经济发展为重心的江南地域的丰富物

---

① （战国）管子：《管子·乘马》，中华书局 2004 年版，第 83 页。
② 董晓萍等：《北京民间水治》，北京师范大学出版社 2009 年版，第 13 页。
③ （清）张廷玉等：《明史·食货志》，中华书局 2011 年版，第 1932 页。

产，不仅仅满足了城市生活的日常供给，也为文化的发展与传播奠定了良好的物质基础。与此同时，相关的信仰也随着水路运输的发展而在京津地区得以传播，比如妈祖信仰即通过由南向北的货物传送而逐渐扩散至京津地区：

> 九河天堑近渔阳，三辅津梁著水乡。海舶粮艘风浪稳，齐朝天后进神香。

> ——（清）梅宝璐《天津竹枝词》

妈祖信仰兴起于福建沿海，其以海神的身份护佑水运平安。元代，随着漕运的兴起，京津地区开始出现关于妈祖的记载："海漕天妃，医巫闾山北，幽州镇山也。未时遣使致祭，先用雅乐，而后用俗乐。天妃，姓林氏，兴教军莆田都巡君之季女。生而神异，有殊相，能知人祸福，拯人急患难。室居三十年而捐世，邑人祠之，灵应。自宋绍兴廿年始封灵德夫人，历封。至景定间，加封灵惠溥济嘉应善庆妃。宝祐间，仍封。神之父母、姊兄，以及神佐，皆有锡命。迨我元累封，加护国庇民广济福惠明著天妃庙额。"① 关于妈祖保佑水运平安的传说与信仰便在京津地区流传开来，这一点在竹枝词中也有记载：

> 道别真君与火君，真君茹素火君荤。天妃宫里游人散，笛管笙箫响遏云。

> 道教分真君、火君两派。真君道茹素不剃发，无家眷；火君道则反是。天后宫之道人即火君道，工音乐。天妃宫即天后宫，泰定三年作天妃宫于海津镇，盖有庙之始也。

> ——（民国）冯文询《丙寅天津竹枝词》

由该首竹枝词的附注内容可知，元泰定三年（1326）官府在北运河与海河交汇的三岔口岸建天妃宫，以求保佑水运，京津地区已经开始存在关于妈祖的信仰，并且开始修建天妃宫用以祭祀，而据学者考证其正是通过自南向北的水路货物输送而逐渐向京津地区传播："元代的天妃宫在海

---

① （元）熊梦祥：《析津志》，《析津志辑佚》，北京古籍出版社 2000 年版，第 60—61 页。

津镇（天津）海河两侧、大都（北京）东城外、滦河蚕沙口 4 处，与元朝当时的漕运形势联系起来，我们很容易推测当时妈祖信仰是沿海河、北运河及天津以北渤海沿岸地区传播的。"① 自元代开始，日渐发展的京津地区与江南区域的水运交通促进了海神妈祖信仰的广泛传播。清代，妈祖被封为"天后"，从而在皇家祀典里也占据了一定的地位。据《顺天府志·祠祀》记载："惠济祠，在绮春园内，祀护国庇民妙灵昭应宏仁普济福佑群生诚感咸孚显神赞顺垂慈笃祐安澜利运泽覃海宇天后之神。"② 惠济祠建于皇家御园，而从妈祖的封号来看，其海神的地位与影响也在京津地区达到鼎盛：

> 飞翻海上着朱衣，天后加封古所稀。六百年来垂庙飨，海津元代祀天妃。
>
> 《临安志》：林氏女能乘席渡海，著朱衣飞翻海上。《元史》：南海女神灵惠夫人，以护海运，加封天妃，作官海津镇。国朝加封天后。
>
> ——（清）崔旭《念堂竹枝词》

在这里，作者崔旭通过诗体并加注释的形式阐释了妈祖起源的传说，及其信仰地位逐渐上升的历史轨迹，寥寥数语便将妈祖信仰的总体情况一一道出，从而凸显了竹枝词作为民俗文献的价值与功能。而由灵惠夫人—天妃—天后的发展轨迹可见，妈祖的地位逐渐提高，而妈祖信仰的传播业成为海运逐渐发展的见证。由此可见，京津地区对于妈祖的信仰根源于期望水路运输平安的民众心理。但是，当这种期望用其他手段和方式得以实现或是弥补之后，信仰的力量便会逐渐淡化。清代末期，技术的进步促成了轮船的发展以及铁路的兴建，妈祖作为海神的信仰在北京地区开始退化，仅在水路运输更为发达的天津地区保存下来。

其次，京津城内河道有其特殊的生活功用。城际之间的水路航线为城市物产交换与文化交流奠定了基础，同时也提供了条件。而城内河道的存

---

① 尹国蔚：《妈祖信仰在河北省及京津地区的传播》，《中国历史地理论丛》第 18 卷第 4 辑，2003 年 12 月，第 136 页。

② （清）《顺天府志·祠祀》，周家楣、廖荃孙编著，《光绪顺天府志》，北京古籍出版社 2000 年版，第 166 页。

在则是满足城市建设以及日常生活用水资源的主要设施与基础。从这一论点进行考察，作为文献资料系统的竹枝词文本因其自身特点也清晰地反映着这一文献叙述方式：

表3—1　　　清代竹枝词记述的北京水道分布及其功能阐释示例

内容	文本	阐释
水渠及其流经路线和社会布局	玉泉汩汩似垂虹，千顷昆明宛转通。犹忆桃花春涨碧，当年水战习艨艟。	引玉泉入城，保证城市用水，同时形成城市水利景观。
水渠流势对城门、城墙和市内建筑的决定作用	高梁河受玉泉清，八里庄临辇路平。好在西山五百寺，秋来诗客遍题名。	水道沿途多为皇家宗祠与宗教寺庙。
水陆码头与商贸集散地	万树垂杨万柄荷，游人齐唱大堤歌。今年消夏宜何处，净业湖边堕珥多。	什刹海一带既是政治中心，又为商业中心。

由表3—1可以推断，竹枝词文本所提供的城市水道分布信息与功能与其他文献文本的叙事方式大致相似，共同记述着北京地区城市水利民俗的内容与特征。而从竹枝词的记述内容来看，河道在城市民俗生活中起着不可替代的重要作用，其不仅仅承担着保证日常生活用水资源充足的重任，更在社会科技条件尚欠发达的情况下为人们的时令生活提供着便利的条件，其中尤为突出的事例便是冬夏两季之间的储冰与用冰的生活习惯：

冰　窖

朔风凛冽入城寰，典重藏冰备上颁。寒夜截来三尺阔，沿河高耸水晶山。

——（清）杨静亭编撰、李静山增补《都门竹枝词》

塞上严飙动地回，凿冰忽遇水关开。凌阴深处藏冰出，人自水晶宫里来。

——（清）李篁《北平竹枝词》

何人凿此潞河流，流尽征人泪不收。愿得河冰坚似石，更无往来南北舟。

——（清）梁机《直沽竹枝词》

冬季凿冰、储冰的主要用途有两个：一是为了保持瓜果的新鲜；二是为了夏季防暑、御暑：

> 谁凿崇安窟，千方白玉寒。满城春市果，个个倚冰山。
>
> 冰窟崇文、安定二门为多。留果至春，卖者多寄冰傍。

——（清）屈复《变竹枝词》

> 卖酪人来冷透牙，沿街大块叫西瓜。晚凉一盏冰梅水，胜似卢同七碗茶。

——（清）杨瑛昶《都门竹枝词》

而除了满足城市日常生活的用水资源与物产储备需要以外，城市河道也承载着极具时序特色与节日氛围的民俗功能。也就是说，在我国的部分传统节日中存在一些极具代表性的习俗，其不仅有着深厚的民众基础，也需要一定的社会空间。比如，在"二月二"广泛流行的"引钱龙"活动：

> 已过花期花事浓，谁家河底引钱龙。钱龙虚有团圞象，买断儿夫归路踪。
>
> 二月二日，俗以谷糠末自河底引至家，曰"引钱龙"。

——（清）梁机《直沽竹枝词》

"引钱龙"通常是指在农历二月初二"龙抬头"这一天，用灰或谷糠撒在地上，蜿蜒成龙形，从河边开始一直引回家，寓意着财源滚滚而来，包含着浓厚的传统节日文化内涵，也使得城市河道成为极具象征意义的公共空间。

除此以外，京津地区还流行着部分极具地域特色的民俗活动，其中最为鲜明的是"六月六"。"六月六"是民间的洗晒日，又被称作"天贶节"，俗信在这一天洗洗晒晒可以保持衣物、书籍等洁净，防止霉烂、蛀损。洗晒即包括洗浴，明人沈德符在《万历野获编》中曰："妇女多于是日沐发，谓沐之不腻不垢。至于猫犬之属亦俾浴于河"①，足见六月六这一天城内河道的繁忙景象。而就明清时期的北京来说，六月六日还有一项非常引人瞩目的洗浴活动值得观赏——皇家洗象。明清时期，北京皇宫里饲养有由越南、缅甸进贡而来的大象，经过调教、训练以后可以在皇家仪仗队伍中壮大声势。而每逢六月六，皇家惯例乃牵象至护城河边洗浴，从而引起市民前往观赏。对此，明代《帝京景物略》记曰："三伏日洗象，锦衣卫官以旗鼓迎象出顺承门，浴响闸。……观者两岸各万众，面首如鳞次贝编焉。"② 时至清代，皇宫象房附近的顺承门更名为宣武门，于是清代竹枝词里记载的六月六日洗象活动便多以此为主：

> 客舍东邻即象房，不曾看象不因忙。异时里巷儿谈象，肯信余曾到帝乡。
>
> ——（明）杜濬《竹枝词——仿徐渭体咏长安景物》

> 玄武门前闸水低，争看迎象鼓声齐。象奴不肯过时俗，恐认深山戏日西。
>
> 清代象房设在宣武门内城根迤西，每年夏历六月六日大象往宣武门外河内洗浴，观者如堵。
>
> ——（清）郭士璟《燕山竹枝》

六月六浴象本是依据时令特征而进行的一项宫廷活动，却因为于城市公共空间内展开而成为民众争相围观的民间盛事，甚至演变为北京六月六期间一道极为壮丽的民俗风景。

综上所述，河道是城市必不可少的公共生活空间之一，其不仅从物质的层面支持着城市的发展与民众的生活，更从文化的层面展示着城市的人文气息与民众的精神风貌。

---

① （明）沈德符：《万历野获编·六月六》，中华书局1959年版，第619页。
② （明）刘侗、于奕正：《帝京景物略·春场》，孙小力校注，上海古籍出版社2001年版，第103—104页。

（二）城市会馆及其民俗活动

在城市的形成与发展的过程中，移民也是十分重要的社会构成部分与空间主导力量。在帝国时代的中国传统社会，城市的移民现象不仅是普遍的，而且带有极其特殊的社会背景："离乡背井到一个城市里来碰运气的人，常常是作为家庭、宗族和乡里的'代表'而来的。……前程远大的年轻人在这条路途上每走一步都得到族人乡人的支援帮助，这种援助不但被认为是一种道义上的责任，而且也是一种投资，指望会对各种范围的社团产生利益的。"① 也就是说，城市中的移民一般是带有一定的身份标识的，而这种身份标识中最为明显的一点即是其最初的地方属性。由此，相同地域而来的城市客居者往往具备明显的指向性与聚合性，并在一定程度上互相扶持与帮助，因而也必然会形成与之相适应的社会组织与活动空间。城市会馆的兴起与发展便是其中极为显著的例子："会馆是同乡人士在京师和其他异乡城市所建立，专为同乡停留聚会或推进业务的场所，狭义的会馆指同乡所公立的建筑，广义的会馆是指同乡的组织。"② 由此而言，城市会馆的意义与功能即同时具有了公共空间与社会组织的双重内涵。而以京津地区来看，作为最高行政权力统治中心的所在地以及南北方海陆交通的中转站，京津两地城市中的会馆也随着政治与文化的发展而迅速兴起与繁盛。

由于客居他乡，生活习性多与当地人有所不同，于是会馆便成为同乡活动的公共空间，其既可以是岁时节庆娱乐的公共空间，也可以成为各种人生仪礼举行的场所。先来看以下此首竹枝词：

团　拜

同乡团拜又同年，会馆梨园设盛筵。灯戏更闻邀内眷，夜深歌舞尚流连。

——（清）杨静亭编撰、李静山增补《都门竹枝词》

① ［美］施坚雅：《清代中国的城市社会结构》，［美］施坚雅主编《中华帝国晚期的城市》，叶光庭等译，陈桥驿校，中华书局 2000 年版，第 641—642 页。
② ［美］何炳棣：《中国会馆史论》，台湾学生书局 1966 年版，第 11 页。

团拜之举始自宋代，《朱子语类》中记曰："团拜须打圈拜"①，可知此时团拜尚为一种行礼的方式，多用于元旦、冬至之日的团体庆贺仪式，如《南宋馆阁录》中"正旦冬至先圣团拜"条所载："是日设先圣、颜子像于道山堂中间，省官序班堂上，北向再拜，长、二三上香，在位者再复拜。礼毕，团拜于堂上，同年者各讲私礼。"② 团拜也用于新科进士的答谢宴，《梦粱录·士人赴殿试唱名》中记曰："两状元差委同年进士充本局职事官，措置题名登科录。帅司差拨六局人员，安抚司关借银器等物、差拨妓乐，就丰豫楼开鹿鸣宴，同年人俱赴团拜于楼下。"③ 随后，团拜活动慢慢扩大，发展成为明清之际的新年团拜盛会，而北京作为辐辏之地，汇集着众多的他乡异客，从而也成为团拜活动尤为盛行的地区之一。据《清稗类钞》中"以团拜联友谊"条所记："办团拜者，每年之春，京师各部院及有科目者，例必举行。以值年一二人承办，开筵演剧，费至数百金，次者亦必择地而食。盖京师地大人众，往往经年不一面，亦藉此以得聚晤耳。外省亦然，且多有联合商界以行之者。"④ 由此可知，团拜已然成为一种集吃喝玩乐为一体的联谊活动，广泛盛行于客居在某地的同乡人，而因为种种娱乐活动的需要，城市会馆里一般设有戏楼，常年表演戏曲等，从而也为地方戏曲的传播起到了极为重要的作用："北京的不同会馆里，各种戏剧竞相开场，河南会馆唱豫剧，安徽会馆唱黄梅戏，湖北会馆唱汉剧，广东会馆唱粤剧，使京师处处回响着阳腔、梆子腔、西皮调、二黄调，百花齐放，各显神韵，在北京会馆之间形成地方戏剧交流、融合的空间。"⑤ 除此以外，会馆还成为举办各类人生仪礼活动的重要场所：

湖 广 会 馆

高大门板压虎坊，伶人说客喜登场。冠婚丧祭日常有，此地宜名

① （宋）朱熹：《朱子语类·杂仪》，中华书局 1994 年版，第 2322 页。
② （宋）陈骙：《南宋馆阁录·故实》，《南宋馆阁录 续录》，张富祥点校，中华书局 1998年版，第 63 页。
③ （宋）吴自牧：《梦粱录》，浙江人民出版社 1980 年版，第 23 页。
④ （清）徐柯编：《清稗类钞·师友类》，中华书局 1984 年版，第 3594 页。
⑤ 万江红、涂上飙：《会馆的社会影响初探》，《武汉大学学报（人文科学版）》第 54 卷第2 期，2001 年 3 月，第 174 页。

四礼堂。

——（民国）韬禅《新都门竹枝词》

　　由此可知，在新春时分会馆成为团拜活动的聚集地，其中上演着各类形式的文艺娱乐活动；而在日常生活之中，会馆又成为举办各类人生仪礼活动的重要场所。从这一角度来说，会馆恰如一座城中城，不仅仅聚集着具有相同地域文化特性的各类人士，也成为区域文化交融与互通的承载空间。而作为极具地域色彩的社会组织，城市会馆大多"以同籍为纽带，以士绅为领导，以神灵作为精神支柱"①，从而更加显示出其极为丰富的地方民俗文化内涵。据美国汉学家施坚雅分析，城市中同乡组织的构成一般有两种途径："他们不是在经济中心地利用商业机会，就是在行政中心地利用读书做官的机会"②。从这一点上来看，京津两地的城市会馆的主体方向恰恰分别符合以上两种途径。相对于以政治、文化交流中心地位存在的北京而言，天津的城市会馆的构建过程更加偏向于商业化。明清以来，随着漕运与海运的兴盛天津逐渐形成以商品贸易和货物运输为重心的经济城市，而各类工商会馆也在天津地区逐渐发展起来：

会　馆

　　商人贾客酿钱齐，金碧辉煌匾额题。闽粤且休夸壮丽，如今会馆数山西。

<small>　　前有闽粤、江西两会馆。今又建山西会馆。</small>

——（清）崔旭《念堂竹枝词》

　　以上这首竹枝词描绘的便是天津城内商业会馆林立的盛况，其中所提到的闽粤会馆是天津最具盛名的会馆之一，由清代康熙年间便已经进入天津行商的福建和广东两省的商业富贾们修建："溯当前清初季，海禁大开，闽粤两省商人来津贸易者日众，其时均乘红头船，遵海北来，春至冬

---

① 王日根：《明清会馆与社会整合》，《社会学研究》1994 年第 4 期，第 108 页。
② ［美］施坚雅：《清代中国的城市社会结构》，［美］施坚雅主编《中华帝国晚期的城市》，叶光庭等译，陈桥骄校，中华书局 2000 年版，第 642 页。

返"，"嗣因客货抵津，寄顿无所，加以海船惯习，人口出口均须虔祀天后，报答神庥"，遂集资共建闽粤会馆。① 根据文献资料的记载，闽粤会馆亦是天津天后宫举行祭祀与庙会等活动的主要出资人和承办者："三月二十三日为天后诞辰，灯彩辉煌，笙歌喧沸，大小东门一带为尤盛。闽粤富商，无不殚其财力以奉神"②。于此，竹枝词也有相关的记载：

> 严关近逼水关开，一壁旌旗画角催。闽粤商船通百货，帆樯齐泊海门来。

——（清）李端颐《天津竹枝词》

皇　会

> 逐队幢幡百戏催，笙箫铙鼓响春雷。盈街填巷人如堵，万盏明灯看驾来。

天后宫赛社，俗称皇会。

——（清）崔旭《念堂竹枝词》

会馆作为城市中重要的公共空间之一，"在不断发展过程中，功能日益增加并规范化，而'祀神、合乐、义举、公约'是其基本功能。神灵崇拜为会馆树立了集体象征和精神纽带，合乐为流寓人士提供了聚会与娱乐的空间，人们会在节日期间'一堂谈笑，皆作乡音，雍雍如也'。义举则不仅为生者缓解旅途之困，更注重给死者创造暂厝、归葬的条件，而公约则要求会员遵循规章制度维护集体利益，从而维护社会秩序的安定"③。也就是说，城市会馆最初是由于移民的产生而逐渐形成的空间领域，但随着历史与社会的发展，其所承载的内容与功能也愈发的多元化，从而具备了更为深层意义上的社会组织的指称与内涵。换而言之，城市会馆从表象来看是作为一种公共空间而存在，而其实质却是极具社会整合意义的结构体系。也正因为具备如此多重的社会功能，使得城市会馆在京津城市民俗

---

① 《天津商会档案汇编》（1912—1928），天津人民出版社1994年版，第2册，第2100页。
② 蒋维锬编校：《妈祖文献资料》，福建人民出版社1990年版，第340页。
③ 王日根：《明清时代会馆的演进》，《历史研究》1994年第4期，第48页。

生活中占据着极为重要的公共空间地位。

从广泛的意义上讲，传统的城市公共空间诸如茶馆、街市等举不胜举，且皆在一定程度上承担着各种形式与价值的民俗内容。就京津竹枝词而言，其自身的性质与特点又决定着所记述的空间具有一定的倾向性与鲜明性，而河道与会馆则是其中较具代表性的两类城市公共空间。从社会功能的角度来看，两者都是现实存在的实体空间，因而能够承担相应的民俗活动；而社会组织的角度来看，两者又皆存在着民众大规模、长距离流动的现象，从而也充分体现着城市生活的开放性与民俗文化的传承性。在城市中，人们对于公共空间的需求源于人与人之间进行社会交往的内在驱动力："人有一种本性，叫做人往人处走，哪儿人越多，越会吸引别的人来，人们很愿意在一个空间里看别人在做些什么，哪怕是消极的观察，哪怕不跟他们在一块儿玩。人有一种兴趣，就是爱往人多的地方走。"[1] 就京津竹枝词文本记述的民俗生活来看，其对于城市公共空间的描摹恰恰体现了人与人之间产生互动关系的心理愿望。而这种互动的愿望源起于相同地域文化的社会背景，同时又具有包括政治、经济、文化等在内的社会多方面的现实因素。

二　特殊空间与民俗视角

从严格的学科角度而言，"民俗是民间文化中带有集体性、传承性、模式性的现象，它主要以口耳相传、行为示范和心理影响的方式扩布和传承。民俗是一种民间传承文化，它的主体部分形成于过去，属于民族的传统文化。但它的根脉一直延伸到当今社会生活的各个领域，伴随着一个国家或民族民众的生活继续向前发展和变化"[2]。这一范围显然是就中国社会的总体情况而言的。当面对以京津为典型区域的城市民俗生活时，由其历史与政治背景所引发的多元异质性文化特质便得到全面凸显，因此民俗视角问题也在处理极具政治色彩的特殊空间时突显出来。高丙中通过对西方和中国民俗学研究的学术史梳理提出了对于"民"与"俗"的疑问："为什么一定要把民俗限定在传统的民俗体裁和种类之内呢？为什么只有

---

① 郑也夫：《城市社会学》，上海交通大学出版社 2009 年版，第 173 页。
② 钟敬文主编：《民俗学概论》，高等教育出版社 2010 年版，第 5—8 页。

在人们表现了传统的民俗体裁和种类之后，我们才把他们作为'民'来考虑呢?"① "为什么民俗学家们总不能勇敢地面对民俗构成了人的基本生活这一事实呢? 人类群体约定俗成的东西那么普遍、那么广泛，为什么人们却只承认那些具有古老形式的东西才是民俗呢?"② 这些疑问源自近代以来民俗学的学科自足与发展，清晰地体现着民俗学者在历史与现实的社会语境之中对于民俗学研究对象的认识与理解。对于"民"与"俗"的追问与思考，是民俗学理论框架得以充实的基础，也在一定程度上启发着阐释与研究京津竹枝词记述民俗的视角问题。

（一）权力空间与"去阶级化"

从根本上讲，城市的形成与王权力量的集中存在着极为密切的关系: "中国的城市一直沿袭着从古代传下来的那种王权造就的、以衙门为中心的城市。"③ 而从京津城市的发展历程来看，王权力量更是起到了极为重要的作用，并以最高行政中心的地位承担着权力运作起点的功能。对此，有学者认为中国传统社会的权力运作模式自上而下形成辐射状结构体系: "君主—中央机关—地方行政部门—乡村管理机构—家长"，而根据这一模式而来的承载权力的空间分别为: "皇宫—中央官署—地方官衙—乡村宗祠、文庙寺庙等—家庭院落正房明间"④。也就是说，从人的角度来看，君主是权力运作的首要人物; 而从社会结构的角度来看，皇宫则是权力发布的主要领域。由此，王权力量通过社会等级的划分以及权力空间的封闭显示着极高的威严与声望:

> 殿陛宫廷严肃地，那容出入少纷纭。羽林旧制前朝有，从此新增禁卫军。
>
> 禁卫军成立，监国摄政王代统，以下协、标、管、队，一如各镇军制。
>
> ——（清）兰陵忧患生《京华百二竹枝词》

---

① 高丙中:《中国人的生活世界: 民俗学的路径》，北京大学出版社 2010 年版，第 25 页。
② 同上书，第 50 页。
③ 郑也夫:《城市社会学》，上海交通大学出版社 2009 年版，第 14 页。
④ 裴雯、张兴国、廖屿荻、陶陶、冯维波:《中国传统社会、权力与权力公共空间》，《重庆大学学报（社会科学版）》2011 年第 4 期，第 136 页。

紫垣驰道直如绳，谁遣车尘十丈腾。青琐自通门禁地，瞻依还喜近觚棱。

　　紫垣，即紫禁城，皇帝所居之处。

　　青琐，宫门上的青色图纹，借指官门。

　　觚棱，官阙上转角处的民脊，借指官阙。

——（民国）老羞《京都新竹枝词》

由以上两首竹枝词可以看出，作为最高权力空间的皇宫因其封闭性与等级性成为城市中较为特殊的空间之一，而其内所运行的政策制度与行为本事也由于具备显著的阶级特征和行政目的并不为民俗学研究所重视。就范围而言，民俗学的研究对象并非没有界限："每个民族都有上、中、下三层文化。民俗是中、下层民间文化的一部分"；但从内容的角度考量，民俗本身又有着全民性质的基本特征："民俗事象纷繁复杂，从社会基础的经济活动，到相应的社会关系，再到上层建筑的各种制度和意识形态，大都附有一定的民俗行为及有关的心理活动。"① 在城市中，由于市民的构成极其复杂，其所承袭与呈现的文化层次的距离也非常悬殊，因而对于民俗行为的考察与研究不可避免地掺杂着许多额外的因素。尤其是处于中央最高权力统治中心的京津地区，王权力量的各类承载空间（包括宫廷在内）都充分地显示着其在研究京津竹枝词记述的城市民俗生活中的重要地位与价值。程蔷、董乃斌在研究唐代都市民俗时，特别将宫廷纳入其所划分得唐代两京的民俗圈："唐两京均大体上以南北界隔为两大部分，北面是皇宫，南面是居民区，这是两个最明显的民俗圈。"② 在这一思维方式的指导之下，考察广泛流传于元至民国时期的京津竹枝词中记述的城市民俗生活时便不可避免地需要将以北京皇宫为首的权力空间纳入研究视野，并采取"去阶级化"的眼光来看待生活于此的人类群体行为以阐释其中的民俗职能。试看如下关于明代元宵节的竹枝词文本：

灯市千工百巧新，高台歌舞月留人。金轮踏水鱼龙戏，玉树飞华

---

① 钟敬文主编：《民俗学概论》，高等教育出版社 2010 年版，第 5 页。

② 程蔷、董乃斌：《唐帝国的精神文明——民俗与文学》，中国社会科学出版社 1996 年版，第 134 页。

锦绣春。

　　海山六鳌山可驾，云边双凤响天钩。雕鞍懒上思公子，波斯何为后车往。

　　毂击肩摩诸物骤，富者帑携贫亦就。千金不足一掷看，方见四海长安富。

——（明）谢泰宗《灯市竹枝词》

　　如前所述，元宵节是中国传统民俗节日中官民同乐的重要节日之一，极具社会整合的价值和功能。而统治阶级的参与，不仅仅成为影响民俗节日时段与规模的权力象征，更是直接参与民俗活动的主要群体之一，在一定程度上承担着民俗传承者的角色与功能。而通过"去阶级化"的思维模式还生活在宫廷空间之内的人以民众的本色身份，整个皇宫则相当于一个规模宏大的四合院，其中承载着各种类型的、与民间生活或是形式相仿或是意义相近的民俗行为，也从一定意义上展现着民俗传统的影响与魅力。

　　事实上，由于历史文化的悠久性，中国的传统岁时节日在一定程度上具有着极为明显的全民共享性特征。若仅从这一方面讲，无论是宫廷还是民间，生活于其中的人皆可以看作文化传统的承担者；而从另一方面讲，由于权力空间的权威性与引导性，其中的行为模式也常常成为民间社会模仿的对象。对此，德国社会学家西美尔通过对于时尚在社会上下层之间的流动而认为：社会较高阶层的时尚把他们自己和较低阶层分开来，而当较低阶级开始模仿较高阶级的时尚时，较高阶级就会抛弃这种时尚，重新制造另外的时尚①。也就是说，时尚是在模仿中不断创新的一种互动性过程，而这种模仿与反模仿的运动过程，使得时尚呈现出一种短暂的、扩散的却又容易变化的动态特点，而这种动态特点从根本上讲是由于社会阶级之间的互动关系而产生的。从时尚的外显形式来看，服饰的变化与更新是其动态的运行过程中最为鲜明的表现形式。

---

　　①　[德]西美尔：《时尚的哲学》，费勇，吴蓓译，文化艺术出版社2001年版，第72页。

尖靴武备院称魁，帽样须圆要软胎。不为生云兼壮首，只求人似
日边来。

近时尖靴必须武备院样。

————（清）得硕亭《草珠一串——京都竹枝词百有八首》

满人继承先祖骑射装束，男性一般皆穿靴。清代入关以后，朝服一般
配靴，初期文官所着方靴较为流行，后来又开始普遍流行武官所穿尖靴。
而以上竹枝词文本中所提到的武备院乃是清代掌管宫廷所用兵器、甲胄、
被具、鞍辔等物资的内务府机构，其所制作的尖头靴可见已十分流行，成
为靴中样板，其目的即是穿着起来颇有学腾云驾雾的感觉。

便　帽

瓜皮小帽趁时新，全锦镶边窄又匀。头上缘何无寸纬，怕人说是
惰游民。

时人小帽多用摘锦边，小红结，绝无大结长穗者。

————（清）杨静亭编撰、李静山增补《都门竹枝词》

此首竹枝词中所谓之"小帽"即便帽，俗称"西瓜皮帽"，沿袭自明
式的六合一统帽，传说为明太祖所创，乃是清代男子常戴帽饰之一："清
时小帽，俗呼'瓜皮帽'，不知其来已久矣。瓜皮帽或即六合巾，明太祖
所制，在四方平定巾之前"①。明代，小帽一般为官员与士大夫所用，而
至清代已在市民中普遍流行。由此可知宫廷服饰对于民间服饰的影响，其
中不仅仅包含着极为重要的社会时尚形成的审美倾向与价值诉求，也从一
定程度上反映和体现了上行下效的社会风尚变易趋势，清晰而明确地印证
了时尚的社会整合内涵。

由此而言，作为传统权力空间的典型也是最高级别的代表，宫廷是京
津地区较为特殊的城市空间之一。由于生活于其中的民众群体带有极其明
显的阶级属性，因而往往并不为民俗学学科所重视。但是，若以"去阶
级化"的眼光重新强调"民"之共同性与"俗"之传承性或许可以为从

———

① （清）谈迁：《枣林杂俎》，罗仲辉、胡明校点校，中华书局 2006 年版，第 223 页。

民俗学的视角探讨宫廷文化及其与民俗文化的互动提供较为新颖的思路与方法:"在我国过去长期的阶级社会中,虽然文化已经分化为上、下层,并且各自打上阶级的烙印,但我们仍可清楚地看到,上层社会中的某些风俗、习尚,是跟下层社会所流行的共同的(当然它多少要被增饰或变形了),两者同出一源,或由相同来源所派生(自然,也有一些是上层阶级所独有的)。因为彼此共生在一个共同的社会中,而且吮吸着同一祖宗的乳汁成长,他们又怎能在生活上完全'泾渭分明'呢?"① 尤其是作为政治文化中心的京津地区,其不可避免地需要涉及极为明显的政治因素,其不仅仅包含着宫廷文化与民间文化各自的传统与发展,也包含着宫廷与民间互动的社会结构意义。就此而言,宫廷作为民俗行为与事象存在的文化空间的特殊意义与价值便凸显出来,而京津竹枝词对于宫廷文化的记述与描摹便在一定程度上具备了可供民俗学研究的范围与对象。

(二)异文化空间与"他者眼光"

从京津竹枝词发展的时间段落来看,在其最为繁荣与兴盛的清代中后期至民国初期经历着一场极为动荡的城市空间争夺战:"空间的清晰性,即透明性,已成为现代国家争夺绝对主权之战的主要赌注之一。……因此,现代化工程之一的决定性特征就是以重组空间的名义打一场旷日持久之战。这场重大战役的赌注就是赢得控制地图绘制式的主动权。"② 也就是说,在这一时期资本主义全球化的推进与扩张造成了世界范围内地理空间的争夺与占领,同时也激发着城市生活空间的变迁与重塑。19 世纪,西方工业文明开始不断冲击闭关自守的中国传统农耕社会。面对清政府闭关锁国的外交态度,以英、美为首的资本主义国家利用坚船利炮轰开了中国的大门,帝国之都北京被迫在内城东交民巷内设立使馆区,也就此开辟了城市区域内极具特殊性的文化空间之一:

　　　　一从庚子议和成,中外联欢两不惊。试向东交民巷看,今朝各国

---

① 钟敬文:《民俗文化的民族凝聚力——为"增强中华民族凝聚力学术讨论会"作》,《钟敬文文集·民俗学卷》,安徽教育出版社 1999 年版,第 261 页。

② [英]齐格蒙特·鲍曼(Zygmunt Bauman):《全球化》,商务印书馆 2001 年版,第 29 页。

又添兵。

——（民国）髻云《京都新竹枝词》

东交民巷现位于北京市东城区，曾为重要的漕运基地与外交区域。元代，东交民巷所在街区位于通惠河端，江南运粮船只多停靠于此，并就地贩卖，因而得名"江米巷"。明代迁都北京后进行城池修建，江米巷被棋盘街截为东、西江米巷，并在东江米巷一带建筑各类官署，成为北京政治活动的重要区域。其中，隶属于礼部的会同馆专以接待少数民族及海外进京官员为主，因而成为外事活动相对集中的城市空间。清代沿袭明制，仍将会同馆作为接待外国使者的居住场所。康熙年间，俄国专使来京，清王朝为其在东江米巷内指定专用驻地，从而为后来西方各国于此地驻扎打开了方便之门。鸦片战败，清朝皇权被迫同意各国在东江米巷内修建驻华使馆，并将此地以谐音"东交民巷"定名。至此，北京的东交民巷作为使馆区，成为异域文化集中的城市空间。而作为帝都咽喉要道的天津更是接连为英、美、法、德、日、俄、意、比、奥建立租界，成为名副其实的"国中之国"：

> 万国长桥跨海河，商廛比栉外侨多。自经参战收租界，特别区添德奥俄。
>
> 三叉口至大沽口长一百几十里为海河。万国桥俗呼"法国大桥"。德、奥租界民国六年收回，俄租界民九收回，改为特别一、二、三区。

——（民国）冯文询《丙寅天津竹枝词》

19世纪晚期，英国最早在天津设置租界，此后法、美、德、意、俄、日、奥先后于天津老城区内划定租界范围，使得天津逐渐成为传统文化与西洋文化对接的承载体。事实上，在清末至民初的这一时间段落内，由于西方资本主义国家的入侵，京津地区的异文化空间逐渐增多、比比皆是，成为西方生活文化进入的主要空间领域。事实上，西方文化的传播并非始自使馆区与租界的建立，早在清代初期西洋物象便已然进入京津城市生活之中：

甲第连云夜宴开，照天烟火紫崔嵬。五陵公子豪华甚，倒挂金鞭放地雷。

> 京师烟火大者，多至三十出，奇巧不可名状，盖每放必以长竿云。爆竹大者谓之"地雷"，本西洋制法也。

——（清）文昭《踏灯竹枝词》

西河沿上尽银楼，户户灯屏炫两眸。屏里西洋图画好，骈肩仰面看无休。

——（清）赵骏烈《燕城灯市竹枝词》

好上高楼上一层，西河灯火夜欢腾。翻新共厌花灯艳，更点西洋没骨灯。

——（清）杨揩《日下竹枝词》

以上三首竹枝词约出于清代康乾盛世年间，可见此时西洋器物已然融入城市生活，也由此可知，西方工业文明所产生的、先进的物质条件及其累累硕果在京津地区早已有了一定程度的影响与传播。而在此基础之上，使馆与租界的建立更使异域文明与文化有了相对集中的生存场域，从而成为京津城市中一道极为特殊的风景线：

外国使馆

楚馆秦楼遍帝京，蒙尘问鼎几回惊。江山自昔非儿戏，赔了夫人又折兵。

——（清）吾庐孺《京华慷慨竹枝词》

丁字沽边尽绿杨，层楼叠阁画中望。十里阴森异人境，此身疑在大西洋。

——（清）赵懿《又和天津竹枝》

除此以外，使馆区与租界的建立亦如疾风骤雨一般为中国传统城市生活带来了翻天覆地的变化。"没有哪一次巨大的历史灾难不是以历史的进步为补偿的"①，而从城市民俗生活的角度探讨，这种历史的补偿性很大程度上体现在城市近代化的进程之上。

首先，就城市市政设施而言，越来越多的西方近代化工业科技成果进驻京津城市生活，使城市公共设施的品质与功能有了一定程度的提高。以城市交通为例，公路、铁路等各类交通设施得以极大的推广：

> 正阳门外最堪夸，王道平平不少斜。点缀两边好风景，绿杨垂柳马缨花。
>
> 正阳门外，马路平坦，两旁栽种杨柳、马缨各树。

> 京奉火车东站殊，辉煌真个好规模。试从对面看京汉，西站何能常向隅。
>
> 正阳门左右两车站，东为京奉铁路东车站，西为京汉铁路西车站。今东车站门楼牌额，极为辉煌，西车站尚付阙如。

> 丁当遥送耳边声，如电马车在后行。深愿两旁人早避，碰撞随意不留情。
>
> 马车飞行，迅如疾电，电铃一响，已到眼前。每见撞倒行人，不顾径去。街市过客，早宜留心。
>
> ——（清）兰陵忧患生《京华百二竹枝词》

其次，就城市文化发展而言，伴随西方教会文化而浸入的教育、报刊等文化产业也逐渐影响着京津地区城市居民的业余休闲生活，客观上促进了京津文化的多元化与多样性发展。

> 贼来贼去永牵连，秋退春还年复年。拆毁王居添改作，堂名天主接云烟。
>
> 十年秋，夷人退出都城；十一年春，复来拆毁王府，修理天主教堂。
>
> ——（清）佚名《十年都门竹枝词》

---

① ［捷克］扬·阿姆斯·夸美纽斯（Comenius Johann Amos）：《大教学论》，傅任敢译，人民教育出版社1957年版，第65页。

报 馆 发 行 所

四更不睡起鸡鸣，报折安排次第名。心算不需劳笔算，教他数目
要分明。

——（民国）韬禅《新都门竹枝词》

从实质上看，承载着西方工业文明的使馆区与租界作为与中国传统城
市生活空间具有差异的文化空间，其中也包含着与传统民俗生活差别极大
的民俗内容。面对诸如使馆区与租界这些特殊的、极具政治背景与多元文
化色彩的生活空间，通过借用"他者眼光"的思维模式看待生活于这些
空间之内的民众群体，使馆区与租界即相当于异文化的生存场域，其中所
承载的生活文化与中国的传统文化进行着激烈的碰撞，并且为城市居民带
来了前所未有的新鲜与刺激，但是由于生活于其中的民众群体带有极为明
显的异域色彩，因而也未被民俗学学科所重视。从这一意义上讲，若以
"他者眼光"重新审视"民"的区域划分与"俗"的地域传播，其中所
存在的各种类型与来源的民俗活动在一定程度上便带有了其他地区或是国
家的民俗文化传统的性质与特点，由此异文化空间之内的民俗生活便可为
特殊时期与地点之内的民俗变迁提供一定的视角与方向："一个社会群体
（部落、民族等）所创造和享有的文化，特别是那些优秀的文化，既是该
社会群体的特有财富，又是全人类的共有财富。因为在这个地球上，无论
哪个群体，都是整个人类的构成部分。它所创造和享有的文化，特别是优
秀的文化，当然要为人类所共有——包括对它进行梳理和探究的权利。"①
就此而言，京津竹枝词所记述的异文化空间之内的生活事象便从一定意义
上也具备了可资研究与探讨的民俗学价值与意义。

由于京津地区特殊的社会功能与行政地位，使以城市民俗生活记述为
主要内容的京津竹枝词不得不面对城市空间逐渐开放性的主要特征以及中
央集权长期统治的极大影响，而其中所蕴含的即是城市空间发展的历史性
与社会性。从这一点出发，京津竹枝词记述的城市空间往往是相对开放性

---

① 钟敬文：《中国民众思想史研究的新收获——欧达伟教授〈中国民众思想史论〉中译本
序》，《钟敬文文集·民俗学卷》，安徽教育出版社 1999 年版，第 386 页。

的公共空间和极具特殊性的宫廷空间与异文化空间。

综上所述，京津竹枝词记述的城市时空结构在一个最为根本与普遍的层面勾勒着民俗生活的社会框架与文化内容。但从民俗学的角度考察，时间与空间的概念往往因其意义的延展而成为具有相对本质性内容的存在。对此，德国民俗学者托马斯·亨格纳（Thomas Hengartne）认为："'时间'与'空间'是两个被用来赋予和承载诸多不同内容的巨大范畴。如果说关于时间的思考更多地属于'高级范围'的话（自古典时代以来它一直是个哲学话题），那么'空间'问题自近代以来就一直掺杂政治意识形态的因素在内并产生了诸多直接后果。"① 也就是说，由于时空概念巨大的包容性及其直指宇宙存在的宏观性，使其往往带上哲学与政治学的相关意义，从而无法相对集中的探讨具体的、鲜活的、以社会中下层民众为主体的民俗文化传统。因此，就民俗学角度的探讨与研究而言，对于京津竹枝词记述的城市民俗生活更为直接与可行的讨论应该集中于市民日常生活的呈现与描摹之上。

---

① ［德］托马斯·亨格纳（Thomas Hengartne）：《关于时间和空间的秩序——来自民俗学的评论》，《民俗学的历史、理论与方法》（下册），商务印书馆 2006 年版，第 882 页。

第 四 章

京津竹枝词与城市民众群体

　　从发展历程与记述内容来看，京津竹枝词主要以元至民国时期的城市为背景，详细描摹了生活于其中的各类人群的时空生活；而从根本性质和发展过程来看，京津竹枝词仅以文本化的诗体形式存在，是为名副其实的文人竹枝词，其记述对象、范围与内容必然受到著述主体所在的生活环境及思维模式的影响，带有极其明显的主观性。也就是说，作为民俗文献的京津竹枝词不仅仅是对城市时空生活的客观描摹，更显示着人在社会生活中的行为本身与情感体验。从民俗的角度来说，人是民俗生活的主体："民俗文化便由这一群体不断创造、完善、传承和保护下来，形成人类社会多姿多彩的民俗文化和人文景观。"[①] 而从文献的角度来讲，人也是民俗记述的主体："所见和所闻成为内容，成为世界，除了这种图像性质，此在也还具有一个独立的性质，这显然首先是一种长期脑力劳动的结果。"[②] 而在探讨民俗文献的价值与意义时，民俗学者张紫晨也曾提到："在有关帝都史、志及民俗的著述中，也不断呈现出各种民俗见解与观点，特别是在其资料选择、考察见闻及具体民俗记述方面呈现出作者、撰述者的思想倾向与对民俗的理解。"[③] 从这一意义上讲，京津竹枝词文本记述的主观倾向性是其作为民俗文献的鲜明个性与特征，并从一定程度上反映了城市特定民众群体的生活文化与价值观念。

[①] 钟敬文主编：《民俗学概论》，高等教育出版社 2010 年版，第 11 页。

[②] ［德］格奥尔格·西美尔：《哲学的主要问题》，钱敏汝译，莫光华校，上海译文出版社 2006 年版，第 96 页。

[③] 张紫晨：《中国民俗学史》，吉林文史出版社 1993 年版，第 502 页。

第一节 京津竹枝词的著述主体及其写作契机

在竹枝词的产生与传播过程之中，著述主体是极为重要的因素。法国历史学者和文艺批评家丹纳（Hippolyte Taine）认为："人在艺术上表现基本原因与基本规律的时候：不用大众无法了解而只有专家懂得的枯燥的定义，而是用易于感受的方式，不但诉之于理智，而且诉之于最普通的人的感官与感情。艺术就有这一个特点，艺术是'又高级又通俗'的东西，把最高级的内容传达给大众。"① 竹枝词由民歌转化为诗歌的发展趋势印证了这一取向，而其中最具实质意义的即是由于著述主体生活背景的不同从而导致的写作竹枝词的契机也存在着比较明显的差异。从京津竹枝词著述者的身份与目的的角度出发进行考察，可以发现其中明显的聚合性与倾向性。也就是说，竹枝词由歌而诗的文本化过程使其更多地出自掌握书写能力的人之手，因而其著述主体带有十分显著的类别性与指向性。但是，由于京津竹枝词特定的发展过程以及记述特点，也造成了其著述主体具有个性与共性相结合的发展趋势。

一 文人的唱和之风与忧患意识

无论是从竹枝词的普遍发展规律考虑，还是从京津竹枝词的特殊生成历史考察，掌握书写能力的文人集团都是最为庞大和重要的著述主体之一，而文人写作竹枝词的主要契机与其所处社会的文化氛围以及个体对于时代的感知有着十分密切的联系。

（一）交游唱和行为与社会交际

从古代文学史的角度考察，唱和诗歌的形式可以追溯到诗乐一体的时代，《诗经·郑风》中即有"萚兮萚兮，风其吹女。叔兮伯兮，倡！予和女"②。从这一点出发进行考量，早期作为民歌形式流传的竹枝词因为具有和声也可以看作是唱和诗歌的一种。文人唱和大约起源于东晋，陶渊明

---

① ［法］丹纳（Hippolyte Taine）：《艺术哲学》，傅雷译，天津社会科学院出版社2004年版，第61—62页。

② 《诗经·郑风》，高亨注《诗经今注》，清华大学出版社2010年版，第75页。

等人首开唱和诗词之例，而唐代元稹和白居易之间的唱和之作更是极大地影响到当时以及之后的诗坛，使得文人唱和之风大兴。元代蒙古族入主中原，汉族文人的仕途之路变得极为坎坷，于是寄情山水，利用竹枝词之体进行唱和的风气也逐渐兴起。在这其中，即包括京津竹枝词的唱和。

表4—1 元代京津竹枝词唱和信息

作者	题目	方式
许有壬	《竹枝十首和继学韵》	和韵
袁桷	《次韵继学途中竹枝词十首》	次韵
	《次韵继学竹枝宛转词四首》	次韵
马祖常	《和王左司竹枝词十首》	和韵

表4—1所列"和韵"与"次韵"为两种不同的唱和形式：文人唱和可以只进行相对简单的"和"诗，即只作诗酬和，不必依照原诗的韵；也可以进行稍微复杂的"次韵"诗，即依次用原韵、原字按原次序相和。事实上，次韵唱和的方式比较严格，因而并不为人所道，如宋代文人严羽曾说："和韵最害人诗。古人酬唱不次韵，此风始于元白皮陆，本朝诸贤，乃以此而斗工，遂至往复有八九和者。"① 也就是说，和韵的方式极易造成诗歌写作的格式化，因而无法真正地表现意念与情感。于是，随着创作理念的更新，严格的和韵方式也逐渐失去其传播空间，比如民国时期北京有文学社进行社团活动时唱和竹枝词便开始取消韵脚的设定：

> 乙亥（公元1935）新年团拜，姊园、青溪两社联合外课。不限韵。
>
> ——（民国）郭则沄《故都竹枝词·序》

由此，文人借用竹枝词之体进行唱和时，更多地表现在取材与内容的一致性上：

---

① （宋）严羽：《沧浪诗话·诗评》，郭绍虞校释《沧浪诗话校释》，人民文学出版社1961年版，第193—194页。

往见桐城杨米人作《都门竹枝词》一百首，已极概括，细玩之，尚不能无遗漏处；更有近日异事新闻，为当日所未闻见者。余客居多暇，补成一百首。

——（清）得硕亭《都门竹枝词·序》

以上便是单纯地借用诗题以及文体进行同题相和的情况，而这种唱和方式便为保存民俗事象作出了贡献。文人唱和多由题而生，侧重于诗歌主题的一致性，而这种主题的来源又是极为多元化的，或是以史为鉴，或是以物为观，或是以景为情，或是以人为叹，各种题材都在文人的视野中具备了可资描摹与兴寄的情态。而就竹枝词而言，其以风土人情为主题，因而成为文人竹枝词唱和的最为重要的特点。从这一点出发，京津竹枝词又因为以城市为主要社会背景，其所吟咏与唱和的主要内容势必与城市历史、人文环境、岁时节日、风俗习惯、信仰观念等有着极为密切的关系。

除此以外，文人唱和之风也与山水游历有着极为密切的关系。赏风物之华、享山水之乐是文人休闲的生活方式之一，而寄情于山水、托志于田园也成为文人进行写作的一大契机。从这一意义上讲，由于竹枝词本就以吟咏风土为主题，文人交游之际频繁唱和也是理所当然：

初夏八日，往丰台观芍药，未有放者。用竹枝体赋诗十首，呈循初、传玉、元牧、子谦、时适感事，遂杂写其意云。

——（清）胡天游《竹枝词·序》

以上便是借夏日丰台观赏芍药的机会，抒发个人生活体验的事例。从本质上讲，游山玩水、唱和诗词既是竹枝词的著述主体即文人的日常休闲生活，也是其进行社会交际的途径与手段。在这一过程之中，文人之间的互动行为既为竹枝词的写作提供了题材与情境，也为竹枝词的传播与发展创造了环境与条件。特别是作为政治文化中心的京津地区，汇集了全国各地的诸多文人雅士在此访友、交游，也成为竹枝词数量极为丰盛的保证。比如，清代以孔尚任为主的文人群体进行竹枝词的唱和之作，便保留了大量的关于北京白云观燕九节的文字资料。

（二）忧患伤时意识与社会使命

传统中国，由于深受儒家"学而优则仕"观念的影响，文人自身本就带有一种天生的历史使命感和社会责任感，以"修身、齐家、治国、平天下"为自己最高的追求与理想。因而，封建社会时期的文人常常处于忧国、忧民、忧家、忧己的悲悯情绪之中，使其对朝代的更迭乃至时序的转换都具有更为灵敏的感知和更为强烈的体验。

首先，文人与生俱来的忧患意识常常源于家国之难。社会的更替、时代的变迁往往会引发文人的感怀，即所谓："风景不殊，正自有江山之异。"① 这种忧患意识往往也正体现着中国古代民俗文献的传统特点：

> 中国古代的民俗文献还有一个特点，就是从回忆的角度来记录民俗。大家想想看，许多古代的民俗志著作，像南朝的《荆楚岁时记》、宋代的《梦粱录》和现代的《杭俗遗风》等是怎么写出来的呢？我反复地看，发现它们的作者有一个共同点，就是都是知识分子出身，还曾在某一朝代当过小官或中官，经历了太平盛世的生活。后来社会变迁了，朝代更迭了，人的地位也改变了，这是他看问题的心情也跟着发生了变化。这种变化最容易引起的思想反应，就是对原有民俗的亲切回忆和依恋感。他们在强烈对照的刺激下，回想过去的生活习惯，还特别容易发现其中的民俗特点，产生新的个人体验。②

一般而言，自然风土的特质是外显的，但是其更易却是具有一定形式与表现的，人文精神的特质是内蕴的，但是其改变却是深层的，直接作用于心灵与意识的。风土未易，但世界已变。政权易位、国破家亡、环境变异、民生不计，动荡的社会现实都给文人带来了无穷的悲凉与叹息：

> 玉泉山下绿丝垂，曾见先皇驻跸时。翠辇金舆何处去，烟条露叶

---

① ［南朝宋］刘义庆：《世说新语·言语》，朱碧莲、沈海波译注《世说新语》，中华书局2011 年版，第 88 页。

② 钟敬文：《建立中国民俗学派》，黑龙江教育出版社 1999 年版，第 15 页。

不胜悲。

——（元）宋褧《竹枝词》

　　前朝勋戚盛如云，后裔同归厮养群。莫向灞陵嗔醉尉，何人犹识故将军。

——（明）方文《都下竹枝词》

　　以上两首竹枝词分别作于元初和清初，诗中生动地描绘了时代更迭中的社会现实以及文人对于前后政权的个人好恶和认同，也流露出文人对于社会动荡的不满情绪以及对民生安危的忧虑情怀。特别值得注意的是，元代蒙古入主中原，以及明清易代标志着以儒学为中心的汉文化传统受到极大程度的冲击，而深深植根于儒家文化与精神体系中的文人意识由此产生了更为沉痛的忧患意识。也就是说，朝代更迭是历史进程无法避免的社会事件，由此而生发的忧国忧民意识往往带有更为多元化的政治见解的倾向。而元代和清代的建立，则代表着在农耕文化与游牧文化的博弈之中，以蒙、满为代表的异族极大地冲击了以汉族为中心的社会政治局面，也使得有着数千年文化积淀的儒家文化遭到从未有过的强烈震撼。于是，文人忧国忧民的意识中又增添了一抹极为悲壮的文化悼亡倾向。

　　清代晚期，以皇权统治为中心的封建王朝频频受到西方国家的侵略，社会生活每况愈下，举目河山摇摇欲坠。于是，异域文化又成为文人忧国忧民的指涉对象，表达出其对于西方社会的抵触与鄙夷：

　　　腊鼓声中战鼓催，吾人闻警独徘徊。千层黑幕难探索，忍见强邻压迫来。

——（清）王开寅《都中竹枝词》

　　腊鼓与战鼓齐声而鸣，正是欢庆的时节却不得不奔赴战场，留守后方的文人只能抱着警戒的心态独自徘徊，用白纸黑字述说着心中的无奈与挣扎。最终，在近代文明的冲击之下，存在了数千年的封建帝国制度轰然崩塌。辛亥革命成功以后，孙中山成立中华民国，以南京为临时政府，北京也就此失去了其绵延数千年的行政中心地位。于是，故都之思便成为依然居住在北京的文人写作的主题之一，而这一社会现实情形也明显地体现在京津竹枝词的记述与写作之中。1935 年，一部分文人出于对昔日帝都的怀念，借文学社团创作活动的机会以《故都竹枝词》为题写作了共 33 篇 165 首竹枝词，相对集中地描绘了昔日帝都北京的风土人情、生活点滴，也从一个侧面透露出文人悲切的缅怀情绪。

多才杜笃枉伦都，终惜燕台王气无。海子归时风景地，一时输与蒋陵湖。

——（民国）关霁《故都竹枝词》

新华门里踏青游，香宸翔鸾瞰碧流。莫问当年宫蘖事，一双燕子诉春愁。

——（民国）顾绍曾《故都竹枝词》

厚庙衣冠几出游，尝新无复荐时羞。只余灰鹤时来去，留与宫人话旧朝。

太庙开放。

——（民国）萨君陆《故都竹枝词》

由以上数首竹枝词文本的记述内容与表达情感可以发现，文人竹枝词所表达的故都之思往往起于个体的生活经历（比如游览、踏青等活动），而其所怀念与指向的对象又常常与帝制王朝的相关制度与生活有关。也就是说，文人所表达的故都之思是从现实的生活体验追溯与重构往昔生活图景的一种记忆模式，其中流露出的生活理想依然带有极为强烈的政治缅怀的色彩。换言之，对故都的留恋与怀念从一定程度上表达了文人进仕理想彻底破灭的社会现实以及由此而引发的悲悯情绪。帝制时代的结束既摧毁了数千年传统中国的官本位制度，也使得文人积极入世的道路开始变得模糊、前程也变得迷茫，因而以"修齐治平"为主要生活理想的文人们便将悲天悯人的情绪毫无保留地倾泻在对于故都的回忆之上。因此，对于"故"的记述与描摹就不仅仅带有回忆的色彩，而是基于回忆之上的重构过去的理想与诉求。正是在这一意义之上，竹枝词吟咏风土的特质给文人以回忆与重构生活的途径，从而也为窥视与感受过往历史提供了文本资料。

除此以外，近代西方资本主义国家无休止地侵占与掠夺，也使结束了帝制时代的传统中国动荡不安，而由此激发的爱国主义情怀也从一定程度上促进了竹枝词的写作。钟敬文在《晚清改良派学者的民间文学见解》一文中分析梁启超写作《台湾竹枝词》时便指出："这些竹枝词，不但形式上近于民歌（福建等地人民传统的民歌），在内容上也多少蕴着那些失去了祖国的人民的情思。它表面上表现男女的恋情，实际里面寄寓着亡国人民的怨思。"① 从以上的分析来看，文人的忧患意识往往呈现出层层递进的生发模式，而在每一个层面又都面临着不同的指涉对象。也就是说，在京津竹枝词记述的时限之内，文人所表达的文化悼亡情绪面临着"朝代更迭—异族入主—异域侵占"这样不断扩大的社会结构的变更，并据此表现出对于"故土—故都—故国"同样不断扩大和逐渐递升的忧患指向。

其次，文人忧患意识的另一个源头来自对时光流逝的感知和对生命价值的追求，即所谓："年年岁岁花相似，岁岁年年人不同。"对于中国传统的时间观念，萧放曾经指出："有关时间有两种理解，一种是时间唱片，反复旋转循环；一种是时间之箭，不可逆的流逝。中国人的时间观是上述两者的融合，既是循环的，同时也是流逝变化的，更新变化是中国人特有的时间观念。"② 文人对于时序的感知深刻地体现了中国人传统的时间更新观念，因而韶华易逝、光阴不再的思想理念成为竹枝词写作的主要情绪之一：

> 北客还乡二十年，来时杨枝故堪怜。而今张绪生华发，手弄柔条一惘然。
>
> ——（元）宋褧《竹枝词》

---

① 钟敬文：《晚清改良派学者的民间文学见解》，《钟敬文文集·民俗学卷》，安徽教育出版社 1999 年版，第 335 页。

② 萧放：《中国人的时间观》，《传统节日与非物质文化遗产》，学苑出版社 2011 年版，第 17 页。

在一年四季的更替与轮回之中，文人总是借着时光的流逝感叹时不我待、老之将至、功名未立、志向难成的愤懑与不满，也深深地透露出其对生命之价值与意义的认知与理想。这种强烈的时间忧患意识又集中地生发于岁时节日的社会生活之中：

> 天上朱轮绣幰车，几看春色到梅花。而今却畏春寒甚，独掩重门自试茶。
>
> ——（清）纳兰性德《上元竹枝辞》

> 软金杯子卷白波，檀栾草堂子夜歌。鳌山爆竹尽屏却，却集朋蓼幽兴多。
>
> ——（清）沈廷芳《京师上元竹枝词》

由以上两首竹枝词可以看出，在欢庆热闹的节日气氛中，文人却在独自感慨和伤怀，呈现出对于岁时节日极为敏感的体认和极为个性的表达，"而这也许正是文化人之不同于普通百姓之处。他们一方面同常人一样享受节日，享受生命的欢乐，另一方面却又似乎总有比一般人更强、更深、排遣不开的忧患意识和焦虑情绪。他们心情总是更为复杂、更为多变，往往不必等到乐极，已经萌生悲感，或者就在人们最忘情、最欢愉的时刻，他们却独自黯然神伤，甚至凄然泪下。然而这似乎也正是他们这类人存在于天地之间的一种责任、一种价值"①。从这一角度出发进行考虑：一方面，由于深受文化的熏染，文人往往比普通人具有更为灵敏的生活感知与体验；另一方面，由于具备一定的表述能力，文人往往也比普通人有着更为强烈的表达愿望与意识。因而，时间的更易在文人的心中与笔下一般都具有双重的含义与功能：一是观照他人的共性社会法则；二是反省自我的个性生活尺度。就此而言，这也就成为京津竹枝词文本中多记述与描绘城市岁时节日的主要出发点，同时也成为各类诗作中多由节日氛围兴起的主要根据。

---

① 程蔷、董乃斌：《唐帝国的精神文明——民俗与文学》，中国社会科学出版社 1996 年版，第 99—100 页。

无论是家国之难，还是生命际遇，文人在竹枝词或者是其他诗作中所透露出的忧患意识，都与其身上背负着强烈的历史使命感与社会责任感息息相关，也成为文人竹枝词独具魅力的文化烙印。

二　官吏的空间流动与身份转换

就自身能力而言，在以科举制度选择朝政才干的传统社会之中，官吏与文人的最大区别即是否谋得官位与官职。就这一点而言，官吏作为竹枝词的著述主体，也有着与普通文人相似的生活经历与精神内涵，因而朝臣之间的唱和与宦游活动也是其写作竹枝词的主要契机。需要说明的是，京津竹枝词中朝臣唱和之作即应制酬唱之作仅在元明时期出现，清代以后鲜出，但也能从一个侧面表现出竹枝词的民间禀赋。除此之外，由于"在朝为官、在野为民"的自身特性，官吏又身处不同的空间与环境之中，也正是由于奔走在官署与家院之间，兼具官与民的双重身份，官吏写作的竹枝词文本又有了新的题材与内容。

（一）空间流动与信息保存

社会空间是人类生活的环境，也是民俗活动的场域。社会空间性质的不同不仅决定着人的行为与表现，也决定着民俗活动的意义与功能。相对于农村社会来说，京津竹枝词主要描绘的城市社会空间表现出更为多元化的差异与区别。尤其是作为中央行政机构所在地的北京，由于受到皇权势力的严格控制，使其城市生活空间依照社会等级及相关职能进行了明显的区域划分。因而，以紫禁城为中心的皇宫区域及其附近所安置的中央朝政机构构成了统治阶级主要的活动范围，而其他区域则成为平民阶级的活动范围。从社会空间的角度来说，宫廷与民间存在着根本性质上的区别，所以两种社会空间内所进行的相关文化活动也必然存在着行为方式和实质功能上的差异。而从竹枝词写作的角度来说，其吟咏风土的主题选材势必与其著述主体的生活环境有着皆为密切的关联性，同时也造成了文本信息保存的相对性，这也就导致了竹枝词描述社会空间生活的倾向性。以北海竹枝词为例。

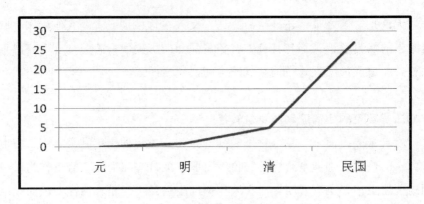

图 4—1　北海竹枝词数目统计

　　北京城内的北海公园，其所处地址原为永定河故道南迁后留下的一片池塘。辽代在此处修建行宫，金元时期又数度修葺、扩建，明清时期辟为帝王御苑，从而成为最具代表性的皇家园林之一。辛亥革命以后，北海闭园数年，直至 1925 年开放为公园，才成为民众出入自由的社会公共空间。而从图 4—1 可知，竹枝词文本中对于北海地区的记载从明代开始（即被辟为帝王御苑以后），至民国时期开始逐渐增多（即开放为公共空间以后），这便与北海作为社会空间性质的转变有着极大的关系。元代并未出现竹枝词记载北海，直至明代出现了第一首与北海有关的竹枝词：

　　　　金谷春光烂锦丝，和风吹拂万年枝。碧云明谪青云里，玉液恩浓太液池。

　　　　　　　　　　　　　　　　　　——（明）申佳胤《赠卢十二竹枝词》

　　太液池，明朝时是现在北海、中海与南海的总称，属于皇城西苑，是普通民众无法进入的社会空间，只有具备官吏身份者才可以出入。而此首竹枝词的作者申佳胤乃为明代进士，历任吏部文选主事、吏部考功司员外郎等职，自然拥有进入皇城的资格，因而也能够以通过竹枝词来记述明代的北海（即太液池）。清代北海仍为皇家禁地，因而所出竹枝词文本亦不见多，且多为官吏所作。直至民国时期，北海开放为公园之后，相关竹枝词文本的数量才有了大幅度的增加，并且描绘着当时人们在北海公园的休闲生活：

泅泳方过复溜冰，公园北海日繁兴。一身衣履中人产，此是新朝好股肱。

————（民国）郑中炯《故都竹枝词》

北海公园开辟为民众休闲的公共空间之后，关于北海的竹枝词的著述者逐渐增多，文本资料也愈加丰富。由此可以推断，封建帝制时代社会空间的阶级性和功能化十分明显，竹枝词的著述主体也只能选择自己在场的生活环境进行描绘，这也就导致了其记录社会空间的倾向性。正是从这一角度出发，官吏作为竹枝词的著述者使其有了更大的空间和更新的内容。

从更大的范围来讲，清代的官制也为官吏写作竹枝词提供了更为便利的条件与背景："本省人不能作本省官，不同省而离原籍在五百里以内者，也必须回避。"①也就是说，本地人多到外地做官，这一行政制度为以文人出身的官吏提供了见识和接触各地风土人情的机会，因而也为通过竹枝词吟咏风俗创造了客观条件。由此，我国少数民族地区的竹枝词也多为担任地方官员的汉族文人所作②。

（二）身份转换与礼俗互动

古代中国乃为传统的礼仪之邦，衣、食、住、行皆有一定的礼仪制度。可以说，礼仪是古代社会存在与发展的主要内容与基本规范，正如《礼记·曲礼》所言："道德仁义，非礼不成；教训正俗，非礼不备；分争辨讼，非礼不决；君臣上下，父子兄弟，非礼不定；宦学事师，非礼不亲；班朝治军，莅官行法，非礼威严不行；祷祠祭祀，供给鬼神，非礼不诚不庄；是以君子恭敬、撙节、退让以明礼。"③统治阶级按照严格的礼法制度区分社会阶层，从而确保等级的明晰和社会的稳定。但是，适用于统治阶级的礼仪规范往往并不与平民百姓直接相关，即所谓"礼不下庶人"。也就是说，贵族阶层礼仪制度的制

---

① 江地：《清代官制概述（下）》，《社会科学战线》1979 年第 3 期，第 160 页。

② 关于这一点，详见丘良任撰《简析少数民族竹枝词》，《贵州社会科学》1992 年第 4 期，第 41—45 页。

③ 《礼记·曲礼》，胡平生、陈美兰译注《礼记》，中华书局 2007 年版，第 6 页。

定与实施，并不以平民百姓为考量和实践的对象。事实上，掌握在统治阶级手中的礼仪规范形成于原始全民平等的社会习俗，只不过在社会发展以后，阶层的分化导致礼仪制度为上层社会所占有，以便更好地划分社会等级。从这一意义上讲，礼与俗原本就有着十分密切的关联，而这种表现方式上的差异并不能从根本上否定礼俗之间的精神内涵关系："礼在社会上下层有不同的表现，在社会上层表现为等级分明的贵族礼法制度，社会基层表现为乡里庶族家礼俗规。"① 在这种密切的关联性之下，礼与俗有着极为明显的互动关系：礼通过俗扩展自己的适用范围；俗通过礼强化自己的精神准则。比如，以紫禁城为中心的皇宫及安置于皇宫附近的中央朝政机构是官员处理日常公务的主要活动空间，在这些地方供职的官员既与宫廷内部的皇室成员共同参与宫廷生活，又与宫廷外部的平民阶级一起享受民俗生活：

> 官年除日拜匆忙，小字衔名写半行。历遍九门归去晚，夜深才得祭祠堂。
>
> ——（清）宝廷《都门岁暮竹枝词》

在这首竹枝词中，作者描绘了岁暮时节身为官员既要参加朝中的礼拜活动，又要回到自己家中祭祀祖先的新年行程，充分体现了官吏在不同的社会空间内进行相关文化传统活动的社会现象。虽然宫廷与民间有着根本性质上的差异，但是两种社会空间内所进行的活动也存在着实质意义上的相通点。如果从民俗的角度出发，差异来源于承载者的分化，但并不代表传统的分裂。事实上如前文所述，宫廷与民间可以共享的民俗活动极为常见，比如立春食饼、上元赏灯、清明踏春、端午食粽、七夕乞巧、中秋望月、重阳登高、冬至开筵、腊八喝粥，等等。

在这种共享与互动的过程之中，当礼与俗产生的差距较大时，身份的双重性也很容易造成官吏左右为难的处境："一方面生活在朝廷和官场的礼仪习俗之中，另一方面在朝廷官场以外的家居生活和应酬往来之中，又

---

① 萧放：《传统节日与非物质文化遗产》，学苑出版社 2011 年版，第 256 页。

不能不与民间其他习俗有所沟通。"① 例如，在中国的传统春节之中，拜年是人们辞旧迎新、相互表达祝福的一种方式。但是，官吏的拜年活动却由于其身份的特殊性而出现了复杂的局面：

> 恪遵功令告条悬，御史新正不拜年。戬穀凝禧糊照壁，国恩家庆是春联。
>
> ——（清）杨瑛昶《都门竹枝词》

由于礼法的约束，监察官员春节期间不得按照传统习俗进行拜年活动，甚至家中迎春、贺春的门庭装饰也多以国恩家庆为主题，从而彰显其作为朝臣的身份与职责。

告　条

> 每做京员势必添，两条四块甚威严。喧哗禁止偏难止，多半门前壮仰瞻。
>
> ——（清）杨静亭编撰、李静山增补《都门竹枝词》

为了避免春节期间的社交活动，相关官员不得不采取闭门谢客的举动，以维持官场的礼仪与威望，但传统的惯性与社交的需求又为拜年习俗加重了砝码，于是拜年的新形式便被应用其中：

> 过客停车谒者辞，陌生莽莽亦何之。可怜贵绝梅红纸，大字题名小帖儿。
>
> ——（清）赵钧彤《都门竹枝词》

通过拜帖的形式，新春的祝福与恭贺得以在各个阶层、各类人群之中传递，从而在一定程度上实现了"过年"的价值与意义。当然，这种变化并未从根本上改变礼法限制的最深层的社会意义：

---

① 程蔷、董乃斌：《唐帝国的精神文明——民俗与文学》，中国社会科学出版社1996年版，第133页。

拜 年 帖

红笺二寸写无讹，挝户三朝车马过。一样参差粘壁上，贫家偏少富家多。

——（清）沈承瑞《新年竹枝词》

也就是说，礼法规定官吏闭门谢客是出于政治的目的与需要，避免因此而形成的社会关系网络。但上有政策、下有对策的民间智慧依然有机可乘，从另一个角度构建起关于社会关系的网络及其表现形式。而从岁时节日的意义来讲，内容和形式必然根据社会背景和承载空间的变化而不断更新，但其中所蕴含的精神与价值却是共享与永恒的，由此也可以从一个侧面发现礼与俗彼此之间重要的互动关系。而官吏身份的双重性质使其有机会游走于礼俗之间，从一定程度上体验两者的同异性，也由于其身份的不停转换，而促使官吏在礼俗的互动关系之中起到一定的作用。

礼制与习俗之间的屏障并非天然形成的，而对于礼制与习俗的界定也带有极为主观性的理解与认知。就现实状况而言，礼制与习俗之间虽然有着一定的区别与差异，但两者之间并非存在不可逾越的鸿沟。从竹枝词的文本记述来看，在礼俗互动的过程之中。官吏的身份与责任不可小觑：一方面，官吏是礼制施行的主要群体，同时又以普通民众的身份承担着民俗生活的相关内容；另一方面，官吏作为中间阶层，沟通与连接着统治者与普通百姓之间的社会关系，成为社会结构完整与稳定的重要环节，并在社会礼俗互动过程中担当中坚力量的角色。

三　市民的识字能力与文化趣味

市民阶层作为城市发展的产物，与商品经济的萌芽以及商业制度的逐步完善有着密不可分的关系，而市民阶层的崛起又对社会政治结构及制度产生着极为重大的影响，并表现出极具特色的文化品格与审美趣味。作为城市文化发展的主体，市民阶层的逐渐壮大为其创造了良好的社会教育背景，使其能够具备文本记述或是文学写作的能力与条件。同时，由于市民阶层独特的审美趣味，也造成了京津竹枝词文本风格的个性特征。

关于市民文学的产生与特点，法国学者布瓦松纳（P. Boissonnade）曾言："对知识的好奇心在这些蒙昧的人民大众中已经醒悟过来……创造了一整个文学来满足这些城市人民的求知的欲望，如为游行诗人和沿街卖唱者宣读的叙事诗和传奇故事，虔诚的、神秘的剧曲和讽刺的滑稽剧或讽刺的喜剧，短篇小说的讽刺对句，歌谣与富于感情的或嘲笑的歌曲。"① 也就是说，相比源生于山间田野的乡土文学，以城市为生活背景、以市民为主要受众与主体的文本或是文学形式自然展现着极具个性的趣味与色彩。而就我国市民文学的产生及其主要内容而言，文学理论家冯雪峰认为："（宋代以后）文学已不是只为皇帝官僚和士大夫阶级服务，并且也为平民服务，即为商人、差吏和兵士、城市手工业者和平民服务，市民文学或平民文学开始发展起来（农民文学不在内，他们另有民歌和传说等等，以后还有地方戏）。这时期中，中国文学的中心移到词、曲、说书（说话）、鼓词、弹词、小说和戏曲等。"② 由此可知，受古代文学体裁发展历史及其相关研究所限，诗体往往不被纳入以通俗化、娱乐化见称的市民文学体系之内；而从民间文学的视角进行考察，以城市为主要社会背景的诗体由于带有极为明显的主体指向，并且已然脱离了其原生的"山野"特色而也并不为以口头传播见称的民间文学体系所重。这一点在竹枝词研究中表现得极为明显，从古代文学角度进行考察者多重视竹枝词的诗体特征，而从民间文学角度进行考察者多重视竹枝词的民歌本质。事实上，从竹枝词的发展历程来看，其内容与性质发生了一定的改变与发展，因而必须从不同的角度进行探讨，才能够较为全面和系统地呈现竹枝词的价值所在。

就京津竹枝词而言，由于其在清末与民国时段的发展俨然已经从文人士大夫、官僚阶级扩展至普通城市民众，因而已经具备了市民文学的特色与内容，不仅是描写城市民俗生活的文本文献，也成为市民阶层可以掌握和运用的文本记述方式（或者说文学写作模式）。从这一点上讲，竹枝词

---

① ［法］P. 布瓦松纳（P. Boissonnade）：《中世纪欧洲生活与劳动》，潘源来译，商务印书馆 1985 年版，第 226—227 页。

② 冯雪峰：《中国文学中从古典现实主义到无产阶级现实主义的发展的一个轮廓》，《文艺报》1952 年第 14 号。

即不仅仅是记述民俗的文本文献，其本身也成为普及至社会中下层的、类型化的民俗现象。

（一）教育改革与识字能力

从口传到书写，是竹枝词发展过程中最为显著的变化与革新，而京津竹枝词的文本性质以及诗体特征又决定了其著述主体的条件与能力。从口头传播到文本流传，不仅仅是媒介形式的转换，其中更蕴含着极为重要的本质意义"书写促进了知识分子群体的成长和成熟，也不断扩大着文人诗作与民间咏唱的鸿沟；书写促进了人的心灵化，也有力地推动着语言的诗化"①。也就是说，就以民歌发展而来的竹枝词文本而言，其主要是以七言绝句的诗体形式存在，因而对于著述主体有着硬性条件的要求，即一定的表达与书写水平。传统中国社会，虽然普通市民的教育受到一定社会条件的限制，但是随着社会的发展与变迁，这一情况也逐渐发生了变化。而从现存的京津竹枝词文本来看，掌握书写能力的普通市民作为竹枝词的著述者也存在着一定的普及性。尤其是晚清至民国时期，由于科举制度的废除、教育制度的革新以及启蒙思想的文化热潮，市民受教育的机会明显增加，这也从一个侧面为竹枝词的写作提供了必要的主体条件。

甲午战败，在晚清中国掀起了轩然大波，割地开埠、传教赔款，面对着一步一步沦为半殖民地的社会现状，各阶层纷纷开始反思问题、呼吁改革。以康有为、梁启超为代表的资产阶级改良派视教育为出发点，认其为改变社会现状的出路与途径："吾今为一言以蔽之曰：变法之本，在育人才；人才之兴，在开学校；学校之立，在变科举。"② 于是，清政府开始实行教育改革的方针：

　　　　分科大学指开堂，功课七门教育良。天下英才期尽得，维新人物在中央。

　　　　分科大学，经学部奏明开办，共分七门：曰经科、曰法政科、曰文科、曰格致科、曰

---

① 马大康：《诗性语言研究》，中国社会科学出版社 2005 年版，第 187 页。

② （清）梁启超：《变法通议·论变法不知本源之害》，《饮冰室合集·文集》，中华书局 1989 年版，第 10 页。

农科、曰工科、曰商科，订于宣统二年正月开放。

——（清）兰陵忧患生《京华百二竹枝词》

以上两首竹枝词皆作于清代宣统初年，描绘了当时政府普遍开办学堂的情况。此后，随着科举制的废除和新学制的推行，教育从一定程度上成为较受人们认同的救国革新战略，也为提高普通民众的知识水平做出了相应的贡献。1912 年中华民国成立，临时大总统孙中山提出"教育为立国之本，振兴之道，不可稍缓"[①] 的指导原则，全民普及教育、女子教育等都得以广泛施行。1929 年国民政府公布《民众学校办法大纲》，其中规定："年长失学者，年在十二岁以上五十岁以下男女失学者，均应入民众学校。"[②] 虽然也有人对这种普及教育的进程与成果提出异议：

教 育 普 及

专门总比普通先，学校年来到处添。等到人人识字日，还须二万几千年。

——（清）吾庐孺《京华慷慨竹枝词》

但是，由于政府的支持、进步人士的号召，以及文化思潮的影响，教育普及还是在民初社会掀起了一股全民读书、识字的热潮：

车行闹市不开交，手绢依然不肯抛。民国国民多好学，随身携带大书包。

——（民国）髫云《京都新竹枝词》

教育制度的改革为市民创造了掌握书写能力的机会，从而也为竹枝词著述主体由帝国时代的文人士子逐渐转向民国时期的普通市民提供了极为

---

① 秦孝仪编著：《国父思想学说精义录》（第 2 编），正中书局 1976 年版，第 429 页。
② 中国第二历史档案馆编：《中华民国史档案资料汇编》（第五辑第一编·"教育"），江苏古籍出版社 1991 年版，第 693 页。

有利的背景条件。

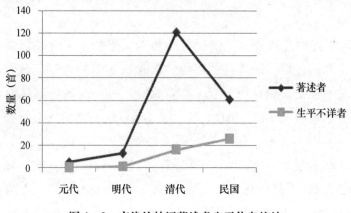

图 4—2 京津竹枝词著述者生平信息统计

由图 4—2 可以发现，京津竹枝词形成与发展的前期皆为有史料可查的官吏、文人或是具备一定社会知名度的地方精英人士。但是自清代开始，在京津竹枝词著述主体之中，作者生平信息相对比较模糊的数目开始逐渐增多，其中最主要的原因当是市民阶层更多地加入竹枝词写作的队伍中来。由于市民阶层的崛起，以及其掌握文字能力的提高，加之竹枝词本身作为诗体的俚俗性质，京津竹枝词的著述主体开始产生偏移，而这也充分显示了竹枝词的平民化与通俗化的发展趋势。而从更大的范围来看，竹枝词这种平民化与通俗化的走向并非仅为京津地区的主要特色，其在一定程度上是为竹枝词整体的发展态势。也就是说，竹枝词在脱离了早期民歌形式及其生存土壤之后，经由文人唱和与书写以文本形式保存下来并传播至各地，虽然形式有所改变，但其中所蕴含的民间秉性与精神却在一定程度上得以继承和发展，并再度回归民间，经由掌握书写能力的普通市民之手而重拾其俚俗本色。但是，由于生存环境的变迁，原本的乡土特质已逐渐蜕变为以通俗、谐趣为主要精神内蕴的市民文学形式，成为传统民间歌谣秉性的承继与创新之举。

（二）文学革命与趣味差异

鸦片战争以后，中国一直饱受欺凌。因此，为了改变落后的现状，中国的仁人志士开始倡导文化启蒙运动，而这一启蒙的矛头首先直接指向了上下分化的语言形式："文言文在知识分子与广大下层社会之间形成了一条巨大的鸿沟。为了救亡图存和唤醒民众，进行广泛的社会动员，要求知识的普遍自由的流通，破除知识的禁锢和垄断，形成一个新的同质性的社会，因此，晚清的现代化要求和知识普及化运动导致了一场语文变革运动的发生。"① 这种语言变革运动也就是大力推广白话文，使其能够成为国民共同使用的语言形式，而这一运动也涉及文学领域，使得白话文具备文学价值的认知逐渐清晰："今日所需，乃是一种可读、可听、可讲、可记的言语。要读书不须口译，演说不须笔译；要施诸讲坛舞台而皆可，谓之村妇孺而皆懂。不如此者，非活的言语也，决不能成为吾国之国语也，决不能产生第一流的文学也。"② 这一文学革命热潮，不仅仅使得白话小说、报刊文学等以通俗性见长的文学形式逐渐兴起，也在以格律严谨的诗界掀起了一场改革运动。诸多文人、诗人开始或采撷民间歌谣，或利用民间俗语创作诗歌，使得诗歌的旨意和趣味也开始发生变化。除此以外，市民阶层的崛起与壮大，使其逐渐成为城市文化传统的承载者与传播者。而这种文化承担者的责任感直接影响着市民参与文学创作的热情与积极性，加之竹枝词本就源自于民间，对于俚语俗言并不排斥，因而更加受到普通市民的极大喜爱：

> 盖闻词之咏也，《柳枝》之外，更有《竹枝》，寓情之余，尚能谐俗。原以《国风》虽在，《雅》、《颂》三百已亡，而世态或多滑稽，寻常皆是。仆本闲人，诗无佳句，未尝问俗，曷敢为词？今春风鹤满天，四郊多垒，抚膺三叹，慷慨生焉！于是运龙蛇于掌上，抒垒块于怀中，曾未逾春，率成百首。虽彦和入袋，不敢必炙口于国门；而方朔挥毫，或无妨解颐于朝市。至格韵出入，意旨偏激，则又大雅之所容，抑亦鄙人之所希明教者尔。
>
> ——（清）吾庐孺《京华慷慨竹枝词·序》

以上所举《京华慷慨竹枝词》的作者吾庐孺生平不详，而从其写于竹枝词前面的这段序言来看，当是熟悉竹枝词的写作特点，并希望通过其

---

① 旷新年：《胡适与白话文运动》，《中国现代文学研究丛刊》1999 年第 2 期，第 5 页。
② 胡适：《藏晖室札记·白话文言之优劣比较》，《胡适留学日记》，商务印书馆 1937 年版，第 943 页。

记述世态百象来抒发一己情怀，也从一定程度上透露出普通市民对于竹枝词文本的喜好。当然，由于自身秉性的差异，市民所承载的文化特征与个性与文人有着极大的区别：

> 这是一个文化素养比贵族文人低，社会见识比山野农民广的社会阶层。他们的生活环境，不是精巧雅致的书斋，也不是静穆寥远的山川田园，而是熙熙攘攘，风波丛生的都市生活。在这种生活之中，招徕、竞争、炫耀、斗胜、哄笑、人头攒动、声嘶力竭，无所不有。在较快的生活节奏与情感节奏中，市民们无意于追求典雅的意境、浓郁而迷茫的诗情，无心于细细品味那种空灵、含蓄、主观性强烈的美学形态与艺术形式。他们所醉心的，是具有容量、具有情节的绵密的故事，是能直接地并情调热烈地满足感官享受的紧锣密鼓。①

也就是说，市民阶层有其独特的文化秉性与审美趣味，这与其所生活的社会环境与文化语境有着极为密切的关系。在商业化、娱乐化的生活氛围之中，市民的价值取向与审美情趣也呈现着消费化与世俗化的发展态势。由此，在应用竹枝词文体形式进行地方风物的描绘时，普通市民和文人、官吏在审美情趣上表现出极大的差异。

表 4—2　　　　　　　京津竹枝词关于新年的文本记述对比

时代	作者	身份	文本	特点
民国	郭则沄	光绪进士 日本留学生 国务院秘书长	萧萧宫柳散残鸦， 谁信燕台帝王家。 宝绘堂空书画尽， 游人只赏太平花。	悲伤 怀旧 寂寥 批判
民国	锦堂	不详	日丽风和春色妍， 扶桑女子貌如仙。 云鬟高髻曳长袖， 疑是姮娥谪九天。	欢快 欣赏 艳丽 赞美

---

① 冯天瑜、何晓明、周积明：《中华文化史》（下），上海人民出版社 2005 年版，第 552 页。

由以上两首竹枝词的文本对比可以发现，由于出自不同的著述主体，其所观摩与描绘的新年景物也有着极大的差异，而其中所流露出的感怀与趣味更是相去甚远。由此，作为京津竹枝词著述主体的市民阶层，因为教育制度的改革而具备了写作诗歌的基本能力与条件，而且由于竹枝词本身文体的俚俗性质，市民逐渐成为写作竹枝词的一股重要力量。但是与此同时，又因为市民的文化旨趣与审美追求的不同而造成了竹枝词迥异的艺术风格，也为竹枝词文本增添了多样的色彩与情调。

从相对宽泛的角度来说，文人、官吏和市民作为京津竹枝词的著述主体有其各自的社会背景与写作契机，从不同程度上为竹枝词文本的丰富做出了相应的贡献，同时也表现出写作竹枝词的不同艺术风格。而从相对严格的角度来说，文人、官吏和市民三个群体互为补充与影响，且存在着身份多重化的特征，因而使京津竹枝词于特殊性之中蕴含着普遍性，是为研究京津地区城市民众群体以及民俗生活的重要文字资料。

第二节　京津竹枝词的关注对象及其社会背景

竹枝词以吟咏地方风土人情为主要题材和内容，因而对于生活之中各种类型和群体的"人"的关注是其描绘的出发点和重要对象。竹枝词记述民俗，必然关注民俗生活中某些特定的民众群体，而不同的民众群体也承载和表现着不同的文化传统："对传统的创造和表演者的研究焦点，往往涉及用所谓的'民众类型'对他们进行分类研究。这些类型民众所接受的传统东西往往暗示：在某种程度上这种传统与这种类型民众的趣味、标准有一致之处。"① 也就是说，以类型来阐释民俗生活中的民众群体，动力是传统的共享性与传承性，而目的则是现实的多样性与差异性。从京津竹枝词的文本内容来看，女性、商贾以及优伶是其主要关注的对象群体，对其生活文化的记录与描绘不仅透露了竹枝词著述主体的个人旨趣，也充分显示了京津竹枝词写作的社会背景与时代精神。

_____

① ［美］J. H. 布鲁范德（Jan Harold Brunvand）：《美国民俗学》，李扬译，汕头大学出版社1993 年版，第 22 页。

一　女性与社会风尚评判

女性是城市民俗生活中极为重要的民众群体之一，其承担着具有丰富内容的文化传统，因而成为民俗记述的重点关注对象。京津竹枝词对于女性群体的记录与描摹主要因其社会身份的特殊以及社会地位的不断变化，而其中依然折射出以男性为主的掌握话语权力的竹枝词著述主体对于女性之社会生活状态的感性认识以及女性作为传统文化承担者的理性评价。

从现有搜集和整理的京津竹枝词文本的著述主体来看，除生平不详无法确定性别者之外，男性占据绝对优势的地位①，这与中国古代社会历来的"男尊女卑"的观念以及"女子无才便是德"的社会要求有着深刻的关系。也就是说，从文本写作的角度来说，有能力、有机会且有兴趣进行文本记述或是文学创作的女性群体本就不在多数，而集中于竹枝词之上则更为明显。与此同时，在男性掌握绝对话语权力的文本著述过程中，女性成为其主要关注的对象之一，并呈现出一定的主体思想倾向："性别中的观看课题，隐含着女性在视觉中有被物化的倾向。"② 也就是说，在以男性为主体的艺术创作与文本写作过程之中，女性往往被物化为一种观赏的对象，其日常行为、生活习惯都是在这种关注之下而被记述与描摹的。就此而言，由于京津竹枝词的著述者以男性群体为主，因而女性群体便成为被关注与描述的主要对象群体之一。

（一）生活审美的欣赏对象

从根源上讲，竹枝词作为诗体形式乃是一种具备审美目的的文学体裁："诗歌是为达到一种审美目的，而用有效的审美形式，来表示内心或外界现象的语言的表现。"③ 也就是说，诗乃是以审美的眼光观赏对象，并利用文字表述由此而生发出的审美体验的语言文学形式。从著述主体的角度考察，其审美对象即是生活之中的点点滴滴以及万事万物。而在这其中，社会生活中的人自然是被关注的主要对象："人在社会之中，每天皆

---

① 在本书所搜集整理的竹枝词文本作者之中，仅有清初的张令仪与清末民初的吴瑞霞为女性。

② 毛文芳：《物·性别·观看——明末清初文化书写新探》，学生书局2001年版，第47页。

③ ［德］格罗塞（Ernst Grosse）：《艺术的起源》，商务印书馆2008年版，第175页。

要见到各种各样的人，就学会了欣赏各种各样的人的美丽。这种美丽，不仅包括气质的美丽，也包括形体的美丽，不仅包括人格的美丽，也包括言辞和举止行为的美丽。"① 正是从这一意义上讲，以男性为中心的著述主体记述与描绘民俗风情时自然而然地便将目光聚焦在更易于表现民俗形式之美的女性群体之上，比如：

> 彩绣檐鹇翠流苏，属橐舍人金仆姑。宫中云门教坊奏，歌遍竹枝拜鹧鸪。
>
> ——（元）马祖常《和王左司竹枝词》

> 薄将脂粉试春辉，花胜斜敧半阖扉。听听人声多带笑，东家接得女郎归。
>
> ——（明）王崇简《王正谱俗竹枝词》

> 烧香少女咏如云，衣带何嫌兰麝熏。为有东风吹习习，相依侥幸把清芬。
>
> ——（清）巴郎廉浦《东岳庙竹枝词》

> 珠娘窄袖更蛮靴，新髻双丫两点螺。衣领深深遮笑靥，最难得见是梨涡。
>
> ——（民国）老羞《京都新竹枝词》

以上四首竹枝词分别呈现了不同时代的著述主体对于女性审美形象的关注，无论是宫女、新妇、香客还是丫鬟，各种身份的女性形象都有其值得关注与赞美的风姿与魅力，作者不仅用眼观看、用心欣赏，而且用笔描摹，从而借助竹枝词的文本记述初步显示了各个时代女性的独有风姿与魅力，同时也充分表明了女性作为社会生活群体之一的存在感与被关注度。而女性的这种存在感与被关注度又常常能够更为明显地体现美之形象与审美目的。

---

① 李咏吟：《审美与道德的本源》，上海人民出版社 2006 年版，第 46 页。

首先，女性作为生活审美的欣赏对象有其特定的民俗场景与氛围。传统中国，女性的社会地位比较低下，一般不与外界人士接触，过着"大门不出、二门不迈"的家庭生活。因此，只有在某些特定的时间或是场合中才能够看见女性活动的场景。比如，明清时期较为流行的妇女元宵节之夜的"走桥"活动：

> 屡逢佳节动归思，却恋微官去较迟。且把离愁付春酒，笑看燕妇
> 走桥儿。
> "闹鹅"、"走桥"皆燕市语。
>
> ——（明）李元鼎《燕台竹枝词》

> 前门夜静月华开，市上女郎带醉回。敢怨儿夫弛夜禁，绣花裙子
> 走桥来。
> 元夕妇女群游，祈免灾病，谓之"走百病"。凡有桥处，相率以过，谓"走桥"。
>
> ——（清）郭士璟《燕山竹枝》

"走桥"，又称"走百病"，多由女性参加，以祛疾去病为主要目的。就现有文献资料来看，北京地区的妇女走桥活动最早见于明朝，而一直沿袭至清。明万历年间沈榜所著《宛署杂记》对此有详细的记载："正月十六夜，妇女群游祈免灾咎，前令人持一香辟人，名曰走百病。凡有桥之所，三五相率一过，取度厄之意。或云终岁令无百病，暗中举手摸城门钉一，摸中者，以为吉兆。是夜弛禁夜，正阳门、崇文门、宣武门俱不闭，任民往来。厂卫校尉巡守达旦。"① 而明崇祯年间刘侗、于奕正所著《帝京景物略·灯市》中也有相关记载："妇女相率宵行，以消疾病，曰走百病，又曰走桥。"② 清代文人潘荣陛所著《帝京岁时纪胜》中也有关于元宵节夜晚妇女走桥活动的记载："元夕妇女群游，祈免灾咎，前一人持香辟人曰走百病，凡有桥处，三五相率以过，谓之度厄。俗传曰走桥。"③

---

① （明）沈榜：《宛署杂记》，北京古籍出版社1982年版，第190页。

② （明）刘侗、于奕正：《帝京景物略》，孙小力校注，上海古籍出版社2001年版，第89页。

③ （清）潘荣陛：《帝京岁时纪胜》，北京古籍出版社1983年版，第11页。

由此可知，民间走桥活动有着一定的规模与影响，也是受封建礼教束缚的女性得以接触外界环境的途径之一，也正是因为这样的民俗习惯与氛围使得社会活动中的女性成为被关注与欣赏的对象，从而可以利用文本记述的方式表达对于民俗生活的观感与审视。

其次，女性作为生活审美的欣赏对象有其主要的民俗内容与主题。女性的美有其特定的表现内容与方式，尤其在性别差异之上，女性的美更多地呈现在其温柔、艳丽的外在形象上。而且，由于一般不与外界接触，更加激发了女性在社会活动中表现自我的意识与欲望。

表 4—3　　　　　　　　　京津竹枝词记述的女性之美示例

类目	文本	出处	作者
妆容	短襟驴背挽丝缰，半老佳人学淡妆。 高髻峨峨吹不断，满头竟插白丁香。	《燕山竹枝》	郭士璟
服饰	长裙蹀躞衣衫短，新翻十样装稀罕。 桃红李白尚迟开，那得花来插鬓满。	《同咏——燕九竹枝词》	周兹
身姿	非花非叶态偏妍，柳絮池塘淡淡烟。 小影娇憨绰约处，忍教明月入华筵。	《都门竹枝词》	潘钟寯
言语	爱看旗牌五色新，翻教粉颊染埃尘。 抬头忽见无常过，低语呼娘说怕人。	《端午竹枝词》	宝廷

由表 4—3 可知，以女性为审美对象进行观赏与描摹，主要集中于对女性外在形象（包括妆容、服饰、身姿、言语）的关注之上。而以女性群体为审美对象而被京津竹枝词广泛关注与记述的最突出也是最集中的领域是服饰。法国现代派诗人波德莱尔（Charles Pierre Baudelaire）认为："为了赞赏时装，人们绝不能把它们看成是没有生命的物体，而必须是看到穿着这些时装的活生生的女人使它们具有活力，栩栩如生。只有这样，人们才能理解它们的精神和意义。"① 从这一层面来理解的话，京津竹枝词文本对于女性服饰的集中描绘隐含的信息是对于女性群体的重点关注，

---

① ［法］波德莱尔（Charles Pierre Baudelaire）：《现代生活的画家》，转引自《看见的世界——关于电影本体论的思考》，［美］斯坦利·卡维尔（Stanley Cavell）著，中国电影出版社1990 年版，第 51 页。

同时这种关注与记述也在一定程度上体现了民众的审美观念与文化认同。因此，服饰不仅仅展现着个人形象，也蕴含着一定时期、地域或者民族之内的人们对于时尚的理解，并且透露出心理与观念变化的倾向与过程：

> 却忆当年质胜文，磨盘圆领少花纹。而今都已翻新样，蝴蝶镶边十合云。
>
> ——（清）杨静亭编撰、李静山增补《都门竹枝词》

> 素裙革履学欧风，绒帽插花得意同。脂粉不施清一色，腰肢袅袅总难工。
>
> ——（民国）玉壶生《厂甸竹枝词》

由以上两首竹枝词可以发现，关于服饰的审美观念呈现着尚素—尚艳—尚素的变化轨迹，其中也包含着随社会与时代而变化的审美认知。人类对于自身身体的装饰常常包含着在一定范围及时域之内的审美认同与文化参与的社会意义：一方面，人们为了符合社会的审美观念而追求时尚；另一方面，人们又为了突出个性而促进时尚的不停变化。在这一意义上，时尚与习俗便具有了对立与转化的意蕴："时尚可以与习俗区别开来，习俗是信仰和行为的公认的确定形式。在传统社会中，习俗变化缓慢，时尚则是一个异类的观念。可是，时尚本身有习俗作为基础"①。由此，源于传统习俗的社会风尚虽然从表面看来是一种极其短暂的文化参与行为与社会审美认同思维，但其本身却暗含着人们对于追求美丽的永恒性内蕴。

（二）生活审美的批判对象

以女性群体为主要关注对象，对其所主要承担和表现的民俗生活文化进行描摹与展示，不仅反映了著述主体追求美好与永恒的审美需求，也从一定程度上透露出其对于社会风尚的审美价值评判。就京津竹枝词而言，以男性为主体的著述者除了表现出对于展现民俗之美的女性群体的欣赏之外，也从一定程度上视其为种种鄙陋现象的始作俑者而予以批判。

---

① ［英］阿雷恩·鲍尔德温（Baldwin E.）等著：《文化研究导论》、陶东风等译，高等教育出版社 2004 年版，第 297 页。

从审美对象的角度来说，以妆容、服饰、身姿、言语为代表的女性外在形象通常是男性欣赏的主要内容，而由此生发的审美体验与审美认同所暗含的是社会结构之中"男女有别"的深层观念与意识。美国社会学家欧文·戈夫曼（Erving Goffman）认为："众所周知，不同的社会群体都以不同的方式来表达诸如年龄、性别、地区、阶级地位等特征，并且，所有这些外显特征都是通过复杂的文化构型精心制作而成的，这种文化构型体现了一种适当的自我引导方式。"① 也就是说，在同一个社会结构之中，不同的社会群体依靠各种各样的外在特征而予以区别，当这种区别在某种程度上受到冲击之后，便会引起其他社会群体的关注：

> 时兴马褂大镶沿，女子衣襟男子穿。两袖迎风时摆动，令人惭愧令人怜。
>
> ——（清）杨静亭编撰、李静山增补《都门竹枝词》

以上这首竹枝词描述的是男子穿着女子服饰的社会时尚，其中包含着由此而生发的怜悯与批判的个人情感，从而初步显示了由服饰混淆的表象所造成的对于社会结构失衡的价值评判。再来看如下竹枝词文本：

> 窄袖长袍结束新，蛮靴细碎蹙香尘。女儿爱作男儿样，扑朔迷离辨未真。
>
> ——（民国）夏仁虎《厂甸新春竹枝词》

> 大辫轻靴意态扬，女间争效学生装。本来男女何分别，不是骑骡赛二娘。
>
> ——（民国）佚名《十不见竹枝词》

以上两首竹枝词是从男性的角度对女性服饰变化的谴责与贬低，明显地透露出"男女有别"的观念与意识。如果说服饰的混淆带给男性的困

---

① ［美］欧文·戈夫曼（Erving Goffman）：《日常生活中的自我呈现》，冯钢译，北京大学出版社 2008 年版，第 60 页。

扰更多的在于审美体验的丧失的话，那么女性地位的提高与行为的开放则从更进一步的层面冲击着男性的社会地位与价值认同：

> 松松辫发裤儿长，天足珊珊海样装。出得风头真十足，露天茶座据中央。
>
> ——（民国）田树藩《厂甸竹枝词》

清朝末年，受制于男性畸形审美观念的"三寸金莲"逐渐退出历史舞台，慢慢兴起的妇女解放运动也将广大女性群众推至社会前台。在公共场合之中，女性俨然已经没有了当初低音低语、娇羞怕人的情态与性格，取而代之的是奔放、自在的生活状态，这种女性权力的强化与僭越对以男性为社会主导的传统生活的颠覆造成了男性极大的危机意识与抵触心理：

> 笙歌依旧入兰房，秋后黄瓜味亦香。席卷一空无觅处，有名打虎赚新郎。
>
> ——（民国）芝兰室主人《都门新竹枝词》

> 喜是无端倡自由，姑娘随意有姘头。结婚离异寻常事，一似鸿蒙兽一流。
>
> ——（民国）孽僧《新京华竹枝词》

从以上两首竹枝词所描绘的婚姻情况来看，无论是从传统婚姻仪式的行程而言，还是从新兴的婚姻自由观念而言，男性由婚姻中占据主导的一方进而转为备受怜悯的另一方，其中所暗含的即传统社会"男尊女卑"的社会结构逐渐受到冲击的社会现实。而从京津竹枝词的记述来看，面对这种社会现实的发展态势，以男性为主体的著述者表现出的是对女性的指责与批判。

综上所述，京津竹枝词在记录与描摹社会生活文化之时，重点关注了具有特殊表现和意义的女性群体，这从一定程度上反映了女性作为民俗承担者的重要功能与意义。但是，由于京津竹枝词的著述主体以男性为主，因而造成了记述过程中对于女性形象的双重认知：一是表现民俗之美感的审美对象；二是实践民俗之鄙陋者的典型群体。从这一意义上讲，京津竹枝词也从一个侧面反映了中国传统社会"男尊女卑"的文化传统以及男性充分掌握社会话语权力的社会现实。

二　商贾与商品经济认知

商贾作为社会群体的出现有其相应的历史过程与时代背景，而从根本上讲，生产技术的进步与生产方式的革新促进了生产力的发展，直接导致了工商业的产生和兴盛，并且形成了以商品交换为主要目的和途径的经济形式。商品经济的产生与发展又与城市的兴起有着极为密切的关系，可以说商品经济是否占据经济形式的主体地位直接决定着城乡的根本区别。因此，以城市为主要社会背景的竹枝词文本也与以乡村为主要社会背景的竹枝词文本有着极其明显的记述差异。具体而言，在以城市为主要记述范围的京津竹枝词中，商贾形象是极为常见的关注对象的群体之一。而从著述主体价值取向的角度来说，商品经济的发展与繁荣不仅使商贾作为社会阶层的地位得到越来越多的肯定与认可，也从一定程度上激发了社会其他群体对于商品经济的需求与认同。

（一）商贾形象的时代改变

受传统农耕社会思维模式的影响，古代中国的各个时期不同程度地存在着轻商、抑商的观念与政策。春秋战国时期，儒家大师孔子"重义轻利"的思想为人们对于以追求物质利益为目标的行为的藐视埋下了伏笔。而从政治的角度来说，由于受到社会条件与生产水平所限，早期封建社会主要采用重农抑商的统治政策："夫明王治国之政，使其商工游食之民少而名卑，以寡趣本务而趋末作。"[1]这种政策的倡导与实施主要是为了保证社会必需的物资储备，并通过一定的强制手段将农民束缚于土地之上，便于统治与管理。但是，政策的禁锢并没有阻挡商业的发展，尤其是商品交换所带来的巨大利润总能诱使一部分人加入经商的队伍中来。中唐以来，由于生产力的发展，商品经济的萌芽使一批从事交易行业的人迅速致富，并且过上了极为豪奢的生活，而富裕的物质生活也使其逐渐成为普通

---

[1]　（战国）韩非：《韩非子·五蠹》，张觉等撰《韩非子译注》，上海古籍出版社 2007 年版，第 699 页。

市民艳羡的对象:"唐代都市民俗心理最显著、最普遍,而又具有基础意义的特征之一,是对于财富和财富拥有者的羡慕。"① 由此,人们也开始逐渐改变对于商贾形象的主观认知。明代以后,随着商品经济的发展,人们对于现实生活中物质享受的体验越来越多,从而大幅度地改变了对于商贾群体的价值判断。明代学者李贽便针对商贾群体的社会价值与社会认同进行了争辩:"且商贾亦何可鄙之有?挟数万之赀,经风涛之险,受辱于关吏,忍诟于市易,辛勤万状,所挟者重,所得者末。"② 在这里,李贽通过对于商贾经历的论述,提出了对商贾身为社会末位的质疑,表达了对于商贾群体的同情与认可。而从时代背景来看,京津竹枝词的发展与繁荣期恰是商品经济有了一定程度发展的社会时期,而且由于京津地区地处政治、经济和文化的中心区域,具有相较其他城市更为便利的发展条件,因而京津竹枝词中所描写的商贾群体更多地体现着传统轻商观念改变之后的社会思维方式:

> 野蔌堆盘见蕨芽,珍馐眩眼有天花。宛人自卖葡萄酒,夏客能烹枸杞茶。
>
> ——(元)许有壬《竹枝十首和继学韵》

该首竹枝词描绘了元代定都北京以后,由于物产交通而形成的极为丰富的社会饮食资源与品种,其中较为隐约地透露出对于商贾形象的初步认同。也就是说,商贾所进行的物产交易事实上给民俗生活提供了多样的物资条件与支持。由此,人们对于商贾的认识也从一定程度上得以转变:

> 毂击肩摩诸物骤,富者胯携贫亦就。千金不足一掷看,方见四海长安富。
>
> ——(明)谢泰宗《灯市竹枝词》

① 程蔷、董乃斌:《唐帝国的精神文明——民俗与文学》,中国社会科学出版社1996年版,第208页。

② (明)李贽:《焚书·又与焦弱侯》,中华书局2009年第2版,第49页。

醯　商

盐筴长芦此要津，风天气色属商人。铜山金穴须臾事，大宅连云递旧新。

——（清）崔旭《念堂竹枝词》

由以上两首竹枝词可以看出，明清之际商品经济得到更大程度的发展，由此而壮大起来的商贾队伍也成为人们极为关注的对象，尤其由于手中汇集着极为丰厚的社会财富，使其也成为民俗生活中极为重要的社会力量：

传说元宵许放灯，四方贾客尽欢腾。琉璃厂起东西局，奇巧光华几万层。

——（清）赵骏烈《燕城灯市竹枝词》

爆竹声中一岁添，桃符灯彩仕观瞻。张罗年事商民喜，共道今宵不戒严。

<small>今年戒严日多，除夕解严，商民称颂。</small>

——（民国）冯文询《丙寅天津竹枝词》

以上两首竹枝词分别描绘的是清代与民国时期，城市戒严之后商贾群体举办节日庆祝活动的主要情形。如前所述，传统节日一般皆是全民参与的狂欢性活动，其势必动用一定的社会财富与物资来进行筹备与举办。在这一过程之中，除了官方的社会资金统筹之外，商贾阶层所提供的物资条件也成为十分重要的支持力量。而经由商贾经办社会性的公共活动，也在一定程度上促进了人们对于商贾形象的极大认同。试看如下竹枝词文本：

四民到此尽无分，半作长班半作军。邻媪生儿齐下祝，他年跟得一官人。

——（明）黄尊素《长安竹枝词》

文 官 新 利 器

东洋法政到中原，惹得人人想做官。最是可儿新利器，功名值得几文钱。

——（清）吾庐孺《京华慷慨竹枝词》

如果说前一首竹枝词表现的还仅仅是对于商贾形象的认知改变而致使"士、农、工、商"四民相对平等的思想意识的话，后一首竹枝词就已经非常清晰地表达出功名不值、利禄为重的价值观念与判断："看来尊崇财富与财富拥有者，并不仅仅是唐代都市人才有的民俗心理，这种心理其实带有跨时代、跨地域的普遍性。只要城市繁荣起来，只要商业经济滋长起来，财富就迟早会表现出超越政治权势的、令人人在它面前平等的强大力量，而把门阀、家世、身份之类束缚人性的宗法制因素挤压到次要的地位，甚至部分地打碎。"① 也就是说，财富与地位之间的关联是极其微妙的：一方面，就传统观念而言，商贾的形象与地位是不被称道的；另一方面，就社会发展现状而言，商贾所持有与创造的社会财富与价值又是无法抹灭的。而传统帝制时代的中国社会自始至终都不是以经济因素制定社会等级的政体结构，其中更蕴含着带有一定倾向的商贾形象认知。然而，商品经济的发展还是对以宗法制度为基础的传统中国社会产生了极大的冲击与影响，这一过程一直持续到以清皇室为首的最大的宗法家族的倾塌。商业的繁荣与发展所带来的不仅是物质条件的优越与丰盛，更引领和助长着社会新旧观念的更迭与改变，而京津竹枝词的关注与记录恰好见证了这种商业发展所带来的社会变革与观念转变。

（二）商品经济的价值认同

从根本上讲，商贾形象的改变源于人们对其所从事的商品交换活动的认知。传统中国以农为本，对于商业的发展并不重视。老子曾曰："甘其食，美其服，安其居，乐其俗，邻国相望，鸡犬之声相闻，民至老死不相往来"②，其看重的是民各为居、自食其力，宣传的也是以农为本、自给

---

① 程蔷、董乃斌：《唐帝国的精神文明——民俗与文学》，中国社会科学出版社 1996 年版，第 217 页。

② 高亨注《老子注释》，清华大学出版社 2010 年版，第 172 页。

自足；管子亦曰："野与市争民，家与府争货，金与粟争贵，乡与朝争治。故野不积草，农事先也。府不积货，藏于民也，市不成肆，家用足也，朝不合众，乡分治也"①，聚落的形成使人们对于物产的需求增加，自给自足的生产方式无法满足需求的增长，因而导致了社会分工与商品交换的产生与兴盛，同时也使聚落逐渐发展成为城市。可见，中国古代社会乃是自给自足的生产方式，交易的情形极其少见，所以并没有给商业的发展制造很大的契机。除此之外，商品经济的发展与城市的形成有着十分密切的关系："聚者有市，无市则民乏矣，命之曰中岁，有市、无市"②，城市聚落的形成与发展、城市人口的密集与多元化促进了生产分工的日益细密，导致了商品交换的日益频繁，因而也从一定程度上加快了商品经济的萌芽与发展。而由商品经济所引发的物产流通不仅满足了人们的日常生活需要，也改善了以消费为主要特征的城市文化生活。以清代岁时节日中的商业活动为例：

表4—4　　　　　　　　清代京津竹枝词中的岁时商业活动示例

岁时节日	竹枝词文本	主要类型
春节	火神庙接吕祖祠，购买新书归去迟。 价比坊中平日贵，两人笑向说便宜。	庙市
元宵节	传说元宵许放灯，四方贾客尽欢腾。 琉璃厂起东西局，奇巧光华几万层。	坐商
清明节	卖花担上野花多，深柳桥边柳色和。 今日踏青兼送远，炮台西面泣清波。	行商
端午节	大市街北熏风温，大市街南斜日曛。 粉汗浃袂作香雨，兰烟袅筒成热云。	街市
中秋节	六街扰扰多秋兴，瓜果盈庭月正华。 抟得泥沙成玉兔，儿童把玩笑呼爷。	街市

---

① （战国）管子：《管子·权修》，黎翔凤撰、梁运华整理《管子校注》，中华书局2004年版，第52页。

② （战国）管子：《管子·乘马》，黎翔凤撰、梁运华整理《管子校注》，中华书局2004年版，第90页。

岁时节日	竹枝词文本	主要类型
重阳节	名类纷繁色色嘉，秋来芳菊最堪夸。 如何偏改幽人号，高唤街头卖九花。	行商

商业的发达、交易的盛行使人们真切地感受到了丰富的物质条件带来的生活享受，而商贾对于社会的资助与奉献也从一定程度上改变着人们对于商品经济的认知：

育 婴 堂

恤嫠普济救生船，乳哺艰难亦可怜。天道好生存此意，育婴堂设已多年。

> 天津有恤嫠会、普济堂、救生船种种善事。育婴堂在东门外。冯廷柱、李化鲲、周自郇前后经理其事。

——（清）崔旭《念堂竹枝词》

广仁堂设广施仁，教养津河两府人。近日官场兴水利，怡贤王位请来新。

——（清）唐尊恒《竹枝词》

水会名称各不同，昼持旗帜夜灯笼。救灾伍善急公益，角胜偏生械斗风。

> 在未设立消防队之先，救火胥赖水会。会有数十局，局各有名，如天安、天一之类，书于旗或灯笼之上。会中救火器具悉由绅商捐置。救火人曰伍善，半属负戴贸易之人，完全义务，遇警鸣锣传递，曰串锣。各会闻警，无远近皆赴救火。熄后，缓其锣，曰倒锣，按道路远近各会依次而散。捍患御灾，法良意美．惟救灾时常因取水争道，两会各不相让，竟至斗殴，亦美中之不足也。

募贩呼号放赈忙，擘窠大字贴高墙。救全妇孺知无算，诵德歌功八善堂。

> 天津善堂甚多，联合称之曰"八善堂"。

——（民国）冯文询《丙寅天津竹枝词》

以上数首竹枝词里记述的"育婴堂""恤嫠会""普济堂""广仁堂"，以及各类民间慈善组织皆是由天津的各类商贾群体资助建立和经营的，而这也成为天津地区慈善文化传统的表征："津郡素称善地，人情急公好义。官绅所立善堂不胜枚举，凡周恤穷黎，无微不至。"① 对于商贾表现出的仗义之举和道德风范，清人沈垚认为："古者四民分，后世四民不分，古者士之子恒为士，后世商之子方能为士，此宋元明以来变迁之大较也。天下之士多处于商，则纤啬之风日益甚，然而睦姻任恤之风往往难见于士大夫，而转见于商贾，何也？则以天下之势偏重在商，凡豪杰有智略之人多出焉。其业则商贾也，其人则豪杰也，为豪杰则洞悉天下之物情，故能为人所不为，不忍人所忍，是故为士者转益纤啬，为商者转敦古谊，此又世道风俗之大较也"②，意思是商贾凭借自身的豪杰、智略之才能而得以发达，也能将这种气魄与能力带入社会，通过各类 支持社会发展。沈垚的这一认识可以说是继承了明代李贽的言论，不仅仅肯定了商贾的正面形象，而且对于商贾群体所创造的社会价值给予充分的认同，可以说是从一定程度上揭示了商贾的为善之道，也成为树立商人良好形象的有力论据，并在一个侧面体现着人们对于商品经济所创造的社会财富以及公益事业的认同。而从京津竹枝词的相关记述与描绘中也可以清晰地发现，商品经济不仅给人们的日常生活创造着极为丰盛的物质条件与氛围，也对社会的共同发展起到了一定的作用。就此而言，京津竹枝词中所透露出的对于商品经济的价值认同便在一定意义上具备了时代精神变迁的特征。

综上所述，以城市生活为主要记述背景的京津竹枝词重点关注了商贾群体，其中所描述的商贾群体极具时代特征，是城市民众类型中特征较为明显的群体之一，而对其形象及社会活动的描绘也从一定程度上反映了竹枝词著述主体所代表的社会民众对于商品经济的认同。

三　优伶与城市文艺写真

优伶，一般包括优与伶："在先秦二者是有区别的：优谓俳优和倡

---

①　（清）张焘：《津门杂记》，天津古籍出版社1986年版，第49页。

②　（清）沈垚：《落帆楼文集·费席山先生七十双春序》，《清代诗文集汇编》（第598卷），上海古籍出版社2010年版，第3111页。

优，俳优指以诙谐嘲弄逗人笑乐得一类艺人，倡优指歌舞包括奏乐一类的艺人；伶谓乐人，亦称伶优，指演奏音乐的艺人，因传说黄帝命伶伦作音律而得名。汉之后、宋之前，二者往往并称，成了对以歌、舞、乐以及诙谐滑稽为业的一类艺人的统称。宋元以来，随着中国戏曲艺术的日渐成熟并蔚成称雄表演艺术世界的泱泱大国，优伶遂成了戏曲演员的专称；它在历代，又有优人、伶人、乐人、伶官、俳官、乐官、散乐、行院、路岐、子弟、戏子等等不可胜数的别称。"① 优伶群体的形成和壮大与城市文化的发展有着极为密切的关系，其不仅仅承载着各类文艺形式在城市空间里的传播与沿袭，也丰富着市民的休闲娱乐生活。而就京津竹枝词的发展时限来看，竹枝词著述主体对于优伶群体的关注与记录既反映了传统文艺形式旺盛的生命力，又从一个侧面展示了为满足市民文化需求与趣味而日益消费化和产业化的城市文艺形态。

（一）岁时节庆中的文艺表演

岁时节日的观念与民俗活动源于农耕社会对于农事生产的重视，但是随着社会的发展、生产力水平的提高，以及生活世俗化的主要趋势，节庆活动中的娱乐成分逐渐增长，因而民间文艺表演的形式也越来越多，并且越来越受民众的欢迎。此外，岁时节庆活动中的文艺表演不仅仅呈现出节日欢快与热闹的特性，更蕴含着岁时节日的文化意义与价值，并且随着节序的变化和功能的转变而更换不同的表演空间。除此以外，城市中的岁时文艺表演从一定程度上继承着自古而来的宗教性底蕴与传统，也因为社会和时代背景的变迁而呈现出崭新的形式与内容："岁时节日演戏至今仍为南北各地普遍传承的习惯。无论是宗教性节日、生产性节日、年节或其他文娱性节日，几乎都少不了演戏。这种演出一方面是娱神，更重要是娱人，而且与集市贸易相联系。"② 岁时节日的欢庆活动必然缺少不了以文艺表演为主的娱乐活动，其从一定程度上承担着源自宗教的仪式功能，也极大地展现出世俗化与狂欢性的发展态势。以清代北京地区新春时节较为流行的太平鼓为例：

---

① 孙崇涛、徐宏图：《中国优伶史纲》，《戏剧艺术》1989 年第 3 期，第 106 页。

② 钟敬文主编：《民俗学概论》，高等教育出版社 2010 年版，第 270 页。

一幅玲珑雪茧裁，范金屈曲作胚胎。声音之道因风俗，雷鼓灵鼗
莫并猜。

霭霭晴光溢九衢，摊门粉荔与神荼。谁将竹马婴年弄，写入仙京
瓦务图。

辟寒风镇一炉香，绣幕流苏五色长。打到元宵灯市盛，蛇皮弦子
听隋唐。

每叠双声应手便，花枝招展背人怜。郎情似纸层层薄，妾意如环
个个连。

闹来巷北与街东，月圆风情团扇同。著手偶嫌腰柄冷，鹅黄帕子
裹当中。

吉祥好语自天申，福祉绵绵奉紫宸。鼍鼓饧萧国淡荡，风光真是
太平民。

——（清）张埙《太平鼓竹枝》

从民俗的角度来说，太平鼓是京津地区春节期间广泛流行的、带有信
仰观念的民俗文艺表演形式。早在汉代，击鼓驱邪的节庆仪式便已存在，
高诱在《吕氏春秋·季冬纪》中注曰："今人腊前一日，击鼓驱疫，谓之
逐除。"[①] 南北朝时期，腊日击鼓的习俗一直流传。据《荆楚岁时记》记
载："十二月八日为腊日，《史记·陈胜传》有'腊日'之言，是谓此也。
谚言：'腊鼓鸣，春草生'。村人并系细腰鼓，戴胡公头及作金刚力士以
逐疫，沐浴，转除罪障。"[②] 可见，在南北朝时期的荆楚乡间，腊日击鼓
的仪式比较普遍，并且带有极为浓重的宗教仪式色彩。也就是说，腊日前
后击鼓习俗的主要含义在于驱邪纳祥，而这一点在京津竹枝词中也有相关

---

① （战国）吕不韦：《吕氏春秋》，高诱注，上海书店 1986 年版，第 114 页。
② （南朝梁）宗懔：《荆楚岁时记》，宋金龙校注，山西人民出版社 1987 年版，第 64 页。

的描述：

> 迎得神姑深闭门，殷殷击鼓一声喧。含心暗欲前来卜，姊妹多猜
> 难不言。
>
> ——（明）王崇简《王正谱俗竹枝词》

该首竹枝词记述的即是明代北京正月期间流行的各种节俗活动，其中便有击鼓纳祥的仪式。但值得注意的是，京津地区（尤其是北京）流行的击鼓纳祥还存在着极为鲜明的个性特征。从宗教传播的角度来说，击鼓驱邪既承袭了古代的民俗观念，也与元明时期萨满信仰入主中原有着密切的关系："在萨满教中声音更具有重大意义。因为依萨满教的理解，恶鬼恶灵总是偷偷摸摸、静静悄悄地侵入人的周围加害人畜，所以它既怕声音，又怕有声音的东西。萨满通过神鼓等有声法具来驱赶恶灵，同时也可以迎来善神。"① 也就是说，击鼓的作用主要在于声音，通过宏大的声势来震慑鬼魅、驱除妖邪，以达到祈福迎祥的目的与愿望。由此，鼓的种类并没有太大的限制。但京津地区春节期间广泛流行的击鼓活动多为"太平鼓"：

> 雪亮玻璃窗洞圆，香花爆竹霸王鞭。太平鼓打冬冬响，红线穿成
> 压岁钱。
>
> ——（清）杨映昶《都门竹枝词》

"太平鼓"源自满族，而关于京津地区春节期间击太平鼓习俗的记载出现于明代的北京。根据《帝京景物略》记曰："今北都灯市，起初八，至十三而盛，迄十七乃罢也。……童子捶鼓，傍夕向晓，曰'太平鼓'。"② 由此可见，明代北京地区流行的太平鼓是以儿童为主要参与

---

① 色音：《东北亚的萨满教：韩中日俄蒙萨满教比较研究》，中国社会科学出版社1998年版，第123页。

② （明）刘侗、于奕正：《帝京景物略》，孙小力校注，上海古籍出版社2001年版，第88页。

者，其性质更类似于游戏。清代开始，太平鼓逐渐向文艺表演的形式转化：

太 平 鼓

　　高丽画纸墨连环，春鼓声中不夜天。怪道灯街杖农乐，歌声已是太平年。

　　　形圆平，覆以高丽纸，下垂十余铁环，击之则环声相应，曲名《太平年》。农人元夜之乐也。

——（清）李声振《百戏竹枝词》

　　以上这首竹枝词被认定为是太平鼓由儿童游戏转型为文艺表演的主要文字资料："明代未见太平鼓表演的记载，直到清初尚难看到太平鼓表演的记载。《帝京景物略》没有击太平鼓时唱歌的记载，我们尚无法看出这是一种表演。……李声振《百戏竹枝词》……既曰农人之乐，似乎可以推测为一种类似秧歌的队舞。"① 由此可以看出，竹枝词对于城市民俗文艺的记述与关注便从一定程度上丰富了历史文献资料的内容与对象，从而也为研究传统民间文艺形式提供了更多的信息与知识。

　　（二）日常生活中的文艺消费

　　商品经济的发展促进了物质生活水平的提高，同时也为满足城市各类需要奠定了充足的资本基础，在一定程度上刺激了城市居民对于城市娱乐文化生活的需求，从而直接导致了各种文艺形式在城市日常生活中的兴盛与发展。传统文艺形式大多起源于民间，因为生产劳动或是宗教信仰的需要而逐渐发展和兴盛起来。进入阶级社会以后，很多文艺形式开始服务于上层社会的享乐生活，逐渐与民间脱离，尤其是在城市之中，严格的礼教制度与城市规划使得民间文艺的发展受到极大的限制。唐代安史之乱以后，原为宫廷和贵族表演的部分优伶开始散落民间，依靠卖艺维持生活。宋代开始，由于商品经济的迅速发展以及城市格局的重大变化，城市中开始出现专门为市民提供娱乐与休闲生活的场所和空间——勾栏瓦肆，在一定程度上满足了城市居民的文化需求，也间接地促进了传统文艺形式的交

---

　　①　任广世：《太平鼓及其相关歌舞伎艺考略》，《艺术研究》2004 年第 2 期，第 69—70 页。

流与发展。明清之际，商品经济的进一步发展继续激发着人们对于文艺消费的需求，因此各类文艺形式便借助商业的发展模式而日益组织化和产业化，成为城市日常生活中不可或缺的休闲与娱乐活动。在京津竹枝词的记述之中，城市文艺形式的繁盛与发展首先体现在对于优伶名角的关注和记述以及与之相关的文艺表演团体的发展与壮大之上。

首先，各种民间曲艺以其通俗与诙谐的特点在城市底层民众中广为流传，因此京津地区培养和聚集了相当一批以相声、鼓词、弹词、杂耍为文艺表演形式的民间艺人，成为城市草根文化的代表形式：

鼓 儿 词

帘影沉沉春昼迟，三弦列坐唱娲羲。深闺不作鸡窗课，偏解先儿八板词。

瞽者唱稗史，以三弦弹曲名，八板以按之，闺人恒乐听焉，呼之曰"先儿"。其词北方最盛，又名"说北书先生"。

弹 词

四宜轩子半吴音，茗战何妨听夜深。近日平湖弦索冷，丝铜争唱打洋琴。

亦鼓词类，然稍有理致，吴人弹"平湖调"，以弦索按之。近竟尚打铜丝弦洋琴矣。都中四宜茶轩有夜演者。

评 话

醒木轻敲小扇翻，胸饶野乘口成编。与君一夕评今古，占毕诗云胜十年。

其人持小扇指画，弹今古稗史事，以方寸木击以为节，名曰"醒木"，亦鼓词类，颇叠叠不倦也。

莲 花 落

四玉挑思按拍闲，鹑衣三五出卑田。无聊过夜听花落，也算东江歌采莲。

乞儿曲名。以竹四片摇之以为节，号"四块玉"。卑田院，乞所居也。

口　技

围设青绫好隐身，象声——妙于真。谁知众口空嘈杂，绝技曾无第二人。

俗名"象声"。以青绫围，隐身其中，以口作多人嘈杂，或象百物声，无不逼真，亦一绝也。

焦　侥

矮样衣衫窄样巾，心长身短未曾闻。赚他一笑榆钱赠，也抵侏儒饱十分。

俗扮矮人为之，号"小人国"，以博数文而已。

——（清）李声振《百戏竹枝词》

以上数首竹枝词皆出自清代康乾盛世年间写成的《百戏竹枝词》，其中记有包括地方戏曲（比如弋阳腔、秦腔等）、曲艺表演（比如鼓儿词、口技等）、民间杂艺（比如坛技、猴戏等）、体育竞技（比如射鼓、蹴鞠等）等在内的各种文艺表演形式，其中多为露天表演。虽为露天表演，但也逐渐形成了较为集中的表演空间：

正阳迤逦到天桥，剧座书场处处招。漫道平民娱乐地，个中粉黛也魂销。

——（民国）杜福坤《故都竹枝词》

自清代同治年间起，位于永定门以北、接正阳门大街的北京天桥便成为众多民间艺人撂地（即就地画圈儿，划出演出场地）、卖艺的主要场所。由于清初严格的等级制度，使得天桥所在的北京外城成为贫民聚集地，因而此处的表演者与观看者都乃城市底层民众。此外，"随着帝制的推翻，民国成立之后的主流意识形态对民主、平等的宣扬等，使天桥有了'平民'市场的别称"[1]，而这一别称正好在以上的竹枝词文本中得到确

———

① 岳永逸：《近代都市社会的一个底边阶级——北京天桥艺人的来源、认同与译写》，《民俗研究》2007年第1期，第93页。

证，并且也直接道出了天桥作为市民日常文艺消费空间的实质。与天桥类似，天津也有一专门供底层市民娱乐、休闲的文化空间：

> 花妍月媚六街春，部落区分姓字新。自筑香巢三不管，侯家后渐少游人。
>
> 三不管，即南市。从前，妓馆在侯家后。

—— （民国）冯文询《丙寅天津竹枝词》

此首竹枝词中所提到的"侯家后"主要是指天津南运河以南，估衣街、锅店街以北的区域，是天津早年的繁华地带，兴盛于漕运商贸，后毁于战争。而诗中所提到的"三不管"，位于天津旧城城南，是继侯家后之后逐渐兴盛起来的商业区域："侯家后，三不管，班子下处随便玩。有逛客，登高楼，听戏下馆真风流"①。"三不管"靠近日本租界，因在各帝国主义的势力争斗中而成为无人管辖之地，遂有"乱葬岗子没人管、打架斗殴没人管、坑蒙拐骗没人管"的说法流传民间，也成为其名称的来源之一。民国后期，"三不管"逐渐鼎盛，甚至取代了侯家后作为商业区域的地位，正如竹枝词中所言，许多文化、娱乐的消费行当也从侯家后迁移至"三不管"，此地也成为民间艺人撂地的主要场所。

其次，随着城市的发展与社会政治力量的推动，京津地区也汇集了来自各地的文艺精华与专业人才，使得城市日常文艺消费的形式越来越多，层次也越来越多元化：

> 京腔韵何高，南曲韵何清。城里诸年少，嫌他笙笛声。
>
> 戏园有查家楼、月明楼、太平园、富有园，凡十余所，多京腔。

—— （清）屈复《变竹枝词》

此首竹枝词中提及的"查家楼""月明楼""太平园""富有园"都是清初北京城内较为著名的戏院。其中，位于前门外的查家楼原为明末盐

---

①　佚名：《天津地理买卖杂字》，来新夏主编：《杂字》，南开大学出版社 1995 年版，第286 页。

商查氏的私人戏楼，康熙年间改建为茶楼，兼有戏曲表演，是北京最早的营业性茶楼之一，康熙皇帝亦亲临此楼听戏、喝茶。清代文人吴长元在《宸垣识略》中记曰："查楼在肉市，明代巨室查氏所建戏楼。本朝为广和戏园，入口有小木坊，旧书'查楼'二字。乾隆庚子毁于火，今重建书'广和查楼'。"① 查家楼重建之后改名广和查楼，又名广和楼，仍以戏曲表演为主：

> 玲珑歌榭等吴艭 ，乐部争新未肯降。北客厌闻昆曲细，广和楼听弋阳腔。

> ——（清）杨揖《日下竹枝词》

由此可知，广和楼所听之戏为弋阳腔，其是宋元南戏与江西弋阳的当地方言、民间音乐结合，并吸收北曲演变而成的戏曲声腔，因其源于民间，从与当时士大夫所广为推崇的雅乐——昆曲形成了鲜明的对比。尤其是明代中期之后，商品经济的发展推动了社会阶层之间的地位变更，文人雅士的社会地位沉浮不定，因此由其主导的雅文化传统也受到了以城市市民为主导的通俗文化的挑战。而从消费的角度来看，文人崇尚的昆曲在城市文化（尤其是北方城市）的通俗化过程中显然无法得到一定的市场保障："昆曲在获得它的崇高地位的同时，作为一门表演艺术却并没有在市场上得到充分认可，那正是由于昆曲所代表的是文人士大夫的情趣，它是千百年来雅文化传统在表演艺术领域单最集中、最典型的结晶，而在演出市场上，民众比起文人士大夫群体来，却是更具有发言权或话语权的群体"②。由此，以上这首竹枝词中所记录的文艺消费情形显然已经开始呈现出京津地区文艺趣味的大众取向，并从一定程度上揭示了城市文艺的通俗化、娱乐化以及商业化的趋势。

综上所述，京津地区汇集着一批以文艺表演为业的艺人，而且不断地形成规模化、组织化的演出团体（尤其是戏曲表演团体），从而

---

① （清）吴长元：《宸垣识略》，北京古籍出版社 1982 年版，第 121 页。

② 傅谨：《京剧崛起与中国文化传统的近代转型——以昆曲的文化角色为背景》，《文艺研究》2007 年第 9 期，第 90 页。

为城市娱乐生活提供了诸多的选择，也为人们的休闲生活增添了多种色彩。就具体的地域划分而言，北京地区更为流行的是地方戏曲基础上形成的京剧艺术，也即属于"伶"的部分，而天津地区更为流行的则是以说唱为基础的相声艺术，也即属于"优"的部分。这一趋势既受到京津地区不同的政治、经济、文化的影响，又从一定程度上体现着日常生活中文艺消费的倾向性。而随着经济的发展、物质生活的富裕，人们的消费能力也逐渐增长。就市场的角度而言，所有的消费品可按其用途分为生存消费品、发展消费品和享受消费品①。受到商业文化的熏陶，城市居民进行文化消费的主要目的即是其对于精神享受的追求，而这种追求更多地表现为在保证基本生存状态的前提之下所进行的各种方式的享乐活动：

彩 戏

　　堂会虽然有彩钱，朝朝俗剧不新鲜。而今都爱观灯晚，四喜新排戏目莲。

　　　　　　——（清）杨静亭编撰、李静山增补《都门竹枝词》

　　戏派年来尚外江，行头砌末号无双。连台新剧多荒诞，休要苛求字调腔。

　　非北京科班出身，则为外江派。衣服、盔头等类曰行头，出场应有待设零杂等物曰砌末。新排本戏，怪诞不经者居多。

　　　　　　——（民国）冯文询《丙寅天津竹枝词》

　　由此可见，明清之际京津地区的商品经济发展到一定程度以后，城市对于市场的要求便开始倾向于发展和享受性质的商品消费。而在这一过程中，城市文艺也逐渐实现了社会化和商品化，充分地体现了城市文化消费中极为浓郁的市民趣味："明清民俗文艺的创作者和欣赏者，他们的文化素养、艺术趣味、审美经验等等，也使这种在当时历史条件下产生的文艺只能是一种浅俗的文艺。所谓俗，一是语言通俗，二是思想大多平庸。所

---

　　① 关于这一点，详见庄德钧、胡正明《市场学》，山东大学出版社 1987 年版，第 28 页。

谓浅，指意蕴浮在形象表层，一下子就能听懂，一眼就能看透"①。也就是说，无论是戏曲艺术还是滑稽艺术，其所透露出的民间取向都与城市市民阶层的发展及其文化旨趣有着极为密切的关系，而京津竹枝词对于城市文艺受市民旨趣影响而转变的过程具有直接的记录与反映。

综上所述，作为京津竹枝词关注的民众群体之一，优伶的频繁出现代表着商品经济发展以后城市文艺形式的繁盛以及城市娱乐产业的兴起，也从一定程度上呈现着城市市民文化的风格与趣味。而从相对宽泛的角度来说，女性、商贾、优伶实为以不同的身份标准进行划分的民众类型，因为以民俗承担者的身份所承载的民俗活动类型有着极大的区别而呈现出不同的社会群体特性，也从这一意义上被竹枝词著述主体所关注；而从相对严格的角度来说，女性、商贾、优伶这三类民众群体又互为交叉与影响，共同表现着文化语境变化以及城市文化发展的时代特征，也在这一意义上成为竹枝词记述具有历史价值与现实意义的佐证。

①　董晓萍：《论明清民俗文艺运动的基本特征》，《辽宁大学学报》1993 年第 6 期，第 98 页。

第 五 章

作为民俗文献的京津竹枝词

　　民俗生活的传统历史悠久，关于民俗的文本记载也是绵延千载，民俗
文献自古而今都是民俗文化得以传承和保存的重要载体之一。从历史发展
与文本内容来看，京津竹枝词兴起于城市的发展与繁荣，以文本形式保存
着对于自元明以来京津地区的各类民俗事象与活动的描绘；而从关注对象
与著述主体来看，京津竹枝词展现和代表了元至民国时期城市各类民众群
体的思想观念与文化传统。从这一意义上讲，竹枝词作为文字资料的价值
与功能不言而喻。而从民俗文献的角度进行考量，竹枝词以诗体形式保存
下来并且流传至今，其呈现着与其他民俗文献体例较为不同的特点与风
格，也在一定程度上成为民俗文献中极具个性的特定范式。

第一节　京津竹枝词的记述手法及其形制体例

　　承袭着自唐代逐渐形成的竹枝词的写作传统，以七言绝句的诗体形式
存在并流传下来的京津竹枝词通过运用极其丰富与多元的记述手法来记述
与描摹民俗生活，并根据文本记录的主要内容与对象而形成了特定的、极
具功能性的形制体例，从而能够在一定程度上更为翔实和突出地表现社会
生活与文化传统的真实性与创造性。

一　京津竹枝词的记述手法

　　竹枝词的主体部分乃为七言绝句的韵文形式，这种形式与篇制较长、
以叙述为主的散文体民俗文献有着极大的差别。文体不同，其内容与功能
也具有一定的差异。对此，明代文人李东阳即曾提及："夫文者，言之成

章，而诗又其成声者也。章之为用，贵乎纪述铺叙，发挥而藻饰；操纵开阖，惟所欲为，而必有一定之准。若歌吟咏叹流通动荡之用，则存乎声，而高下长短之节，亦截乎不可乱。虽律之与度，未始不通，而其规制，则判而不合。及乎考得失，施劝戒，用于天下，则各有所宜而不可偏废。"①也就是说，在记述的功能上，文更注重实用性，而诗更注重表现性。由此，以诗体形式记述民俗生活的竹枝词也与散文体式的记述有着极大的差异。以明清京津地区冬季十分流行的交通工具"冰床"为例：

表 5—1　　　　　　民俗文献中关于冰床的文字记述对比

文本来源	主要内容	记述特点
《燕京岁时记》	拖床 冬至以后，水泽腹坚，则十刹海、护城河、二闸等处皆有冰牀。一人拖之，其行甚速。长约五尺，宽约三尺，以木为之，脚有铁条，可坐三四人。雪晴日暖之际，如行玉壶中，亦快事也。	1. 散文体 2. 篇幅较长 3. 主要描写客观现象，稍带主观感受
《燕京竹枝词》	拖床 破腊风光日日清，冰床来往沿京城。游人闲乘实乐事，疑在玻璃世界行。	1. 韵文体 2. 语言简练 3. 主要抒发主观感受，稍作事实描摹

通过以上比较可以看出，文本化的诗体形式使竹枝词在文字精练的基础之上，以民俗事实的客观写照为铺垫，更多地表达对于民俗生活的体验与感受。从这一点上看，竹枝词著述主体在记述民俗生活时更多地体现在对于各种记述手法的灵活运用与刻意凝练之上，从而能够构造出一个兼具生活气息与理想色彩的民俗世界。

（一）俗言韵语表达的特定情景

从根本上讲，诗是一种语言的艺术。语言是文本形成与存在的基本要

---

① （明）李东阳：《怀麓堂集·春雨堂稿序言》，《李东阳集》（三），周寅宾校点，岳麓书社 2008 年版，第 959 页。

素，也是其进行描写与表达的主要手段。文本所运用的语言并不是简单与固定的，它可以采撷包括方言俗语、文言韵语以及音译外来语等在内的多种语言成分。俄国文艺学家巴赫金（M. M. Bakhtin）将这种现象称为文学语言的"多语体性"："在文学作品中我们可以找到一切可能有的语言语体、言语语体、功能语体，社会的和职业的语言等等。"① 也就是说，在文本记述之中存在着各种各样的语言形式。但值得注意的是，文学语言的这种"多语体性"事实上在以叙事为主的文学体裁（诸如小说、戏剧、史诗等）中比较常见，而诗（尤其是绝句）因其篇制相对短小，且主要以抒情见长，因而其所采撷的语言的丰富性便有所欠缺。正是从这一意义上讲，竹枝词与文人诗作之间存在着极为明显的语体取向上的差别。也就是说，竹枝词虽然以诗体形式出现，但因其源自民间的秉性，以及以纪事为主的题材内容而能够包容相对多元化的语言类型。就京津竹枝词而言，由于竹枝词源自民间，自然不失俚语俗言之本色，而又因为其多经文人之手加以锤炼，自然也表现出作为文学语言的显著特征。

1. 竹枝词语言的口头性特征

作为以吟咏民俗生活为本的文学形式，竹枝词必然不会放弃对民间语言的使用与采纳，相反更是通过对于方言俚语的适当吸收，彰显其源自民歌的自然本色：

表 5—2　　　　　　　　京津竹枝词记述的民间熟语示例

语言类型	文本内容	附注阐释
俗语	鳇鱼鹿肉又汤羊，年菜家家例有常。旧货关东今厌食，大餐新品说西洋。	鳇鱼等物俗呼"关东货"，八旗度岁必需，名为年菜。
谚语	清明上冢到津门，野苣堆盘酒满樽。直得东坡甘一死，大家拼命吃河豚。	俗云：清明河豚上坟。苣马菜解河豚毒，必以佐食。东坡食河豚曰："值得一死。"谚云："拼命吃河豚。"

---

① ［俄］M. M. 巴赫金（M. M. Bakhtin）：《文学作品中的语言》，《巴赫金全集》，河北教育出版社 1998 年版，第 276 页。

续表

语言类型	文本内容	附注阐释
称谓语	媳称为婶女称姑，阿叔缘何伯是呼。更见衔前逢故友，爷声未了各分途。	尊长呼子侄之妇行几为几婶，呼几女为几姑，亦间有呼叔为伯伯者。又甲乙途遇，如甲称乙为某爷或几爷，乙亦必连爷爷爷相答，以表示不敢当尊称之意。
流行语	意气扬扬坐热车，逢人便碰势堪夸。一朝遇着吃生米，充发还须扛大枷。	性傲而不肯吃人亏者，京师谓之"吃生米"。
行话	一钩霁月照西城，爱踏黄沙趁软行。当子听阑还落子，秦歌楚舞总伤情。	女伶演剧为"当子"，度曲谓"落子"。
黑话与暗语	千金拼得买春宵，梦里犹思贮阿娇。那意所欢似冰桶，十分狂热霎时消。	妓所恋之客曰"热客"。妓之不善应酬或招待冷淡者谓之"冰桶"。
吉祥语	一声进水进柴来，初二家家竞祀财。为祝年年常进宝，硬呼侍者是回回。	新正初二黎明时，卖水者必持柴一束入门大呼"进柴、进水"，以取吉利。因柴与财音同也。是日祀财神，供鸡鱼羊肉，相传财神之侍者系回族。
忌讳语	本是当年肤箧徒，藏名直画作青蚨。手谈二字还堪借，博戏流为觚不觚。	宾客相邀，讳其名，以手谈代之。
咒语	雨止云端挂绛虹，莫之敢指诳儿童。腰围几许问王母，裙带如何晒半空。	俗谓虹为王母娘娘晒裙带子，并诫小孩勿指，指则烂手。

由表 5—2 可以看出，除不易纳入七言绝句的歇后语和绕口令之外，京津竹枝词文本中采撷了几乎所有类型的民间熟语，在最大限度上凸显其语言的口头性特征。除此以外，以音译外来语直接入诗，也从一个侧面反映着竹枝词语言的口头性：

内城果局物真赊，兼卖黄油哈密瓜。我到他乡犹忆食，山楂糕与奶乌他。

即酥酪也。"乌他"是清语，叶韵而已，并非本字，不为出韵。

——（清）得硕亭《草珠一串——京都竹枝词百有八首》

人约良宵底事迟，如年更鼓力难支。倦凭沙发方思睡，忽听声声唤密司。

> 椅长狭式，一面靠背，一端高耸如枕，上覆漆布，可睡可坐者，译音为"沙发"。英语称女郎为"密司"。

——（民国）冯文询《丙寅天津竹枝词》

以上两首竹枝词皆是利用汉字表音，前者"乌他"注明为清语，也就是满语，属于少数民族语言，而后者"沙发"与"密司"注明为英语音译词，属于外国语。而这两种音译化语言的应用，充分显示了竹枝词对于各种语言的包容性与容纳性，也从根本上表明该种文献其语言的口头传统。

2. 竹枝词语言的格律性特征

从诗的角度而言，文言韵语是其表达诗意内容的主要方式与手段，因而竹枝词的语言也呈现出格律化的特征。这种格律性使竹枝词在退却声容的情况之下，仍然依靠音调与韵律展现出一定的音乐性：

秋烟秋草野坟青，寒食曾来此又经。归向街头买蒿子，香烟十里撒天星。

纸船十丈列城东，佛火光摇樯影红。多分生前厌车马，特教消受一帆风。

——（清）蒋麟昌《北京中元竹枝词》

以上两首竹枝词主要描写了清代北京地区七月十五即中元节祭祀鬼神的民俗行为与活动，分别以"ing"和"ong"作为韵脚，读来朗朗上口，使人更容易融入诗中所描绘的社会情景。

语言的格律性不仅使竹枝词听起来更为入耳，也在从一个侧面反映着民俗事象类型化的特征。也就是说，语言的格律性看似机动与随意，但通过积累与对比便可以清晰地发现其中的规律与内涵。于民间文学而言，其中表现最为明显的是民谣："与有形文化一样，民谣保留着固定的模式。通过文字表现出来的形式的背后还有一个固定的话语模式"①。仍以明清时期京津地区十分流行的交通工具"冰床"为例：

表5—3　　　　　　　　京津竹枝词中关于冰床的文本韵脚示例

文本	韵脚	关键词
汉水凝寒少石梁，行人跌坐走冰床。 白绳索索过湖去，不辨冰光与日光。	ang	绳索、冰光
寒入长河冰已坚，冰床仍著锦绳牵。 翩然倒曳飞鸢去，稳似江南鸭嘴船。	an	锦绳、冰
冰床五尺下西沽，稳坐东风日欲晡。 临上岸时行步滑，人前未肯倩郎扶。	u	滑、东风
冰床倏忽去匆匆，直与扬帆破浪同。 屈指葭灰飞动久，可知解冻有东风。	ong	东风、冻
十月冰床遍九城，游人曳去一绳轻。 风和日丽时端坐，疑在琉璃世界行。	ing	绳、琉璃
海风猎猎水生凉，河冻坚冰到北仓。 不用骡车不用轿，琉璃世界坐冰床。	ang	冻、冰、琉璃
玉虹一道縠纹平，过处皆闻细碎声。 短绠独牵停不住，往来宛在镜中行。	ing	绠、镜
上下天光铸水晶，冰床稳坐一篙撑。 如飞冲破寒烟去，权作乘风万里行。	ing	水晶、篙、飞、风
破腊风光日日清，冰床来往沿京城。 游人闲乘实乐事，疑在玻璃世界行。	ing	玻璃

　　由表5—3的对比不难发现，因为受到格律的严格限制，竹枝词描绘民俗事象之时便难免呈现出格式化的痕迹。首先，受冰床运行条件的限

———————

① 〔日〕柳田国男：《乡土生活研究法》，〔日〕柳田国男《民间传承论与乡土生活研究法》，王晓葵、王京、何彬译，学苑出版社2010年版，第124—125页。

制，对其记述常发生于冰天雪地的寒冬，因此诸如"寒""风""冰""冻"等字眼便时常出现；其次，由乘坐冰床的体验与感受可知，冰床运行的特点是"快"和"稳"，给人以飞速穿行于琉璃世界的幻想；最后，结合客观现实与主观感受，竹枝词记述冰床的各个文本便出现了较为明显的重叠用字、用词以及用韵的现象。如果从民俗学的角度来看，这种格式化又从一个侧面反映着民俗的类型性或模式性："民俗文化的表现形式是一种民众共同遵守的标准。这种标准既是一种定型化的思维习惯，也是一种约定俗成的行为方式。"① 也就是说，京津竹枝词从一定程度上反映着著述主体对于民俗事象约定俗成的认知与表述方式，而这种认知与表述的方式又源自民俗行为本身已然定型化的主要特征与行为本事。也正是从这一意义上讲，诗体形式的民俗文献反而更易于呈现与揭示深层化的认知与思维层面的民俗观念的模式。

　　综上所述，语言的口头性特征充分显示了竹枝词的民间本色，而语言的格律性特征又为竹枝词描绘民俗生活增添了一定的韵味：

　　　　书写文本由于跟现实情境相剥离，其语言的表达性自然受到损失，这就需要在文本内部构建起相应的语境予以弥补。对科学文本来说，这种弥补比较简单，因为科学文本追求语义的明确性，它仅需要提供必需的简化了的语境，对语言作出限制和说明。文学文本则不同。它需要保持语言水灵灵的鲜明性和丰富性，不得不千方百计地将生活情境移植到文本内，甚或创建一个比现实更富赡的语境。②

　　从这一意义上讲，文学文本似乎比科学文本更贴近生活本身。事实上，与科学文本所追求的客观性真实不同，文学文本所追求的真实是在一定程度上融汇与提炼了主观体验的一种真实。这种真实更多地指向于人们共同生活于此的现实性与灵动性的语境构建，只有给人以切实可靠的体验共通点，文学文本的真实才具有更为现实与广阔的基

---

① 　钟敬文主编：《民俗学概论》，高等教育出版社 2010 年版，第 17 页。
② 　马大康：《诗性语言研究》，中国社会科学出版社 2005 年版，第 134 页。

础。也正是由于这种构建特定语境的需要，以文本形式存在的京津竹枝词充分显示出采纳多种语言类型的包容性与灵活性，并且依靠俗言韵语搭建起与现实生活相联系并能充分唤起人们切身生活于此的生活情境。

（二）典型场景构造的图像性展示

法国艺术哲学家丹纳认为艺术品的本质在于："把一个对象的基本特征，至少是重要的特征，表现得越占主导地位越好，越明显越好"①。而从文本的层面来讲，为了抓住某件事物的主要特征，图像式呈现便成为写作者采用的主要思维方式与表现手法之一："个体生命活动的图像以及个体与个体之间组成的生命图像，构成生命运动的图像化的历史。图像在审美意识中构成'显在性特征'，即通过图像，就可以把握整体，把握历史，把握生命运动的全过程，进一步说，通过图像，还可以透视事物的细节过程。"② 无论观赏、记述还是置身其中的体验，生活最为外显的层面，也是其最易于被发现、描绘乃至揣摩的场面总是以平面图像的方式被记忆与记述的。从这一意义上讲，图像才是人类更为直观和根本的表述与记忆的方式。人类初生之际，图像在任何一个社会族群中都起着信息保存与传递的功能与作用。图像记忆甚至早于语言记忆，因为图像是现实可观的，而语言是约定俗成的。图像和语言虽然都具有文化符号的意义与价值，但两者分别源于先天具备与后天习得。因而，图像式的呈现与表述方式也能够从最大限度上得以广泛和普遍的认知，从而成为记忆生活的主要方式之一。换而言之，图像认知甚至比语言认知更为直观和根本。但是，随着文字的产生与发展，图像便因其相对繁复而逐渐退出了记述方式的舞台，而以艺术品的形式继续发展。图像式的记述方式虽然日渐稀少，但是人们利用图像进行记忆的思维模式仍然发挥着极大的作用。因而，人们在对于现实的描述之中虽然不再应用图像的方式，但却已然通过文字的构拟来实现图像式记忆模式影响之下的文本记述。从这

---

① ［法］丹纳：《艺术哲学》，傅雷译，傅敏编，天津社会科学院出版社 2004 年版，第 55 页。

② 李咏吟：《审美与道德的本源》，上海人民出版社 2006 年版，第 380—381 页。

一点上讲，文学文本毕竟是以文字为代表的书面语言为主，其所承载与表达的信息也是依靠文字及其意义的识别来传递。从表面看来，以文本形式存在的竹枝词虽然与图像有着根本的区别与差异，但是基于图像记忆的先天性以及图像认知的直观性特点，竹枝词的记述在一定程度上还是借鉴了图像呈现的方法，并体现出图像性记忆的主要倾向。而且，由于竹枝词是以民俗生活为主要对象，对于环境、行为、事象的具体描摹显然通过图像呈现更为有效和明显。由此，这种图像式的呈现在竹枝词中便集中体现为通过选取典型的民俗活动场景来构造生动的民俗生活图景。

1. 时间与空间结合

时间与空间是世界存在的两个基本范畴，两者相互联系、彼此区分："时间依托空间显示自己的存在，空间借助时间表现自己的变化。"① 时间与空间分别从纵向与横向的角度展示与规定着民俗生活的序列与内容。而时间与空间的结合本身就意味着图像的生成："静止的图像显示往往构成空间性特征，而运动的图像呈现则构成时间性特征。"② 由此，时空的结合与交融便成为竹枝词记述民俗生活的主要手法与途径。首先，特定时间的各类民俗活动往往集中于某一空间之内，因而借竹枝词组诗的形制构拟成为一幅生动的民俗画卷：

学生放学放风筝，观是神威不著名。哦咤蜈蚣声不响，厂甸今日换蒲棚。

火神庙接吕祖祠，购买新书归去迟。价比坊中平日贵，两人笑向说便宜。

仙境蓬莱琉璃坊，六壬相法说荒唐。殷殷犹问明年运，两鬓新沾昨夜霜。

---

① 萧放：《〈荆楚岁时记〉研究——兼论传统中国民众的时间生活》，北京师范大学出版社2000年版，第231页。

② 李咏吟：《审美与道德的本源》，上海人民出版社2006年版，第381页。

　　香墨春联福禄林，沙蛇一道泉沟深。樗蒲骰子探怀中，袖手高呼买口琴。

　　杂沓游人裙屐同，阳和烟景凤城中。更寻西北城边路，观上仍名曹老公。

　　雪晴满路是泥塘，车畔呼儿走不忙。三尺动摇风欲折，葫芦一串蘸冰糖。

　　狗熊傀儡互喧阗，汗粉淋漓跑旱船。抖起空竹入云表，千人仰面跐沟沿。

　　真赝图书辨目工，清风明月一钱同。宜知鼠璞无昂值，笑指留系考相公。

　　蓝布长衫两腿盘，三河小妇跨车辕。金钱抛出珠帘揭，竹马泥孩摆一摊。

　　花盆鞋底样翻新，扁担长弯入座人。到耳一声糖豌豆，蔗霜五色杂瓜仁。

　　大鞍车驻厂桥东，鬓影衣香纱碧笼。一串朝珠呼太太，报捐夫婿是郎中。

　　小帽长衫才散衙，緞靴健仆走横斜。摘将眼镜匆匆避，对面偏逢太太车。

　　　　　　　　——（清）李虹若《厂甸正月竹枝词》

　　以上数首竹枝词皆是记述与描绘清代北京厂甸正月庙会的繁荣景象。厂甸位于北京东郊的海王村，元代时在此处设琉璃官窑，明代时开始有商铺进入，并于正月时节形成集市："东之琉璃厂店，西之白塔寺，卖琉璃瓶，盛朱鱼，转侧其影，大小俄忽。"① 清代，由于灯市迁到厂甸，加上修《四库全书》的契机，使得厂甸聚集了大批的文人、书商，从而形成一定规模的集市活动。另外，厂甸附近还建有吕祖祠、火神庙和土地庙三座寺庙，香火十分旺盛，使得厂甸庙会成为明清北京春节期间十分重要的民俗活动空间。因而在竹枝词的记述过程中，便以正月为时限，以厂甸为文化空间，重点描绘了其中较为典型和极具代表的民俗场景，比如买卖书籍、小吃零售等商贸活动，拜神、占卜等信仰活动，跑旱船、抖空竹等娱乐活动等。正是通过这些典型场景的勾勒，一幅相对比较完整与立体的厂甸正月庙会的民俗画卷才得以呈现出来。

其次，不同时间的民俗活动在各种空间中进行，因而也借助竹枝词组诗的形式构建成为流动的历史画卷：

正　月

珠鞯宝马帝城春，剩冷微暄半未匀。几日东风初解冻，琉璃瓶内卖金鳞。

二　月

芳草裙腰路尚微，少年赌射马如飞。银貂日暮宫墙外，一道玉河春鸟稀。

三　月

西直门西绣作堆，畅春苑外尽徘徊。圣人生日明朝是，争看高粱社会来。

四　月

枣花照眼麦齐腰，南苑红门入望遥。钲鼓前鸣香呗起，烧香人上马驹桥。

① （明）刘侗、于奕正：《帝京景物略》，孙小力校注，上海古籍出版社 2001 年版，第 101 页。

五　月

食罢朱樱与腊樱，卖冰铜碗已铮铮。疏帘清簟堪逃暑，处处葡萄引竹棚。

六　月

水槛凉生绿树遮，冰盘旋剖喇麻瓜。潞河报道粮船到，满载南州茉莉花。

七　月

坊巷游人入夜喧，左连哈德右前门。绕城秋水河镫满，今岁中元似上元。

八　月

涓涓凉露碧天高，砧杵声中百结牢。红绉黄围都上市，果房又上肃宁桃。

九　月

才过霜降无多日，毕瓮黄斋正好时。捆入菜车书上用，沿街遍插小黄旗。

十　月

孟冬朔日须新历，猩色红罗迭锦囊。监正按名排八分，就中先送与亲王。

十 一 月

寒入长河冰已坚，冰床仍著锦绳牵。翩然倒曳飞鸢去，稳似江南鸭嘴船。

十 二 月

催办迎年到处皆，四牌坊下聚诽谐。吴东风物南中少，紫鹿黄羊迭满街。

——（清）文昭《京师竹枝词》

以上所列举的竹枝词文本是按照一年十二个月的时间顺序，分别记述与描绘其中所进行的各类生活现象与民俗行为：正月，帝都的新春庙会十分兴盛，各类人群皆流连于庙市之中，享受春光的明媚；二月，宫廷之外，贵族们进行的体育竞技不仅仅是其休闲的大好时光，也成为民众驻足观看的盛大活动；三月，各地民众纷纷汇聚京城，为当时的清帝康熙祝寿；四月，碧霞元君诞辰，前往北京东南郊区的碧霞元君庙烧香、叩拜，络绎不绝；五月、六月入夏，为了防止暑气，开始有储藏好的冰块与冰盘售卖；七月，最为重要的传统节日为中元节，是为悼念亡人的主要节日之一，人们利用放河灯、做法会的方法寄托哀思、表现孝道；八月，仲秋时分是收获的季节，有着"嫦娥奔月""玉兔捣药"的优美传说，又以各种丰盛的饮食来蕴含庆祝的意义；九月入秋，迎合相应时节的物产也开始在市面上流通；十月，新一年的历法开始颁行，为下一年的生活提供时间法则；十一月入冬，结冰之后的河道上多了新鲜的交通工具；十二月岁末，忙年的繁荣景象与人们的热闹气氛跃然纸上。通过时间的线索将整个京城一年的景象以诗体的方式记述并呈现出来，便可以从一个相对全面与整体的角度探究城市时间生活的总体概貌。在这其中既包含着自然风土的相关信息与知识，又包含着人文风俗的主要内容与行为，从而比较丰富与完整地描绘了北京城市岁时的相关状况，这种依照月令进行风土人情描绘的形式在绘画领域也早有传统。

通过文字构拟图像，竹枝词可以利用文本描摹与展示生活，其所呈现出的思维方式依然无法脱离先天而得的图像认知与记忆模式，也正是一个个典型场景组合而成的画面给观摩与记述者以强烈的视觉冲击，并由此形成较为完整的生活记忆，然后通过文字记述的方式将其表达出来。

2. 行为与环境结合

从具体的表象来看，环境的存在通常呈现出静止的特性，而处于环境之中的人才是生活场景的制造者与承载者。因此，就竹枝词而言，仅是单纯地描摹生活环境只能提供人文地理的相关背景知识，而只有通过对于环境之中人的行为本事的记述与描绘，才能更加凸显京津竹枝词作为民俗文献的重要意义与价值。以民国时期的北海竹枝词为例：

> 玉栋金鳌驾海桥，堆云叠翠望中遥。春阴依旧推琼岛，白塔凌烟
> 透碧霄。
>
> ——（民国）张元群《故都竹枝词》

> 泅泳方过复溜冰，公园北海日繁兴。一身衣履中人产，此是新朝
> 好股肱。
>
> ——（民国）郑中炯《故都竹枝词》

同样是以北海作为生活环境，前一首竹枝词仅仅描绘了北海公园秀美的景色，给人的感觉更像一幅山水画，虽然令人向往，但似乎与民俗记述有着一定的距离。而后一首竹枝词则从人的角度出发，重点描绘了北海公园中存在的民俗活动与行为，呈现出民俗风情画的特征，因而相较前者更加具备民俗记述的特征与趣味。

采用时空结合的方式，并通过对环境中所存在的人的具体行为与活动的突出描摹，竹枝词才能够以典型的场景构造出生动而丰富的民俗生活的立体画卷："时间·空间的相即不离是历史和风土密切相连的根本支柱。没有主体的人的空间，一切社会结构便不可能成立；没有社会存在，时间也构不成历史。历史是社会存在的一种结构，其中显然含有人之存在的有限和无限的双重性。"① 也只有在这种双重性之中，民俗记述的内容与功能才具有更加切实的价值与意义。作为自然风土而存在的城市环境，虽然具备一定的时空特点，但如果没有人参与其中，城市时空所承载的社会结构与文化体系便不具备实在的含义与内容。也就是说，只有人的存在与活动才能称其为社会，也只用社会的运行才能构成历史的发展。仅就民俗的层面而言，俗成于民，亦传于民，其所表现的文化形式与内容在社会的时空结构中形成和流播，而其所承载的文化含义与价值则依靠人的记忆与表述得以实现和传承。

---

① ［日］和辻哲郎：《风土》，陈力卫译，商务印书馆2006年版，第11页。

（三）黑白文字呈现的七彩生活

色彩，也是人类社会物质世界与精神世界的基本要素之一。与图像一样，色彩也是直观与先天的。文字对于社会风物的描摹无法忽视以色彩构建体验的生活情态，更不能避免由色彩审美彰显的民俗心理。色彩能够激发人的感性认识，也能够帮助人们记忆与表述相关的生活情境，而色彩在民俗生活中所形成的文化意义与象征内涵又具有心理暗示和社会整合的作用。因此，通过运用文字展示色彩也是竹枝词文本描绘民俗生活的重要记述手法之一。

1. 色彩构建与生活情态

对于京津竹枝词的文本而言，以文字书写的方式呈现五彩缤纷的生活情态，其在一定程度上显然不如绘画更为直接和鲜明，但就水墨画的传统而言，中国自然并不缺乏以简约的色彩描摹与构建多彩生活的审美底蕴。因此，面对世俗生活的千姿百态，竹枝词著述者似乎也十分愿意通过文字符号来表达和传递色彩带来的冲击力与感染力：

> 花枝浓淡映青阳，把酒轻浮琥珀光。愿得年年春色懒，红梅香递九霞觞。
>
> ——（明）申佳胤《赠卢十二竹枝词》

> 连朝阴雾黑云遮，杨柳村中有几家。目击心伤增感慨，庄房片片变黄沙。
>
> ——（清）无名氏《三年都门竹枝词》

在前一首竹枝词中，"花枝""青阳""红梅"所呈现的灿烂的色彩意象，以及"琥珀""九霞"所激发的明媚的色彩感知，不仅仅记述与描绘着生活的休闲与舒适，更表达出作者对于生活时光的喜爱与珍惜；而在后一首竹枝词中，"阴雾""黑云""黄沙"等色调灰暗的意象铺排，利用极为浓郁和深沉的冷色调渲染了家园被洗劫一空的荒凉景象，也充分传递着作者面对惨淡的生活现实而生发的悲凉与感伤的情感体验。表面看来，极具色彩冲击力的物象与情态描摹是著述主体根据社会现实以及表述需要而着力熔铸与构建的，这种笔触或造词极大地体现了作者运用文字的表达能力，因而非一般人所能驾驭的。但是，就根本的生活体验而言，以所举竹枝词为例，如果以"阴雾""黑云""黄沙"等灰暗的色彩意象描摹欢快的生活状态，而以"花枝""青阳""红梅"等鲜亮的色彩意象呈现萧条的社会现实，那不仅仅无法引起共鸣，甚至也失去了文本记述的根本意义与价值。也就是说，文本的记述有其真实性的尺度要求，而这一点也正是所谓的作家文学与民间文学可以互通的根本所在。由此也可以推断出，色调的选择与色彩的使用虽然更多地遵循着作者个人的表述意愿与写作能力，但其中所流露出的却是由一己生活体验所传达的大多数人的审美认知。俄国文学家果戈理（Nikolai Vasilievich Gogol）曾言"诗人甚至在他描写完全是外人的世界的时候，也可以使民族性的，但是，他要用自己民族自发力量的眼光，用整个民族的眼光看这一世界，这时他是这样感觉和说话的，以致他的同胞觉得这似乎就是他们自己感觉到和说出来的一切"①。也就是说，虽然个人的意愿与能力由于受社会背景与文化熏陶的影响而呈现出千姿百态的样貌，但就民族文化的共通性而言，对于生活情感的审美表达则恪守着一定的规则与标准。这种规则与标准不仅仅是个人的、民族的，甚至是属于全世界与全人类的。因此，无论多么纯熟的技巧、多么高超的水准，乃至多么离奇的想法都不可能凭空而来、无根可寻。也正是从这一点上讲，民俗生活不仅仅是文本的记述内容与范围，更是滋养文本生成与发展的社会背景与文化选择

2. 色彩内涵与民俗心理

如果说运用不同的色调描绘相应的生活情态更多地取决于竹枝词著述者的审美动机的话，那么竹枝词所记录的、在相同的生活情境之中的民众对于色彩的倾向与喜好则彰显着更为广阔的民众群体的心理意识。也就是说，色彩不仅停留在视觉冲击所带来的感染力之上，其在历史文化的侵染之下已然饱含着极其明显与深厚的象征意义与内涵。就此而言，中国传统文化中极具代表性的颜色非红色莫属。

红色作为中华民族数千年来一直备受喜爱并颇为盛行的色彩，包含着特有的指代关系与文化功能。一方面，红色多用作女子的妆饰，因而与女

---

①　[俄] 尼古莱·瓦西里耶维奇·果戈理（Nikolai Vasilievich Gogol）：《谈谈普希金》，《文学的战斗传统》，满涛辑译，新文艺出版社 1953 年版，第2—3 页。

性相关的指代常常借用红色表达：

> 街头白索舞光芒，小鼓巤巤逐两行。笑语哎哎争辟易，楼头传道
> 有红妆。
>
> ——（清）郭士璟《燕山竹枝》

> 大头和尚
> 色色空空两洒然，好于面具逗红莲。大千柳翠寻常见，谁证前身
> 明月禅。
>
> 即"月明僧度柳翠"事。人戴大面具扮演之。事见徐天池《四声猿》曲。
>
> ——（清）李声振《百戏竹枝词》

> 隔河摇指伊儿湾，残梦楼倾一水间。黄卷有儿酬素志，青灯不惜
> 老红颜。
>
> ——（清）康尧衢《沽上竹枝》

以上竹枝词中所提到的"红妆""红莲""红颜"皆为女性的指称，其来自古代红色本身所象征的社会等级意义。在古代文字的原初含义中，"红"字与被视作正色的"赤"字具有不同的指涉范围。《论语·乡党》中记载："红紫不以为亵服"，三国时期的何晏对此集解曰："亵服，私居服，非公会之服。红紫，皆不正，亵尚不衣，正服无所施"，而南朝梁的皇侃义疏曰："红紫，非正色也。亵服，非正服也"，明代学者朱熹集注时也说道："红紫，闲色不正，且近于妇人女子之服也。亵服，私居服也。"[1] 也就是说，红色和紫色都是不能登大雅之堂的服饰颜色，因而这两种颜色不能被用于正式场合穿着，正因为如此，红色服饰便常为居于家中的女性穿着。由此，以"红"字组成的词语多与女性有着十分密切的关系，而这一点在以上所列举的竹枝词文本中也体现得十分明显。

---

① （春秋）孔子：《论语·乡党》，黄怀信主撰，孔德立、周海生参撰，《论语汇校集释》，上海古籍出版社 2008 年版，第 875—876 页。

　　另一方面，随着社会观念与文本含义的不断发展与变化，红色更为普遍与流行的民俗意义便逐渐凸显出来。首先，由于红色与血的颜色极为相近，因而可以起到驱邪的民俗功用："古代常以红色的东西避邪，即是取意于血的颜色。因为血是可以避邪的，但它不如红色的东西来得容易，所以产生了这种替代情况"①。从这一意义上讲，民俗生活中常常出现以红色驱邪、纳吉为寓意与功能的情况出现：

　　　　雪亮玻璃窗洞圆，香花爆竹霸王鞭。太平鼓打冬冬响，红线穿成压岁钱。

　　　　　　　　　　　　　　　——（清）杨映昶《都门竹枝词》

　　　　家供张仙子是求，娘娘庙里又来偷。逡巡殿角知新妇，欲系红绳尚觉羞。
　　　　求子者布家供张仙爷，在庙中拴娃娃者，得子后，还娃娃九十九个。
　　　　　　　　　　　　　　——（民国）冯文询《丙寅天津竹枝词》

　　无论穿压岁钱还是求子，红色的工具在民俗仪式中极为常见，皆是取其可以驱邪的主要寓意。其次，从视觉效果来看，红色又极具冲击性和感染力，因而也可以起到烘托热烈气氛的功能。由此，红色代表喜庆的民俗内涵又逐渐发展起来：

　　　　九重天上煽阳和，铁市铜街取次过。闲看各家春对子，红笺遍写国恩多。

　　　　过客停车谒者辞，陌生莽莽亦何之。可怜贵绝梅红纸，大字题名小帖儿。

　　　　　　　　　　　　　　　——（清）赵钧彤《都门竹枝词》

_____

① 阴法鲁、许树安主编：《中国古代文化史》（三），北京大学出版社 1991 年版，第 476 页。

官阶升转乍趋朝，头换新衔褂换貂。包去喜钱张老喜，店中贴出小红条。

张老喜包喜钱系刻印者。

—— （清） 张子秋《续都门竹枝词》

帖开两造列坤乾，红纸金图照眼鲜。年月日时书八字，全凭一幅结姻缘。

即男女八字合璧帖，俗呼"请庚帖"。

—— （民国） 张弘弢《津门婚礼竹枝词》

过年的春联、拜年的红帖、升官时的喜报、生意开张时的罗帐、婚礼中的婚帖等，都取红色喜庆、热闹的民俗象征意义。由此，具备多重象征含义与民俗功能的红色便成为中华民族最具代表性的色彩之一，并在变化万端的社会历史发展之中传承至今，已然以其现货的生命力活跃在现代社会多姿多彩的生活之中。

色彩的意蕴极为复杂与深刻，它不仅展示着民俗生活的五彩斑斓，也透露着民众的价值观念与心理取向。而以诗体形式存在的京津竹枝词因为受文本的形式所限，只能通过黑白文字呈现出色彩艳丽的生活世界，但其中也折射出色彩之于民俗生活的重要功能与价值。

（四） 生活片段串联的文化传统

从文本存在形式的角度来看，京津竹枝词较为短小的篇幅决定了其民俗记述的片段性描述特征，因而无法描绘民俗生活的全景；从文本发展历史的角度来看，京津竹枝词文本自元代一直延续至民国时期，从而能够通过描述民俗文化的片段性的、瞬时性的场景使其在历史的发展与变迁中印证生活文化传统的沿袭与传承。

1. 事象采撷与民俗象征物

从根本上讲，任何文字或者是图像都无法确实和全面地描述民俗生活本身，而以七言绝句的诗体形式存在的竹枝词文本更是不可能。历史是过去的，文字也不是万能的，任何关于历史的记述都是理解历史的一个窗口，而任何尝试记述与理解历史的行为也都是借助这样的窗口去接近历史真实的渐进性过程中的一小步。这一过程的终点永远是模糊的，因为始终无法获取囊括全部信息的文字或是图像资料，即便可能，其中也存在着记述与描绘的主观性问题。从这一角度来看，基于"全景式的真实性描述"并不存在的哲学认识之上，京津竹枝词对于民俗生活的片段性描绘与记述便存在着实在的价值与意义。而从竹枝词文体自身的特点来讲，短小的形制更加决定了其记述民俗的片段性特征：

> 都城灯市由来盛，大家小家同节令。诸姨新妇及小姑，相约梳妆走百病。
>
> ——（明）黄尊素《长安竹枝词》

上面这首竹枝词描绘的是明代北京地区的元宵节，但短短的 28 个字无法承担太多的记述内容，因而重点关注元宵节中较为流行也是极具代表性的民俗活动——"灯市"与"走百病"。由此可以知道，竹枝词对于民俗生活的记述也更多地体现在承载着特殊意义的民俗标志物之上："在特定的民俗环境中存在的、由民俗承担者世代传承的、以具体物件或具体事件为指代品的，积淀了民族内部的文化含义的、带有历史性标志的东西。"① 也就是说，所谓民俗标志物是民俗生活中极具代表性的、现实可观的物化产品或是行为事件，并且具备特定的意义与功能，因而在民俗生活中极具典型性，同时也在人们的记忆中留下了最为深刻的印象。因此，当以文字进行记述与描绘时便自然而然地跃于纸上，成为民俗记述中重点关注的事象。以京津竹枝词中关于婚礼的文本为例：

表 5—4　　　　京津竹枝词记述的婚礼中的民俗标志物示例

民俗标志物	竹枝词文本	表现形式
龙凤帖	披红婶仆执金花，龙凤呈祥夺日华。 一对朱笺秦晋换，两家从此是亲家。	物化产品 行为事件
庚书	帖开两造列坤乾，红纸金图照眼鲜。 年月日时书八字，全凭一幅结姻缘。	物化产品

---

① 董晓萍：《田野民俗志》，北京师范大学出版社 2003 年版，第 422 页。

民俗标志物	竹枝词文本	表现形式
时书	图陈百子画群儿，内列良辰与吉时。 待到于归迎娶日，新娘怀里定藏之。	物化产品 行为事件
催妆	衣服钗环食品繁，男家送至女家门。 今朝礼物催妆意，明日来迎鼓乐喧。	物化产品 行为事件
嫁妆	妆奁衾枕嫁衣裳，伴送娇羞弱女郎。 几辈贫儿异物品，一人负桶二人箱。	物化产品 行为事件
迎娶	伞扇旗锣夹道旁，串灯高照烛辉煌。 绣花彩轿金光绕，娶得佳人宝屋藏。	行为事件
加笄	腰横凉席抱雄鸡，待到妆成好打啼。 玉带凤冠遵古制，倡随白首结夫妻。	物化产品 行为事件
合卺	红丝一缕系金溉，对坐无言两两倾。 待到夜来私语候，细言海誓与山盟。	行为事件
庙见	身披红紫两人扶，拜罢神仙拜舅姑。 暗问丈夫曾记否，君家三日入厨无。	行为事件
回门	新娘晨去暮还家，新婿登门趁晚霞。 饭后归来婚礼毕，妇随夫倡乐无涯。	行为事件

☆需要说明的是，本表格内所列项目与内容皆取自《田野民俗志》一书中所论之"民俗标志物"。

由表5—4可以发现，竹枝词由于体制短小，因而在描绘民俗生活时常常以片段性的记述与描绘为主，呈现出民俗意象铺排的主要记述特点，而其所描绘这种的民俗意象既具有普遍的存在性，同时也具有典型的代表性，因而民俗标志物的铺排便成为竹枝词记述民俗的重要手法。

2. 即时写作与民俗传承性

社会生活处于历史不断发展的过程之中，而竹枝词对于民俗生活的记述又往往带有即时性和瞬间性的特点。也就是说，竹枝词的文本记述通常是著述主体的所见、所闻与所感，由于其并不需要长篇累牍地铺排，也并不存在十分严格的创作规律，追求俚俗、通畅，因而更容易信手拈来，可以说是以纪事、纪实的方式进行的文学创作。就内容来说，竹枝词记述的生活往往是瞬时场景的呈现：

> 敕下行营严号令，官军不敢犯秋毫。民间尚未知恩旨，关闭柴门个个牢。
>
> ——（明）杨士奇《道中戏效竹枝》

以上这首竹枝词描绘的即是作者于途中的所见与所闻，以及由此而生发的瞬时的感受与记忆，通过场景的呈现以及对比生动地记述了当时军民之间的社会关系以及王权力量在其中的斡旋现实。当然，由于竹枝词的发展历史十分悠久，记述内容也非常丰富，因此这种以瞬时场景描摹为主的记述也很容易通过历史的长线串联起来，从而展现出民俗文化的传承性。以元代至民国时期民俗生活中比较常见的体育竞技项目"跑马"为例：

> 金炉宝熏留篆云，花间百舌鸣早春。五坊戏马赛争道，传声催赐十流银。
>
> ——（元）马祖常《和王左司竹枝词》

> 百辆香车御苑西，翠钿红袖绕长堤。踏青那得青青草，十丈黄尘衬马蹄。
>
> ——（明）沙张白《燕都竹枝词》

> 锦衣怒马逐尘香，白皙谁家年少郎。赢得车中一回顾，如膺九锡下华堂。
>
> ——（清）夏仁虎《厂甸新春竹枝词》

> 玉貌郎君绣样衣，扬鞭走马去若飞。王陵年少休相妒，喝彩声中

夺锦归。

——（民国）杜福坤《故都竹枝词》

由以上竹枝词文本可以发现，"跑马"这一体育竞技项目自元代至民国时期一直流行，受到广泛欢迎，充分显示着其传承性。元代统治者定都北京，以游牧文化为生的蒙古族开始进驻中原地区，而其所习得与传承的生活文化也逐渐嵌入中原农耕生活文化。由此，骑马射箭是蒙古族几乎人人掌握的本领与能力，蒙古族民众从儿童时代起就开始被传授和训练骑射的本领："孩时绳束以板，络之马上，随母出入，三岁，索维之鞍，俾手有所执射，从众驰骋，四五岁，挟小弓短矢，及其长也，四时业四猎。"① 一般而言，一场跑马比赛耗时极短，瞬间即可完成，是城市生活中较为短暂的场景之一。但从其绵延的时限来看，自元代一直到民国时期，跑马活动经久不衰，成为京津民俗生活的历史长河中一道极为美丽的风景：元代，跑马由异族传入，因而更注重其骑射的竞技本质；明代，跑马俨然已经成为皇家耀武扬威的仪仗队伍；清代，跑马作为选拔人才的指标，已经成为统治者选拔人才的标准之一；民国时期，跑马显然更加娱乐化和大众化，成为节庆时期的民众观赏的热闹场面。从这一点上看，竹枝词的记述虽取其细微与瞬时的琐碎生活，但却充分呈现了生活传统的沿袭与发展。

综上所述，通过运用一定的记述手法，竹枝词对于民俗生活的描摹在写实的基础之上又增添了构筑情境的韵味与深意，并因诗体的独特性而更易于传递生活的细节与趣味，从而呈现出民俗的鲜活性与传承性。竹枝词采用的语言不是简单排列的辞藻，而是既来源于生活又经过锤炼的表达方式；竹枝词构造的画面不是静止的风景画卷，而是灵动的生活图景；竹枝词记录的生活不是单调的暗色系，而是具备丰富的情调与体验的彩色系；竹枝词描绘的生活片段不是瞬时即逝的泡沫，而是积淀深厚、传承悠久的文化传统。德国生命哲学家狄尔泰（Dilthey Wilhelm）曾言："诗是理解生活的感官，诗人是明察生活意义的

---

① （清）彭大雅：《黑鞑事略》，转引自《元代社会生活史》，秦新林著，河南大学出版社1997年版，第337页。

目击者。"① 诗并非凭空捏造的产物，诗人也不是生活在真空里的幻想者；诗也不是现实生活的刻录机，而诗人也不仅仅是普通百姓的扩音器。在竹枝词的文本写作中，描摹与呈现民俗生活的锤炼过程即是通过相应的记述手法将现实生活以及对于现实生活的体认熔铸为一体，从而以较为艺术化的形式展示生活现实与理想的创作过程。竹枝词的这种记述方式源自其民歌秉性的天然品格，也受到文人雅士一己体验与意愿的极大影响。在这种双重性质的交互作用之下，竹枝词的民俗记述有着其他民俗文献无法比拟的优越性，但也存在着极为明显的不足之处。就优点而言，竹枝词语言俚俗、记述典型、时域甚广；就缺点而言，竹枝词文本短小、选材随意、描绘片面。但在不断发展过程中，竹枝词的形制体例也随着记述的内容与范围也作出了一定程度上的更易与增补，从而能够更为详细与全面地记述民俗生活。

二 京津竹枝词的形制体例

从表现形式来看，形制体例是文本所呈现出的结构特征。中国古代撰文对于文章体制十分重视，南北朝时期的文学理论家刘勰就曾经指出："夫才童学文，宜正体制，必以情志为神明，事义为骨鲠，辞采为肌肤，宫商为声气；然后品藻玄黄，摛振金玉，献可替否，以裁厥中：斯缀思之恒数也"②，明代学者徐师曾也认为："夫文章之有体裁，犹宫室之有制度，器皿之有法式也。为堂必敞，为室必奥，为台必四方而高，为楼必陕而修曲，为笥必圜，为筐必方，为簋必外方而内圜，为簠必外圜而内方，夫各有当也。苟舍制度法式，而率意为之，其不见笑于识者鲜矣，况文章乎？"③ 从以上论述可以发现，文章的形制与体例往往是进行写作所必然遵循的规范与原则。就此而言，竹枝词作为专门吟咏风俗人情的诗体形式，也有其必然遵循的记述形制与体例。也就是说，竹枝词常常以七言绝

---

① 〔德〕狄尔泰（Dilthey Wilhelm）：《哲学的木质》，转引自王岳川《艺术本体论》，三联书店上海分店1994年版，第150页。

② （南朝梁）刘勰：《文心雕龙·附会》，戚良德撰《文心雕龙校注通译》，上海古籍出版社2008年版，第474页。

③ （明）徐师曾：《文体明辨序》，王水照编《历代文话》，复旦大学出版社2007年版，第2045页。

句的诗体形式出现，成为以诗体吟咏风俗人情的代表性文本形式。与此同时，民俗生活的事象与类目又是纷繁和复杂的，并不是仅以七言绝句为主体部分的单首竹枝词所能够承载与概括的。因而，随着历史和文体的不断前进与发展，竹枝词的形制与体例也在发生着相应的变化与更新，以期更好地记述与描绘鲜活的民俗生活图景。

（一）组诗形制对民俗记述的厘定与细化

唐代，最早效仿民歌进行竹枝词写作的刘禹锡曾以屈原《九歌》为参照而作九首竹枝歌词传由当地人民吟唱；宋代，苏轼为记山川风俗也作九首竹枝词以补前人未道之遗。从这一点可以看出，竹枝词的组诗形制自其初创之际便已经渐露眉目。时至元代，极大规模的文人唱和之风逐渐兴起并发展起来，加之竹枝词所记述与描摹的风俗人情也日渐繁盛与复杂，因而竹枝词的组诗形制不仅得以保存下来，而且愈加发扬光大：

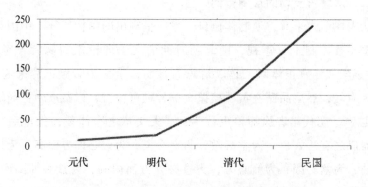

图 5—1　京津竹枝词各代组诗最高数目统计

由下面所列举的走势图可以发现，随着历史的不断发展，京津竹枝词的组诗形制也愈发庞大，不仅从一定程度上表现了竹枝词记述内容的细琐与繁复，同时也间接说明了其吟咏民俗生活之细致与多面。而随着形制的扩充与内容的丰富，竹枝词的著述主体也开始采用一定的标准对其进行分题与分类，通过运用相应的手段对所记述与描绘的民俗事象进行厘定与细化。

首先，所谓分题的形式即是以竹枝词为总题，在每首竹枝词前面再附

加一个题目直接指称记述的内容,从而对其所描绘的民俗事象进行一定程度的说明与概括:

盆 花

树树梢头蓓蕾匀,铜炉火暖气氤氲。东皇也被人驱使,强勒梅花作小春。

盆梅低亚复团栾,偷发清香笑客寒。惆怅故园千树雪,谁人为我倚阑干。

——(清)吴之振《京师竹枝词》

此上两首以"盆花"为题的竹枝词出自清代吴之振的《京师竹枝词》,主要记述用作家居装饰的盆栽植物,并通过比喻、拟人等手法呈现了这种装饰给人的生活带来的生机与乐趣。在这一诗作的总目之下共计有三十四首竹枝词。除以上所列举的两首之外,其余的竹枝词皆为每首设题,直接说明所记述与描绘之事物。这种分题的形式能够从一定程度上简要介绍所言之物,可以给阅读者以直接和简明的提示,从而提高阅读时的信息获取度。

其次,所谓分类的形式则是仍以竹枝词为总题,而将数首记述与描绘相关或者是相同事象、行为与内容的竹枝词置于同一类目之下,以求更为清晰和集中地呈现民俗生活。

表5—5 京津竹枝词文本分类示例

题目	作者	类目
《草珠一串——京都竹枝词百有八首》	得硕亭	总起、文武各官、兵丁、商贾、妇女风俗、时尚、饮食、市井、名胜、游览
《都门竹枝词》	得硕亭	总起、街市、服用、时尚、京官候选、考试、教馆、观剧

续表

题目	作者	类目
《都门新竹枝词》	芝兰室主人	总起、市井、闺阁、歌谣 游赏、洋药、和尚、捐输、风俗

从表5—5所列举的竹枝词文本的类目示例中可以看出，以"竹枝词"为总题的组诗内部对于记述内容的分类更多地指向描绘与写作的方便程度，并在一定意义上呈现着由每首竹枝词所附加的题目扩展而来的趋势，具有一定的随意性和自由度，尚不具备现代学科意义上的分类意义与价值观照。但是，依照一定的标准与原则对纷繁、复杂的民俗事象和生活划分类目，并按照这样的框架进行相对集中地记述与描绘也从一定程度上显示了竹枝词作为民俗文献的主要特征与记述功能。

最后，分题与分类的形式也常常并置使用，使得以组诗形制存在的竹枝词文本与地方志文本在体例上有了相似的特征，从而成为名副其实的"韵文的风土志"。从民俗文献的角度来说，我国民俗学家钟敬文在讨论民俗志的编著形式时，曾经提出两种类别："（1）直接记述，如《荆楚岁时记》；（2）间接类抄，如《玉烛宝典》、《北平风俗类征》等"①。从这一点出发，以七言绝句形式存在的竹枝词更多地表现出直接记述的主要写作特点。也就是说，竹枝词一般是具备创作意义的文学样式，具有原创的性质，其多是由著述主体的写作而得来，较少出现间接类抄的现象。但是，当以竹枝词为文献资料进行搜集与辑录之时，便使得所汇集而成的竹枝词文集也带有了间接类抄的特点。从这一点上讲，竹枝词的辑录本便与地方志文本有了极为相似的形制体例与文献价值。比如，京津竹枝词中由清代杨静亭编撰、李静山增补的《都门竹枝词》便呈现出极为明显的地方志文本的结构体系特征：

---

① 钟敬文：《关于民俗学结构体系的设想》，《钟敬文文集·民俗学卷》，安徽教育出版社1999年版，第41页。

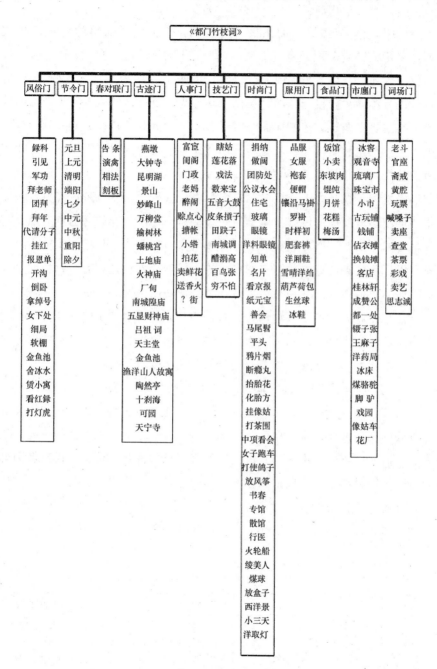

图 5--2 《都门竹枝词》结构体系

☆表内所使用的文本来自《历代竹枝词》（四）。

由图5—2结构体系的图例可以发现，作为辑录而得的《都门竹枝词》采用分类与分题并置的方法，对其所搜集与写作的竹枝词文本进行相应的规划，其体系更加庞大，也更具条理性。因而，以民俗文献的编著特点进行考察，直接记述的竹枝词，其分题与分类显然带有更为随意的性质，其主要来源于著述主体的意愿；而间接类抄的竹枝词，其分题与分类则更为体系化和结构化，其更明显地体现着编撰者的原则。当然，并非所有的竹枝词专集皆是类抄的结果，比如《丙寅天津竹枝词》即是以原创的形式发于报刊之上，后又结集出版。从这一点出发也可以窥见竹枝词组诗形制逐渐发展的原因：由于绝句篇幅短小，所能存储之信息有限，而其本身并不受时间与空间的限制，随时随地可写，彼此之间是互补的关系，以不断增补的方式状写丰富多彩的民俗生活。正是如此，竹枝词文本的兴盛与民俗生活的变迁与传承有着十分密切的关系。

依靠体制庞大的组诗形制，竹枝词得以对民俗生活的描述面面俱到，而借用地方志文体分门别类的构架，竹枝词又得以更加清晰和集中地记述某一类民俗事象，从而具备全面化与细节化的双重特点。

（二）序注内容对民俗记述的补充与说明

竹枝词不仅是诗体的民俗记录与体验，同时附着其中的序言与注文也是重要的民俗散体记录。序言与注文也是研究竹枝词记述民俗的重要文本内容，前者能够透露出著述者的记述契机与目的等相关信息，而后者则可以进一步阐释或是证实民俗事象的具体内容与传承历史。

首先，序言的内容一般包括关于竹枝词写作的各类信息，比如地点、时间、内容及目的等。以清代北京孔尚任所作《燕九竹枝词》为例：

表5—6　　　　　　　　京津竹枝词序言及其传达信息示例

题目	作者	序言内容	主要信息
《燕九竹枝词》	孔尚任	京师以正月十九日为燕九之会。相传元时丘长春于此日仙去。至今远近道流皆于此日聚城西白云观。观即长春修炼处也。车骑如云，游人纷沓，上自王公贵戚，下至舆隶贩夫，无不毕集，庶几一遇仙真焉。古时都会之地，元日至月晦，士女悉集氷湄，湔裙酹酒，以为解除。唐人唯于晦日行之。燕山风沙莽荡，首春率多严冷，冰车雪柱，太液无波，度水濡裳之戏，不可	地点、内容 民俗空间 参与人群

续表

题目	作者	序言内容	主要信息
《燕九竹枝词》	孔尚任	复得。唯燕九之游，差有昔人遗意。是日为陈子健夫见招，走马春郊，开筵茅屋，命简抽毫，各为十绝句。虽难叶于巴渝之歌，或有合于吴趋之节，但按之琵琶羌管，恐未有当耳。陈子关胄，豪侠而诗隐者也。 集陈健夫齐限用《庚开府集》"结客少年场，春风满路香"句，为韵十首。	写作契机 文本形制 记述手法

由表5—6所举竹枝词的序言文本示例可以发现，序言部分可以提供关于竹枝词写作的时间、地点、内容、手法、规模与目的等主要信息，是探讨竹枝词记述的民俗生活内容和研究竹枝词作为民俗文献的特点的主要参考对象。

此外，竹枝词多以七言绝句的诗体形式存在，文字和篇幅的限制不言而喻，因此作为民俗文献来说存在其必然的缺陷与不足，即无法客观与全面地展示民俗事象与行为。但是，竹枝词的写作者往往会采用附注的手段进行弥补，即如施蛰存所言："每首诗后附有注释，记录了各地山川、名胜、风土人情，以至方言、俚语。这一类的竹枝词，已不是以诗为主，而是以注为主了。这些注文，就是民俗学的好资料。"[1] 注文一般以散文体的形式出现，其与普遍意义上的民俗文献有着更为相似的特点与风格，因而可以补充以诗体形式存在的竹枝词记述的不足之处。下面以两首记述天津天后宫的竹枝词为例：

表5—7 京津竹枝词注释及其功能示例

文本来源	主要内容	附注功能
《丙寅天津竹枝词》	称体衣裁一色红，满头花插颤绫绒。 手提新买金鱼钵，知是来从天后宫。 天后宫即娘娘宫。元旦日小家妇女或妓女前往烧香，衣服多着红色。	阐释

---

① 施蛰存：《关于"竹枝词"》，《施蛰存七十年文选》，上海文艺出版社1996年版，第726页。

续表

文本来源	主要内容	附注功能
《念堂竹枝词》	飞翻海上着朱衣，天后加封古所稀。 六百年来垂庙貌，海津元代祀天妃。 天后宫，《临安志》：林氏女能乘席渡海，著朱衣飞翻海上。《元史》：南海女神灵惠夫人，以护海运，加封天妃，作宫海津镇。国朝加封天后。	引证

通过表 5—7 两首竹枝词的比较可以看出，虽然同样记述天后宫，但由于关注对象的差异而取材不同，因而随附的注释也表现出两种不同的功能：一是阐释，即利用散文叙述的方式对诗中所描绘的民俗事象进行说明和解释；二是引证，即通过引用相关历史文献证明诗中所写内容的历史性与真实性。

诗序是诗体文本中比较常见的形式，其一部分来源于作诗之际，还有一部分来自诗歌结集之际，其主要作用即是交代诗作的缘起、背景及相关内容，因而成为研究诗体必然关注的背景知识，这一点在竹枝词的写作中也得以充分体现。而注文则是诗体文本中比较鲜见的形式，一般很少诗歌是在作诗的同时作者自己加注，用以解释诗中所描绘或者使用之事象。诗贵用典，而典故恰是诗歌得以意蕴深远的手法之一。但是，在竹枝词的写作中（尤其是发展至清末以后），竹枝词的注文形式反而愈加重要，内容也越来越多，这与传统意义上的古典诗歌是存在着一定差异性的。也就是说，竹枝词以状写风土为主，但其主体部分无法承担繁复的风俗内容，因而借助附注的形式进行阐释和说明。在作者看来，这是必要的，也是可行的，由此也为作为民俗文献的竹枝词提供了传统意义上更为实际的文本参考。

综上所述，通过分题、分类以及序言、注文等各种形式的附加内容，竹枝词的体例与功能得到了一定程度的发展与扩充，使其能够更加充分与清晰地记述民俗生活。

第二节　京津竹枝词的记述立场及其社会功能

作为历史文本资料，京津竹枝词有其产生和发展的社会背景与写作契机，从而反映出著述者的思维模式与价值认同；而作为文学文本资料，京津竹枝词也有其搭载的不同平台，因而在一定程度上决定了其所具备的文化意义与社会价值。从民俗文献的角度探究竹枝词的文本价值必然关注其记述民俗生活的重要立场及其展现的社会功能。

一　京津竹枝词的记述立场及其价值取向

对于任何文字资料来说，由于其必然出自掌握书写能力之人，因而不可避免地带有著述者的主体意识与情感，这一点对于以文本形式出现的任何文献都是无法回避的。在这其中，民俗文献似乎可以作为中介，成为历史文献与文学文本之间的桥梁，以主体性寻找两者的共通点，使得作为民俗文献的竹枝词不仅呈现出不一样形式的面貌，也突显出极具情感体验的生活韵味。美国历史哲学家、文学批评家海登·怀特（Hayden White）在研究历史文本时提出了历史与诗歌的相互涵盖关系："如果所有诗歌里都有历史的成分，那么所有的历史描述也都有诗歌的成分。"① 由此，怀特对于历史文本的研究是基于其文学性内涵之上的："我相信，对于历史作品的而研究，最有利的切入方式必须更加认真地看待其文学方面。"② 也就是说，即便是被认为以客观事实著称的历史文本也从一定程度上反映着其著述主体的思维模式与个体意愿。而由于历史与文化的悠久，记载我国传统民俗生活的文本资料大都出自文人之手，其并未接受民俗志写作的专业训练，因而更多的带有著述主体的意识与情感。如前所述，钟敬文在讨论中国古代的民俗文献特点时曾经指出："从主观上讲，它们表达了作者的文人情思；从客观上讲，它们又传达了在社会历史急剧变动的时期，人们对安定的民俗生活的回忆和眷恋，以及通过叙述民俗社会所抒发的对理想社会模式的想象。"③ 在这一基础之上，萧放通过对《荆楚岁时记》的研究继而提出了关于民俗记述的三个立场的说法：一是从上层统治者政治教化的角度"观风问俗"；二是从旅行者或客居者的角度，对异域他乡的

① Hayden White, *Tropics of Discourse*: *Essays In Cultural Criticism*, Johns Hocpkins University Press, 1978, p. 97.

② ［美］海登·怀特（Hayden White）：《元史学：十九世纪欧洲的历史想象》，译林出版社2004年版，"中译本前言"，第 1 页。

③ 钟敬文：《建立中国民俗学派》，黑龙江教育出版社 1999 年版，第 16 页。

奇风异俗所作的见闻录；三是亲身经历的民俗生活记录①，这三个立场必然导致文本记述的关注点与其所包含的文化底蕴会呈现出极具差异性的表达。根据这一观点及其分析，再针对竹枝词文本记述民俗的特殊性质与形制体例，以及竹枝词著述主体的所承载的社会背景及其写作契机，也可以发现京津竹枝词的记述立场与相关目的。

（一）民俗事象的记录与资料保存

从历史的发展来看，我国的民俗文化传统十分悠久，而记载着民俗文化的文献资料也浩如烟海，而在这些丰富的文献资料之中，竹枝词具有普遍的价值意义以及特殊的个性内容。在文本化的过程之中，竹枝词逐渐形成了以吟咏风土人情为主要题材的诗体形式，其影响之深使人们在意欲描绘风土、记述民俗之时都不约而同地选择竹枝词作为可以使用的主要文体形式之一：

> 《竹枝》之兴，肇于巴渝，击鼓联唱，扬袂睢舞，荡声佚节，宛转多风。自唐顾况、刘禹锡、白居易并擅此制，后来作者蔓衍弥繁，大都谱一州之土风，究一时之方俗。都门九衢交会，五方臻凑，人习华侈，俗伤淫靡，又士女娴丽，雅乐游观，春秋佳日，车盖相望，君子慨焉。余巴人也，好为巴歈，爰因旧制，作竹枝词十六首。俚野无意，啴缓庋节，或庶几考省风土者，有所采览云。
>
> ——（清）李稷勋《都门竹枝词·序》

在以上序言之中，作者李稷勋明确地说明了其写作竹枝词的主要立场与目的即是通过记录所见与所闻，供考察风土者作为参照，以丰富相关地域的文本记载与地方知识。而这种以民俗事象的记录与资料保存为主要目的的记述立场有其一定的原因与条件。一般来说，周围地理环境的改变通常是著述主体运用竹枝词进行记述与吟咏的主要因素之一。就个体的角度而言，京津竹枝词的著述者由于各种原因经常四处游历，在这种行走的过程之中，异乡的风土人情便成为其主要关注点之一：

---

① 关于三个记述立场的具体阐释，详见萧放《〈荆楚岁时记〉研究——兼论传统中国民众生活中的时间观念》，北京师范大学出版社 2000 年版，第 235—237 页。

　　道光四年，安砚津门。忆自应童试，初从父足游此地，及赴春秋
两闱，往来经过四十余年，城郭人物多存旧观，而逐时增新亦复不
少。宾馆多暇，辄撮所闻见作为韵语，事不厌琐，词不避俚，区区微
尚亦是寓焉，出与朋侪一笑，非敢言诗也。

　　　　　　　　　　　　——（清）崔旭《念堂竹枝词·序》

　　如文所述，作者崔旭曾经前后两次到天津游历，经历了环境与社会的
变化后有感而发，意欲借助竹枝词的文体形式以记述自己的所见、所闻与
所感。由此也可以推断，地理位置的转移以及周围环境的变化很容易成为
竹枝词文本记述的主要社会背景，而且竹枝词本就以记述风土人情为其主
要内容，因此更具备被采用的合理性与现实性。根据现搜集与整理的京津
竹枝词文本的著述主体的籍贯情况进行统计，可以发现客居者身份已经成
为京津竹枝词著述者的主要标识：

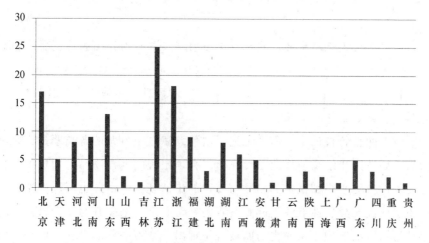

图5—3　京津竹枝词著述者籍贯统计

☆本统计表的数据来源于研究过程中使用的文本资料系统，以确切标明籍贯者为准，暂不
录入生平不详者之信息，以求大致了解京津竹枝词作者的来源地。

　　由图5—3可以发现，在京津竹枝词的著述者之中，客居者占绝大
多数，且多来自江南地区，因而很容易对京津地区的风土人情产生
兴趣：

家住江南烟水浔，鱼虾蚶蟹遍湘阴。北来要作尝鲜客，一段鳗鱼一段金。

——（清）杨瑛昶《都门竹枝词》

以上这首竹枝词的作者杨瑛昶原籍安徽桐城，以"尝鲜客"的身份自居，表明对于北方饮食的兴趣，这便十分明显地透露出南北民俗文化交流的态势。而京津竹枝词形成与发展的时期，又正处于各少数民族文化以及异域文化大量涌入并与汉族文化逐渐融合的时代，因而异族与异域民俗事象也成为京津竹枝词的关注点：

奶茶有铺独京华，乳酪如冰浸齿牙。名唤喀拉颜色黑，一文钱买一杯茶。

奶茶铺所卖，惟乳酪可食，其余以奶为茶曰"奶茶"，以油面奶皮为茶曰"面茶"，熬茶曰"喀拉茶"，"拉"读平声，蒙古语也。

——（清）得硕亭《草珠一串——京都竹枝词百有八首》

西河沿上尽银楼，户户灯屏炫两眸。屏里西洋图画好，骈肩仰面看无休。

——（清）赵骏烈《燕城灯市竹枝词》

以上两首竹枝词中，前者记述了清代北京城里售卖的各类蒙古族奶制食品，后者则描绘了清代北京元宵节灯会里出现的西洋物品，而这些在竹枝词著述者的眼中都是极其新颖与奇特的生活现象。由此也可以推断，文化的多样性与异质性能够引起观赏者的好奇心理，激发其对于奇风异俗的记录与描绘的愿望，从而也为阅读者呈现出一个不一样的世界。但是，由于客居者的身份使其更多地只能以描摹现象的方式记录所见与所闻，而无法触及文化深层的内涵与意义：

就吾身之所至，目之所触，戏成俚语若干，私用破涕为笑，举一漏百，吾知不免，大概不能言其所不知，又其大者，臣未敢言也。

——（明）杜濬《竹枝词——仿徐渭体咏长安景物》

由以上这段论述可以知道，竹枝词多起于耳闻目睹，并不深究其中内涵，其目的大多在于记述与表达，而非阐释与考证。因此，由于好奇的心理作用而形成的竹枝词文本固然存在着浮光掠影式的描摹民俗事象的不足与缺陷，并不能透析民俗事象中的互相联系与深层意义，但却从表象呈现的角度创造了以文本形式保存民俗资料的价值与功能。而这一点则更多地体现在深入少数民族地区或是其他国家的竹枝词著述者身上，比如清代田榕之作《黔苗竹枝词》、尤侗之作《外国竹枝词》，等等。

（二）民俗生活的体验与情感表达

就文学的层面而言，竹枝词因其多以诗体的形制存在，又决定了其不仅包括对于民俗事象的客观或是简单的描绘，更呈现着著述主体对于民俗生活的身体体验与由此而生发出的情感表达：

> 余生长辇下，习窗风土，独爱上元为华盛。欲纪其实，莫若《竹枝》为宜。
>
> ——（清）蒋仁锡《燕京上元竹枝词·序》

> 一别京华，六番元夕，辇下风光，渺渺兮予怀也，摭拾遗事。
>
> ——（清）楼俨《竹枝·序》

以上两位竹枝词的作者虽也为客居者，但因为热爱北京的客居生活，尤其是对于北京元宵节盛景的感怀促使其使用竹枝词这一以吟咏风俗为主题的诗体形式表达一己的体验与感受，其中透露出对于北京的热爱与怀念。从这一角度来说，竹枝词便不仅是能够记述事实的历史文本，更是能够表达生活感怀的文学文本。语言之于生活的意义与价值永远是值得深究的话题，因为一方面语言即是生活，社会关系中的种种交流（无论是文本的，还是口头的）都离不开语言；另一方面，语言表述生活，社会现实中的种种境况（无论是客观的，还是主观的）都是通过语言的诸种形式表达出来。英国文化研究学者斯图尔特·霍尔（Stuart Hall）认为：

> 正是通过我们对事物的使用，通过我们就它们所说、所想和所感受的，即通过我们表征它们的方法，我们才给予它们一个意义。在某

种程度上，我们凭我们带给它们的解释框架给各种人、舞及事以意义。在某种程度上，我们通过使用事物，或把它们整合到我们的日常实践中去的方法给事物以意义。正是我们对一堆砖和灰浆的使用，才使之成为一所"房屋"；正是我们对它的感受、思考和谈论，才使"房屋"变成了"家"。①

也就是说，生活是表象的，而生活的意义却是内蕴与生成的。在这种生成过程中，所有的记述与表达都具有一定的价值与贡献。如果说以事实描摹为主的科学文本所提供的是关于生活的客观呈现的话，那么以情感表达为主的文学文本所提供的则是关于生活的主观体验。从这一意义上讲，作者与民众的特殊性与普遍性的蕴含关系便十分清晰地表现出来："因为风俗习惯与时代精神对于群众和对于艺术家是相同的，艺术家不是孤立的人。我们隔了几世纪只听到艺术家的声音，但在传到我们耳边来的响亮的声音之下，还能辨别出群众的复杂而无穷尽的歌声，像一大片低沉的嗡嗡声一样，在艺术家四周齐声合唱。只因为我们有了这一片和声，艺术家才成其为伟大。"② 就此而言，文学文本所承载的信息与内容便具有了独特的价值与意义，这一点也充分地反映在以诗体形式留存的竹枝词文本之上：一方面，竹枝词的写作者有异于他人的强烈的表达愿望与记述目的，而其诉诸文字的生活体验与见解往往带有一己的经历与遭遇；另一方面，竹枝词的写作者永远也不可能脱离社会现实与民俗生活而成为真空性质的个体存在，而其或生于斯，或长于斯的文化熏染与生活体验必然带有极其普遍的意义与价值。这种个性与共性的互通，是竹枝词记述民俗生活体验与表达情感的基础与根本。就京津竹枝词而言，由于其主要以诗体形式保存和传播，必然带有著述主体的体认与情感，这种表达乃是个人情思的流露，但从实质上也正体现着地域文化和时代精神的碰撞：

　　青红五色旧衣裳，唱价声高老弋阳。客子忍寒无不可，十分难忍

---

① ［英］斯图尔特·霍尔（Stuart Hall）：《表征：文化表象与意指实践》，商务印书馆 2003 年版，第 10 页。

② ［法］丹纳：《艺术哲学》，傅雷译，天津社会科学院出版社 2004 年版，第 26 页。

这般腔。

——（明）杜濬《竹枝词——仿徐渭体咏长安景物》

燕山正月春茫茫，却道他乡胜故乡。那比江南江水上，绿波双桨野梅香。

——（清）袁启旭《同咏——燕九竹枝词》

以上两首竹枝词分别出自客居者在民俗生活中的一己情感与体验，但却深深地烙印着南北文化差异所带来的生活体认与个体向往。而当这种情感指向取其相对的层面而言，因为当这种体验与情感被置于传统农耕文明与近代工业文明的碰撞之中时，"南北交融"即转换为"中西对立"，从而表现出更为明显的民族认同观念与民族保护意识。传统中国，民众的世界观以自我为中心形成"天圆地方"的时空认知，而附着于其上的又包括居于世界中心的"天朝大国"的政治统领意识。对此，美国汉学家柯文（Paul A. Cohen）曾经论述道："（中国人的这种世界观）在地理层面上，普遍认为地球是平面的，中国居于中央。这种地理中心感有与之相应的政治观，即在一个安排恰当的世界中，中国将是权威的终极源泉。最后，这一大厦建筑在这样一种信念的基础上，它相信中国的价值观念和文化规范是人类永久的合理性。中国的标准就是文明的标准；成为文明人就是成为中国人。"① 也就是说，帝制时代的"中国"所面对与指涉的不仅是一个国家，而是整个世界。在这个世界之中，中国是标准与典范，具有无比崇高的地位与影响，理应受到各国的朝拜与尊崇。这种自信或源起于盛唐的社会现实，但却在历史与社会的变化中发展成为妄自菲薄的认知与气度。而这种根深蒂固的时空观念与不可一世的天国心态随着近代西方国家的侵入逐渐被摧毁，中国人不得不重新考量中国之于世界的地位。清末，我国近代思想家王韬开始以世界的视角审视中国，继而提出："今昔异情，世局大变，五洲交通，地球合一，我之不可画疆自守也明也。"② 这种世界观的根本转变深深地影响着民俗生活的体验与表达，这一点在京津竹枝词中也有着明显的体现：

---

① ［美］柯文（Paul A. Cohen）：《在传统与现代性之间》，江苏人民出版社 2006 年版，第 16 页。
② （清）王韬：《弢园尺牍》，中华书局 1959 年版，第 215 页。

表5—8　　　　　　　　清代北京竹枝词关于异域文化的文字记述对比

时代	文本	事象分析	情感表达
康乾年间	万国舞长春，天子云端坐。 不看撩跤儿，不知中国大。 <small>每岁十二月，乐部日习诸国乐舞，除夕进御，都人竞往观焉。外国壮健善撩跤者终不能中国胜，盖先择神勇，然后供御，想亦不敢不逊耳！</small>	以我为主的文化交流	豪气、得意
宣统年间	都城严肃最应当，那许登临豁眼光。 今日正阳门左右，外人随意立高墙。 <small>登城有禁，今古皆然，况是都城，尤宜严肃。今则外人随意登眺，无人敢过而问之，岂此彼一时此一时耶？噫！</small>	丧失自我的权利割让	怨气、失意

由以上竹枝词文本的对比不难发现，随着西方工业文明的不断侵入，传统中国"以我为大"的自我认知被彻底打破。如果仅就北京而言，地方文化与异域文化的碰撞带有极其明显的时代性与进程性特征："分别代表着南方文化与满族文化的'南'与'北'和代表着传统中华文明和西方文明的'东'与'西'这几组对应的方位概念，其所代表的文化主体在清代京城的发展中经历了互相交融和地位嬗变的历程。"① 清朝的建立，使满洲文化在北京地区得以迅速传播与发展，而与之前随着京杭大运河流播而来的江南文化互相对立与交融，清代早期出现的竹枝词文本所记述的饮食、服饰等民间习俗皆与此相关。而时至18世纪末期尤其是进入19世纪以后，异域文明的侵入，使南北互动逐渐淹没在更为显著与宏大的中西对抗之中。因此，这一时期的竹枝词文本也多与记述东西文化交流的变化过程有关。从更为广泛的意义上来讲，竹枝词所记述的这种处在历史和社会变迁中的一己体验与情感既充分反映着时代风貌和人文精神，其从一定程度上成为人们共享的经历与认识。英国文化研究者齐格蒙特·鲍曼区分了"灵魂"与"精神"的概念，其认为：

---

① 郭道平：《从"南北交融"到"西风东渐"——竹枝词里的清代北京》，《南京师范大学文学院学报》2009年第3期，第52页。

不是灵魂（Seele），而是精神（Geist）成为理解生命和全部的生存能力的真正支点。当理解一个社会事件的意义时，这个意义不是指我们所理解的他者的"灵魂"，因为如果将他者的灵魂作为一个经验对象来看待，那么它在本质上不同于其他经验现象，而且我们无法获得对它的理解。我们所理解的只是渗入到个体"灵魂"的"精神"要素，因为我们每个人都平等地参与其中。①

也就是说，所谓的个性是相对而言的，没有共性的存在也就没有个性的突出，这便是一个类群之所以成立的基本原因。人之为人，必然有其共同的社会属性，正是这些共通性让处于不同地域、不同时代的人得以相互对话（无论是通过言语交谈，还是通过文本阅读），也使极具主观性的个体表述具备了社会话语与时代声音的价值。从这一点出发来看，无论是竹枝词的写作者还是其主要关注的民众群体，双方都处在相同的社会变迁的历史激流之中，因而由此所阐发的对于民俗生活的身体体验与情感表达，固然存在着主观性和个体性的缺陷与不足，但却也从心理认知的角度创造了经验交流与生活共享的价值与意义。

（三）民俗行为的导引与价值评判

就社会的层面而言，民俗行为在社会生活中具有十分重要的教化与规范功能，因而不但被认作是社会风尚与时代精神的体现，也常常为统治阶级或地方精英所重视，成为其进行政治统治或是思想启蒙的手段和工具。

我国自古便存在"观风问俗"的政教传统。汉魏以前，民俗作为政教的考察对象与实施手段而被重视，即所谓："广教化、美风俗。"② 由此，树立良好的风俗习惯便成为政治教化的手段与途径之一："古代文献不必等到民俗成为自身科学的研究对象才予以搜集和命名。当时的很多民俗资料，出自当时史官记录的关于社会政治的重要史事和言论，因此，在这种情况下被注意到和运用的民俗，本身就含义模糊。它们一般都具有明显

---

① ［英］齐格蒙特·鲍曼：《作为实践的文化》，郑莉译，北京大学出版社 2009 年版，第211 页。

② （战国）荀子：《荀子》，王先谦集解《荀子集解》，中华书局 1988 年版，第 108 页。

的社会政治倾向。"① 强调民俗在政教中的地位与作用，有其现实的社会
基础与政治目的：一、政治教化的对象是民众，而民众的主要生活范围与
习性即是民俗，因此以民俗正教化具备一定的可行性；二、政治教化的目
的是规范，而民俗的主要特点也是约定俗成，因此以民俗正教化可以通过
引导社会风气、变易地方习俗而达到调整社会规范的目的。竹枝词作为民
俗文献的特定范式，其必然在一定程度上承担着规整社会的传统观念意识：

表 5—9　　　　　　　　　历代各地竹枝词传达的政教观念示例

朝代	地域	作者	身份	内　　　容
唐代	四川	刘禹锡	官吏	故余亦作《竹枝》九篇，俾善歌者扬之；附于末，后之聆《巴歈》，知变风之自焉。
宋代	陕西	李复	官吏	其辞甚陋，其调因写道路所闻见，犹昔人《竹枝》《纥罗》之曲，以补秦之《乐府》云。
元代	上海	杨维桢	官吏	《海乡竹枝》非敢以继风人之鼓吹，于以达亭民之疾苦也。观民风者，或有取焉。
明代	江苏	宋征璧	官吏	江左余风，耽于燕乐，识者虑其不能享历永久，因赋俚语，以当讽谏。言者无罪，闻者足戒，古之训也。
清代	四川	彭龄	官吏	前编歌咏，以劝士民；兹撰词章，亦寓教戒云尔。

☆表内所使用的文本来自《历代竹枝词》（一）。

由表 5—9 可以发现，采用竹枝词进行教化的主体多为地方官吏，表
现出极为明显的政治目的与社会责任："风俗形态的社会特性决定了人们
对它的政治关注，而中国古代社会又是一个以集权政治为中心的社会，古
代中国的政治文化体制，要求自上而下的思想行为的协调与规范，因此引
导社会风气，移易地方风俗，培育适宜于封建伦理需要的文化习惯，就成
为古代社会多数文化人追寻的社会政治目标。"② 由此，强调民俗行为的
政教意义在竹枝词中也有着明显的体现，而其所传达的政教手段一般有两
种方式：一是通过参与写作，将文人语言纳入词作并传由当地人进行吟

---

① 钟敬文主编：《民俗学概论》，高等教育出版社 2010 年版，第 304 页。
② 萧放：《中国传统风俗观的历史研究与当代思考》，《北京师范大学学报（社会科学版）》
2004 年第 6 期，第 35 页。

唱，改其鄙陋之辞藻；二是通过记述风俗，将实地情况反映出来并提出警醒，改其不良之习俗。前者多存在于竹枝词尚保持民歌面貌的唐宋之际，而后者则多发生于竹枝词文本化之后的明清之时。也就是说，由于京津竹枝词的文本形成并兴盛于元至民国时期，其多体现为从记述民俗的角度出发而做出的、关于地方风俗习惯的价值评判：

> 《竹枝》之作，所以纪风土讽时尚也。然于嬉笑讥刺之中，亦必具感发惩创之意。故诽词谑语，皆堪借以生情；即巷议衢谈，不妨引以为证。志在移风易俗，聊为道铎瞽箴，敢云诗道之一端，不过稗官之遗意耳！
>
> ——（清）得硕亭《草珠一串——京都竹枝词百有八首·序》

由以上这一段论述可以知道，竹枝词纪风土、讽时尚的主题与功能已经得到了极大的认可与推广，其主旨便在于应用吟咏风土的诗歌形式进行宣传以引起更多的共鸣，移风易俗，从而达到以民俗正教化的根本目的与追求。从这一意义上讲，京津地区作为政治中心区域，便成为树立社会治理典范与修正民风民俗的重要对象：

> 社会教休说改良，破除迷信费平章。苍生不问亲神鬼，毕竟春明五色光。
>
> 京师为国之都，种种陋俗，反甚他处，有司漫不如禁，岂改良社会之道耶！
>
> ——（清）恸尘《都门清明竹枝词》

都城作为国家政治、经济、文化的中心，代表着皇权的形象，也是其他地区上行下效的起点与典范，因而具有更为重要的政治教化的意义与价值。此外，作为辐辏之地、首善之区，帝都北京也汇聚着各地而来的文化名流，因此也多借竹枝词表达自己心系民众、以国为重的政教理念，以京津竹枝词为代表的民俗文献也就具备了更为明显的价值判断的倾向。

此外，京津竹枝词文本中所流露出的这种对于民俗行为的价值评判常常以嬉笑怒骂的方式表现出来。如前所述，对于这一特点，周作人给予了很高的评价，而周作人之所以重视带有讽刺意味的竹枝词文本，主要是对其中所包含的对于民俗行为的价值判断的倚重。也就是说，这类风格的竹枝词除了能够提供民俗生活的相关信息之外，更能够体现对于民俗的认知问题。换言之，记述与表达更多的是关于民俗的信息，而理解与评价则具备了一定程度上的民俗学的意义。就此而言，包含着滑稽意蕴的竹枝词显然已经具备了讽刺诗的功能。试看如下竹枝词文本：

> 安福官僚多如狗，直奉政客满街走。逃命司令闹妓院，败仗将军醉酒楼。
>
> 安福官僚指北洋皖系军阀政客集团。

> 鸦片吗啡海洛因，赌局麻将骨牌九。巡捕侦探便衣队，洋行买办摆花酒。

> 当铺印子高利贷，绫罗绸缎苏州头。居士彩票姨太太，描眉画眼假风流。

> 儿女亲家金兰谱，银鱼紫蟹洋朋友。花旗汇丰老头票，天棚字画大狼狗。

> 百货厘金味之素，仁丹牙粉黄酱油。地痞县官土财主，肠肥脑满鬼神愁。

> 老妈厨子小丫头，包车铃铛红彩绸。卫兵马弁盒子炮，旷古无伦万恶数。

> —— （民国）于方舟《租界竹枝词》

在这里，作者通过对租界内民众生活情境的铺排，表达了在西方工业文明冲击下所产生的种种不良现象的谴责与蔑视，也从一定程度上继承了竹枝词由民间歌谣发展而来的嬉笑怒骂的自身特色。钟敬文在探讨民间讽刺诗的内涵时曾指出：

　　讽刺诗是喜剧性的艺术，它须有高超的机智和幽默。缺少这类因素的作品，正像没有流动眼光的女人一样。世界文学史上，真正讽刺诗人的诗鲜少，这怕是一个重要原因。民间诗人比一般的作者，要富于风趣。在机智方面，他们也应当不稍逊色（如果不说他们还要占上风些）。好的民间讽刺诗，不但具有正确的见识和崇高的情操，它往往也充满机智，风趣横生。①

　　从这一点来看，周作人与钟敬文的意见不谋而合，共同提出了讽刺艺术的民间本色与政治功用，这一点也正是由文人、官吏所创作的以传达政教观念为主要目的的民俗文献所不具备的。也就是说，观风问俗的目的仍在于移风易俗，是极具理想色彩的记述与期待，而民众的评判则直指社会现实，以发泄不满为主，并不明显地表现出行为导引的目的。而从京津竹枝词的发展历史来看，其早期所承载的刺政意味尚不明显，并且存在着一定比例的歌功颂德的应制奉酬之作。但是，随着竹枝词在京津地区的普及与推广，越来越多的普通市民加入竹枝词写作的队伍中来，使其中所包含与表达的对于社会现实与政治统治的认知也更加多元化。由此，京津竹枝词的讽刺意味也逐渐凸现出来，使其更加具备民间讽刺诗的意蕴与价值。正因如此，竹枝词所传达的政教观念往往是带有滑稽与诙谐成分的，也从一个侧面透露了竹枝词作为诗体民俗文献的俚俗本质。

　　综上所述，记述立场的不同不仅导致了竹枝词文本内容的倾向性，也从一定程度上影响着以诗体形式存在的竹枝词的艺术风格。而从根本上说，作为民俗文献的竹枝词既保存着对于民俗事象的客观描摹，又抒发着著述主体在民俗生活中的体验与感受，并在一定程度上承担着其对于民俗行为的认同与批判，成为表达民俗观念的文学文本形式。

二　京津竹枝词的价值载体及其功能隐喻

　　唐宋以后，竹枝词多以七言绝句的诗体形式流传并保存下来，其内容丰富、题材广泛、风格谐趣且数量繁多，而这些特点又直接影响着竹枝词

---

① 钟敬文：《民间讽刺诗》，《钟敬文文集·民间文艺学卷》，安徽教育出版社 2002 年版，第 723 页。

文本所搭载的平台也是形式多样、功能多元。从这一角度来考察竹枝词文本的相关收录信息，也可以在一个较为隐性的层面展现并阐释竹枝词作为民俗文献特定范式的价值与功能。

（一）方志与地方知识传承

从民俗记述的角度来说，地方志文献中保存在大量的可供使用的民俗资料："自元代起，在传统正史之外，出现了大量的方志笔记著作，包括京畿志略、地方史志、边政考察记述和野史杂纂等。其中的主要部分，是以地方志为代表的地方文献。"① 地方文献所承载的信息与资料是研究历史生活与地方文化不可或缺的重要部分。而以民俗文献的角度考量，地方志对于民俗的采录与表述也被看作是比较典型的民俗记述文本，其不仅保存着一定地域之内的民俗生活的相关信息，也具备相对固定的著述主体和记述体例。而从地方知识的角度来说，竹枝词因其吟咏地方风物而与地方志文本资料有着极为密切的关系：一来竹枝词的诗体形式与地方志的志体形式存在着记述内容与体例上的区别与联系；二来竹枝词被收入地方志文献也从一定程度上表明了两者价值与功能上的相关性。

1. 诗体与方志体

竹枝词以七言绝句的诗体形式存在，一般属于个人著述，带有浓厚的情感色彩与精神诉求；地方志基本上由官方主持编纂，其文本体式更多地呈现出公文的性质与特点。当然，竹枝词中也存在着依照一定原则与标准进行辑录的事例，比如前文所论述之杨静亭编著、李静山增补的《都门竹枝词》，但其与官方主持纂修的地方志依然存在着较为明显的差别。仍以冬至数九方式之一的"九九消寒图"为例：

> 六管灰飞思不禁，蓟门久客各沾襟。八十一瓣梅初画，染尽梅花又一春。
>
> 俗以冬至日画梅八十一瓣。日染一瓣，瓣尽则九尽矣。
>
> ——（清）李簧《北平竹枝词》

① 钟敬文主编：《民俗学概论》，高等教育出版社 2010 年版，第 317 页。

十一月

冬至日，俗画梅一枝，为瓣八十有一，日染一瓣，瓣尽九尽，则春深矣。

——《康熙顺天府志》

前一首竹枝词文本的诗作主体部分以抒情为主，主要表达画梅之人的复杂心情，再通过附注部分解释习俗具体情况；而后出自地方志的文本仅说明具体情况。由以上关于冬至画梅习俗的文本记述对比可以清楚地发现，相对于以客观事实描绘为主的方志体例而言，竹枝词的著述主体往往会更加注重表达与记述自己在民俗行为中的体验与感受。也正是从这一意义上讲，竹枝词的附注部分似乎更接近以说明为主要目的的普遍意义上的民俗文献，而这恰恰是周作人与施蛰存都对竹枝词的民俗史料价值确认不讳的出发点之一。除此以外，以诗体形式写作的竹枝词还能提供相当繁复的民俗生活体验与感受，这种更具主观性的文本表述虽然从一定程度上减少了科学意义上的信息与知识的获取量，但却从另一层面提供了关于地方文化与生活的体验与情感，从而更接近以人文性为其精神诉求的民俗学研究。

2. 诗入方志

地方志文献中收录竹枝词，当是源于方志编纂者对于诗体形式能够以精言妙语描绘民俗风情的功能与价值的认同，也是利用形象性和影响性更为显著的文学形式突出表现地方文化与传递地方知识的手段。而诗入方志的形式，不仅反映了竹枝词作为民俗文献的史料价值，也充分体现了优美的文字对于地方文化传播与传承的重要社会功能。通过对京津竹枝词文本来源的梳理可以发现，在现存的元代至民国时期的竹枝词中有如下竹枝词文本出自地方志文献资料：

都城灯市由来盛，大家小家同节令。诸姨新妇及小姑，相约梳妆走百病。

——（明）周用《走百病竹枝词》

爆竹声声交劈裂，新桥一带灯花结。前来有客为余言，东四牌楼好闹热。

　　东华门外多茶社，四座张灯观杂耍。最怜一曲海棠花，太平鼓儿声声打。

　　燕姬十五颜如玉，油壁香车铺绣褥。听得花儿叫卖花，开帘不住横波目。

——（清）叶日荃《都邸元夕效竹枝体》

　　前一首竹枝词出自清代的《宁津县志》，宁津县明代时属京师河间府、清代时属直隶省河间府，皆为北京直接管辖之地。而后面三首竹枝词出自民国时期的《衢县志》，衢县乃为浙西之地，与北京相距甚远。但从记述内容上看，四首竹枝词都描写了北京地区元宵节的相关民俗活动，充分体现了竹枝词对于地方文化记录与地方知识传播的重要功能，而通过梳理与后者同时期（即清代乾隆时期）的各地竹枝词文本来源情况也可以发现竹枝词收入地方志文献的普遍性[①]：

表 5—10　　　清代（乾隆时期）竹枝词文本收入地方志信息统计

题目	作者	数量	出处	备注
《双湖竹枝词》	全祖望	8	《鄞县志》	今属浙江宁波
《再叠双湖竹枝词》	全祖望	8	《鄞县志》	今属浙江宁波
《竹枝词》	庄大中	2（句）	《阳江志》	今为广东阳江
《永宁竹枝词》	单履成	10	《洛宁县志》	今属河南洛阳
《万江竹枝词》	陈锡祺	4	《东莞县续志》	今为广东东莞
《清明竹枝词》	倪大宗	8	《石门县志》	今为湖南石门
《盐源杂咏竹枝词》	王廷取	15	《盐源县志》	今属四川凉山
《芦风竹枝词》	朱繡	6	《芦山县志》	今属四川雅安
《浯溪竹枝词》	邓奇逢	5	《浯溪新志》	今属湖南永州

---

　　① 对于前者（即周用）所处明代时期的竹枝词与地方文献的关系在前文已作探讨，此不赘述。

续表

题目	作者	数量	出处	备注
《续浯溪竹枝词》	邓奇逢	10	《浯溪新志》	今属湖南永州
《建昌竹枝词》	杨学述	20	《西昌县志》	今属四川凉山
《题孙孙圃魏塘竹枝词后》	盛堂	2	《嘉善县志》	今属上海
《马湖竹枝词》	张曾敏	9	《屏山县志》	今属四川宜宾
《八角铺竹枝词》	杜茂材	1	《达县志》	今属四川达州
《原乡竹枝词》	王显承	20	《孝丰县志》	今属浙江湖州
《剡湖竹枝词》	陆达履	1	《余姚县志》	今属浙江宁波
《消寒竹枝词》	朱文治	4	《余姚县志》	今属浙江宁波
《五寨竹枝词》	李寅孔	6	《凤凰厅志》	今属湖南吉首
《苍洱竹枝词》	赵廷玉	17	《大理县志稿》	今为云南大理

☆表内所使用的信息来自《历代竹枝词》（二）。

　　由表5—10可知，以官修地方志文献为准，竹枝词被选入地方志文本的情况还是比较普遍的，这不仅仅表明了地方志文献借用更易于表现生活美感的诗体形式描摹地方文化的主要目的，也从一定程度上肯定了竹枝词传播地方知识的社会功能。

　　（二）报纸与社会风尚传播

　　报纸是近代西方工业文明进入中国以后才逐渐产生并发展起来的、以社会纪闻为主要内容的媒介与载体。报纸的发行与影响惠及大众，因而在普通市民中掀起了一股看报热潮：

阅　报　纸

　　一纸新闻费数钱，寒儒难购亦可怜。坐观修得人间福，世界奇情阅几千。

——（民国）韬禅《新都门竹枝词》

　　对于普通市民而言，报纸有这两方面的功用：一是民众获得知识与信息的重要媒介；二是民众展现智慧与水平的新型平台：

报纸于今最有功，能教民智渐开通。眼前报馆如林立，不见中央有大同。

《中央》、《大同》报馆于八月初三日封禁。

——（清）兰陵忧患生《京华百二竹枝词》

由此可见，报纸已经成为清末至民国初期京津城市市民生活中比较常见的传播媒体之一，其发行使得社会信息有了传播更为便捷的渠道，也成为开启民智的重要平台。而就报刊本身的内容而言，其所刊载的文体形式又十分多样："编幅纤余，又及诗余、词曲、骈联、俪句、歌谣、戏剧、舆诵、农谚、里谈、儿语、告白、帖招之属，盖无不有焉。"① 就此而言，竹枝词因其形制短小、内容丰富，且语言浅白，也常常被地方报刊所采用，成为传达普通市民心声的手段和途径。

表 5—11　　　　　　　京津地区报纸刊载竹枝词信息统计

报刊	时间	题目	数目	作者
《北京醒世日报》	清宣统元年（1909）	《竹枝词》	12	皖南韵士
		《赠古吴邵女士竹枝词》	4	东海遗人
《京华新报》	民国二年（1913）	《新社会竹枝词》	3	金曼石
		《竹枝词》	14	鹭洲
《爱国白话报》	民国五年（1916）	《新都门竹枝词》	91	韬禅
		《新京华竹枝词》	46	老僧

☆此表内《北京醒世日报》中所刊载的竹枝词为通过查阅报纸所得，其他竹枝词专集或全集中尚未见收录。

由表 5—11 可以看出，就目前整理和搜集到的京津竹枝词文本而言，约有六位作者共计百余首竹枝词分别发表于清代宣统年间的《北京醒世日报》、民国初期的《京华新报》和《爱国白话报》之上②，

---

① 谭嗣同：《报章文体说》，转引自钟敬文撰《晚清改良派学者的民间文学见解》，《钟敬文文集·民间文艺学卷》，安徽教育出版社 2002 年版，第 339 页。

② 此外，另有《丙寅天津竹枝词》先以报纸刊登的方式出现，后结集出版。

这一数字虽不算多，但已经初步显示了竹枝词与报刊的密切关系。而从全国的范围来看，受西方文化冲击更大、报纸产业也相对更加发达的上海地区的竹枝词文本与报纸则有着更为密切的关系。比如，以近代以来上海地区发行历史比较悠久、范围也比较广泛的报纸——《申报》为例。

表5—12　　　　　　　　　清代《申报》刊载竹枝词信息统计

时间	题目	作者	数量
1872 年	《洋泾竹枝词》	葛其龙	24
	《戏园竹枝词》	养浩主人	16
	《洋场竹枝词》	鸳湖隐名氏	38
	《洋泾竹枝词》	沪上闲鸥	24
1873 年	《别琴竹枝词》	杨勋	100
	《红庙烧香竹枝词》	啸月山人	10
1874 年	《除夕竹枝词》	南沙逸士	5
	《除夕竹枝词》	东海闲人	6
	《洋场新年竹枝词》	藤荫歌席词人	10
	《洋场竹枝词》	云间逸士	31
	《沪游竹枝词》	邗江词客	50
	《沪南竹枝词》	葛其龙	12
	《春申浦竹枝词》	珠联璧合山房	15
	《春申浦竹枝词》	洛如花馆主人	50
1875 年	《和沪北竹枝词》	蔡宠九	8
1877 年	《沪北竹枝词》	苕溪墨庄主人	20
	《青楼竹枝词》	苕溪醉墨生	16
1885 年	《沪上竹枝词》	浙西惜红生	24
1888 年	《梨园竹枝词》	云间最不羁生	20

☆表内所使用的信息来自《中华竹枝词全编》（二）。

《申报》于 1872 年 4 月 30 日在上海创刊，在其创刊号上发布的《申报馆条例》中明确提出："如有骚人韵士，有愿以短什长篇惠教者，如天下各名区竹枝词及长篇记事之类，概不取值。"① 这一号召不仅暗示了竹枝词传播区域文化知识的功能，更引起了广大市民的积极响应。于是，自创刊之日起，《申报》便不定期地刊登出自普通市民之手的竹枝词，成为报纸文学的一朵奇葩②。

由于报纸的兴起以及报纸文体形式的大众化倾向，导致文化传播的载体与符号都发生了一定程度的改变，普通市民对于民俗生活的记述有了更为有效的宣传平台。同时，由于报纸的发行周期更短，文本来源更加多元化，阅读群体也更加广泛。因此，以报纸为平台和载体的竹枝词既包含了更为普遍的社会风俗与时代精神，也从一定程度上为民俗生活而生发的体验共鸣提供了更为现实与广阔的交流平台和载体。

（三）文集与日常生活审美

对于竹枝词收录最多的是著述主体的个人文集，从而使其成为文人作品的一部分，充分地显示出以诗体形式歌咏现实生活的审美功能。事实上，也正是由于竹枝词这种鲜明的主体性使其在民俗学体系下颇受冷遇：一方面，民间文学只重视早期以民歌形式流传的"竹枝"，而对于文人高度参与之后的文本化竹枝词置之不理；另一方面，民俗史只关注以客观描摹为主的历史文本与地方文献，而甚少探究极具主观体验与情感色彩的诗体文本。由此，竹枝词在民俗学的整体框架中便显得定位不明，使其源与流之间的变异与传承无法得到更好的阐释与利用。

自古以来，中国便是诗的国度。闻一多认为诗乃我国文学形式的开端："《三百篇》的时代确乎是一个伟大的时代，我们的文化大体上是从这一刚开端的时期就定型了。文化定型了，文学也定型了，从此以后二千年间，诗——抒情诗，始终是我国文学的正统的类型，甚至除散文外，它是唯一的类型。赋、词、曲，是诗的支流，一部分散文，如赠序、碑志等，是诗的副产品，而小说和戏剧又往往以各自不同的方式夹杂些诗。"③ 诗作为我国传统文化中最为重要的文学形式，承载着人们对于现实生活的

---

① 《本馆条例》，《申报》同治壬申（1872 年）三月二十七日。

② 《申报》的这一举动事实上也开创了中国报刊文学的先河，关于这一点详见鲁湘元撰《〈申报〉与中国近现代报刊文学》，《中国现代文学研究丛刊》2001 年第 2 期，第 91—113 页。

③ 闻一多：《文学的历史动向》，闻一多《古诗神韵》，中国青年出版社 2008 年版，第 207—208 页。

感受与体认，也从一定程度上表达着人们对于美好生活的期待与向往。可以说，诗是中国文化的精神载体之一，也是中华民族的生活方式之一。而从文学与民俗的角度来说，民俗文化与文人、诗歌之间也存在互相交融与影响的具体关系："事实上，诗人总是随着自己足迹之所至，把笔触伸向各地的自然风光和人文景观，后者的主体就是民俗文化或涂有民俗色彩的生活景象。"① 也就是说，在诗中，纯粹性质的自然风土并不存在，其进入诗人视野又经过一定的笔墨润滋而来，其必然侵染上意识与思维的主观色彩。从这一意义上讲，文人竹枝词的写作更清楚地表现出极具创造性与艺术性的生活审美特征：

　　西岸山花似雪开，家家春酒满银杯。昭君坊中多女伴，永安宫外踏青来。

——（唐）刘禹锡《竹枝词》

　　该首竹枝词以通俗易懂的语言描述秀丽的山中风光，又以精心选择的物象突出表现民众的春时生活，真切地显现了文人笔下简单、真实、朴素而又优美的民俗生活图景。德国哲学家叔本华（Arthur Schopenhauer）认为："生活惟有作为表象，纯粹加以直观，通过艺术再现，才是一生有意义的戏剧"②，尼采（Friedrich Wilhelm Nietzsche）在这一基础之上更是提出了"世界似乎只有作为审美现象才有存在的理由"③ 的观点。从这一哲学论调出发，世界之所以成为世界，永远是被关注、被审视的对象。就生活而言，这种关注与审视又是无法彻底脱离生活自身的。也就是说，如果没有人的主观能动性与艺术创造性，生活也就不能成为生活，文化也就不能成为文化。而在这种主观的创造过程中，人与人之间有着相同的时代背景与社会环境，以及人之为人的共同秉性，也有着不同的生活境遇与文化

---

① 程薔、董乃斌：《唐帝国的精神文明——民俗与文学》，中国社会科学出版社 1996 年版，第 386—387 页。

② ［德］托马斯·曼（Thomas mann）：《从我们的体验看尼采哲学》，载刘小枫主编《人类困境中的审美精神——哲人诗人论美文选》，东方出版社 1994 年版，第 320 页。

③ ［德］弗里德里希·威廉·尼采（Friedrich Wilhelm Nietzsche）：《悲剧的诞生》，漓江出版社 2000 年版，第 139 页。

选择，以及人之为人的个体性格。因而，经过文人笔墨的侵染，原本质朴、简单的民俗生活世界也充满了五彩缤纷、诗情画意的色彩与意蕴。

由于审视主体的多元化，日常生活的审美通常带有极为明显的个性化倾向："当我们进入人们具体日常生活的审美经验的研究甚至用人类学田野考察的方式，进入一个个具体人的审美经验的研究后，我们就会发现以们那种传统的，大一统的，放之四海而皆准的审美原理或本质是很难完全成立的。每个民族与每个民族之间，每个个人与每个个人之间，在审美的体验和标准上有一定的相同之处，但与此同时还存在有他们与众小同的群体经验和个体经验。"① 从这一点上讲，以竹枝词为代表的诗体民俗文献由于其著述主体多为具有一定文化水平的知识分子，因而更能够充分地表现出文人对于生活的审美化感知与表述。也就是说，正是由于文人受到的文化熏陶更为深厚，其所关注、审视与表述的对象也被这种身后的文化涂抹上艺术的色彩，成为极具理想指向的民俗生活图景。

当然，审美的体验又包括多方面的含义："审美属性在本质上是价值属性。在这方面的美学作为研究审美价值的哲学学说而存在，它以'美'、'丑'、'崇高'、'卑下'、'悲'、'喜'的概念研究本质上有价值的现实审美属性的反映，这些属性被感知时引起一定类型的审美体验（美感、崇高感、悲与喜的感情等）。"② 由此而言，对于生活的审美即存在着具有相反指向的价值领域：一是歌颂美的；二是批判丑的③。而这种歌颂与批判源自于审美主体的个人好恶，也从一定程度上代表着群体的文化认知与审美标准。就竹枝词而言，其著述主体的关注点即不仅包括美的方面，亦包括丑的方面：

> 督抚清谈当座揖，臬藩接见大门开。便宜此日称观察，五百光洋

---

① 方李莉：《审美价值的人类学研究》，《广西民族学院学报（哲学社会科学版）》第 26 卷第 5 期，2006 年 4 月，第 42—43 页。

② ［爱沙尼亚］列·斯托洛维奇：《审美价值的本质》，凌继尧译，中国社会科学出版社1984 年版，第 237 页。

③ 关于这一点，我国学者刘悦笛认为："人类基本的审美形态，可以分为两类：体现出'正价值'的是优美、悲、崇高，体现出'负价值'的是丑、喜和荒诞"，详见刘悦笛《生活美学与艺术经验》，南京出版社 2007 年版，第 177 页。

买得来。

外商吏礼皆无分，兵户刑工浪挂名。一万白银能报效，灯笼马上换京卿。

大人两字凭他叫，小考诸童听我枷。莫问出身清白否，有钱再把道员加。

八成遇缺尽先班，铨补居然父母官。刮得民膏还凤债，掩将妻耳买新欢。

——（清）苏曼殊《捐官竹枝词》

以上数首竹枝词是清末民初的诗人苏曼殊针对官场时弊以及民众的买官行径而作出的辛辣嘲讽与讥笑，其中包含着对于社会中所存在的丑陋现实的极度不满与失望，可以说是以"审丑"的姿态立意，从而表达对于崇高和理想的社会状况的追求与愿望。

无论美丑，正是这种从生活中建立起来的审美体验成为文本著述者及其阅读者之间进行对话的基础："从作为艺术对话中介物的互动过程来看，艺术的审美维度的创造，寓于社会生活和艺术的循环往复的交流、协商、对话之中，艺术包含了自我表现和汲取，更以自己特有的话语形式和力量，去唤醒人的不被物役的生活，在奉献同情、怜悯、自由的同时，教人隐忍、舍弃、欢乐，代卑微的人类呼吁，为受难者歌唱，以一种更广泛的形式，向民间社会或人们日常互动中的其他公共领域渗透并施加影响。"① 所谓审美，永远是在现实世界的基础之上表述与呈现理想的精神诉求。而从这一角度进行探讨，文学形式的审美活动一般具有两个层面的含义：一是日常生活的审美体验，其一般具有普遍的存在意义与价值；二是艺术创造的审美趣味，其通常带有极为明显的理想化的道德色彩。也就是说，日常生活的审美体验作为人之共性成为人与人之间产生共鸣的心理基础，而艺术创造的审美趣味则作为人之个性成为生活理想图景的精神向往。从竹枝词的著述主体来看，这两种审美方式同时存在，从而构成了竹

① 丁亚平：《艺术文化学》，文化艺术出版社 2005 年版，第 420—421 页。

枝词审美趣味的多元化。日常审美体验的普遍性与差异性使得竹枝词有了更为通俗化和大众化的表达方式，从而能够唤起共同生活于此的人们的体验共通性；而艺术审美体验的凝聚性与创造性又使竹枝词更具有美的韵味与意义，从而能够突破时空的限制，成为生活文化审美的心理积淀。

谣俗传统的承继与开新

——以竹枝词为中心的民俗诗

　　中国是一个承载着数千年文化的文明古国，也是一个拥有着浩如烟海的文字资料的文献大国。中国传承千年的民俗文化是民族精神的根脉，而中国保存数载的民俗文献则是民族精神的血肉。在这其中，以诗体形式存在的竹枝词不仅描绘与记载着纷繁而又芜杂的民俗生活图景，也以极为特殊的视角与体例呈现着鲜明而又典型的生活体认。

　　竹枝词最初是以民歌的形式广泛流传，和声演唱、曲调幽怨、载歌载舞，随着其不断地传播与发展，竹枝词的演唱方式与曲调旋律逐渐丢失，但却因内容的风土性以及文字的韵律性而以文本形式保存并传播下来。在这一过程之中，文人的高度参与性使原本即以七言绝句形制存在的竹枝词日益被定格为诗体。可以说，竹枝词的发展过程清晰地印证着民间文学对于古代文学的启蒙与滋养作用，而且更为深刻地表现着语言艺术在民俗生活中的实际功能与审美价值。

民歌·民谣·民俗诗

　　就概念而言，民俗诗与民歌、民谣有着极为密切的关系，其中包含着"歌""谣""诗"三者彼此交融与发展的涵盖关系。从起源上看，"歌""谣""诗"之间并不存在明显的差异或是区别，三者皆是以口头语言的形式生成并传播于世；但从发展上看，"歌""谣""诗"又因为社会背景的变迁以及传播手段的改变而呈现出不甚相同的演变轨迹，表现出极为复杂与多样的互动趋势。

上古时期，作为韵文形式的"歌""谣""诗"是最早产生的口头语言艺术："从历史与考古的证据看，在各国诗歌都比散文起来较早。原始人类凡遇值得留传的人物事迹或学问经验，都用诗的形式记载下来。这中间有些只是应用文，取诗的形式为便于记忆，并非内容必须诗的形式，例如医方脉诀，以及儿童字课书之类。至于带有艺术性的文字，则诗的形式为表现节奏的必需条件，例如原始歌谣。"① 此时，作为语言艺术形式统称的"诗"的概念与"歌""谣"的概念并没有严格而明晰的分隔界线。《诗·大序》中记曰："诗者，志之所之也。在心为志，发言为诗。情动于中而形于言，言之不足，故嗟叹之；嗟叹之不足，故永歌之；永歌之不足，不知手之舞之，足之蹈之也。情发于声，声成文谓之音。治世之音安以乐，其政和；乱世之音怨以怒，其政乖，亡国之音哀以思，其民困。故正得失、动天地、感鬼神，莫近于诗。先王以是经夫妇、成孝敬、厚人伦、美教化、移风俗。"② 上古时代是"歌""谣""诗"一体的时代，这不仅是就语言艺术形式本身而言，也包括对于"歌""谣""诗"的概念认识与界定。《诗经·魏风·园有桃》中有："心之忧矣，我歌且谣"③，不仅明确地表明了"歌""谣""诗"之间的交叉内涵，而且直接昭示着其与"风"的相关性：

在上古社会，地方民群中最能引人注意的是声音言语，以及由变化声调而形成的歌谣。这种"言语歌讴"地方特色鲜明，它受制于地方的自然人文生态。因此人们将其称之为"风"，或者"风谣"。以地域音乐风格、声音特性作为地方文化的表征是上古社会的通常作法，《诗经》十五国风，就是全国十五个地区的民歌搜集记录。国风的搜集记录，在当时主要是作为政治任务，是一项类似于国情调查的

① 朱自清：《诗论》，江苏文艺出版社2008年版，第1页。
② （汉）毛亨：《诗·大序》，（汉）郑玄笺、（唐）孔颖达等正义《毛诗正义》，上海古籍出版社1990年版，第15—17页。
③ 《诗经·魏风》，高亨注《诗经今注》，清华大学出版社2010年版，第92页。

工作，"命大师陈诗，以观民风"。①

从这一意义上讲，"歌""谣""诗"的概念便同时具备着地方文化的特征与本色。而随着生活环境的变迁和社会阶层的分化，人们对于"歌""谣""诗"的认识与理解也逐渐清晰起来。

自汉代开始，朝廷设置乐府，对"歌""谣""诗"进行大规模、有组织的搜集与整理。《汉书·艺文志》记曰："自孝武立乐府而采歌谣，于是有代赵之讴，秦楚之风，皆感于哀乐，缘事而发，亦可以观风俗，知薄厚云。"② 也就是说，从那时开始，"诗"的概念逐渐与"歌""谣"分野，而后两者开始成为地方特色的概念承载体。但值得注意的是，乐府虽然进行搜集与整理，但并未对"歌""谣""诗"进行概念与范畴上的明确区分：

> 乐府系统中的民谣接近民歌，除去音乐上的细微差别，民谣和民歌从文学上讲，理论上应该没有区别，而且乐府中的民谣也很少独立命名为"谣"，后来人们对乐府中歌、谣的区分，主要是根据其内容和风格，根据后人对歌、谣文学意义上的理解。③

也就是说，乐府诗的分类只是初步呈现了"歌""谣""诗"三者的分化趋势，而并未形成一定的标准与原则。

唐宋以后，随着对文体分类认识的深入，乐府诗歌也逐渐被细分出各种不同的文体。唐代元稹认为：

> 《诗》讫于周，《离骚》讫于楚。是后，诗之流为二十四名：赋、颂、铭、赞、文、诔、箴、诗、行、咏、吟、题、怨、叹、章、篇、

---

① 萧放：《中国传统风俗观的历史研究与当代思考》，《北京师范大学学报（社会科学版）》2004年第6期（总第186期），第32页。

② （汉）班固：《汉书·艺文志》，（汉）班固著、（清）王先谦补注、上海师范大学古籍整理研究所整理《汉书补注》，上海古籍出版社2008年版，第3024页。

③ 吕肖奂：《唐代文人谣刍议》，《四川大学学报（哲学社会科学版）》2004年第1期（总第130期），第68页。

操、引、谣、讴、歌、曲、词、调，皆诗人六义之余，而作者之旨。由操而下八名，皆起于郊祭、军宾、吉凶、苦乐之际。在音声者，因声以度词，审调以节唱，句度短长之数，声韵平上之差，莫不由之准度。而又别其在琴瑟者为操、引，采民氓者为讴、谣，备曲度者，总得谓之歌、曲、词、调，斯皆由乐以定词，非选调以配乐也。由诗而下九名皆属事而作，虽题号不同，而悉谓之诗可也。后之审乐者，往往采取其词，度为歌曲，盖选词以配乐，非由乐以定词也。①

由此可知，"谣"乃采自民间，经乐官审度配曲而成为"歌"；"诗"乃文人创作，经乐官择选入乐而成为"歌"。也就是说，"谣"与"诗"皆可作为歌词进行演唱，只是来源不同。但事实上，作为来源不同的歌词，在形式上却极为相似："五七言绝句体式，不但非出于律诗，非始于隋唐，以至于齐梁间任何有名作者（说着没有举出名字，所以无从悬揣），乃远导源自汉魏南北朝的民间歌谣。"② 从这一意义上讲，文人诗的体式也源自民间，只不过在发展的过程中愈发文人化了：

> 这种歌式，到了初唐以后，已发展成一种格律谨严的流行诗体，和它童年的形态一比较，很显出了两个不同的模样儿，但一般诗人，如刘禹锡、白居易、元结所作的《竹枝词》、《浪淘沙》、《欸乃曲》，都还有意无意地成了一种含有绝句原始时代的风味与气息的东西。③

由此而言，唐代刘禹锡所作之竹枝词因其保留着源自民间的天然本色，得以产生极大的影响，而其取之于民、还之于民的写作立场也为竹枝词的发展奠定了良好的基调与方向。因此，原本作为民歌的竹枝词也很容易传入教坊，并成为当时极为流行的曲目，但终究还是因为失去了天然的本色而不传于世。与此同时，原本流传于巴楚地域的竹枝词也由于文本资

---

① （唐）元稹：《乐府古题序》，（唐）元稹著、冀勤点校《元稹集》（上册），中华书局2010年版，第291页。

② 钟敬文：《绝句与词发源于民歌——中国文学史上的一个问题》，《钟敬文文集·民间文艺学卷》，安徽教育出版社2002年版，第686页。

③ 同上书，第693页。

料的缺失而无法考察其源流。反倒是以刘禹锡为首的文人竹枝词影响更大，流传更广，而自唐代以后的诗话、词话中凡涉及竹枝词者，几乎都从刘禹锡说起。可见，就竹枝词的发展历史而言，刘禹锡确如其所愿，发挥了一如屈原之于《九歌》的功用。

宋代，对于"歌""谣""诗"的认识则更为清晰。姜夔在《白石道人诗说》中提到："守法度曰诗、载始末曰引、体如行书曰行、放情曰歌、兼之曰歌行、怨如蛩螀曰吟、通乎俚俗曰谣、委曲尽情曰曲。"① 由此，"歌""谣""诗"的范畴与性质也逐渐被确定下来，即歌体长于放情、谣体通于俚俗、诗体出于法度。明代文学家杨慎编纂《古今风谣》，除了注意到"谣"的俚俗性质以外，更继承了上古时期人们对于"谣"的认识，将其视作"风"之续体。清代文人杜文澜辑录《古谣谚》，学者刘毓崧在序言中提及："夫谣与遥同部，凡发于近地者，即可行于远方"②，这便为"谣"的进一步阐释提供了线索。我国学者郑小枚从这一点出发，以比较新颖的观点阐释了"谣"的本质："'谣'与'遥'在造字上的邻近，使它们在含义上都有传至远地的意思。细想之下，'谣'、'遥'二字主结构一致，字同音，偏旁不同，无形中沟合了其中的某种流动性：'遥'可凭'走（辶）'动而抵达，'谣'则靠'言（讠）'说传至远地"③，并且通过董作宾与顾颉刚对于民谣的研究印证了"徒，步行也"的游动性，并认其为"谣"不同于"歌"的隐含特征。也就是说，"谣"与"风"的联结一定程度上取其可以广泛传播的游动性，而这一点则是主要依靠唱腔与乐律传播的"歌"所无法比拟的。从这一意义上讲，失去演唱形式而逐渐文本化的竹枝词可以作为典型的事例，以其俚俗性与游动性而成为古代谣俗传统的承继之作。

除此以外，杜文澜在《古谣谚》的"凡例"中也提到：

> 谣谚之兴，其始止发乎语言，未著于文字；其去取界限，总以初

---

① （宋）姜夔：《白石道人诗说》，夏承焘校辑《白石诗词集》，人民文学出版社 1959 年版，第 66 页。

② （清）杜文澜辑：《古谣谚·序》，周绍良整理，中华书局 2000 年版，第 2 页。

③ 郑小枚：《"歌"与"谣"源流辨析》，《民族文学研究》2009 年第 1 期，第 158 页。

作之时，是否著于文字为断。凡有韵之词，业已形诸纸笔，付诸镌刻者，即不止发乎语言，衡以体裁，无庸编载。①

也就是说，在杜文澜的辑录原则中有着极为明显的选择倾向，即书面与口头的严格区分。而这一倾向恰恰暗示着文学形式的发展轨迹与民间文学研究对象的界定范围："在前阶级社会里，口头文学是全民文学，是文学的唯一形式。随着阶级的出现，文学也基本上分为两个阶级对立的文学。它们之间的关系是复杂的。就文学所反映的两种不同阶级生活和它的传播手段（口头的或书面的）来说，它们是不同的，但它们又不可避免地互相影响着。"② 从口头向书面的发展过程中，原本三位一体的"歌""谣""诗"的形式及对于三种概念的认识也形成了各自不同的领域与范围，并通过范畴的交叉形成了"歌谣"与"诗歌"两种带有明显指向性的文学概念。"歌谣"更多地指向著述主体并不明晰的民众口头文学，而"诗歌"更多地指向著述主体更为明晰的作家书面文学。也就是说，"歌谣"与"诗歌"最明显的区别来自概念或范围中的"隐在"——著述主体。由此，以七言绝句的诗体形式存在的竹枝词便因其鲜明的主体归属性而成为诗中一员。但是，竹枝词毕竟出身民歌，源自于民间的独特秉性与风格使其在诗的领域中颇显独特：

> 竹枝词于诗中别为一体，未可以七言绝法作之。其法宜朴而俗，浅而不粗，巧而不纤，古人论之详矣。乍见似易，其实较七绝为尤难，不善作者则成油滑伧野矣。予谓首贵声调，调谐则化俗为雅而无诸弊。然只关于天籁，未可学而能也。③

这便道出了竹枝词作为书面文学与口头文学无法割断的天然联系。而由于这种独特而鲜明的艺术追求，以诗体形式流传的竹枝词也逐渐呈现出由"诗歌"向"歌谣"返朴归真的发展趋向：著述主体越来越多元化、

---

① （清）杜文澜辑：《古谣谚·凡例》，周绍良整理，中华书局 2000 年版，第 6 页。
② 钟敬文主编：《民间文学概论》，高等教育出版社 2010 年版，第 52 页。
③ 转引自里克《历代诗论选释》，昆仑出版社 2006 年版，第 114 页。

记述内容越来越生活化、艺术风格越来越谐趣化、语言运用越来越口头化。也正是从这一意义上讲，文本化的竹枝词因其俚俗性质而重返民间的发展也可以作为典型的事例，并因其著述主体的鲜明性与固定性而成为谣俗传统的开新之作。

从民俗学的视角出发，"诗"这一字眼因其强烈的主体指向而成为概念分野的关捩点：由"歌""谣"分别延伸而来的"民歌""民谣"都有其存在的真实性与意义性，但由"诗"延伸而来的"民诗"却不具备实际的对象与领域。只有在"诗"与"歌"并称，且冠以"民间"二字时，"民间诗歌"才具备学科意义并与"民间歌谣"相关联。仅就唐代广泛流行的竹枝词而言，"歌谣"的性质定位是毋庸置疑的，但从其发展的历史与变迁来看，明清以后的竹枝词（尤其是非发源地）便逐渐呈现出"诗歌"的主要特征。而就内容与风格来讲，竹枝词在绝大多数情况下都保持着源自民间的风土本色，并逐渐渗透到民俗生活的方方面面中去，成为极具代表性的民俗记述的文体形式。也正是从这一意义上讲，"民俗诗"概念的提出可以适当地弥补现代学科体系下民俗研究对象的合理性，并从一定程度上拓宽民俗学（尤其是历史民俗学）的视角与内容。从这一点出发，周作人提出的"风土诗""风俗诗"概念，施蛰存、钟敬文提出的"风土诗"概念，以及程蔷、董乃斌提出的"节俗诗"概念都可以作为参照，在对这些概念的基础之上，从现代学科体系的角度出发建构出适合民俗学研究使用的"民俗诗"概念。民俗诗是关于民俗的文字记述，其主要包括三方面的内涵：一、就内容而言，民俗诗是关于民俗的文本记述；二、就形式而言，民俗诗是采撷口头语言入诗的七言诗体；三、就风格而言，民俗诗受孕于以俚俗为本的民间文化。

生活审美·诗意表述·情感认知

从民俗学的视角进行观照，以竹枝词为中心的民俗诗是民俗文献中的特殊范式，其本身包含双重意义：一是竹枝词源自民间歌谣，并以诗体形式沿袭着民间文学的体裁领域；二是竹枝词记录与描摹民俗生活，并以韵文形式开创着民俗文献的价值领域。

从本质上讲，诗歌的功用一般可以从三个方面探讨：一是记录，即如

《管子·山权数篇》中所言："诗者，所以记物也"①；二是抒情，即如《文心雕龙》中所言："故诗者，持也，持人情性。'三百'之蔽，义归'无邪'，持之为训，信有符焉尔"②；三是言志，即如《毛诗正义》中所言："夫诗者，论功颂德之歌，止僻防邪之训。虽无为而自发，乃有益于生灵。"③ 然而，在文学形式与文学理论的发展过程之中，诗的记录功能日益淡化而为人所忽视，又因为其具有显著的创造性成分而逐渐成为科学的遗弃品。美国人类学家伊万·布莱迪（Ivan Brady）认为"科学的文化从启蒙时代传承至今，一般说来是科学与诗学之争，具体而言，则是科学与宗教、玄学以及在隐性话语中感受的东西之争，这导致了今天的现实"④。科学对于诗学的藐视，成为现代学科体制之下"民俗诗"概念构建的关键：就内容而言，民俗诗记述与描绘的生活事象是否具有真实性；就形式而言，民俗诗韵文体的生活表述是否具有普遍性；就本质而言，民俗诗所传递的生活体认是否具有共享性。

关于艺术与生活的关系，自古希腊起便开始成为人们思考的问题之一。而就这一问题的传统表述模式有三种：一是生活高于艺术，以古希腊哲学家柏拉图（Plato）为代表；二是艺术高于生活，以古希腊哲学家亚里士多德（Aristotle）为代表；三是生活与艺术同一，以美国哲学家杜威（John Dewey）为代表⑤。然而，无论从何种角度出发，生活作为艺术的起点，永远与艺术发生着复杂多变的互动，这也是民俗诗概念建构的基本框架。

首先，民俗诗是以审美的眼光观照生活的艺术形式。任何关于民俗的记述与描摹都是从某一个角度观察生活或是体验生活的语言表达，而就民

---

① （战国）管子：《管子·山权数篇》，黎翔凤撰、梁运华整理《管子校注》，中华书局2004年版，第1310页。

② （南朝）刘勰：《文心雕龙·明诗》，戚良德撰《文心雕龙校注通译》，上海古籍出版社2008年版，第54页。

③ （唐）孔颖达《毛诗正义·序》，（汉）郑玄笺、（唐）孔颖达等正义《毛诗正义》，上海古籍出版社1990年版，第1页。

④ ［美］伊万·布莱迪（Ivan Brady）：《和谐与争论：提出艺术的科学》，［美］伊万·布莱迪编《人类学诗学》，徐鲁亚等译，中国人民大学出版社2010年版，第14页。

⑤ 关于生活与艺术关系的三种传统模式，详见张公善《批判与救赎——从存在美论到生活诗学》，安徽人民出版社2006年版，第288—307页。

俗诗而言，这个观察与体验生活的角度即是以审美的视角对生活进行的观照。换言之，生活作为审美的对象，从而构成民俗诗的生活审美形式。美国哲学家马尔库塞（Herbert Marcuse）对于审美形式的阐释是：

> 　　所谓"审美形式"是指把一种给定的内容（即现实的或历史的、个体的或社会的事实）变形为一个自足整体（如诗歌、戏剧、小说等）所得到的结果。有了审美形式，艺术作品就摆脱了现实的无尽的过程，获得了它本身的意味和真理。①

　　从这一个角度出发进行考虑，在审美形式中，生活的真实性更多地表现为以经验为主体的审美之真，即建立于社会现实基础之上的生活体验、语言表述与主观认识为一体的真实性。审美之真无法脱离历史与现实，是以生活为起点的体验、记忆乃至于想象的融合体，其得以自足的基础即是审美主体的特殊性与普遍性是集于一体的。也就是说，民俗诗所承载的内容是包括历史事实、历史记忆以及历史想象在内的审美过程的产物，是在现实生活的观照之下产生的审美认识与体验。也正是由于人们对于生活的审美需要，使民俗得以成为诗体形式的观照对象，并且通过文本化的形式保存下来，也因其更具影响力与感染性而成为民俗文献中极受喜爱并广泛流传的民俗记述方式之一，从而也促进了民俗的传承与沿袭。

　　其次，民俗诗是以诗意的语言表述生活的艺术形式。万事万物只有通过人的语言表述，才更突出地表现出存在的意义与价值："峰峦山巅沉默不语。整个世界辉煌壮丽。每朵鲜花都吐露爱的芬芳。每种存在物都是不言而喻的。只有人才会替所有的存在物说话。"② 生活世界之所以有存在的价值与意义，很大程度上取决于人们对其的认识与阐释。而这种认识与阐释的模式又存在着各种各样的体例与立场，从而也透露出极为多元化的

---

　　① ［美］马尔库塞（Herbert Marcuse）：《审美之维》，广西师范大学出版社 2001 年版，第 196 页。

　　② ［美］赫舍尔（Herschell）：《人是谁》，隗仁莲译，陈维正校，贵州人民出版社 1994 年版，第 69 页。

价值取向。每一个单独的事象描摹与个体体验都无法展示与诠释生活世界的整体，而每一个单独的事象描摹与个体体验又都从一定程度上补充和成就着人类对于世界的总体认识。在这其中，诗歌的记述功能与表达价值不容忽视。也就是说，生活的体验有着各种各样的内容与形式，而每一个由生活而来的细微、真实的体验与表达都是观照与理解生活世界的一个片段与侧面。在这其中，诗歌的形式所呈现与表述的生活世界具有其他文献所不具备的艺术性与审美性特点，但其所内蕴的、对于生活世界的体验与认知却是真实可探的。所以，而当由个体经验生发而来的生活审美价值具有实在的意义时，艺术便成为人的生活能力与手段：

> 艺术是人类的一种正常的和必需的行为，就像其他普通又普通的人类职业和使人专注的事情，如交谈、工作、锻炼、游戏、社会化、学习、爱与关心一样，应该在每个人身上得到认识、鼓励和发展。①

存在于生活世界之中的、具备创造性的艺术行为并不是为某种社会阶级或是阶层所独自占有的审美形式，其可能受到一定程度的社会因素的影响，但爱美与审美的特质是人们思维方式中所共有的。由此，从语言表述的角度而言，民俗诗所指涉的著述主体便可褪下高贵的锦袍，重拾在生活世界之中的地位。

最后，民俗诗是以情感的体验共享生活的艺术形式。变化是生活永恒的主题："不能将存在于过去某一阶段的事实理想化，希望其贯穿历史而永存，而应该在各个阶段具体地把握多种多样的人的共存性，从中思考人类的共同连带的方式。"② 人与人之间的交流与沟通必然存在着社会、历史等各种因素的隔膜，但人之所以为人，有必然有着无法忽视的共性与连带关系。正是从这一意义上讲，民俗诗所传达的生活审美体验便成为人与人之间进行对话的基础。对此，美国人类学家罗伊·瓦格纳（Roy Wag-

---

① ［美］迪萨纳亚克（Ellen Dissanayake）：《审美的人》，商务印书馆 2004 年版，第 312 页。

② ［日］福田亚细男：《日本民俗学方法序说——柳田国男与民俗学》，於芳、王京、彭伟文译，学苑出版社 2010 年版，第 104 页。

ner）极为看重诗学的作用，其认为：

> 诗学是人的内心意象、内在感受借以向自己与他人形象地描绘自身的方式，尽管我们对共享的东西存在怀疑，但一种共有的意象是共有的自我感受。而作为意象共享的另一个自我是被感知为自我本身的"另一个"感受。一首诗或一种文化不过是一个人把它作为自我的自我感知。因为如果文化只能在个体中构成，这就意味着不仅是一个人自己的文化，而且是所有人的。①

这种从个体到群体的情感指涉，正是民俗诗所能传达出来的生活审美的终极理想，即通过体验的共通性达成人类追求生活理想的共同点。如果从这一基础上重新思考古希腊哲学家亚里士多德（Aristotle）对于"史"和"诗"的区分则更具哲理性："历史学家和诗人的区别……在于前者记述已经发生的事，后者描述可能发生的事。所以，诗是一种比历史更富哲学性、更严肃的艺术，因为诗倾向于表现带普遍性的事，而历史却倾向于记载具体事件。"② 在亚里士多德的讨论中，诗人给历史披上了理想的外衣，使真实的历史变成可能的历史，历史由此而具备了诗意，现实也由此而具备了永恒的特性。也就是说，诗的创造性与审美性并非凭空捏造，而是由生活体验升华而来的人类所共同拥有的情感认知，这正是传统得以继续和习俗得以传承的基础。从这一角度而言，民俗诗所承载的生活体认便有了更为绵长的历史时限和更为广阔的社会平台，从而能够更为充分地展现历史（尤其是日常生活史）的发展趋向和其中所含的生活理念。历史是文字的，文学也是文字的，阅读历史可以掌握知识，阅读文学则可以触动心灵，这是文学比之于历史的最大魅力，也是民俗诗在诸多以说明性质为主的民俗文献中更具典型性的价值所在。

为了不回避文本写作过程中的主体性问题，美国历史哲学家海登·怀

---

① ［美］罗伊·瓦格纳（Roy Wagner）：《诗学与人类学的重心重置》，《人类学诗学》，伊万·布莱迪编，徐鲁亚等译，中国人民大学出版社 2010 年版，第 44 页。

② ［希腊］亚里士多德（Aristotle）：《诗学》，陈中梅译注，商务印书馆 1999 年版，第 81页。

特（Hayden White）揭示了历史文本中存在的修辞和文学色彩，并提出"元史学观点"①，旨在将历史文本与诗学内涵进行勾连，或者可以通俗地表述为"历史的文学性"。而与此类似的是，美国民俗学者阿兰·邓迪斯（Alan Dundes）也针对民俗研究提出了"元民俗"的概念："我们提出用'元民俗'来意指有关民俗的民俗学陈述。元民俗或'有关民俗的民俗'的例子可以是有关谚语的谚语，有关笑话的笑话，有关民歌的民歌等等。元民俗不一定是同一体裁之内的。例如，存在着有关神话的谚语"②，其虽然很大程度上关注的是民间文学体裁之内的互相涵盖问题，却为民俗诗的概念提供了思路。也就是说，邓迪斯的这一观点事实上暗含着两种关系：一是文学的民俗性；二是民俗的文学性。就此而言，民俗诗本质上是"有关民俗的民俗"，或者更清晰地表述为关于民俗生活文化的韵文体民俗文献。换言之，民俗诗不仅是一种关于民俗的记述与表达（这一点主要指向于其作为民俗文献的内容与本质），而且其本身便是一种民俗（这一点主要指向于其作为民间文学的形式与风格）。

在民俗学的研究视域，民俗诗的现象比比皆是，而民俗诗的概念却始终包围着重重的藩篱。科学与人文、生活与艺术、口头与文字、真实与想象……各种各样的二元对立模式在学术研究的过程之中分庭抗礼，以显在或是隐在的方式强化着各自的边界。但事实上，无论是社会现实还是学术研究，任何问题都不可能是单一的、纯粹的、毫无联系的，尤其是民俗学所面对的研究对象——生活文化，其本身更不可能是片面的、僵化的。除此之外，民俗学研究（包括民间文学研究）本就是在突破社会阶层的界限、恢复日常生活世界这一题旨之下而逐渐形成和发展起来的，而越来越多的民俗学者的努力也使其日益转化为以"生活世界"为主要研究对象与范围的整体性与系统性学科。在这其中，对于诗体文献（尤其是民俗诗）的定位尤显重要，其不仅彰显着学科体系的互融性，也为民俗学研究提供更具人文性价值的文本资料。

---

① ［美］海登·怀特（Hayden White）：《元史学：十九世纪欧洲的历史想象》，陈新译、彭刚校，译林出版社 2004 年版，第 9 页。

② ［美］阿兰·邓迪斯（Alan Dundes）：《元民俗与口头文学批评》，《民俗解析》，户晓辉编译，广西师范大学出版社 2005 年版，第 49 页。

德国古典诗人荷尔德林曾言："人充满劳绩，但还是诗意的栖居在这片大地上。"希望以竹枝词为中心的民俗诗所带来的生活审美、诗意表述以及情感认知能够为民俗学研究增添一抹亮丽的色彩。

附　　录

附录一　京津竹枝词收录文集版本及刊行情况一览表①

作者	题目	出处	刊行时间
袁桷	《次韵继学途中竹枝词》 《次韵继学竹枝宛转词》	《清容居士集》	民国二十五年（1936）
王士熙	《竹枝词》	《江亭集》	清康熙四十一年（1702）
马祖常	《竹枝歌》	《元文类》	元至正年间（1341—1368）
	《和王左司竹枝词》	《石田集》	清康熙三十三年（1694）
许有壬	《竹枝十首和继学韵》	《至正集》	清宣统三年（1911）
宋褧	《竹枝词》 《竹枝歌》	《燕石集》	清（1644—1911）
杨士奇	《居庸道中竹枝》 《杨河竹枝》 《道中戏效竹枝》	《东里诗集》	明嘉靖二十九年（1550）
周用	《走百病竹枝词》	《宁津县志》	明万历十六年（1588）
徐渭	《自燕京至马水竹枝词》	《徐文长全集》	民国二十五年（1936）
郎兆玉	《都下清明竹枝词》	《武林往哲遗著》	清光绪间（1875—1908）
黄尊素	《长安竹枝词》	《北平风俗类征》	民国二十六年（1937）
李元鼎	《燕台竹枝词》	《石园诗集》	清（1644—1911）

① 需要说明的是，本表排列顺序先依照作者生平及写作年代大致梳理，再辅以竹枝词文本刊行时间作参考，仍有不明确之处暂时存疑。

续表

作者	题目	出处	刊行时间
申佳胤	《赠卢十二竹枝词次李小有韵》	《申忠愍诗集》	清（1772—1787）
杜濬	《竹枝词——仿徐渭体咏长安景物》	《杜茶村诗钞》	清乾隆八年（1843）
方文	《都下竹枝词》	《嵞山续集》	清初（1644—1722）
沙张白	《燕都竹枝词》	《定峰乐府》	清道光十八年（1838）
王崇简	《王正谱俗竹枝词》	《青箱堂诗集》	清康熙间（1662—1722）
高珩	《水关竹枝词》	《栖云阁诗集》	清乾隆间（1736—1795）
谢泰宗	《灯市竹枝词》	《北平风俗类征》	民国二十六年（1937）
张晋	《燕京竹枝辞》	《张康侯诗草》	清（1644—1911）
项景襄	《长安竹枝词》	《天下名家诗观》	清康熙十一年（1672）
马世俊	《竹枝词》	《马太史匡庵集》	清康熙间（1662—1722）
陶季	《燕台竹枝词》	《舟车集》	清康熙三十二年（1693）
郭士璟	《燕山竹枝》	《句云堂词》	清初（1644—1722）
王士禛	《都门竹枝词》	《带经堂集》	清康熙四十九年（1710）
吴之振	《京师竹枝词》	《黄叶村庄诗集》	清康熙间（1662—1722）
高士奇	《灯市竹枝词》	《清吟堂全集》	清康熙间（1662—1722）
纳兰性德	《上元竹枝辞》	《通志堂集》	清康熙三十年（1691）
张令仪	《燕台竹枝词》	《蠹窗二集》	清雍正乾隆间（1723—1795）
孔尚任	《燕九竹枝词》	《燕九竹枝词》	清康熙三十二年（1693）
陆又嘉	《同咏——和燕九竹枝词兼记早春诸胜》	《燕九竹枝词》	清康熙三十二年（1693）
蒋景祁	《同咏——燕九竹枝词》	《燕九竹枝词》	清康熙三十二年（1693）
袁启旭	《同咏——燕九竹枝词》	《燕九竹枝词》	清康熙三十二年（1693）
陈于王	《同咏——燕九竹枝词》	《燕九竹枝词》	清康熙三十二年（1693）
周兹	《同咏——燕九竹枝词》	《燕九竹枝词》	清康熙三十二年（1693）
王位坤	《同咏——燕九竹枝词》	《燕九竹枝词》	清康熙三十二年（1693）

作者	题目	出处	刊行时间
曹源邺	《同咏——燕九竹枝词》	《燕九竹枝词》	清康熙三十二年（1693）
柯煜	《同咏——燕九竹枝词》	《燕九竹枝词》	清康熙三十二年（1693）
陈维岳	《燕京竹枝》	《红盐词》	清（1644—1911）
庞垲	《长安杂兴效竹枝体》	《丛碧山房诗集》	清康熙间（1662—1722）
李孚青	《都门竹枝词》	《野香亭集》	清康熙间（1662—1722）
双保	《清明竹枝词》	《铁若笔谈》	清（1644—1911）
佟世思	《上元竹枝词》	《与梅堂诗集》	清康熙四十年（1701）
文昭	《京师竹枝词》	《松风尘馀集》	清康熙雍正间（1662—1735）
	《踏灯竹枝词》	《古瓻集》	清康熙雍正间（1662—1735）
段昕	《京师竹枝词》	《滇南诗略续刻》	清嘉庆四年（1799）
何芬	《燕台竹枝词》	《若谷堂近诗》	清（1644—1911）
李声振	《百戏竹枝词》	《清代北京竹枝词》	清（1644—1911）
蒋仁锡	《燕京上元竹枝词》	《绿杨红杏轩诗续集》	清康熙间（1662—1722）
黄叔璥	《竹枝》	《十朝诗乘》	民国二十四年（1935）
屈复	《变竹枝词》	《弱水集》	清乾隆七年（1742）
楼俨	《竹枝》	《襄笠轩仅存稿》	清康熙间（1662—1722）
梁机	《直沽竹枝词》	《三华集》	民国二十三年（1934）
张凤孙	《竹枝词》	《柏香书屋诗钞》	清道光二十年（1840）
赛尔赫	《天津竹枝词》	《晓亭诗钞》	清乾隆间（1736—1795）
	《京都上元竹枝词》		
符曾	《上元竹枝词》	《春凫小稿》	清乾隆间（1736—1795）
	《张家湾竹枝词》		
胡天游	《竹枝词》	《玉笥山房要集》	清光绪十二年（1886）
彭启丰	《天津竹枝词》	《芝庭诗稿》	清乾隆间（1736—1795）
沈廷芳	《京师上元竹枝词》	《隐拙斋集》	清乾隆四十四年（1779）
李化楠	《竹枝词》	《万善堂集》	清嘉庆十四年（1809）
蒋麟昌	《北京中元竹枝词》	《菱溪遗草》	清乾隆间（1736—1795）
吴璜	《都门夏日竹枝词》	《黄琢山房集》	清乾隆间（1736—1795）
赵骏烈	《燕城灯市竹枝词》	《燕游草》	清乾隆间（1736—1795）

作者	题目	出处	刊行时间
叶日蓁	《都邸元夕效竹枝体》	《衢县志》	民国二十六年（1937）
张埙	《太平鼓竹枝》	《竹叶庵文集》	清乾隆间（1736—1795）
李簧	《北平竹枝词》	《梅楼诗存》	民国十年（1921）
赵钧彤	《都门竹枝词》	《止止轩诗稿》	清嘉庆间（1796—1820）
杨揆	《日下竹枝词》	《双梧桐馆集》	清嘉庆十八年（1813）
杨瑛昶	《都门竹枝词》	《都门竹枝词》	清同治三年（1864）
	《竹枝词》	《津门杂记》	清光绪十年（1884）
孔宪培	《闰六月一日同任梅亭于聘之蒋仲文自海淀回至德胜门外见绕郭荷花盛开戏效仿竹枝体二绝》	《凝绪堂诗稿》	清嘉庆间（1796—1820）
詹应甲	《沙河竹枝词》	《赐绮堂集》	清嘉庆八年（1803—1811）
康尧衢	《沽上竹枝》	《津门诗钞》	清道光四年（1824）
谈文焕	《大挑竹枝词》	《砚胸吟稿》	清咸丰六年（1856）
何道生	《潞河竹枝词》	《双藤书屋诗集》	清道光元年（1821）
明义	《中顶竹枝词》	《绿烟锁窗集》	清（1644—1911）
郝懿行	《都门竹枝词》	《晒书堂诗钞》	清嘉庆至光绪间（1796—1908）
崔旭	《念堂竹枝词》	《京津风土丛书》	民国二十七年（1938）
童槐	《观剧占得竹枝词》	《今白华堂诗集录》	清（1644—1911）
梅成栋	《竹枝词》	《津门杂记》	清光绪十年（1884）
李莹	《过古教坊东西院戏成竹枝词》	《缙云山人诗集》	民国十四年（1925）
	《燕山岁暮竹枝词》		
得硕亭	《草珠一串——京都竹枝词百有八首》	《草珠一串——京都竹枝词百有八首》	清嘉庆二十二年（1817）
	《都门竹枝词》	《都门竹枝词》	清同治三年（1864）
沈涛	《津门竹枝歌》	《柴辟亭诗集》	清道光二十二年（1842）
萧德宣	《津门竹枝词》	《虫鸟吟》	清同治五年（1866）
黄爵滋	《杨村竹枝词》	《仙屏书屋初集诗录》	清道光二十七年（1847）

作者	题目	出处	刊行时间
沈承瑞	《新年竹枝词》	《香馀诗钞》	民国六年（1917）
金叔仪	《新年竹枝词》	不详	清（1644—1911）
张子秋	《续都门竹枝词》	《清代北京竹枝词》	清（1644—1911）
胡礼箴	《都门竹枝词》	《嵩南诗集》	清道光十九年（1839）
彭蕴章	《扇子湖竹枝词》	《松风阁诗钞》	清同治间（1862—1874）
唐廷诏	《北京竹枝词》	《饮月轩诗文钞》	清嘉庆至道光间（1821—1850）
无名氏	《三年都门竹枝词》	《都门竹枝词》	清同治三年（1864）
佚名	《十年都门竹枝词》	《十年都门竹枝词》	清同治三年（1864）
杨静亭 李静山	《都门竹枝词》	《都门汇纂》	清道光至宣统（1851—1911）
汤鹏	《扇子湖竹枝词》	《海秋诗集》	清道光十八年（1838）
王东槐	《南顶竹枝词》	《王文直公遗集》	清（1644—1911）
华长卿	《津沽竹枝词》	《梅庄诗钞》	清（1644—1911）
宝鋆	《竹枝词》 《秋郊竹枝词》	《文靖公遗集》	清光绪三十四年（1908）
史梦兰	《天津竹枝词》	《尔尔书屋诗草》	清光绪元年（1875）
宝廷	《都门岁暮竹枝词》 《端午竹枝词》	《偶斋诗草》	清光绪十九年（1893）
赵懿	《又和天津竹枝》	《延江生诗集》	民国六年（1917）
郝植恭	《潞河竹枝词》	《漱六山房诗集》	清光绪六年（1880）
唐尊恒	《竹枝词》	《津门杂记》	清光绪十年（1884）
李稷勋	《都门竹枝词》	《甓盦诗录》	民国十五年（1926）
唐受祺	《燕京菜馆竹枝词》	《浣花庐诗钞》	清同治七年（1868）
彭祖润	《燕台竹枝词》	《玉屏山馆诗草》	清光绪十三年（1887）
李嘉绩	《山中竹枝》	《代耕堂雪鸿草》	清（1644—1911）
王炳	《都门竹枝》	《割爱余集》	清（1644—1911）
无名氏	《当业竹枝词》	《中国典当》	清（1644—1911）
徐世昌	《竹枝词》	《水竹村人集》	民国七年（1918）
寿富	《竹枝词》	《更生集》	清（1644—1911）
孙雄	《丙寅竹枝词》	《旧京诗存》	民国二十年（1931）

续表

作者	题目	出处	刊行时间
胡宗懋	《析津竹枝词》	《梦选楼诗钞》	民国十七年（1928）
赵炳麟	《春明竹枝词》	《柏岩诗存》	清道光至宣统（1851—1911）
何耳	《燕台竹枝词》	《燕台竹枝词》	清（1644—1911）
孙德有	《津门竹枝词》	《国朝沧州诗钞》	清道光二十六年（1846）
窦毓麟	《浭阳竹枝词》	《紫野诗稿》	清嘉庆至道光间（1821—1850）
李端颐	《天津竹枝词》	《国朝沧州诗钞》	清道光二十六年（1846）
钱国珍	《潞河竹枝词》	《峰青馆诗钞》	清同治六年（1867）
潘钟瑞	《都门竹枝词》	《记事谱》	清同治八年（1869）
黄启蓉	《都门竹枝词》	《成均课士录》	清光绪五年（1879）
梅宝璐	《天津竹枝词》	《津门杂记》	清光绪十年（1884）
李虹若	《厂甸正月竹枝词》	《朝市丛载》	清光绪十二年（1886）
王廷鼎	《津沽竹枝词》	《紫薇花馆诗稿》	清光绪十七年（1891）
朱俊瀛	《女儿节竹枝》 《新岁竹枝》	《金粟山房诗钞》	清光绪二十七年（1901）
朱国华	《都门竹枝词》	《留月轩文钞》	清光绪二十八年（1902）
夏仁虎	《厂甸新春竹枝词》	《啸盦诗稿》	民国九年（1920）
苏曼殊	《捐官竹枝词》	《断鸿零雁记》	民国十八年（1929）
冯至	《金台竹枝词》	《绿野庄诗草》	清道光至宣统（1851—1911）
皖南韵士	《竹枝词》	《北京醒世日报》	清宣统元年（1909）
东海遗人	《赠古吴邵女士竹枝词》	《北京醒世日报》	清宣统元年（1909）
兰陵忧患生	《京华百二竹枝词》	《京华百二竹枝词》	清宣统二年（1910）
吾庐孺	《京华慷慨竹枝词》	《京华慷慨竹枝词》	清宣统间（1909—1911）
王开寅	《都中竹枝词》	《自怡室诗稿》	民国八年（1919）
汪述祖	《二闸竹枝词》	《徐园诗稿》	民国间（1912—1949）
柴萼	《竹枝词》	《梵天庐丛录》	民国十五年（1926）
佚名	《甲午竹枝词》	《梵天庐丛录》	民国十五年（1926）
佚名	《燕京老妓竹枝词》	《梵天庐丛录》	民国十五年（1926）
高宪斌	《上元竹枝词》	《百二寓屋诗词散曲稿》	1963

续表

作者	题目	出处	刊行时间
艺兰生	《梨园竹枝词》	《北平风俗类征》	民国二十六年（1937）
怵尘	《都门清明竹枝词》	《北平风俗类征》	民国二十六年（1937）
巴郎廉浦	《东岳庙竹枝词》	《北平风俗类征》	民国二十六年（1937）
佚名	《十不见竹枝词》	《樵语》	民国元年（1912）
金曼石	《新社会竹枝词》	《京华新报》	民国二年（1913）
鹭洲	《竹枝词》	《京华新报》	民国二年（1913）
老羞	《京都新竹枝词》	《京都新竹枝词》	民国二年（1913）
绮佛	《京都新竹枝词》	《京都新竹枝词》	民国二年（1913）
逸云	《京都新竹枝词》	《京都新竹枝词》	民国二年（1913）
羼云	《京都新竹枝词》	《京都新竹枝词》	民国二年（1913）
藤花主人	《京都新竹枝词》	《京都新竹枝词》	民国二年（1913）
友石子	《京都新竹枝词》	《京都新竹枝词》	民国二年（1913）
戎马书生	《京都新竹枝词》	《京都新竹枝词》	民国二年（1913）
萍影	《京都新竹枝词》	《京都新竹枝词》	民国二年（1913）
崞厂	《京都新竹枝词》	《京都新竹枝词》	民国二年（1913）
巽厂	《京都新竹枝词》	《京都新竹枝词》	民国二年（1913）
韬禅	《新都门竹枝词》	《爱国白话报》	民国五年（1916）
孽僧	《新京华竹枝词》	《爱国白话报》	民国五年（1916）
许正希	《回首竹枝词》	《长恨集》	民国十七年（1928）
徐行恭	《京师新岁竹枝词》 《公园夏日竹枝词》 《北海竹枝词》	《竹闲吟榭集》	民国十八年（1929）
张弘彀	《津门婚礼竹枝词》	《奇芸室诗荟》	民国二十二年（1933）
冯文询	《丙寅天津竹枝词》	《丙寅天津竹枝词》	民国二十三年（1934）
芝兰室主人	《都门新竹枝词》	《北平梨园竹枝词荟编》	民国二十三年（1934）
关赓麟	《故都竹枝词》	《故都竹枝词》	民国二十四年（1935）
郭则沄	《故都竹枝词》	《故都竹枝词》	民国二十四年（1935）
高赞鼎	《故都竹枝词》	《故都竹枝词》	民国二十四年（1935）
陈任中	《故都竹枝词》	《故都竹枝词》	民国二十四年（1935）
关霁	《故都竹枝词》	《故都竹枝词》	民国二十四年（1935）

续表

作者	题目	出处	刊行时间
萧方骏	《故都竹枝词》	《故都竹枝词》	民国二十四年（1935）
张泰	《故都竹枝词》	《故都竹枝词》	民国二十四年（1935）
张瑜	《故都竹枝词》	《故都竹枝词》	民国二十四年（1935）
张元群	《故都竹枝词》	《故都竹枝词》	民国二十四年（1935）
张宗祺	《故都竹枝词》	《故都竹枝词》	民国二十四年（1935）
张伯驹	《故都竹枝词》	《故都竹枝词》	民国二十四年（1935）
陈伯达	《故都竹枝词》	《故都竹枝词》	民国二十四年（1935）
王灿	《故都竹枝词》	《故都竹枝词》	民国二十四年（1935）
黄穰	《故都竹枝词》	《故都竹枝词》	民国二十四年（1935）
陈新佐	《故都竹枝词》	《故都竹枝词》	民国二十四年（1935）
王第祺	《故都竹枝词》	《故都竹枝词》	民国二十四年（1935）
王步昀	《故都竹枝词》	《故都竹枝词》	民国二十四年（1935）
刘子达	《故都竹枝词》	《故都竹枝词》	民国二十四年（1935）
刘泽沛	《故都竹枝词》	《故都竹枝词》	民国二十四年（1935）
李之毅	《故都竹枝词》	《故都竹枝词》	民国二十四年（1935）
伍勋铭	《故都竹枝词》	《故都竹枝词》	民国二十四年（1935）
杜福坤	《故都竹枝词》	《故都竹枝词》	民国二十四年（1935）
赵守昕	《故都竹枝词》	《故都竹枝词》	民国二十四年（1935）
顾绍曾	《故都竹枝词》	《故都竹枝词》	民国二十四年（1935）
戴正诚	《故都竹枝词》	《故都竹枝词》	民国二十四年（1935）
靳志	《故都竹枝词》	《故都竹枝词》	民国二十四年（1935）
郑中烱	《故都竹枝词》	《故都竹枝词》	民国二十四年（1935）
郑其藻	《故都竹枝词》	《故都竹枝词》	民国二十四年（1935）
邓典谟	《故都竹枝词》	《故都竹枝词》	民国二十四年（1935）
廖琇昆	《故都竹枝词》	《故都竹枝词》	民国二十四年（1935）
陆增炜	《故都竹枝词》	《故都竹枝词》	民国二十四年（1935）
郭兆莘	《故都竹枝词》	《故都竹枝词》	民国二十四年（1935）
萨君陆	《故都竹枝词》	《故都竹枝词》	民国二十四年（1935）
田树藩	《厂甸竹枝词》	《澹园诗稿》	民国二十五年（1936）
吴瑞霞	《北京新春竹枝词》	《梦芸女士遗著》	民国（1911—1949）
子鸿	《燕京竹枝词》	《燕京竹枝词》	民国（1911—1949）
汤陶厂	《京市旧历新年竹枝词》	《京市旧历新年竹枝词》	民国（1911—1949）
锦堂	《厂甸竹枝词》	《厂甸竹枝词》	民国（1911—1949）
玉壶生	《厂甸竹枝词》	《厂甸竹枝词》	民国（1911—1949）
国相	《中山公园竹枝词》	不详	民国（1911—1949）
于方舟	《租界竹枝词》	《历代讽刺诗选萃》	1994

附录二 京津竹枝词作者生平情况一览表

作者	生平情况
袁桷	（1266—1327）字伯长，号清容居士，庆元鄞县（今属浙江宁波）人。大德元年（1297），荐为翰林国史院检阅官。延祐年间（1314—1319），迁侍制，任集贤直学士，后任翰林直学士，知制诰同修国史。至治元年（1321）迁侍讲学士，参与纂修累朝实录，泰定元年（1324）辞归。卒赠中奉大夫、江浙中书省参政，封陈留郡公，谥文清。
王士熙	（生卒年不详）字继学，山东东平（今属山东泰安）人，约元仁宗皇庆（1312）初前后在世。官浙东廉使，入中书省。
马祖常	（1279—1338）字伯庸，光州（今河南潢川）人。延祐二年（1315），会试第一，廷试第二，授应奉翰林文字，拜监察御史。仁宗时，铁木迭儿为丞相，专权用事，马祖常率同列劾奏其十罪，因而累遭贬黜。自元英宗硕德八剌朝至顺帝朝，历任翰林直学士、礼部尚书、参议中书省事、江南行台中丞、御史中丞、枢密副使等职。
许有壬	（1286—1364）字可用，彰德汤阴（今属河南）人。延祐二年（1315）进士及第，授同知辽州事，后官至中书左司员外郎，又任集贤大学士，不久改枢密副使，又拜中书左丞。
宋褧	（1294—1346）字显夫，大都宛平（今北京）人。元至治元年（1321）左榜状元、翰林国史院修撰宋本弟。泰定元年（1324）擢进士，除秘书监校书郎，安南使者朝贡归，选充馆伴使，改翰林国史院编修官。詹事院立，选为照磨，寻辟御史台掾，转大禧宗禋院照磨，迁翰林修撰。至元初，擢监察御史，出金山南廉访司事，改陕西行台都事。寻召拜翰林待制，迁国子司业，与修宋、辽、金三史，拜翰林直学士，寻兼经筵讲官。卒年五十有三，赠国子祭酒、范阳郡侯，谥曰文清，有《燕石集》。显夫自少敏悟，出语惊人。延祐中，挟其所作诗歌，从其兄本（字诚夫）入京师，受到元明善、张养浩、蔡文渊、王士熙方等学者的慰荐。
杨士奇	（1366—1444）名寓，字士奇，以字行，号东里，泰和（今江西泰和）人。官至礼部侍郎兼华盖殿大学士，兼兵部尚书，历五朝，在内阁为辅臣四十余年，首辅二十一年。先后担任《明太宗实录》《明仁宗实录》《明宣宗实录》总裁。
周用	（1476—1547）字行之，号伯川，吴江（今江苏吴江）人。明弘治十五年（1502）进士，授行人，迁南京兵部给事中，又迁广东布政司参议，嘉靖中历官南京工部、刑部尚书。九庙灾，自陈致仕。后以工部尚书总督河道，官至吏部尚书。

作者	生平情况
徐渭	(1521—1593) 初字文清，后改字文长，号天池山人，或署田水月、田丹水、青藤老人、青藤道人、青藤居士、天池渔隐、金垒、金回山人、山阴布衣、白鹇山人、鹅鼻山侬等别号，山阴（今浙江绍兴）人。嘉靖二十六年（1547）在山阴城东赁房设馆授徒，40 岁中举人。后来为浙闽总督做幕僚，曾入胡宗宪幕府。后浪游金陵、宣辽、北京，又过居庸关赴塞外宣化府等地，教授李如松兵法，结识蒙古首领俺答夫人三娘子。
郎兆玉	(生卒年不详) 字完白，仁和（今浙江杭州）人。明万历癸丑（1613）进士。曾任海安府同知。著有《古周礼》、《无类生诗选》。
黄尊素	(1584－1626) 初名则灿，后改尊素，字真长，号白安，余姚通德乡黄竹浦（今浙江余姚）人。明万历四十四年（1616）进士，天启初擢御史，力陈时政十失，忤魏忠贤，被夺俸一年。后又上疏论事，再忤魏忠贤意，被削籍归。不久被逮入都下诏狱，受酷刑死。
李元鼎	(? —1653) 字梅公，江西吉水（今属江西吉安）人。生年不详，卒于清世祖顺治十年后不久。明天启二年（1622）进士。官至光禄寺少卿。李自成陷京师，元鼎降，授原官。入清，授太仆寺少卿。累擢兵部右侍郎，坐事论绞，免死，杖徒折赎。未几，死。
申佳胤	(1602—1644) 字孔嘉，又字浚源，号素园，北直隶广平府永年县（今河北邯郸）人。明崇祯四年（1631）进士，历任知县、吏部文选司主事、吏部考功司员外郎、南京国子监博士、大理寺评事、太仆寺丞等职。甲申之变，佳胤殉国死节，赠太仆寺少卿，谥节愍。
杜濬	(1611—1687) 原名诏先，字于皇，号茶村，又号西止，晚号半翁。黄冈（今湖北黄冈）人。明崇祯时太学生。明亡后，不出仕，避乱流转于南京、扬州，居南京达四十年，刻意为诗，诗多寓兴亡之感。
方文	(1612—1669) 字尔止，号嵞山，原名孔文，字尔识，明亡后更名一耒，别号淮西山人、明农、忍冬，安徽安庆府桐城（今安徽安庆）人。在明代，方文仅为诸生，未及出仕，朝代更替，入清后以气节著，靠游食、卖卜、行医或充塾师为生，但交游遍朝野，名流无不与之交往。
沙张白	(生卒年不详) 原名一卿，字介臣，号定峰，江苏江阴（今江苏江阴）人，约清康熙十年（1671）前后在世。

作者	生平情况
王崇简	(1602—1678)，字敬哉，一作敬斋，顺天府宛平（今属北京）人。明崇祯十六年（1643 年）进士，后授内翰林国史院庶吉士，历任秘书院检讨、国子监祭酒、弘文院侍读学士、詹事府少詹事、吏部侍郎、礼部尚书、太子太保等职。
高珩	(1612—1697)字葱佩，号念东，晚号紫霞道人，山东淄川（今属山东淄博）人。明崇祯十六年（1643）进士，选翰林院庶吉士。顺治朝授秘书院检讨，升国子监祭酒，后晋吏部左侍郎、刑部左侍郎。
谢泰宗	生平不详。
张晋	(生卒年不详)字康侯人，号戒庵，陕西狄道（今甘肃临洮）人。顺治九年（1652）进士，官丹徒知县。
项景襄	(1617—1681)字去浮，号眉山，钱塘（今属浙江杭州）人。清顺治乙未（1655）进士，累官兵部右侍郎。
马世俊	(1609 年—1666 年)字章民，初号野臣，后号甸臣，江苏镇江府溧阳县（今属江苏常州）人。清顺治十八年（1661）状元，官翰林侍读。
陶季	(生卒年不详)初名澄，字季深，以字行，乃去深称季，晚号括庵，江苏宝应县（今属江苏扬州）人。约清顺治末（1661）前后在世。诸生。早负异才，潜心经史。性好游历，所作诗多于舟车中得之。
郭士璟	(1620—1699)字眉枢，扬州（今江苏扬州）人。清顺治十二年（1655）进士，官常州府教授，迁国子监助教，晋工部主事，督榷九江，乞归。有《广陵旧迹诗》、《句云堂词》等。
王士禛	(1634—1711)原名士禛，字子真，贻上，号阮亭，又号渔洋山人，新城（今山东淄博）人，常自称济南人。博学好古，能鉴别书、画、鼎彝之属，精金石篆刻，诗为一代宗匠，与朱彝尊并称。
吴之振	(1640—1717)，字孟举，号橙子，别号竹洲居士，晚年又号黄叶老人、黄叶村农，浙江石门（今属浙江嘉兴）人。清顺治九年（1652），13 岁应童子试，即与吕留良定交，试后又与黄梨洲（黄宗羲）兄弟交往。
高士奇	(1645—1740)字澹人，号江村，浙江余姚（今浙江杭州）人，祖上于"靖康之难"时，自汴京（开封）南迁而至。顺治十八年（1661）入籍钱塘（杭州），补杭州府学生员。康熙三年（1664）随父古生公游学京师。家贫，在朝廷以打杂为生，后在詹事府做记录官。清康熙十五（1676）年迁内阁中书，领六品俸薪，住在赏赐给他的西安门内。高士奇每日为康熙帝讲书释疑，评析书画，极得信任。官至詹事府少詹事兼翰林院侍读学士。晚年又特授詹事府詹事、礼部侍郎。

作者	生平情况
纳兰性德	（1655—1685）字容若，号楞人，满洲正黄旗人，叶赫那拉氏。清康熙十五年（1676）进士，为武英殿大学士明珠长子。
张令仪	（生卒年不详）字柔佳，安徽桐城大学士张文端公英（1637—1708）之女，姚士封之妻。
袁启旭	（？—1696）字士旦，安徽宣城（今安徽宣城）人。清康熙国子生。
孔尚任	（1648—1718 年），字聘之，又字季重，号东塘，别号岸堂，自称云亭山人，山东曲阜（今山东曲阜）人，孔子六十四代孙。1684 年康熙南巡北归，特至曲阜祭孔，孔尚任御前讲经，颇得康熙赏识，破格授为国子博士，赴京就任。三十九岁，奉命赴江南治水，历时四载。康熙二十九年（1690 年），奉调回京，历任国子监博士、户部主事、广东司外郎。
陈于王	（生卒年不详）字健夫，苏州人，入沈阳，隶汉军，清康熙年间居顺天宛平（今属北京）人。
陆又嘉	（生卒年不详）字宫揆，浙江嘉善（今属浙江嘉兴）人，清康熙年间在北京居住。
周兹	（生卒年不详）字文在，江苏宜兴（今属江苏无锡）人，清康熙年间在北京居住。
蒋景祁	（1646—1695）字京少，一作荆少，宜兴（今属江苏无锡）人。以岁贡生至府同知。清康熙间曾举博学鸿词，未遇。
柯煜	（1666—1736）字南陔，号实庵，浙江嘉善（今属浙江嘉兴）人。清康熙六十年（1721）进士，以磨勘名黜。清雍正元年（1723）复成进士。官宜都知县，改衢州府教授。大学士王顼龄尝以山林绩学荐，引见，充明史纂修官。
王位坤	（生卒年不详）字育公，江苏江阴（今江苏江阴）人。
曹源邺	（生卒年不详）字书能，浙江嘉善（今属浙江嘉兴）人。
陈维岳	（生卒年不详）字纬云，江苏宜兴（今属江苏无锡）人，陈维崧之弟。约清康熙八年（1669）前后在世。
庞垲	（1657—1725）字霁公，河北任丘（今河北任丘）人。清康熙十四年（1675）举人。芦鸿博，授检讨，官福建建宁知府。
李孚青	（1664—1719 后）字丹壑，河南永城（一作合肥）人。清康熙十八年（1679）进士，官翰林院编修。
双保	（生卒年不详）字铁若，号定夫，满族正黄旗人。
佟世思	（1652—1693）字俨若，奉天辽阳（今辽宁辽阳）人。清康熙时任广西贺县知县。
文昭	（1680—1732）字子晋，号紫幢，又号芗婴居士、北柴山人、桧栖居士。清宗室，镇国公百绶子。康熙三十八年（1699）举人，雍正二年（1724）宗人府列荐，以疾辞。清康熙三十八年（1699）特命宗室应乡试，他因在后场用了《庄子》语句，遂被放居。

续表

作者	生平情况
段昕	（生卒年不详）字玉川，一字浴川，清云南安宁（今云南安宁）人。康熙进士。官户部主事。
何芬	（生卒年不详）字兰石，湖北钟祥（今湖北钟祥）人。清康熙丁丑（1697）进士，官竹溪知县。
李声振	（生卒年不详）号鹤皋，清苑（今河北保定）人。
蒋仁锡	（生卒年不详）字静山，临汾（今山西临汾）人。康熙（1699）举人。
黄叔璥	（1680－1758），字玉圃，号笃斋，顺天大兴（今北京）人。清康熙四十八年（1709）进士，1722年成为首任台湾巡察御史。
屈复	（1668—1745）字见心，号悔翁，陕西蒲城（今属陕西渭南）人。出游晋、豫、苏、浙各地，又历经闽、粤等处，并四至京师。清乾隆元年（1736）曾被举博学鸿词科，不肯应试。72岁时尚在北京蒲城会馆撰书，终生未归故乡。
楼俨	（生卒年不详）字静思，号西浦，浙江义乌（今浙江义乌）人。清康熙间以分纂《词谱》得任广西灵川知县，累官至江西按察使。
梁机	（1678—?）字仙来，江西泰和（今江西泰和）人。清康熙辛丑（1721）进士，由庶吉士改补教授。
张凤孙	（生卒年不详）字少仪，号焦圃，江苏华亭（今上海松江）人。清雍正副贡，乾隆间举鸿博，又荐经学，乾隆三十一年（1766）知邵武府，官至刑部郎中。
赛尔赫	（生卒年不详）字晓亭，号北阡，清宗室，累官总督仓场侍郎。
符曾	（1688—1670）字幼鲁，号药林，浙江钱塘（今属浙江杭州）人。清康熙时曾参试鸿博，后任郎中官。
胡天游	（1696—1755）字稚威，浙江山阴（今浙江绍兴）人。
彭启丰	（?—1783）字翰文，号芝庭，又号香山老人，江苏长洲（今江苏苏州）人。清雍正五年（1727）进士第一，状元。历官修撰，入直南书房，乾隆间吏部、兵部侍郎，左都御史、兵部尚书，晚年主讲紫阳书院。
沈廷芳	（1702—1772）字椒园，浙江仁和（今浙江杭州）人。清乾隆初，召试鸿博，授庶吉士，官至河南按察使。
李化楠	（1713－1769）四川罗江（今属四川德阳）人。清乾隆壬戌（1742）进士，历官浙江余姚、秀水知县，嗣权平湖，迁沧州、涿州知州，宣化府、天津北路、顺天府北路同知。
蒋麟昌	（1721—1742）字静存，阳湖（今江苏武进）人。清乾隆己未（1739）进士，官翰林。

作者	生平情况
吴璜	（1727—1773）字方甸，号鉴南，会稽（今浙江绍兴）人。清乾隆庚辰（1760）进士，历户部主事、澧州知州、四川军需局。
赵骏烈	（生卒年不详）字润川，江苏华亭（今上海松江县）人。
叶日蓁	（生卒年不详）字鹤仙，一作鹤轩，浙江衢县（今浙江衢州）人。清乾隆三十年（1765）拔贡，主讲鹿鸣书院。
张埙	（生卒年不详）字商言，号瘦铜，江苏吴县（今江苏苏州）人。清乾隆三十四年（1769）进士，官内阁中书。
李簧	（生卒年不详）字以雅，一字鹿苹，号梅楼，山东单县（今属山东菏泽）人。清乾隆二十四年（1759）优贡生，三十三年（1768）顺天举人，三十六年（1771）进士，连中三元名震乡里，由翰林院庶吉士授编修。
赵钧彤	（生卒年不详）字挈平，号澹园，山东莱阳（今属山东烟台）人。乾隆四十年（1775）进士。
杨揩	（生卒年不详）字永叔，号蕴山，江苏无锡（今江苏无锡）人。监生。
杨瑛昶	（1740—1815）字米人，别号静香居主人，原籍安徽桐城（今安徽桐城）。
孔宪培	（1756—1793）字养元，山东曲阜（今山东曲阜）人。孔子七十二代孙，清乾隆四十八年（1783）袭封衍圣公。
詹应甲	（1760—?）原名广桃，籍名应甲，字鳞飞，号湘亭，婺源虹关（今属江西上饶）人，寓居吴县（今江苏苏州）。清乾隆戊申（1788）中举人，历湖北天门，应城，汉川，恩施等地县令。
康尧衢	（生卒年不详）字道平，号达夫，天津人。乾嘉时人。岁贡生。
谈文焕	（生卒年不详）字艺林，号竹香，一号砚胸，江苏高邮（今江苏高邮）人。官江苏沛县、昆山县教谕。
何道生	（1766—1806）字立之，号兰士，山西灵石（今山西灵石）人。清乾隆五十二（1787）进士，官工部主事、员外郎、御史、九江知府。
明义	（生卒年不详）姓富察氏，号我斋，满洲镶黄旗人，居住北京，生活于嘉庆、道光年间。
郝懿行	（1755—1823）字恂九，号兰皋，山东栖霞（今属山东烟台）人。清嘉庆四年（1799）进士，官户部主事。
崔旭	（1767—1847）字晓林，号念堂，河北庆云（今属山东德州）人。嘉庆五年（1800）乡试中举，主讲于古棣书院，后为山西候补蒲县令。

作者	生平情况
童槐	（生卒年不详）字晋三，一字树眉，号萼君，浙江鄞县（今属浙江宁波）人。清嘉庆五年（1800）进士，官工部都水司、湖北按察使、通政使副使。
梅成栋	（1776—1844）字树君，号吟斋，天津人。清道光年间倡立辅仁学院，主讲席10余年。曾在天津水西庄与文人名士结成"梅花诗社"，有许多诗作在士林传诵，是当时天津诗坛公认的领袖。清嘉庆五年（1800）举人，官永平训导。
李莹	（1765—1820）字锦泉，号朗亭，山东济宁（今山东济宁）人。清嘉庆十六年（1811）进士，历官户部江西员外郎、江南道御史。
得硕亭	生平不详。
沈涛	（1792—1885）字西雍，号匏庐，浙江嘉兴（今浙江嘉兴）人。未冠，举嘉庆十五年（1810）乡试。选授江苏如皋县知县，寻擢守燕北各郡，曾任正定府知府等职，卓著政声。顾躯干小，入觐，坐是久不调，援例以观察指分江西道员，历署盐法、粮储两道。会粤事棘，咸丰三年（1853）初，太平军包围南昌，随江西巡抚张芾婴城拒守四十九日，解围后，授福建兴、泉、永道员，未到任，改调江苏，病卒泰州。
萧德宣	（1792—?）字春田，汉阳（今湖北武汉）人。清嘉庆甲戌（1814）进士，历官陕西清涧知县、海防同知。
黄爵滋	（1793—1853）字德成，号树斋，宜黄县城（今江西抚州）人。官至礼、刑二部侍郎。
沈承瑞	（生卒年不详）字香余，汉军旗人，满族，奉天（今吉林）人。优贡，考授训导。约生活在乾隆、嘉庆、道光年间。
金叔仪	生平不详。
张子秋	（生卒年不详）自号学秋氏，江苏长洲（今江苏苏州）人。
胡礼箴	（生卒年不详）字雪门，河南光山（今属河南信阳）人。清道光十五年乙未（1835）进士。
彭蕴章	（1792—1862）字咏莪，江苏长洲（今江苏苏州）人。尚书彭启丰曾孙，清朝大臣。由举人入赀为内阁中书，充军机章京。清道光十五年（1835）进士，授工部主事，仍留直军机处。累迁郎中，历鸿胪寺少卿、光禄寺少卿、顺天府丞、通政司副使、宗人府丞。督福建学政，迁左副都御史。
唐廷诏	（生卒年不详）字凤书，号月轩公，广东三水（今属广东佛山）人。
李静山	（生卒年不详）绣谷（今江苏南京）人。

作者	生平情况
汤鹏	（1801—1844）字海秋，湖南益阳人。道光（1823）进士，授礼部主事，官至御史。
王东槐	（1801－1852）字荫之，又字树声，号次屯，滕县（今山东滕州）人。清道光戊戌（1838）进士，曾任江西道御史、户科给事中、内阁侍读学士，被咸丰尊称为"帝师"。公元1852年任湖北盐法道，岳川道；10月任武昌道。
华长卿	（1805—1881）原名长懋，字枚宗，天津人。清道光十一年（1831）举人，选开原训导。在任二十六年，以病告归。奉天学政王家璧以勤学善教荐，奉旨加国子监学正学录衔。
宝鉴	（生卒年不详）索绰络氏，字佩蘅，满洲镶白旗人。清道光十八年（1838）进士，授礼部主事，擢中允。三迁侍读学士。咸丰时曾任内阁学士、礼部右侍郎、总管内务府大臣。同治时任军机大臣上行走，并充总理各国事务大臣、体仁阁大学士。光绪时晋为武英殿大学士。
史梦兰	（1813—1898）字香崖，直隶乐亭（今河北乐亭）人。清道光二十年（1840）举人，选山东朝城知县，以母老不赴。
宝廷	（1840—1890）爱新觉罗氏，初名宝贤，字少溪，号竹坡，后改名宝廷，字仲献，号难斋，晚年自号偶斋，满洲镶蓝旗人，郑献亲王济尔哈朗八世孙。清同治七年（1868）进士，选庶吉士，授编修。累迁侍读。光绪改元，疏请选师保以崇圣德，严宫寺以杜干预，靡实内务府以节糜费，训练神机营以备缓急，懿旨嘉纳。大考三等，降中允，寻授司业。
赵懿	（生卒年不详）字梅予，一字渊叔，贵州遵义人。清光绪二年（1876）举人，任四川名山知县。
郝植恭	（1832—1885），字梦尧，顺天三河（今河北蓟县）人。曾任山东夏津、堂邑知县、临清知州、莱州知府。清同治二年（1863）、十二年（1873）和光绪元年（1875），三为同考官，来济任事。
唐尊恒	（生卒年不详）字芝九，天津人。
李稷勋	（生卒年不详）字瑶琴，四川秀山（今属重庆）人。清光绪二十四年（1898）传胪，官邮传部参议。
唐受祺	（1841—1924）字若钦，号兰客，江苏太仓（今属江苏苏州）人。
	（1844—1907）字云生，又字凝叔，号潞河渔者，祖籍直隶通州（今北京），其曾祖父静斋公李源曾为官四川，后占籍四川华阳（今四川成都）。
彭祖润	（1845—?）字岱霖，别称玉屏山樵、室名玉屏仙馆，长洲（今江苏苏州）人。

作者	生平情况
李嘉绩	（生卒年不详）字凝淑，顺天府通州（今北京）人。
王炳	（生卒年不详）室名如航主人，自署铁泉人。
徐世昌	（1855—1939）字卜五，号菊人，又号弢斋、东海、涛斋、水竹邨人，汉族，远祖浙江鄞县（今属浙江宁波）人，后迁天津。曾祖父、祖父在河南为官居河南，出生于河南省卫辉府府城曹营街寓所（今河南卫辉）。1879 年徐与袁世凯结为盟兄弟，得袁资助北上应试。先中举人，后中进士，授翰林院编修。1911 年 5 月，清廷设皇族内阁，任协理大臣。同年 11 月袁组织责任内阁，徐改任军谘大臣，加太保衔。1914 年 5 月袁世凯任命徐世昌为国务卿，次年袁公开推行帝制，徐以局势难卜求去，退居河南辉县水竹村。
寿富	（1865 — 1900）字伯茀，号菊客。清宗室，满洲镶蓝旗（一说正蓝旗）人。少时受业于张佩纶、张之洞。清光绪二十四年（1898）中进士，入翰林，选庶吉士。
孙雄	（1865—?）字同康，江苏常熟（今江苏常熟）人。主要活动于清末至民国年间，长期在北京居住。
胡宗懋	（? —1924）字季樵，浙江金华（今浙江金华）人。光绪二十八年（1902）进士。
赵炳麟	（1876—1932），名竺垣，号清空居士，广西全州（今属广西桂林）人。清光绪二十年（1894）进士，参加"公车上书"，授翰林院编修，升记名御史。1906 年授福建京畿道御史，遇事敢言。1908 年上《劾袁世凯疏》，1910 年上书弹劾奕劻，开罪皇族被革去御史职，以四品京堂回籍，督办桂全铁路。
何耳	（生卒年不详）号易山，安徽歙县（今属安徽黄山）人。
孙德有	（生卒年不详）字懋园，河北沧州（今河北沧州）人。
窦毓麟	（生卒年不详）字紫墅，渑阳（今属天津）人。
李端颐	（生卒年不详）字伊卿，号松泉，河北沧州（今河北沧州）人。诸生，后补从九品。
钱国珍	（生卒年不详）江苏江都（今江苏江都）人。
潘钟寯	生平不详。
黄启蓉	生平不详。
梅宝璐	生平不详。
李虹若	生平不详。
王廷鼎	（生卒年不详）字梦薇，震泽（今属江苏吴江）人。
朱俊瀛	（生卒年不详）字芷青，直隶大兴（今属北京）人。
朱国华	生平不详。

作者	生平情况
夏仁虎	(1874—1963) 字蔚如，号啸庵、枝巢、枝翁、枝巢子、枝巢盲叟等，江苏南京人。1898 年，夏仁虎以拔贡身份到北京参加殿试朝考，成绩优秀，遂定居北京。辛亥革命后，先后在民国北洋政府交通部、财政部为官，并成为国会议员。张作霖入关后，夏仁虎先后担任国务院的政务处长、财政部次长、代理总长和国务院秘书长。1929 年弃官归隐，专事著书和讲学，担任了北京大学讲师和北京师范大学教授。新中国成立后，他成为中央文史馆馆员。
苏曼殊	(1884—1918 年)，原名戩，字子谷，学名元瑛（亦作玄瑛），法名博经，法号曼殊，笔名印禅、苏湜，广东香山（今广东珠海）人。
吾庐孺	(生卒年不详) 河北清河（今河北邢台）人。
冯至	(1905—1993) 原名冯承植，字君培，直隶涿州（今河北涿州）人。
皖南韵士	生平不详。
东海遗人	生平不详。
兰陵忧患生	(生卒年不详) 姓萧，初名湘，继名遇春，字雪蕉、亮飞，别号遇园、兰陵忧患生。
王开寅	(生卒年不详) 江苏丹徒（今江苏镇江）人。
汪述祖	(生卒年不详) 字仁卿，宜兴（今江苏无锡）人，官浙江知县。
柴萼	生平不详。
高宪斌	(1895—1970) 原名高锦章，字以行，陕西米脂县（今陕西榆林）人。
艺兰生	生平不详。
㞩尘	生平不详。
巴郎廉浦	生平不详。
金曼石	生平不详。
鹭洲	生平不详。
老羞	生平不详。
绮佛	生平不详。
逸云	生平不详。
翚云	生平不详。
藤花主人	生平不详。
友石子	生平不详。
戎马书生	生平不详。
萍影	生平不详。

作者	生平情况
崒厂	生平不详。
巽厂	生平不详。
金曼石	生平不详。
鹭洲	生平不详。
老羞	生平不详。
韬禅	生平不详。
挈僧	生平不详。
许正希	(生卒年不详) 号玉壶恨客。
徐行恭	生平不详。
张弘弢	生平不详。
冯文询	生平不详。
芝兰室主人	生平不详。
关赓麟	(1880—1962) 字颖人,广东南海 (今属广东佛山)。清光绪三十年 (1904) 中进士。赴日留学,归国后历任财政部秘书,交通部路政司司长、联运处处长、编译处处长,铁路总局提调,京汉铁路会办、总办、局长,川粤汉铁路督办,铁路部参事、交通史编纂委员会委员长、交通法规编订委员会副主任委员、业务司司长兼联运处处长、平汉铁路管理局局长等。
郭则沄	(1882—1946年) 字蛰云、养云、养洪,号啸麓,侯官县 (今福建福州) 人。清光绪二十九年 (1903年) 进士,授庶吉士、武英殿协修。光绪三十三年 (1907年),派赴日本早稻田大学留学。不久,回国任东三省总督徐世昌二等秘书官。宣统元年 (1909年),改任浙江金华知府,后署浙江提学使,创机织学堂。后任浙江温处道道台。民国建立后,历任北洋政府国务院秘书厅秘书、政事堂参议、铨叙局局长、兼代国务院秘书长、经济调查局副总裁、侨务局总裁。民国十一年 (1922),第一次直奉战争后去职,在京、津购地建房隐居,讲学著作。民国二十六年 (1937),在北海团城创办古学院,被推为副院长兼教师,访求古籍,研读古文,培养人才,校印古书,暇则撰写小说。北京沦陷后,拒任伪"礼制会顾问"、伪"北京政权秘书长"等职,只在国学书院任研究班词章门导师。民国三十一年 (1942),周作人请郭则沄出任日伪"华北教育总署署长"职务,被其坚决拒绝,并在国学书院《国学丛刊》上发表《致周启明 (周作人) 却聘书》,以明心志。
高赞鼎	(1877—1944) 字蒨堪,号迪厂,福建闽侯 (今福建福州) 人。

作者	生平情况
陈任中	（1874—1945）号仲骞、耐庐，江西赣县（今江西赣州）人。清光绪二十八年（1902）乡试中举。民国初，任教育部佥事兼秘书，后晋升参事。北洋军阀执政期间，任总统府秘书。民国十四年（1925）改任教育部次长。九一八事变后，任行政院参议兼全国经济委员会教育教导员。抗日战争爆发后返回赣州，颇受蒋经国推重，被选为赣县行政会议主任委员。1943 年 9 月任赣县县志馆馆长。
陈新佐	（生卒年不详）字曙公，四川宜宾人。
关霁	（生卒年不详）字吉符，广东南海（今属广东佛山）人。
萧方骏	（生卒年不详）字龙友，四川人。
张焘	（生卒年不详）字季鸿，湖南长沙人。
张瑜	（生卒年不详）字郁庭，大兴县（今属北京）人。
张元群	（生卒年不详）子仁父，湖南湘乡（今湖南湘潭）人。
张宗祺	（生卒年不详）字峻青，湖南长沙人。
张伯驹	（1898—1982）字家骐，号丛碧，别号游春主人、好好先生，河南项城（今属河南周口）人。曾任故宫博物院专门委员、国家文物局鉴定委员会委员，吉林省博物馆副研究员、副馆长，中央文史馆馆员。
陈伯达	（1904—1989）原名陈建相，字仲顺，福建泉州人。1927 年加入中国共产党。同年去莫斯科中山大学学习。1930 年回国后，先后在北平中国大学、延安中共中央党校、马列学院任教，并在中共中央宣传部、军委、中央秘书处、中央政治研究室等机构工作。
王灿	（生卒年不详）字惕山，号铁山，云南昆明人。留学日本，曾任最高法院推事。
黄穰	（生卒年不详）字荃秾，福建闽侯（今属福建福州）人。
刘子达	（生卒年不详）字孟纯，福建闽侯（今属福建福州）人。
刘泽沛	（生卒年不详）福建闽侯（今福建福州）人。
李之毅	（生卒年不详）字书任，广东南海（今属广东佛山）人。
伍勋铭	（生卒年不详）字麟阁，广东台山人。
杜福坤	（生卒年不详）字霭簃，大兴（今北京大兴）人。
赵守昕	（生卒年不详）字云青，湖南浏阳（今属湖南长沙）人。
顾绍曾	（生卒年不详）字善先，祥符（今河南开封）人。
戴正诚	（生卒年不详）字亮吉，江北（今重庆）人。
郑中炯	（生卒年不详）字华中，福建闽侯（今属福建福州）人。
靳志	（生卒年不详）字仲云，河南开封人。

续表

作者	生平情况
郑其藻	(生卒年不详) 字彝久，河南开封人。
廖琇昆	(生卒年不详) 字华中，福建闽侯 (今属福建福州) 人。
邓典谟	(生卒年不详) 字旭人，武陵 (今属湖南常德) 人。
陆增炜	(生卒年不详) 字彤士，江苏太仓人。
郭兆莘	(生卒年不详) 字尹衡，湖南长沙人。
王步昀	生平不详。
萨君陆	(生卒年不详) 字幼实，福建闽侯 (今属福建福州) 人。
田树藩	(生卒年不详) 字明志，乐陵 (今山东乐陵) 人。
吴瑞霞	(1901—1931) 女，号梦芸，陕西礼泉 (今陕西咸阳) 人。
子鸿	生平不详。
汤陶厂	生平不详。
锦堂	生平不详。
玉壶生	生平不详。
国相	生平不详。
于方舟	(1900—1928 年) 原名于兰渚，河北宁河 (今天津宁河) 人。天津五四运动杰出的领导者之一，也是天津早期党团组织的重要负责人。

附录三　京津竹枝词序跋信息一览表

朝代	题目	作者	文本	位置
元	《竹枝歌》	宋褧	自遵化县还京途中作，至治三年春。	序
明	《竹枝词——仿徐渭体咏长安景物》	杜濬	余客京师八十日。棘闱以前既匆匆无暇晷，榜后报罢，益用慨然，怀刺骑马，殆非吾事，反锁衡门，守环堵时多耳。惟二三知旧，顾者答之，招者赴之，时则一出。就吾身之所至，目之所触，戏成俚语若干，私用破涕为笑，举一漏百，吾知不免，大概不能言其所不知，又其大者，臣未敢言也。	序
清	《燕九竹枝词》	孔尚任	京师以正月十九日为燕九之会。相传元时丘长春于此日仙去。至今远近道流皆于此日聚城西白云观。观即长春修炼处也。车骑如云，游人纷沓。上自王公贵戚，下至舆隶贩夫，无不毕集，庶几一遇仙真焉。古时都会之地，元日至月晦，士女悉集水湄，湔裙酹酒，以为解除。唐人唯于晦日行之。燕山风沙莽荡，首春率多严冷，冰车雪柱，太液无波，度水濡裳之戏，不可复得。唯燕九之游，差有昔人遗意。是日为陈子健夫见招，走马春郊，开筵茅屋，命简抽毫，各为十绝句。虽难叶于巴渝之歌，或有合于吴趋之节，但按之琵琶羌管，恐未有当耳。陈子关胄，豪侠而诗隐者也。 集陈健夫齐限用《庾开府集》"结客少年场，春风满路香"句，为韵十首。	序
清	《百戏竹枝词》	李声振	业荒于嬉矣，然欲以滑稽三昧，下情游一转语也。丙子长至草创，庋高阁者十霜，挑灯重缮，倍以卤然。丙戌八月朔日自记。	跋
清	《燕京上元竹枝词》	蒋仁锡	唐刘梦得称：《竹枝》声含思宛转，有淇濮之艳，武陵俚人歌之。元杨廉夫作《西湖竹枝词》，流布南北，和者数十家。岂不以寄兴比物，贵乎宕往浮上，而出以庄语，或反失真乎？余生长辇下，习窗风土，独爱上元为华盛。欲纪其实，莫若《竹枝》为宜。故方言鄙谚，概不芟薙，辄笔成如干咏，粗当击壤之意。昔少陵有俳谐体，柳州亦言俳又非圣人之所弃者。今虽不敢攀引数公，或托于覆窠打油之间，用以书写兴会，导扬讽喻，其亦采风者之所录也夫。	序

朝代	题目	作者	文本	位置
清	《变竹枝词》	屈复	唐人竹枝本绝句七言，皆咏人情风俗也。夫人情风俗随时而变，身遭其变，变不在我。嗟乎！大地寒暑，日月星辰，其变且无穷，安见七言之不可变五言哉？六朝子夜读曲歌为多，唐伊州、甘州有七言，亦有五言，即周之所谓漫乐、散乐。近是作五言六十三首。	序
清	《竹枝》	楼俨	一别京华，六番元夕，辇下风光，渺渺兮予怀也，摭拾遗事。	序
清	《直沽竹枝词》	梁机	往余读书静绿洲，喜其地静且敞，宜于眺望，时时出游，风土景物颇得其趣。后一年复随任于兹，环百里内外悉得游览，比岁当南去，眷恋水色河光将成陈迹，乃为竹枝词二十四首以纪之，托于诗人比兴之意焉。	序
清	《竹枝词》	胡天游	初夏八日，往丰台观芍药，未有放者。用竹枝体赋诗十首，呈循初、传玉、元牧、子谦、时适感事，遂杂写其意云。	序
清	《念堂竹枝词》	崔旭	道光四年，安砚津门。忆自应童试，初从父足游此地，及赴春秋两闱，往来经过四十余年，城郭人物多存旧观，而逐时增新亦复不少。宾馆多暇，辄撮所闻见作为韵语，事不厌琐，词不避俚，区区微尚亦是寓焉，出与朋侪一笑，非敢言诗也。及见前此三十年有仁和蒋秋吟侍御《沽河杂咏》，摭拾邑志及《题襟集》敷衍成编，纪文达公为之序。又前此八十余年有钱塘汪槐塘微士《津门杂事诗》，时汪居天津，应聘修府、县两志，爬罗剔抉至为详备，然意在表章，邑故杭瑾浦序，所谓以诗传事，非以事为诗者是也。两家皆七绝百首余。此编适与之同，所咏亦复十之二三，而庄雅俚浅不啻若左右，佩剑亦各适其适而已！若谓循声蹑迹，余为两家狗尾至续，则未然也。 庆云崔旭晓林氏	序
清	《念堂竹枝词》	崔旭	此诗久经传观，先君在时已失四首，缺而未补。今存者九十六首。 男光典谨识	跋

朝代	题目	作者	文本	位置
清	《草珠一串——京都竹枝词百有八首》	得硕亭	《竹枝》之作，所以纪风土讽时尚也。然于嬉笑讥刺之中，亦必具感发惩创之意。故诽词谑语，皆堪借以生情；即巷议衢谈，不妨引以为证。志在移风易俗，聊为道铎瞽箴，敢云诗道之一端，不过稗官之遗意耳！至都门为首善之区，文物声华，日见其盛；车轮马足，实繁有徒。然唯其文也，或失于俭朴之不足；唯其繁也，则自有嗜尚之各别。甲戌新夏，有友人持《京都竹枝词》八十首见示，不知出自谁手，大半讥刺时人时事者多。虽云讽刺未寓箴规，匪独有伤忠厚之心，且恐蹈诽谤之罪。友人啧啧称善，余漫应之而未敢附和也。立秋后五日，芸窗静坐，忽闻满院蕉声；荜户虽开，不见同人履迹。潇潇细雨，空余北海之心；勃勃诗情，敢效东施之态。因人及物，共得百有八章，集腋成裘，真乃一言以蔽，名之曰《草珠一串》。草珠者何？取其物原土产，人以线穿，不过草子之称，岂尽竹枝之义。途歌巷语，自贻笑大方；而蛙鼓蚤笙，且自鸣其得意。若曰凡为诗者，必须意深思远，神韵悠然，则敬谢不敏矣。	序
清	《都门竹枝词》	得硕亭	往见桐城杨米人作《都门竹枝词》一百首，已极概括，细玩之，尚不能无遗漏处；更有近日异事新闻，为当日所未闻见者。余客居多暇，补成一百首。凡米人所已作者，概不复见。区为十类：曰街市，曰服用，曰时尚，曰京官，曰候选，曰考试，曰教馆，曰胥吏，曰内眷，曰观剧，类各十章。脱稿后，因思胥吏近于言公事，内眷近于谈闺阃，公事亦涉于嫌疑，闺阃情邻于轻薄，皆非士君子口宜道、笔宜述者，屏去弗录，止存八十首。花晨月夕，但破愁魔；巷议街谈，无非诗料。言之无罪，全全不关痛痒之文；闻者解颐，原尽属诙谐之语。工拙不计，聊为捧腹之助云尔。	序
清	《续都门竹枝词》	张子秋	甚事干卿，吹皱一池春水；无言相对，开残几树夭桃。当兹旅馆之风凄，实感旧游之星散。都无凭者，絮舞心头；若有激扬，澜翻腕底。于是探喉而出，魂礴一销，信笔而书，诙谐闲作。或写阛阓之状，或操市井之谈，或抒过眼之繁华，或溯赏心之乐事。春花秋月，既感慨于靡穷；旧雨新枝，复低徊而不置。高吟数过，我亦不知何处飞来；俛首片时，人或讶其似曾相识。讵意七年京洛，得诸见见闻闻，竟教三寸毛锥，戳破真真幻幻。白杨风外，人传谈鬼之董狐；绿竹枝边，仆作补词之束皙。	序

续表

朝代	题目	作者	文本	位置
清	《续都门竹枝词》	张子秋	怀古思乡，知魂礌胸中多少，些个事，繁华过眼，合情毛锥轻扫。变态浮云，看不尽，七年偃蹇长安道。举见见闻闻，都作丹青写照。吾友张君，子秋其号，艳逸夸才调。称名区，生长吴门，金粉六朝文藻。又从来，我辈钟情，无限意，缠绵不了。便凭他，旅馆寒灯，唫成小草。鞠步征歌，梨园焦谯，端不惜千金买笑。美景复良辰，酒碧灯红，珠围翠绕。绰约花仙，蹁跹蝶使，风情顿顿游丝袅。早关情，一转春风悄。屧廊响，娇柔付与行云，胜一片闲愁搅。不堪回首，谁能遗此，打叠相思薰。更把人情冷暖，时尚纷纶，一齐抒写，聊供吟啸。奈何频唤，对酒当歌，新诗百首从头读，料衷怀，只有知音晓。惟馀序谱莺啼，跋向篇终，体渐纤巧。 莺啼序一阕。 粟仙跋后	跋
清	《三年都门竹枝词》	无名氏	咸丰三年冬，粤匪由山西窜至天津，凡所属之州县，均行被扰，京师戒严。十年秋，夷匪由海口窜入京师，上及王公大臣巡幸避暑山庄，军民震动，以致都城迁徙一空。苦予病穷无计，困坐愁城，有健翮之志，不能奋飞。因思粤匪来时，将所见所闻，吟有竹枝三十余韵；今于夷匪之来，事同一辙，而命词有异。无乃言近粗鄙，韵多浮沉，真令读者喷饭。此不过花晨月夕，自破愁魔，以鸣不平之志耳！	序
清	《都门竹枝词》	杨静亭编撰、李静山增补	《竹枝词》者，古以纪风俗之转移，表人情之好尚也。前贤著作如杨米人《竹枝词》、得硕亭《草珠一串》，绘风列俗，固已称鸿材吐凤，妙制新词，又何须犬尾续貂，贻机大雅？帝辇毂之下，俗极繁华，间闾阛阓，不胜敷陈。虽杨米人、得硕亭所咏各条纤悉具备，然未免有今昔殊尚之感。草莽之臣目击耳闻，正可咏歌太平，以鸣国家之盛。但思《竹枝》取义必以嬉笑之语，隐寓箴规，游戏之谈，默存讽谏，故直白本涉乎粗疏，雌黄又伤于刻薄。合作实属难工，汛予笔墨，又俗雅不欲搦管，属词比事，恐其近于嘲噱，有伤诗人忠厚之旨，仍蹈诽谤之愆。缘《都门纪略》书成，友人再三怂恿，逐勉强效颦，补成《打油歌》若干首。凡前人所已载者，概不复赘，仍照前编《都门纪略》区为数类，用是芸窗静坐寄兴含毫。聊以蛙鼓蛩鸣，效逭铎瞽箴之助。如谓《竹枝》之作，有关于世道之心，以感发惩创之意，此则予之所逊谢者不遑矣。 静亭杨老夫子，作都门打油歌若干首，盖寄兴含毫，以鸣国家之盛；绘风列俗，得传街巷之情，搜罗殆善并称矣。然今已十数年，风土有所变更，人情有所嗜好，风移俗易，昨是今非，	序

朝代	题目	作者	文本	位置
清	《都门竹枝词》	杨静亭编撰、李静山增补	实未有革故鼎新，重而增补者。忽于甲子端阳后，诸友人谈及《都门杂咏》一书，不免动今昔殊情之感，故杂集诸友，共为咏歌，得诗百余首，并选得硕亭老夫子《草珠一串》诗十数首纳于其中，以充其类。不敢谓缕析条分，灿然而具备，亦不敢谓意深思远，悠然而可观，不过月夕花晨，增而补之，非寓感发惩创之意；街谈巷议，引以证也，尽属诙谐嬉笑之歌。言之浅陋，阅者解颐，以期雅俗共赏，聊博大雅之一笑云尔。 同治十一年于宣武门寓斋	序
清	《都门竹枝词》	李稷勋	《竹枝》之兴，肇于巴渝，击鼓联唱，扬袂睢舞，荡声佚节，宛转多风。自唐顾况、刘禹锡、白居易并擅此制，后来作者蔓衍弥繁，大都谱一州之土风，究一时之方俗。都门九衢交会，五方臻凑，人习华侈，俗伤淫靡，又士女娴丽，雅乐游观，春秋佳日，车盖相望，君子慨焉。余巴人也，好为巴歈，爰因旧制，作竹枝词十六首。俚野无意，啴缓庋节，或庶几考省风土者，有所采览云。	序
清	《丙寅竹枝词》	孙雄	昨于消寒会席间，闻友人言各省近事，归后以韵语纪之，聊附小雅怨诽之义。诗凡十八首，名曰丙寅竹枝词。嗣是有作，仍以为名。古人云："言之者无罪，闻之者足以戒。"窃冀天心悔祸，民困稍纾，并望在位君子时垂览焉。	序
清	《新岁竹枝》	朱俊瀛	新岁景异往年，记以六言小诗，聊代竹枝之唱云尔。	序
清	《京华百二竹枝词》	兰陵忧患生	舟车湖海，遨游讵止半生；书剑京华，落拓早逾十度。世事幻其如梦，弹指即非；时光惜不再来，兴怀何限。风移人往，奚跶沧桑；境过情留，还余尘影。借眼前之闻见，抒胸际之牢愁。搜括凤城，描摹象管。輶轩莫寄，敢云问俗采风；吟咏自娱，安事雕金饰彩。制词斁竹枝之体，比章什于秦关。纪候值梅岭之春，播音声于巴里。惹人齿冷，问心尚信无他；增我颜惭，披览倘邀多谅。 宣统元年孟冬之月兰陵忧患生自识 仆以新皇宣统元年来游京华，客邸无憀，日游街市。耳闻目见，随笔一书，下里之音，自知鄙俚，犹幸《竹枝》体例，虽俗不觞。	序

续表

朝代	题目	作者	文本	位置
清	《京华慷慨竹枝词》	吾庐孺	盖闻词之咏也，《柳枝》之外，更有《竹枝》，寓情之余，尚能谐俗。原以《国风》虽在，《雅》、《颂》三百已亡，而世态或多滑稽，寻常皆是。仆本闲人，诗无佳句，未尝问俗，曷敢为词？今春风鹤满天，四郊多垒，抚膺三叹，慷慨生焉！于是运龙蛇于掌上，抒垒块于怀中，曾未遇春，率成百首。虽彦和入袋，不敢必炙口于国门；而方朔挥毫，或无妨解颐于朝市。至格韵出入，意旨偏激，则又大雅之所容，抑亦鄙人之所希明教者尔。 宣统庚戌清和吾庐孺序端	序
清	《甲午竹枝词》	佚名	《梵天庐丛录》：光绪甲午年之败，都门有作竹枝词数十首以记其事者，惜仅传此二首。	序
民国	《回首竹枝词》	许正希	丙寅春日，独客塘沽，回首从前，怦然心动，因赋《回首竹枝词》三十首，以为劝驾之辞，记甲子年间居津门事。	序
民国	《津门婚礼竹枝词》	张弘夑	时届炎夏，暑气侵人，手把蒲葵，口尝冰水，偶思津门婚礼习俗，大可拟之成诗，率成竹枝词十首，聊当柳上蝉鸣可耳！	序
民国	《故都竹枝词》	郭则沄	乙亥（公元1935）新年团拜，姊园、青溪两社联合外课。不限韵。	序

参 考 文 献

一　学术著述类

（一）民俗学、民间文艺学

1. 专著

胡怀琛：《中国民歌研究》，上海：商务印书馆 1925 年版。

钟敬文：《民俗文化学：梗概与兴起》，北京：中华书局 1996 年版。

钟敬文：《建立中国民俗学派》，哈尔滨：黑龙江教育出版社 1999 年版。

钟敬文：《钟敬文文集·民俗学卷》，合肥：安徽教育出版社 1999 年版。

钟敬文：《钟敬文文集·民间文艺学卷》，合肥：安徽教育出版社 2002
　　年版。

钟敬文主编：《中国民俗史》，北京：人民出版社 2008 年版。

钟敬文主编：《民俗学概论》，北京：高等教育出版社 2010 年版。

钟敬文主编：《民间文学概论》，北京：高等教育出版社 2010 年版。

钟敬文：《钟敬文民间文学论集（上）》，上海：上海文艺出版社 1982
　　年版。

钟敬文：《钟敬文民间文学论集（下）》，上海：上海文艺出版社 1985
　　年版。

钟敬文：《新的驿程》，北京：中国民间文艺出版社 1987 年版。

张紫晨：《中国民俗学史》，长春：吉林文史出版社 1993 年版。

乌丙安：《民俗学原理》，沈阳：辽宁教育出版社 2001 年版。

程蔷、董乃斌：《唐帝国的精神文明——民俗与文学》，北京：中国社会
　　科学出版社 1996 年版。

祁连休、程蔷、吕微主编：《中国民间文学史》，石家庄：河北教育出版

社 2008 年版。

董晓萍：《田野民俗志》，北京：北京师范大学出版社 2003 年版。

董晓萍：《现代民俗学讲演录》，桂林：广西师范大学出版社 2007 年版。

董晓萍：《现代民间文艺学讲演录》，桂林：广西师范大学出版社 2008 年版。

董晓萍：《北京民间水治》，北京：北京师范大学出版社 2009 年版。

萧放：《〈荆楚岁时记〉研究——兼论传统中国民众生活中的时间观念》，北京：北京师范大学出版社 2000 年版。

萧放：《岁时—传统中国民众的时间生活》，北京：中华书局 2002 年版。

色音：《东北亚的萨满教》，北京：中国社会科学出版社 1998 年版。

陈勤建：《文艺民俗学》，上海：上海文化出版社 2009 年版。

高丙中：《中国人的生活世界：民俗学的路径》，北京：北京大学出版社 2010 年版。

周星：《民俗学的历史、理论与方法》，北京：商务印书馆 2006 年版。

户晓辉：《返回爱与自由的生活世界——纯粹民间文学关键词的哲学阐释》，南京：江苏人民出版社 2010 年版。

万建中：《民间文学引论》，北京：北京大学出版社 2006 年版。

赵世瑜：《眼光向下的革命——中国现代民俗学思想史论（1918~1937)》，北京：北京师范大学出版社 1999 年版。

王慎之、王子今：《竹枝词研究》，济南：泰山出版社 2009 年版。

翁圣峰：《清代台湾竹枝词之研究》，台北：文津出版社 1996 年版。

黎敏：《建国初十年民俗文献史》，北京：中国文史出版社 2008 年版。

刘航：《中唐诗歌嬗变的民俗观照》，北京：学苑出版社 2004 年版。

赵睿才：《唐诗与民俗关系研究》，上海：上海古籍出版社 2008 年版。

黄杰：《宋词与民俗》，北京：商务印书馆 2005 年版。

李道和：《民俗文学与民俗文献研究》，成都：巴蜀书社 2008 年版。

彭万定、屈定富主编：《巴楚文化研究》，北京：中国三峡出版社 1997 年版。

李宝臣主编：《北京风俗史》，北京：人民出版社 2008 年版。

常人春：《老北京的风俗》，北京：北京燕山出版社 1996 年版。

王文宝：《北京传统民俗》，北京：世界图书出版公司 2010 年版。

尚洁：《天津皇会》，济南：山东教育出版社 1999 年版。

何炳棣：《中国会馆史论》，台湾：台湾学生书局 1966 年版。

［美］阿兰·邓迪斯（Alan Dundes）：《民俗学解析》，户晓辉编译，桂林：广西师范大学出版社 2005 年版。

［美］J. H. 布鲁范德（Jan Harold Brunvand）：《美国民俗学》，李扬译，汕头：汕头大学出版社 1993 年版。

［法］葛兰言（Marcel Granet）：《古代中国的节庆与歌谣》，赵丙祥、张宏明译，桂林：广西师范大学出版社 2005 年版。

［日］柳田国男：《现代日本民俗学的理论与方法》，王晓葵、何彬编，北京：学苑出版社 2010 年版。

Dell Hymes, "*In Vain I Tried to Tell you*": *Essays in Native American Ethnopoetics*, University of Pennsylvania Press, 1981.

    2. 论文

周作人：《歌谣》，《歌谣论集》，钟敬文编，上海：上海文艺出版社 1989 年影印本。

董晓萍：《民俗文献史研究及其数字化管理系统》，载《河南社会科学》第 7 卷第 6 期，2009 年 11 月。

董晓萍：《民间文学体裁学的学术史》，载《北京师范大学学报（社会科学版）》1999 年第 6 期。

董晓萍：《明清民俗文艺学史论纲》，载《中国文学研究》1991 年第 2 期。

萧放：《历史民俗学与钟敬文的学术贡献》，载《北京师范大学学报（社会科学版）》2002 年第 2 期。

萧放：《中国传统风俗观的历史研究与当代思考》，《北京师范大学学报（社会科学版）》2004 年第 6 期。

萧放：《中国历史民俗学的理论与方法论纲》，载《北京师范大学学报（社会科学版）》2010 年第 2 期。

萧放、陈纹珊：《中国民俗文献史的整理与研究综述》，载《民间文化论坛》2004 年第 3 期。

吕微：《民间文学—民俗学研究中的"性质世界"、"意义世界"与"生活世界"——重新解读〈歌谣〉周刊的"两个目的"》，载《民间文化论坛》2006 年第 3 期。

吕微：《论学科范畴与现代性价值——从〈白话文学史〉到〈中国民间文学史〉》，载《文学评论》2001 年第 4 期。

常建华：《中国古代人日、天穿、填仓诸节新说》，载《民俗研究》1999年第 2 期。

张勃：《民俗学视野下历史民俗文献研究的意义》，载《民俗研究》2010年第 2 期。

尹国蔚：《妈祖信仰在河北省及京津地区的传播》，载《中国历史地理论丛》第 18 卷第 4 辑，2003 年 12 月。

严奇岩：《清代贵州民族墓葬类型及其特点——以竹枝词为分析文本》，载《贵州民族研究》第 30 卷总第 131 期，2010 年第 1 期。

郑永年：《剩有燕京燕九节，白云观里会神仙——北京传统道教民俗之一》，载《宗教学研究》2010 年第 3 期。

王岗：《元明〈宫词〉与清〈竹枝词〉中北京节令风俗考略》，载《北京社会科学》2006 年第 6 期。

岑大利：《从清代竹枝词看京城文化时尚》，载《首都师范大学学报（社会科学版）》2001 年第 4 期。

巴布曲布嫫、朝戈金：《民族志诗学》，载《民间文化论坛》2004 年第 6期，2004 年 12 月。

杨利慧：《民族志诗学的理论与实践》，载《北京师范大学学报（社会科学版）》2004 年第 6 期

叶舒宪：《口传文化与书写文化——"民族志诗学"与人类学的表现危机》，载《广东社会科学》2001 年第 5 期。

吕肖奂：《唐代文人谣谶议》，载《四川大学学报（哲学社会科学版）》2004 年第 1 期（总第 130 期）。

丘良任：《略论竹枝词的特点及其研究价值》，在《广东社会科学》1985年第 3 期。

丘良任：《论风土诗》，载《暨南学报（哲学社会科学）》第 7 卷第 1 期，1995 年 1 月。

齐柏平：《"竹枝"研究》，载《音乐研究》1995 年第 4 期。

王庆沅：《竹枝歌和声考辨》，载《音乐研究》1996 年第 2 期。

傅如一、张琴：《民歌"竹枝"溯源——竹枝词新论之一》，载《山西大学学报（哲学社会科学版）》1993 年第 4 期。

吴艳荣：《近三十年竹枝词研究述评》，《中南民族大学学报（人文社会科学版）》第 26 卷第 5 期，2006 年 9 月。

张静文：《清代北京竹枝词评析》，载《北京政法职业学院学报》2008 年第 2 期。

郑小枚：《"歌"与"谣"源流辨析》，载《民族文学研究》2009 年第 1 期。

[日] 佐藤仁史：《清末民初江南地方精英的民俗观——以"歌谣"为线索》，载《中国社会历史评论》2005 年。

Dennis Tedlock，*Finding the Center*：*The Art of the Zuni Storyteller*，University of Nebraska Press，1999

（二）文学、文艺学

1. 专著

朱自清：《诗论》，南京：江苏文艺出版社 2008 年版。

钟敬文：《钟敬文文集·诗学及文艺论卷》，合肥：安徽教育出版社 2002 年版。

施蛰存：《施蛰存七十年文选》，陈子善、徐如麒编选，上海：上海文艺出版社 1996 年版。

王运熙：《乐府诗论》，上海，上海古籍出版社 1996 年版。

任半塘：《唐声诗》（上），上海：上海古籍出版社 2006 年版。

任半塘：《唐声诗》（下），上海：上海古籍出版社 2006 年版。

尤西林：《心体与时间——二十世纪中国美学与现代性》，北京：人民出版社 2009 年版。

朱谦之：《中国音乐文学史》，上海：上海人民出版社 2006 年版。

马大康：《诗性语言研究》，北京：中国社会科学出版社 2005 年版。

程正民：《巴赫金的文化诗学》，北京：北京师范大学出版社 2001 年版。

孙中田：《色彩的语像空间》，北京：人民文学出版社 2008 年版。

李咏吟：《审美与道德的本源》，上海：上海人民出版社 2006 年版。

毛文芳：《物·性别·观看——明末清初文化书写新探》，台北：学生书局 2001 年版。

丁亚平:《艺术文化学》,北京:文化艺术出版社 2005 年版。

刘悦笛:《生活美学与艺术经验》,南京:南京出版社 2007 年版。

王岳川:《艺术本体论》,上海:生活·读书·新知三联书店上海分店 1994 年版。

刘小枫主编:《人类困境中的审美精神——哲人诗人论美文选》,北京: 东方出版社 1994 年版。

张公善:《批判与救赎——从存在美论到生活诗学》,合肥:安徽人民出 版社 2006 年版。

[希腊] 亚里士多德(Aristotle):《诗学》,罗念生译,北京:人民文学出 版社 1962 年版。

[美] 约翰·杜威(John Dewey):《艺术即经验》,北京:商务印书馆 2010 年版。

[美] 斯坦利·卡维尔(Stanley Cavell):《看见的世界——关于电影本体 论的思考》,北京:中国电影出版社 1990 年版。

[美] 迪萨纳亚克(Ellen Dissanayake):《审美的人》,北京:商务印书馆 2004 年版。

[美] 马尔库塞(Herbert Marcuse):《审美之维》,桂林:广西师范大学 出版社 2001 年版。

[德] 弗里德里希·威廉·尼采(Friedrich Wilhelm Nietzsche):《悲剧的 诞生》,桂林:漓江出版社 2007 年版。

[德] 格奥尔格·西美尔(Georg Simmel):《哲学的主要问题》,钱敏汝 译,莫光华校,上海:上海译文出版社 2006 年版。

[法] 丹纳(Hippolyte Taine):《艺术哲学》,傅雷译,傅敏编,天津:天 津社会科学院出版社 2004 年版。

[俄] 果戈理(Nikolai Vasilievich Gogol):《文学的战斗传统》,满涛辑 译,上海:新文艺出版社 1953 年版。

[俄] M. M. 巴赫金(M. M. Bakhtin):《文学作品中的语言》,《巴赫金全 集》,石家庄:河北教育出版社 1998 年版。

[日] 盐谷温:《中国文学概论讲话》,孙俍工译,上海:开明书店,民国 19 年(1930 年)出版。

[爱沙尼亚] 列·斯托洛维奇:《审美价值的本质》,凌继尧译,北京:中

国社会科学出版社 1984 年版。

2. 论文

童庆炳、马新国：《文化诗学刍议》，载《北京师范大学学报（人文社会科学版）》2001 年第 3 期。

鲁湘元：《〈申报〉与中国近现代报刊文学》，载《中国现代文学研究丛刊》2001 年第 2 期。

蒋寅：《清代诗学与地域文学传统的建构》，载《中国社会科学》2003 年第 5 期。

程洁：《上海竹枝词研究》，2010 年华东师范大学文艺学博士论文。

（三）历史学、宗教学、社会学、人类学及其他

1. 专著

冯天瑜、何晓明、周积明：《中华文化史》，上海：上海人民出版社 2005 年版。

阴法鲁、许树安主编：《中国古代文化史》，北京：北京大学出版社 1991 年版。

李泽厚：《历史本体论》，北京：生活·读书·新知三联书店 2002 年版。

郑杭生主编：《社会学概论新修》，北京：中国人民大学出版社 2003 年版。

郑也夫：《城市社会学》，上海：上海交通大学出版社 2009 年版。

程金城主编：《文艺人类学的理论与实践》，北京：民族出版社 2007 年版。

吕大吉：《宗教学通论新编》，北京：中国社会科学出版社 1998 年版。

王尔敏：《明清社会文化生态》，台湾：商务印书馆 1997 年版。

王尔敏：《明清时代庶民文化生活》，长沙：岳麓书社，2002 年版。

侯仁之：《北京城市历史地理》，北京：北京燕山出版社 2000 年版。

侯仁之：《北京城的生命印记》，北京：生活·读书·新知三联书店 2009 年版。

秦新林：《元代社会生活史》，开封：河南大学出版社 1997 年版。

王玲：《北京与周围城市关系史》，北京：北京燕山出版社 1988 年版。

曹子西主编：《北京通史》，北京：中国书店，1994 年版。

来新夏：《天津近代史》，天津：南开大学出版社 1987 年版。

韩嘉谷：《天津古史寻绎》，天津：天津古籍出版社 2006 年版。

严奇岩：《竹枝词里的清代贵州民族社会》，成都：巴蜀书社 2009 年版。

张岱年：《中国伦理思想研究》，南京：江苏教育出版社 2005 年版。

张德明：《人类学诗学》，杭州：浙江文艺出版社 1998 年版。

行龙：《走向田野与社会》，北京：三联书店 2007 年版。

庄德钧、胡正明：《市场学》，济南：山东大学出版社 1987 年版。

［美］帕克（Robert Parker）等著：《城市社会学——芝加哥学派城市研究文集》，宋俊岭等译，北京：华夏出版社 1987 年版。

［美］海登·怀特（Hayden White）：《元史学：十九世纪欧洲的历史想象》，南京：译林出版社 2004 年版。

［美］施坚雅（G. William Skinner）主编：《中华帝国晚期的城市》，叶光庭等译，陈桥骄校，北京：中华书局 2000 年版。

［美］柯文（Paul A. Cohen）：《在传统与现代性之间》，南京：江苏人民出版社 2006 年版。

［美］赫舍尔（Herschell）：《人是谁》，隗仁莲译，陈维正校，贵州：贵州人民出版社 1994 年版。

［美］伊万·布莱迪（Ivan Brady）编：《人类学诗学》，徐鲁亚等译，北京：中国人民大学出版社 2010 年版。

［英］刘易斯·芒福德（Lewis Mumford）：《城市发展史——起源、演变和前景》，宋俊岭、倪文彦译，北京：中国建筑工业出版社 2004 年版。

［英］齐格蒙特·鲍曼（Zygmunt Bauman）：《作为实践的文化》，郑莉译，北京：北京大学出版社 2009 年版。

［英］齐格蒙特·鲍曼（Zygmunt Bauman）：《全球化》，北京：商务印书馆 2001 年版。

［英］斯图尔特·霍尔（Stuart Hall）：《表征：文化表象与意指实践》，北京：商务印书馆 2003 年版。

［捷］扬·阿姆斯·夸美纽斯（Comenius Johann Amos）：《大教学论》，傅任敢译，北京：人民教育出版社 1957 年版。

2. 论文

王振忠：《历史学视野中的竹枝词》，载《中华读书报》2006 年 3 月 1 日，第 004 版。

王慎之、王子今：《四川竹枝词中的盐业史信息》，载《盐业史研究》2000 年第 4 期。

小田：《竹枝词之社会史意义——以江南为例》，载《学术月刊》第 39 卷 5 月号，2007 年 5 月。

方李莉：《审美价值的人类学研究》，载《广西民族学院学报（哲学社会科学版）》第 26 卷第 5 期，2006 年 4 月。

裴雯、张兴国、廖屿荻、陶陶、冯维波：《中国传统社会、权力与权力公共空间》，载《重庆大学学报（社会科学版）》2011 年第 17 卷第 4 期。

王日根：《明清时代会馆的演进》，载《历史研究》1994 年第 4 期。

王日根：《明清会馆与社会整合》，载《社会学研究》1994 年第 4 期。

万江红、涂上飙：《会馆的社会影响初探》，载《武汉大学学报（人文科学版）》第 54 卷第 2 期，2001 年 3 月。

黄慧霞、董剑桥：《中西方时间观的差异对比》，载《苏州大学学报（哲学社会科学版）》2002 年第 3 期。

郭道平：《从"南北交融"到"西风东渐"——竹枝词里的清代北京》，载《南京师范大学文学院学报》2009 年 9 月第 3 期。

长虹：《"燕九节"史料札记》，载《中国道教》1996 年第 2 期。

《运河文化研究》课题组《运河文化论纲》，载《山东大学学报（哲学社会科学版）》1997 年第 1 期。

段渝：《先秦巴文化与巴楚文化的形成》，载《华中师范大学学报（人文社会科学版）》第 43 卷第 6 期，2004 年 1 月。

任广世：《太平鼓及其相关歌舞伎艺考略》，载《艺术研究》2004 年第 2 期。

孙崇涛、徐宏图：《中国优伶史纲》，载《戏剧艺术》1989 年第 3 期。

［日］水羽信男：《日本的中国近代城市史研究》，载《历史研究》2004 年第 6 期。

［日］吉泽诚一郎：《近代天津的庙会与民间文化》，载《近代中国社会与民间文化》李长莉、左玉河主编，北京：社会科学文献出版社 2007 年版。

二　古籍文献类

（一）竹枝词集

（清）崔旭：《念堂竹枝词》，庆云崔氏清末（1851 年—1911 年）刻本。

（清）吾庐孺：《京华慷慨竹枝词》，宣统间（1909—1911 年）抄本。

（清）杨米人等：《清代北京竹枝词：十三种》，路工编选，北京：北京古籍出版社 1982 年版。

（民国）冯文询：《丙寅天津竹枝词》，民国 23 年（1934 年）铅印本。

（民国）张江裁辑：《北平梨园竹枝词荟编》，北京：双肇楼，民国 26 年（1937 年）铅印本。

孙殿起辑、雷梦水编：《北京风俗杂咏》，北京：北京古籍出版社 1982 年版。

雷梦水辑：《北京风俗杂咏续编》，北京：北京古籍出版社 1987 年版。

李廷锦选析：《历代竹枝词赏析》，南宁：广西教育出版社 1992 年版。

陈美亚：《历代〈竹枝词〉鉴赏》北京：中国文联出版社 2004 年版。

雷梦水、潘超、孙忠铨：《中华竹枝词》，北京：北京出版社 1997 年版。

王利器、王慎之、王子今辑：《历代竹枝词》，西安：陕西人民出版社 2003 年版。

丘良任、潘超、孙忠铨、丘进编：《中华竹枝词全编》，北京：北京出版社 2007 年版。

1. 文集、诗集、词集

《尚书正义》，（汉）孔安国传，（唐）孔颖达正义，黄怀信整理，上海：上海古籍出版社 2007 年版。

《毛诗正义》，（汉）郑玄笺，（唐）孔颖达等正义，上海：上海古籍出版社 1990 年版。

《周礼注疏》，（汉）郑玄注，（唐）贾公彦疏，上海：上海古籍出版社 2010 年版。

《礼记》，胡平生、陈美兰译注，北京：中华书局 2007 年版。

《诗经今注》，高亨注，北京：清华大学出版社 2010 年版

《老子注释》，高亨注，北京：清华大学出版社 2010 年版。

《韩非子译注》，张觉等撰，上海：上海古籍出版社 2007 年版。

《管子校注》，黎翔凤撰，梁运华整理，北京：中华书局 2004 年版。

《荀子集解》，王先谦集解，北京：中华书局 1988 年版。

《论语汇校集释》，黄怀信主撰，孔德立、周海生参撰，上海：上海古籍出版社 2008 年版。

《世说新语》，朱碧莲、沈海波译注，北京：中华书局 2011 年版。

逯钦立辑：《先秦汉魏晋南北朝诗》，北京：中华书局 1983 年版。

（梁）萧统编选：《日本足利学校藏宋刊明州本六臣注文选》，（唐）吕延济、刘良、张铣、吕向、李周翰、李善注，北京：人民文学出版社 2008 年版。

（唐）元稹：《元稹集》，冀勤点校，北京：中华书局 2010 年第 2 版。

（宋）姜夔：《白石诗词集》，夏承焘校辑，北京：人民文学出版社 1959 年版。

（宋）郭茂倩：《乐府诗集》，北京：人民文学出版社 2010 年影印本。

（宋）计有功辑：《唐诗纪事》，上海：上海古籍出版社 2008 年版。

（明）李东阳：《李东阳全集》，周寅宾校点，长沙：岳麓书社，2008 年版。

（明）李贽：《焚书》，北京：中华书局 2009 年第 2 版。

（明）杨慎：《古今风谣》，北京：中华书局 1985 年影印本。

（清）杜文澜辑：《古谣谚》，北京：中华书局 1958 年版。

（清）陈衍辑：《元诗纪事》，上海：上海古籍出版社 1987 年版。

（清）厉鹗辑：《宋诗纪事》，上海：上海古籍出版社 2008 年版。

（清）陈田辑：《明诗纪事》，上海：上海古籍出版社 1993 年版。

（清）王文诰辑注：《苏轼诗集》，孔凡礼点校，北京：中华书局 1982 年版

（清）王韬：《弢园尺牍》，北京：中华书局 1959 年版。

钱仲联主编：《清诗纪事》，南京：江苏古籍出版社 1987—1989 年版。

唐圭璋编著：《宋词纪事》，北京：中华书局 2008 年版。

《唐宋诗举要》，高步瀛选注，上海：上海古籍出版社 1984 年版。

《清代诗文集汇编》（第 598 卷），上海：上海古籍出版社 2010 年版。

黄宗羲：《黄宗羲全集·南雷诗文集》，杭州：浙江古籍出版社 2005 年版。

梁启超：《饮冰室合集·文集》，北京：中华书局1989年版。

秦孝仪编著：《国父思想学说精义录》第2编，台北：正中书局，1976
　　年版。

胡适选注：《词选》，北京：中华书局2007年版。

张守常：《中国近世谣谚》，北京：北京出版社1998年版。

鲁迅：《鲁迅全集》，北京：人民文学出版社2005年版。

周作人：《周作人自编文集·知堂乙酉文编》，止庵校订，石家庄：河北
　　教育出版社2002年版。

章文钦：《澳门诗词笺注》，珠海：珠海出版社2002年版。

　　2. 诗话、词话

《文心雕龙校注通译》，戚良德撰，上海：上海古籍出版社2008年版。

（宋）严羽：《沧浪诗话校释》，郭绍虞校释，北京：人民文学出版社
　　1961年版。

（明）胡震亨：《唐音癸签》，上海：上海古籍出版社1981年版。

（明）杨慎：《升庵诗话新笺证》，王大厚笺证，北京：中华书局2008
　　年版。

（明）方以智：《通雅》，北京：中国书店，1990年版。

（明）许学夷：《诗源辩体》，杜维沫校点，北京：人民文学出版社1987
　　年版。

（清）王士禛：《带经堂诗话》，戴鸿森校点，北京：人民出版社1963
　　年版。

（清）万树编著：《词律》，上海：上海古籍出版社1984年版。

郭绍虞编：《清诗话续编》，上海：上海古籍出版社1983年版。

张寅彭编：《民国诗话丛编》，上海：上海书店，2002年版。

（清）何文焕辑：《历代诗话》，北京：中华书局1984年版。

王水照编：《历代文话》，上海：复旦大学出版社2007年版。

里克：《历代诗论选释》，北京：昆仑出版社2006年版。

（清）沈雄：《古今词话》，孙克强、刘军政校注，上海：上海古籍出版社
　　2009年版。

唐圭璋编：《词话丛编》，北京：中华书局

刘梦芙编校：《近代词话丛编》，合肥：黄山书社2009年版。

胡适：《胡适诗话》，吴奔星、李兴华选编，成都：四川文艺出版社 1991
　　年版。

周作人：《知堂书话》，海南：海南出版社 1997 年版。

里克编：《历代诗论选释》，北京：昆仑出版社 2006 年版。

　　（二）地方史志、报刊等

　　1. 通史、断代史

《国语译注》，邬国义、胡果文、李晓路撰，上海：上海古籍出版社 1994
　　年版。

《吕氏春秋》，高诱注，上海：上海书店，1986 年版。

（汉）司马迁：《史记》，（宋）裴骃集解，（唐）司马贞索隐，（唐）张守
　　义正义，北京：中华书局 2011 年版。

（汉）班固：《汉书》，《汉书补注》，（清）王先谦补注，上海师范大学古
　　籍研究所整理，上海：上海古籍出版社 2008 年版。

（宋）欧阳修、宋祁：《新唐书》，北京：中华书局 2011 年版。

（后晋）刘昫等：《旧唐书》，北京：中华书局 2011 年版。

（元）脱脱等：《宋史》，北京：中华书局 2011 年版。

（元）脱脱等：《金史》，北京：中华书局 2011 年版。

（清）柯绍忞：《新元史》，北京：中国书店，1988 年版。

（清）张廷玉等：《明史》，北京：中华书局 2011 年版。

2. 方志、笔记

（北魏）杨衒之：《洛阳伽蓝记校释》，周祖谟校释，北京：中华书局
　　2010 年第 2 版。

（南朝梁）宗懔：《荆楚岁时记》，武汉：湖北人民出版社 1985 年版。

（唐）冯贽：《云仙杂记》，《四库全书》本，上海：上海古籍出版社 1987
　　年版。

（元）熊梦祥：《析津志辑佚》，北京：北京古籍出版社 1983 年版。

（明）蒋一葵：《长安客话》，北京：北京古籍出版社 2001 年版。

（明）陆容：《菽园杂记》，佚之点校，北京：中华书局 1985 年版。

（明）刘侗、于奕正：《帝京景物略》，上海：上海古籍出版社 2001 年版。

（明）沈榜：《宛署杂记》，北京：北京古籍出版社 1980 年版。

（明）沈德符：《万历野获编补遗》，北京：中华书局 1997 年版。

（清）潘荣陛、富察敦崇：《帝京岁时纪胜·燕京岁时记》，北京：北京古籍出版社 1981 年版。

（清）让廉：《京都风俗志》，北京：北京古籍出版社 1981 年版。

（清）于敏中等编纂：《日下旧闻考》，北京：北京古籍出版社 1981 年版。

（清）朱一新：《京师坊巷志稿》，北京：北京出版社 1982 年版。

（清）震钧：《天咫偶闻》，北京：北京古籍出版社 1982 年版。

（清）王士禛：《香祖笔记》，湛之点校，上海：上海古籍出版社 1982 年版。

（清）吴长元：《宸垣识略》，北京：北京古籍出版社 1982 年版。

（清）陈康祺：《郎潜纪闻初笔二笔三笔》，晋石点校，北京：中华书局 1984 年版。

（清）张焘：《津门杂记》，天津：天津古籍出版社 1986 年版。

3. 报纸、杂志、档案

《京话日报》，北京：全国图书馆文献缩微中心 1988 年版。

《顺天时报》，北京：全国图书馆文献缩微中心 1986 年版。

《醒华日报》，北京：全国图书馆文献缩微中心 1989 年版。

《旧京醒世画报》，（清）张风纲编，（清）李菊侪，（清）胡竹溪绘，北京：中国文联出版社 2003 年影印本。

《申报》，同治壬申（1872 年）三月二十七日。

《中华民国史档案资料汇编》，中国第二历史档案馆编，第五辑第一编，"教育"，南京：江苏古籍出版社 1991 年版。

《天津商会档案汇编》（1912—1928），天津：天津人民出版社 1994 年版。

后 记

尘埃落定，好像并不是完成了一些文字，而是认准了一条路。

回想当初，确定选题的时候各种忐忑。导师萧放先生心中有着太多可资探寻的方向，而我初出茅庐，诚惶诚恐。从《东京梦华录》到《梦粱录》，从《论衡》到《太平广记》，他每列出一种文本，我都赶紧研读，总怕自己有负重托。斟酌数度，突然有一天他跟我说：你喜欢竹枝词吗？要不做这个吧。这类文献在民俗学界有些特殊，不是特别典型的民俗志，但是很有趣，值得好好梳理一下。那时的我，大概与学过古代文学的诸多人一样，脑海里只装着一句：东边日出西边雨，道是无晴却有晴。可是，并没有经过太多的思考，也没有像往日一样先想着去找更多的文本研读就一口应承下来，颇有些冥冥之中的感觉。依稀记得，应过之后跟曾经同窗的友人说起，她悠悠地丢过来两个字：神往。

现在想想，如果只是神往，路大概要好走得多。常常有人说，这辈子做得最艰难、最讲究但也最踏实的学问或许就是博士论文了，其中的酸甜苦辣大抵无须赘言。好在，所有的泪水换来了虽不明亮但却坚定的眼神，在黑暗中依然看得到方向；所有的困顿铺就了虽不平坦但却笔直的道路，在风雨中照旧可以脚踏实地。也许，此时的我再感谢彼时的磨难显得有些矫情，但是没有它们就无法真正确认自己内心的向往。所以，依然喜欢那句话：有些坎儿是桥，过了才知道。只是，可能要过很久才会知道。经历永远都只会是收获，无论幸的还是痛的，就像撒下的种子，或许就在某天开出美丽的花儿，灿烂整个冬夏。

感谢恩师萧放先生。面对懵懂无知的我，萧师总是给予最大的包容与体谅，循循善诱、谆谆教导。原意表达我向民俗学圣地致敬的这些文字，从选题伊始便处处渗透着他的心血，却因为我天资驽钝留下遗憾。时至如今，我依然保留着萧师读完初稿时手写的修改意见，满满一页纸，印象最深的是：善于思考，但还是少了些历史的趣味。对此，我心存感激与愧疚，日后更当加倍努力。

感谢程蔷老师、董晓萍老师、色音老师、朱霞老师、陶立璠老师、高丙中老师、方李莉老师、王子今老师、巴莫老师、黄景春老师在学识之路和文稿形成过程中的倾心相授，醍醐灌顶、字字珠玑。

感谢师姐吴丽平编辑。我入门时，师姐恰好毕业，本没有太多相处的机会，但是她性情极好，时常邀约我们到家中小坐，也会返校或参加会议或查阅资料。大大的、装满书本的双肩包是我每每想到她时脑海里蹦出的第一个画面，如今她于几版文稿上修改与校订的细腻笔迹大概要取而代之了。

感谢挚友吉黎霞、叶青云、邵凤丽、萨仁图雅、何斯琴、龙晓添。铺排这些文字的时间里，她们给予我的慰藉与启迪我之前太少提起。

感谢我的父母。银丝绕耳，却依然娇生惯养着一朵开不出艳丽的温室之花。能成为他们的女儿，是我的福分。

路还很长，我有我的坚持。如果有天我不复勇往，但愿可以翻出这些文字，看看自己初心的模样。

郑艳

2017 年 9 月 28 日